是。無。等。等。

方方

推薦語

因為《武漢日記》，方方給很多人的印象是一位公共知識分子，忽略了她身為小說家的身分。如果說，武漢疫情，非虛構寫作是最好的選擇，那麼這本小說，同樣是她選擇了最好的敘述方式，一個了解中國，還有人性的最佳途徑。

——**閭丘露薇**（作家、傳媒學者）

方方令人期待的最新長篇《是無等等》，把奇崛的小說故事，有意化解在人世塵埃的荒曖裡。將現實中人與人的失落、絕望、無依與相依，置入現實的糾纏中鋪排與審視。但真正令人著迷的，是那些活著的生命，和作家那巨大的命運跌宕與她在人世激起的無邊漣漪那中間的河湖中，隱藏了怎樣的秘密。

——**閻連科**（作家）

看推理小說，看出箇一片白茫茫大地真乾淨，這是頭一回。把方方的《是無等等》看到最後，把《紅樓夢》的一百二十回看到最後，我們就會懂得。

——**黃念欣**（香港中文大學中文系副教授）

目錄

中部：無

下部：等等

楔子

1、做個人物目錄

我一直想用最簡單和最樸素的方式來寫這個故事。希望我的讀者能於輕鬆間將它讀完。生活很累，人際關係也很讓人煩，上班過程枯燥比有趣時多。如此，以娛樂方式化解累消滅煩以及清理枯燥，便成人們的常態。這是在不經意中形成的。既然如此，我們也只好去適應和接受。不然，你還能怎樣？

而我的這個故事，其實也算有點沉重，它存在我心裡很多年了。我一直想把它寫出來。近幾年，我被穢濁雜蕪之事糾纏得滿心厭倦。只有坐在電腦前，開始我的寫作，才能感覺到，原來還有另一方世界，而這世界竟是如此之清靜。所以，就想，索性讓這個故事只是一個故事吧。從容講述，化重為輕，也是蠻好的。

我選擇了傳統方式，寫這個楔子。除去交待上述一點想法，也要交待諸多零碎事。就像砍樹，把枝枝蔓蔓先行解決掉，最後再來處理主幹。這些零碎便是我的枝蔓。我把它們打了個包，放在楔子裡。它們實在很拉拉雜雜，延伸的時間很長。所以，我這裡的交待，也只能粗線條。有點像看戲之前觀眾手持的那份人物表。台上人物一出場亮相，大家便已知他的來頭。說起來，前戲的交待，還是需要花掉很多文字的。

那就開始吧。

對了，這個故事發生在本世紀初期。

2、兩個男人

沒有人知道馬一鳴對生活懷著怎樣的恐懼。

馬一鳴怕聲音，尤其是音樂。不管別人從中聽出了甚麼，在馬一鳴那裡，都是噪音。落進耳朵的音符就像碎沙石，硌得他慌。馬一鳴還怕陽光，夏季午日的光線會使他無所適從，冬季雪後的反光也令他坐立不安，他常常覺得自己會溶化在明亮的光照下。所以白天裡的馬一鳴會緊閉窗簾，而晚上，他也只喜歡點一盞暗燈，淺淺的光線，可看清物件就行。馬一鳴因此而成為深度近視眼。馬一鳴還怕風。風刮起時，草木發抖，馬一鳴的心也會同頻抖動。為了這個，再熱的天氣，馬一鳴也不吹電扇。

馬一鳴就是這樣的一個人。他個子很小，站在女生中，頭也露不出水平線。並且他還很瘦。尤其是臉，形狀像隻鞋底，而且有點凹。鼻子落在最凹處，雖然不高，但到底突兀而起，還算有所彌補。眼睛在這一瓣蠟黃的凹型鞋底上透著無力。與這種無力相般配的，是他自然而然的遲緩動作。每一個見到他的人，也會自然而然露出瞧他不起的眼神。

馬一鳴的少年時代住在武昌蛇山腳下的一條老巷子裡。那是馬一鳴自家的房屋。房後有一個很小很小的院子。院子沒有圍牆，它一點點斜上去，直接與蛇山相連。清早山上的鳥很多，馬一鳴從小起床都不需要鬧鐘。天剛一亮，山上的鳥就開始啼叫，一直把他叫醒為止。馬一鳴對聲音的厭惡大約就是從這些鳥開始。

馬一鳴家的房子相當陳舊。它是木結構的。樑上的蛛網和灰塵混合著一百多年的光陰，已讓木樑失去木頭本色。馬一鳴說不出他家的屋樑是甚麼顏色，很長的時間裡，他都在揣測：木頭怎麼會成這樣的古怪顏色？它經歷了甚麼？

這屋子的來頭，馬一鳴是不知道的。所知的只是：他爺爺從小就住在這裡。當爺爺還是年輕人時，武昌起義了。那時節，爺爺在中和門當守衛，聽到槍炮打得震耳，嚇得一泡尿拉在褲子上。他溜回家換好褲子，見槍聲更加密集，便沒敢出門。待天亮去外面觀望，天下已然換了主人。爺爺迎著太陽走向中和門，路邊竟然有剃頭匠大聲吆喝他過去剪辮子。嚇得他幾乎又一泡尿撒在褲襠。這個膽小的人生恐天下大變與他臨陣脫崗有關，於是連家都沒回，直接從漢陽門溜出，逃到鄉下。這一走就是數年。被他丟在蛇山腳下的妻兒都以為他早已戰死。結果有一年，爺爺回家了。回時還化了妝。他扮成乞丐走進自己的家。奶奶跟他說了半天話，才知道這個一身骯髒的男人是她消失多年的丈夫。其實爺爺不過一個小得不能再小的人物，天下再怎樣大亂，也無關他事。可他就是覺得事事與他有關，覺得正是因為他的逃跑導致大清國沒了。痛苦和懊喪一直折磨著他。回家後成天縮在家裡不肯出門，只在院子後的蛇山邊給家裡種種小菜。幾年後，北伐軍攻打武昌，武昌城門被圍四十天，斷了糧食，爺爺和奶奶都在那些天餓死掉了。只遺下馬一鳴的父親，靠著吃菜園裡的那點小菜，強活出來。

馬一鳴的父親是在這裡出生，也在這裡死去的。他死在馬一鳴出生不久。與他父親不同的是，他撞上的不是戰爭，而是自然災害。雖然他不是像自己的爹娘一樣餓死，但也與沒有飯吃有關。他得了肝炎，沒有營養也無力治療。一天早上，他突然肚子發脹，半夜就死掉了。那時候的馬一鳴還沒滿三歲。

馬一鳴出生時已不時興在家接生。他的母親正參加大煉鋼鐵，街上立著好幾個土爐子。婦女主任周大媽經常自豪地對路人說，看，這是我們女人建起的高爐！誰說女人不能煉鋼！面對熊熊燃燒的爐火，馬一鳴的母親舉著鋼叉，挺著肚子，威風八面的樣子。突然她肚子疼得厲害，威風瞬間消失。好在仁濟醫院就在附近，人還沒走到產房，就軟倒在地。得虧陪她同去的周大媽喊叫得驚天動地，於是有護士急跑過來，沒等把人弄上擔架，馬一鳴便露了頭。接生便直接在走廊上進行。新出生的馬一鳴叫了一聲，就沒了聲氣。把張羅不停的周大媽嚇得再次哇哇亂叫。其實甚麼事都沒有，因為馬一鳴不是一個愛叫的人。三天後，他就回到自家老屋。送他們回家的仍然是周大媽。周大媽說，這孩子生出來只叫一聲，把我嚇得夠嗆。我來作個主，讓他叫馬一鳴吧。馬一鳴的爹媽也不是有主意的人，當然，他們一是感念周大媽的熱情相助，二是覺得馬一鳴這個名字也相當不錯。馬一鳴的父親雖然沒讀幾天書，但他卻知道一鳴驚人這個詞。他立即說，這個好這個好，叫這個名字的人絕必會成為大人物。

可惜馬一鳴一直都在辜負父親的期待。他從未成為大人物，他甚至連他父親那樣的念頭都不曾有。他一輩子都是小人物，甚至小到不能再小，小到沒有人正眼看他。而他也好心態，從來也不企盼別人能正眼看他，仿佛默默地苟延殘喘地活著，就是他的人生理想。

在馬一鳴半歲多的時候，他有了一個朋友。這是他的第一個朋友，也是他終生的朋友。他叫陳亞非，就是為馬一鳴取名字的周大媽家長子。周大媽是個能幹的人，高師畢業。當年她的爹媽都去了香港，她卻跟家裡劃清界線，堅決留在祖國。先前是進步青年，後來是進步中年。有一天她被選中到區婦聯工作。家裡剛滿兩歲的兒子沒人帶，馬一鳴的母親就說，反正我帶一個是帶，帶兩個也是帶，你就送他來我家吧。這樣，周大媽每天早上上班時，就把陳亞非往馬一鳴家一扔，晚上下班時，再過來接。馬一鳴的媽媽有孩子沒文化，也沒地方上班，長年在家裡給人繡花以及做裁縫。她忙起來，也顧不上小孩，馬一鳴和陳亞非便在屋子的角落裡，由著縫紉機噠噠聲的伴隨，自己玩自己的。

馬一鳴的母親讓馬一鳴叫陳亞非哥哥。其實陳亞非只比馬一鳴大一歲多點，馬一鳴學會說的第一句話，不是爸爸媽媽，而是哥哥。陳亞非很高興，理所當然地當起了這個哥哥。一直到快上小學，陳亞非成功報名，而馬一鳴卻離入學年齡還差大半歲。他哭兮兮地要跟哥哥一起上學，周大媽覺得兩個孩子搭伴上學也好，於是四處託人，給馬一鳴也報上了名，兩個人同在一班。這個時候，再叫哥哥顯然不太合適，馬一鳴這才改口跟了同學們一起直接叫他陳亞非。

雖然不再叫哥哥，但陳亞非似乎從認識馬一鳴第一天起，就有了當哥哥的義務。他個子比馬一鳴高，身板比馬一鳴壯，長得英俊帥氣，智商情商也都明顯高出馬一鳴一截，走到哪裡，都是領袖派頭。更重要的是，當年皆是就近入學，住在一起的人，大都就讀同一所學校。這使得陳亞非一直跟馬一鳴同學，從小學到中學，從未分開。如此，陳亞非成為馬一鳴的靠山便很自然。或許馬一鳴一輩子的無能，正是因為諸事均有陳亞非為他作主所致。

高中畢業前夕，陳亞非要下鄉。馬一鳴因是獨子，可以留城。馬一鳴的母親對這一政策非常高興，但馬一鳴卻極不愉快。有一天，馬一鳴躺在家裡的竹床上，望著頭上的屋樑，混亂而茫然。陳亞非來找他時，他並沒坐起來。陳亞非告訴馬一鳴過幾天他將下鄉，叫馬一鳴去幫他拿行李，順便也送送他。馬一鳴頓時覺得背後空了，仿佛覺得有人一掌推倒了他的靠山。為此他的神情更加茫然。陳亞非說，你在看甚麼？馬一鳴說，沒看甚麼。陳亞非知道他喜好這麼呆看，便笑道，有詩說，滄桑只當尋常看。這尋常的屋樑都被你看出了滄桑感。高中畢業的陳亞非是個文藝青年。馬一鳴說，嗯？

這天的晚上，馬一鳴就一直在念這句詩：滄桑只當尋常看。他突然覺得，屋樑的顏色正是滄桑之色，這色彩是被他一天又一天看出來的。想到這個，他覺得自己非常不願繼續活在這個滄桑之下。第二天他跟母親說，我想離開這個房子。馬一鳴的母親早已看出他的不愉快，便說，如果想跟亞非一起下鄉就去吧。有他照顧你，我也放心。

陳亞非走的那天原本指望馬一鳴幫他拿拿行李。不料馬一鳴卻吭哧吭哧地背著一個行李卷過來了。陳亞非這才知道，馬一鳴決定追隨他一起下鄉。他大感意外，但也十分高興。結果馬一鳴非但沒有幫陳亞非拿行李，就連他自己的行李也都被陳亞非肩扛手抓地一併拿下。

下鄉兩年後，陳亞非被抽調到附近的青岩城當工人。他走之後，馬一鳴每天過得渾渾噩噩，全身心都覺得空蕩。村裡人都說，你這個樣子，怕是活不長。但其實很快，陳亞非在青岩城裡有了一個女朋友。女友的父親多少有點職務，經不起陳亞非再三央求，他們設法把馬一鳴也抽調進城。陳亞非在機械廠工作，而馬一鳴則去了礦山。雖然相距還有幾里路，但生活在同一城裡，就仿佛馬一鳴的天下仍被陳亞非所籠罩，他全身心的空蕩感又被填實了。

馬一鳴上班的第一天，套上寬大的工作服，這已是最小號，但仍然被他穿得像條拖地長裙。他只好捲起褲管，可是走上幾步，褲管又垮到地上。於是他便不時地踩著自己的褲子絆上一個趔趄。走在他後面的工人們笑得一哄一哄。馬一鳴不吱聲，由他們笑。他一隻手拎褲子，一隻手還要扶正臉上的眼鏡。

只是，走在後面的，不止是工人，還有前來給新工人訓話的礦長。見馬一鳴如此這般，他的眉頭擠得像被人打了死結。結果在講第一句話時，便指著馬一鳴說，你站到一邊去！然後對身邊的一個大鬍子厲聲道：招這樣的人來，怎麼幹活？大鬍子在礦長耳邊低語了幾句。礦長的話題便離開馬一鳴，他站在新工人前面，大講一通當礦工的重要意義以及安全生產的一類話題，然後送新礦工下井。新工人被分派到各個小組，小組的工長們高一聲低一聲地喊叫名字，人頭漸少。有工長喊到了馬一鳴，此刻礦長一揮手說，他就不用了，讓他去食堂幫廚吧。

就這樣，新礦工馬一鳴連一天礦井都沒下，便進了廚房。進到廚房的馬一鳴三天後又被廚房趕了出來。第一天他摔了三疊碗，第二天讓他摘菜，摘得大師傅不認識那些菜哪些要用哪些要扔；第三天讓他劈柴，結果他把自己的腳砍傷了。送他到醫務室包紮後，廚房堅決不要他再來。辦公室主任沒奈何，正好當年上面要求各礦區辦一個資料室。一般來說，礦區女工少，這種地方都是留給女工的，辦公室主任見馬一鳴連女的都不如，只好讓他去了那裡。理由是馬一鳴戴著眼鏡，必定有文化，最合適幹這行。

馬一鳴對整理資料也沒興趣，他哭喪著臉見陳亞非。陳亞非說，你要賺錢養活自己，無論如何也要學會做點事，不然你這輩子怎麼辦？馬一鳴只好硬著頭皮在資料室裡呆了下來。有一天他整理資料，突然發現一本裁剪的書，隨意翻了下，枯燥的線條和簡單的圖案，讓他覺得頗有意思。於是就抱著書琢磨開來。資料室的光線暗淡，卻是他喜歡的暗淡。他拿著書的手幾乎碰著了下巴。隔了一些日子，他照著書，把自己寬大的工作服修改小了，而且修改得還挺合身。曾經大笑過他走路摔跤的人都有些驚詫，問他在哪裡改的。他說是他自己改的。人們看看他的縫針，果然還有不熟練的痕跡。儘管如此，所有瞧不起他的人，都對他刮目相看。慢慢地，另一些工作服不合身的人，也請他幫忙修改。衣服有破處的人，亦讓他幫忙縫補。這下馬一鳴就有得忙了。他的休息時間幾乎都在幫人修改衣服，後來實在忙不過來，便找陳亞非借了幾十塊錢，加上自己攢下的幾月工資，他去買了台縫紉機。童年時代那些熟悉的噠噠噠聲，又在他的身邊迴蕩起來。這是他相當厭惡的聲音，但他卻必須接受。或許，他想，這就是命吧。

馬一鳴幫人整改和縫補工作服並不要錢，而且完全是用業餘時間。他做得又認真又仔細，很快他便成為礦上最受歡迎的人。礦領導也很高興，因為他們的資料室是工人最愛去的地方，他們的礦工是整個礦務局裡最愛學習的人。馬一鳴由此被評上先進，拿回了他生平第一張獎狀。

這是馬一鳴人生特別愉快的一段日子。

3、兩個女人

春節時，陳亞非結婚了。

新娘王曉鈺先前是陳亞非的同事，恢復高考後，上了大學。陳亞非原本也想考大學，可那時王曉鈺的父親業已去世，沒了經濟支撐，上了大學怎麼活呢？何況她還有個從未工作過的母親和一個正讀中學的弟弟。陳亞非說，我們倆上一個就行。你上，我不上，這樣我的工資還可以撐你一把。

就這樣，陳亞非留在工廠繼續當他的宣傳幹事。陳亞非的母親即周大媽氣得快要吐血。她一直認定自己兒子是有大本事的，如果上了大學，這本事就會放得更大。她背了一堆參考資料，拖著馬一鳴的母親，從武昌趕到青岩城，想要說服陳亞非。周大媽說，你以為你替人家撐了大樑，這房子還是你的？人家上了大學，跟同學跑了呢？陳亞非就笑，說跑就跑了唄，我還可以找到更好的。你不是一直都不喜歡她嗎？周大媽的確不喜歡王曉鈺。她覺得王曉鈺長得並不漂亮，卻自以為自己是絕世美女，又過於精明，算計太多，懶惰則罷，還萬般自負。她擔心兒子這一生會吃虧。陳亞非卻不這麼想。陳亞非說，媽，放心吧。我管得住她。不就是一個文憑嗎？我沒文憑一樣能打天下。馬一鳴的母親說，亞非從小就有本事，放哪兒都是能人。他的能耐根本不需要去上大學。看我家馬一鳴，這麼沒用的一個人，他都不打算去大學念書好讓自己有一點用處。他只需要亞非分出一丁點本事罩著他就很享受了。說得陳亞非哈哈大笑，且說自己是第一次知道馬媽媽這麼有思想。周大媽亦是一番哭笑不得，只得由了陳亞非。

王曉鈺讀的是師專中文系，畢業就留了校，說是教寫作。陳亞非便訕笑道，你寫東西還要我幫忙修改，你怎麼教人家呀？這不是誤人子弟嗎？王曉鈺對這句話大為惱怒，說是我上了大學還是你上了？我白紙黑字有文憑，有校長的印章，你的呢？陳亞非說，寫作這事，不是靠文憑就可以的。憑良心說，你寫文章寫得過我嗎？

王曉鈺一時無語。因為她的確寫不過陳亞非。陳亞非從中學開始就是語文科代表，寫過無數學習心得批判文章勞動體會諸如此類，已有一套寫作的路數。而且還聲稱準備寫一部長篇小說。王曉鈺知道他比自己有才，但還是為這句話跟他冷戰了好幾天。

王曉鈺很以自己的大學文憑為傲，她甚至也想過要與沒有文憑的陳亞非分手。可轉念間又有些猶豫。一則她用了陳亞非不少錢，短時間內也無力償還；二則王曉鈺覺得自己的姿色上佳，嘆惜班上沒有與她容貌更為相配的男人，陳亞非雖說沒有文憑，其他卻都還不錯。思來想去，王曉鈺一直沒有下定決心。畢業前夕，她幾乎想要開口向陳亞非提出分手，畢竟有個沒文憑的男友，在同學面前，臉面子有點掛不住。可恰在此時，陳亞非興高采烈地告訴她，他馬上將調去局宣傳科，而且直接提副科長。聽領導的口氣，以後也是要重用他的。王曉鈺立即覺得，副科長的地位全然可與一紙文憑相抗。就算她換一個有文憑的人，還不知道要奮鬥幾年才能到陳亞非的程度。一番盤算下來，便消解了分手之心。陳亞非在她畢業半年後向她求婚，他一開口，王曉鈺就同意了。當然，她曾想分手的小心機，陳亞非並不知道。摟著王曉鈺的肩，陳亞非一如既往地跟人吹牛：我老婆是大學老師，國家精英。說這番話時，他臉上滿是自豪和得意。

陳亞非人緣好，婚禮非常熱鬧。來了一群朋友吹拉彈唱。陳亞非學過小提琴，也不顧新郎身份，混在裡面，一起演奏，不像結婚，倒更像是演出。現場人人都玩得很開心。

馬一鳴和他的母親自然會去婚禮。馬一鳴索然無趣地坐在角落，他一向不喜歡熱鬧場合，如果新郎不是陳亞非，他根本都不會出現。但新郎是陳亞非就不同了。陳亞非的喜事就是他的喜事。儘管索然無趣，但他心裡卻十分高興。尤其陳亞非身上那套中西合璧的新郎服，是他親手所做，而王曉鈺穿著的紅色新娘旗袍，也由他設計製作。這算是他送給陳亞非的結婚禮物。陳亞非拿到手時即說，馬一鳴的禮物對他來講，就是宋公明的及時雨，是所有禮物中最為合適的禮物。

這兩套衣服果然相當醒目。現場已經好幾人在打聽：這套衣服是在哪裡買的？陳亞非賣了關子，說婚後再把地址告訴他們。私底下卻跟馬一鳴說，萬一我告訴了他們，他們就會圍著你轉，那豈不是輪著你今天唱主角？這個我可不幹。陳亞非說時大笑。馬一鳴也跟著笑。他看得出來，陳亞非是真開心。

馬一鳴的母親從沒見過這麼有趣的婚禮。想著自己兒子馬一鳴只比陳亞非小一歲半，卻連對象都沒有，心裡便癢癢的。當下拜託陳亞非和王曉鈺替馬一鳴留意一個姑娘。

陳亞非滿口答應了，但他卻知道，這個任務有點難。因為他曾經給馬一鳴介紹過不止一個，卻無一人看上馬一鳴。甚至有個姑娘還一臉的不滿，說這種人你也敢給我介紹？你把我當甚麼人了？這話出口很重，讓陳亞非心驚了半天。此後再不敢輕易動念。但新娘子王曉鈺卻突然有所思，她當即「叭」一下拍著大腿，跟馬一鳴的母親說，我有一個朋友，人特別好，可以介紹給小馬。

王曉鈺要介紹的這個人叫寶順。寶順姓朱，比王曉鈺小三歲。寶順的爹當年是王曉鈺父親的勤務員。知青下鄉時，王曉鈺父親擔心女兒到鄉下會吃苦，就讓她下放在距青岩城不算太遠的朱家灣，並且挑準了住在寶順家。王曉鈺的父親多少有些地位，他的女兒有這個選擇權。得知城裡有個知青姐姐來自家住，寶順興奮得又唱又跳。寶順沒有姐妹，只兩個哥哥，因而自己獨住一間屋。王曉鈺一來，寶順的爹就安排她跟寶順住在一起。寶順性格隨和，又仰慕王曉鈺，覺得城裡的知青姐姐文雅而有學問，於是便像她爹當年跟王曉鈺父親當勤務員一樣，把自己也弄成了王曉鈺的勤務員。

寶順一直渴望進城，尤其在知青們紛紛回城之後，寶順更是想要成為一個城裡人。只是當年把農村戶口轉進城裡，不是件容易的事。而沒有戶口住在城裡，差不多就跟壞分子一樣，會成為社會盲流，這種事寶順也不會幹。嫁人，便是一個上好的方式。村裡有個姑娘嫁給城裡的一個瘸子，於是戶口得以進城。寶順的父親絕對不同意寶順為了進城而嫁給殘疾人。王曉鈺有個老同事是轉業軍人，長得一表人才，只是在對越反擊戰中胳膊受了傷，有一隻手抬不高，僅此而已。他見過寶順和王曉鈺的合影照片，覺得寶順挺對他的喜愛，便對王曉鈺說，他想找一個農村姑娘，圖她不嬌氣，能幹活，像照片上的這個姑娘一樣。王曉鈺知道他中意寶順，也想過把寶順介紹給他，只是心裡又打了小算盤，覺得寶順嫁得未免太好了。那轉業軍人比陳亞非長得帥且不說，工資級別都比陳亞非高，並且因為戰鬥有功，將來提拔快也是擺在桌面上的事。王曉鈺不想今後跟寶順一起出門時，寶順一家比她家還光耀，更不想寶順將來妻隨夫貴，比她更得眾人巴結，所以一直遲遲沒有開口。現在被馬一鳴的母親一求，王曉鈺立即覺得讓寶順跟馬一鳴簡直太合適了。於是，她立馬提出了寶順的名字，並且當即跑進房間，把她和寶順的合影拿出來給馬一鳴的母親看。

馬一鳴的母親自然一眼看中。年長者對健康姑娘總有著特別的親近感。陳亞非早就認識寶順，也力讚寶順是個好姑娘，如肯嫁給馬一鳴，定能在生活上照顧好馬一鳴。馬一鳴本來對結不結婚也無所謂。但陳亞非誇讚這姑娘，於是他也就沒有表示反對。

開春之後，陳亞非夫婦帶著馬一鳴去了趟朱家灣。說是出來透透氣，看看鄉下的春天。寶順見到他們很開心，本來要去磚瓦廠打土坯，立馬表示只需騎自行車過去跟磚瓦廠的師傅請個假，二十分鐘即轉來。陳亞非說，不用請假，你們倆女人聊天，我們倆男人去幫你打土坯就是。你今天的活兒也不會落下。說著拖了馬一鳴一起去到磚瓦廠。陳亞非是想留著王曉鈺跟寶順說話。

王曉鈺果然開門見山地提到馬一鳴。說他是陳亞非一起長大的好朋友，雖然個子不大，但心靈手巧，老實本分，尤其裁縫手藝非常高。嫁給馬一鳴，兩家人都是好朋友，可以相互照應，並且常在一起玩，生活會有意思得多。寶順本來就不想一輩子呆在鄉下，但想要成為城裡人，只能走嫁人這條路。馬一鳴雖然瘦小，卻沒有任何殘疾，腦子也不壞，何況還有手藝，顯然是個好選擇。於是沒等王曉鈺勸，就忙不迭地點頭答應了。她的爽快，倒讓王曉鈺吃了一驚。王曉鈺自然十分開心。她開心的不是寶順可以進城，而是覺得馬一鳴基本上是陳亞非的跟班，從此她也有一個跟班。往後的日子，有兩個跟班伴隨時呼叫，想來還是多出不少的威風。

寶順的父親對馬一鳴頗為滿意，一則馬一鳴戴著眼鏡，像個科學家，二則馬一鳴當即就替他把幾條破褲子修補好了。還答應回去挑一塊衣料，替寶順的奶奶做一套壽衣。寶順的父親一點不覺得馬一鳴的瘦小有甚麼問題，倒是覺得他有一門手藝，那就比甚麼都強。寶順的父親到底老道，人生經驗告訴他：男人只要有手藝，不論遇到甚麼世道都能養得活老婆孩子。

兩人交往只幾個月，馬一鳴便決定結婚。雙方的父母亦認為既然兩家人都滿意，也就沒有甚麼必要長久地談戀愛。以前嫁娶，進了洞房才相識。比起來，馬一鳴和寶順都來來往往多少回了。更重要的是，有一天，寶順進城找馬一鳴，晚上沒回去，就住在馬一鳴那裡。寶順在鄉下，種田時，男女苟且之事聽得多，膽子自然大。馬一鳴沒經驗，但他隨和，被寶順一挑逗，就一切順從了她。這一順從下來，整夜都摟著寶順睡，心裡無比溫暖踏實，覺得人生有個女人相陪，實在是太好了。

寶順的父親見寶順老想跑城裡，擔心她未婚先孕，丟了家人臉，於是催她趕緊出嫁。其實這個時候，寶順已經發現自己停經了。

這個婚結得皆大歡喜。馬一鳴難得喝一次酒，但在自己的婚禮上，他卻喝了好幾杯。其中有三杯是敬陳亞非和王曉鈺的。他說，他的恩人原來只有陳亞非一個，現在又加上了王曉鈺。他現在一共有兩個恩人了。說得陳亞非和王曉鈺都笑個不停。回去後，兩個人還為這話笑了好幾天。

婚後的馬一鳴深刻體會到有了女人才有家這一說。他的生活一下子輕鬆起來。這種輕鬆，就是以前天天跟著陳亞非身後都不曾產生過的。他對寶順的愛戀和依賴，也很快超過了陳亞非。他把這個感受講給陳亞非聽，陳亞非敲著他的腦袋說，你這是反動思想。不可以見色輕友！明白嗎？

馬一鳴的頭被他敲得嗡嗡響，心裡卻有幾分暖意。

4、兩個孩子

有孩子則更像家。婚後不到一年，馬一鳴和寶順有了孩子。這是個女兒，馬一鳴給他取了個名字叫馬蘭花。馬一鳴不喜歡音樂，但在小學時，學校喇叭裡經常放一首馬蘭花的歌，你想不聽都不行。這首歌給了馬一鳴深刻印象，他甚至還記得裡面的歌詞：「馬蘭花馬蘭花，風吹雨打都不怕，勤勞的人在說話，請你馬上就開花。」

抱著女兒的時候，這歌的旋律就一直在腦子裡盤旋不去。他突然覺得這首歌好極了，仿佛正是為他女兒寫的。他就是希望女兒風吹雨打都不怕，希望她勤勞，希望她能像盛開的花朵。

告訴陳亞非時，陳亞非說，叫甚麼馬蘭花呀，土掉渣了。就叫馬蘭蘭。從今往後，這就是我乾女兒。

馬一鳴取的名字被陳亞非否了一半，但他仍然很開心，他特別樂意陳亞非給女兒當乾爹。他覺得自己沒本事，將來當不了女兒的靠山，但有陳亞非當乾爹就不同了，女兒這座靠山是穩穩當當的。這樣，女兒按她乾爹的意見，叫了馬蘭蘭。

寶順的戶口在馬蘭蘭兩歲時，辦進了城。只是她的工作都是臨時的。寶順沒有技能，只能在餐館打工，幫人洗碗摘菜甚麼的。辛苦是辛苦，倒也能掙回一筆錢養活自己。

陳亞非和王曉鈺在婚後四年才生了一個兒子。雖然比馬一鳴家晚生幾年，但他們生的是個兒子，王曉鈺於是很得意。她覺得自己無論哪一頭，都完勝寶順。

陳亞非的兒子叫陳重墨。這顯然是文青陳亞非的主意。陳亞非起好名字，曾跟馬一鳴說，按我的想法，你家閨女應該叫馬濃彩，我家兒子叫陳重墨，這兩人合起來就是「濃彩重墨」。我們被文革耽擱了不少人生，可是這兩小傢伙，就應該是新時代濃彩重墨的人物，你說是不是？馬一鳴不置可否，他覺得陳亞非說得有理，但有理和無理又有甚麼差別呢？甚至說不說以及是否需要濃彩重墨也是無所謂的。馬一鳴的心態就是這樣。

但王曉鈺的想法就完全不同了。王曉鈺想，濃彩重墨個屁呀！我家墨墨是甚麼人？爸爸是科長（那時候的陳亞非已經提升了一級），媽媽是大學老師，他們呢？爸爸在礦上打雜，媽媽在餐館打雜。他們家的孩子怎麼能跟我們家相提並論？想到這些，王曉鈺忿忿然道，你有沒有個譜？你把你兒子放到甚麼地位上了？陳亞非倒是十分不解，說這跟地位有甚麼關係？王曉鈺說，我兒子說起來也是金枝玉葉，怎麼能跟他們家閨女一起擺？人家馬一鳴都自覺地管女兒叫馬蘭花。馬蘭花是甚麼花？上不得台面的野花而已。陳亞非說，你這想法太奇怪了，我們兩家不是朋友嗎？他女兒和我兒子不都是自己的孩子嗎？要不是馬蘭蘭比我們墨墨大，我就要跟他們結親家了。王曉鈺更是生氣，說你把我兒子當甚麼人了？拾破爛的？

王曉鈺這句話讓陳亞非發了火。他怒道，你把自己當了甚麼？人生而平等，我跟一鳴從不會說話起就是朋友，你跟寶順也交往得夠長了。你憑甚麼覺得自己高人家一頭？你還是大學老師，真是白讀了那些書。

王曉鈺被他如此一說，更是火冒三丈。王曉鈺說，我不高一頭，為甚麼被人看不起的不是我？餐館洗碗的不是我？走到外面處處受人尊敬的是我們還是他們？陳亞非被她這個想法氣得說不出話來。他「你你你」了半天，才說，虧人家還拿你當朋友當姐妹當恩人！

這件事，成為陳亞非和王曉鈺婚姻生活中一個巨大的陰影。兩人冷戰了好長時間，才緩解過來。

好在馬一鳴和寶順都不知道。

每年的節假日，四個大人，兩個孩子，都在一起過。一起吃飯以及一起遊玩。吃飯時，多是寶順動手，遊玩則全聽陳亞非的指揮。王曉鈺因為游手好閒懶散成性，而成為他們中沒用的一個人，但比她更沒有用的人還是馬一鳴。一來他完全沒有做飯的動手能力，二來他對遊玩也沒有半點興趣。他只是習慣地聽從陳亞非和寶順的調度罷了。

兩家人像親戚一樣密切往來。一家各有一個有用的人和一個沒用的人。有人幹活，有人閒著；一家又各有一個孩子，女大男小，姐姐正好帶著弟弟玩耍。一切都搭配得十分完美而且平衡。日子就這麼平順地過了下去。

陳亞非和馬一鳴慢慢地進入了中年。他們以為這樣風平浪靜的日子會陪伴他們一輩子，就像他們互為陪伴對方一輩子一樣。

卻不料，意外開始陸續地到來。

先是馬一鳴下了崗。下崗的原因並非馬一鳴表現不好，而是封礦了。地下已經被掏空，礦資源枯竭，不封礦也沒有存在的意義。政府留下一些工人，用於修復被挖得不成型的山體。而馬一鳴根本不是做體力活的人，下崗便很自然。

好在馬一鳴也不介意上崗或是下崗。正如他岳父所料，男人有手藝，就不怕養不活一家老小。寶順一聽說馬一鳴要下崗，立馬對馬一鳴的未來做出安排。她到老街上租了一個小小的店鋪，拆了臥室的床板，找了輛三輪車，裝著鋪板和馬一鳴的縫紉機，去到店鋪。她把床板做成裁剪台，又找了一塊木條，請陳亞非寫了七個字：一鳴驚人裁縫店。然後自己上五金店討了一顆鐵釘，三下兩下釘在店鋪大門口，踩著板凳把牌子掛了出去。結果馬一鳴下崗的第一天便在自己的縫紉店上了崗。

寶順辭了洗碗工，開始給馬一鳴幫忙。馬一鳴倒也省心，他只負責裁剪縫紉，其他一切都由寶順料理。幾個月下來，寶順算了一下賬，說這比兩個人在外上班賺的錢多好多哩。

陳亞非去馬家瞧瞧下崗的馬一鳴過得怎麼樣，聽到寶順的算賬，便笑馬一鳴，說你這不光沒下崗，還成了馬老闆哩。

馬一鳴也笑，說無所謂呀。馬一鳴順從別人安排早已是生活習慣。他覺得順從而不反抗，是人生特別舒服的一件事。只要寶順滿意，馬蘭蘭不愁吃不愁喝，馬一鳴也就心安理得。

馬一鳴下崗前，寶順經常說的話是：不曉得這個月的錢還夠不夠。有了一鳴驚人裁縫店，寶順的話就變成：我們就快有好日子過了。

寶順理想中的好日子，最現實的就是換套大點的房子。馬蘭蘭越來越大，再跟爹媽睡在一張床上顯然不合適。她應該有自己單獨的房間，而寶順自己，則希望能有客廳和廚房。眼下他們住著以前的工人宿舍，只一間屋，廚房則是十餘戶人家共用。

終於在馬一鳴下崗的三年後，寶順看中了一套房子，雖然是平房，又是二手的，但到底有兩房一廳，並且還有一個小小的院子。她很滿意，心想有院子比多一間房更好，牆角可以種點菜，這樣，家裡的蔬菜錢就可以省下。寶順心裡一高興，當即便作了決定。她把家裡所有的積蓄悉數取出，又回娘家找爹媽借了一點，果斷買下這套房子。

所有這些，馬一鳴都沒有過問，寶順也懶得跟他商量。當寶順通知馬一鳴搬家時，他就順從地按寶順指示，拖著一輛板車，把家裡的東西，一趟一趟地運到新房子裡。最高興的人是馬蘭蘭，從此，她有了自己的獨立空間。關上門，她可以做她自己想做的事，不必被爸媽兩雙眼睛盯著。頭天夜裡，睡在新屋中，寶順問馬一鳴感覺怎麼樣。馬一鳴說，沒甚麼感覺呀。寶順說，你不覺得開心嗎？馬一鳴說，開心呀。以前也蠻好的呀。

寶順對馬一鳴深切的失望感，大概就是從這天開始。

下崗這樣的倒霉事，在寶順的操持下，算是逢凶化吉。但不幸的事情並沒有結束，新房住進不到兩年，馬蘭蘭有一天參加學校組織的郊遊，結果中途出了車禍。當場死了三個同學，十幾人受了傷。其中一個傷者就是馬蘭蘭。她的雙腿被壓，營救出來時，已然沒有知覺。這一年她十三歲。

馬一鳴人生最痛苦的日子，應該就是這天。

肇事公司賠了一些錢，但這又怎麼換得回健康活潑的馬蘭蘭呢？這回寶順也撐不住了，哭得撕心裂肺。而馬一鳴則幾乎成了呆子。他雙目發直，腦子幾近凝固。每天不吃不喝，仿佛他的世界已經崩塌。為馬蘭蘭跑腿、協談賠償之類的事，全都由陳亞非出面操辦。

寶順哭了幾天，知道哭也沒用，救孩子不靠哭，而是靠自己振作。因為家裡除了受傷的馬蘭蘭外，還有比馬蘭蘭情況更糟糕的馬一鳴。

一連多少天，馬一鳴的腦子都是空白。他已完全不知所措，每天起了床就呆站在馬蘭蘭屋門口。縫紉店已經關門了好幾天，做衣服取衣服的人電話打到了家裡，附近小賣部守電話機的老頭，喊馬一鳴都喊得發火。寶順勸他回店去，他不聽，寶順發脾氣，他也不聽。寶順無奈了，只得找陳亞非，說我要管我女兒，這個人我是沒辦法救了。

陳亞非天天去馬家，馬一鳴見到陳亞非就哭。哭得馬蘭蘭說，爸爸，受傷的是我好不好？我都沒像你這樣哭。陳亞非擔心影響馬蘭蘭的情緒，只好每天都把馬一鳴拖到江邊。

江邊有一塊磯石，叫馬蹄磯。磯石很大，朝向大江的一面，很多凸起的石塊。青岩城的年輕人，談戀愛時，都很喜歡在這裡小坐，一邊聊天一邊看長江東流。陳亞非陪著馬一鳴在這塊巨石上坐了好幾天。

馬一鳴多數時都不作聲，只是哭。陳亞非一向不對馬一鳴說重話，坐了幾天後，也忍不住吼人了，說你怎麼這麼沒出息？蘭蘭都比你強。你當爹的，應該鼓勵她站起來，你這樣沒用叫她怎麼看你？

馬一鳴依然哭，說我就是沒出息呀。我沒辦法呀。陳亞非說，有沒有辦法你都得承受。如果真是為了蘭蘭，你就趕緊去賺錢，賺多一點錢，找天下最好的醫生，請他把蘭蘭的腿治好，讓她能站起來。你這樣做，才是真正當爹的樣子。馬一鳴說，我賺多了錢，難道就能治好蘭蘭嗎？人家說，她要癱瘓一輩子。陳亞非很無奈，他只好說，你寧可信人家的話，而不信我的話？有一條，你像現在這樣哭，肯定救不了蘭蘭。這話說完，馬一鳴的哭聲仍然未停。陳亞非咬咬牙，最後說，這樣吧，你負責賺錢，我負責找高級醫生。我保證讓蘭蘭重新站起來。你該曉得，我說話一向算數的。

馬一鳴終於抹乾了眼淚，臉上露出驚異。

馬一鳴從來都是唯陳亞非命是從。這一次，他還是聽從了陳亞非的話。其實能不能讓蘭蘭重新站起來，陳亞非並不知道，但是他明白的是，他首先得讓馬一鳴站起來。

馬一鳴果然開始回到縫紉店。他每天提前開門，夜晚也不打烊。沒日沒夜在店裡埋頭做衣服。他信陳亞非所說：只有他多賺錢，才能幫到馬蘭蘭。寶順和陳亞非都不勸他休息，因為也只有這樣，才能讓馬一鳴在救馬蘭蘭的同時，也救他自己。

馬蘭蘭的外傷好了之後，醫生說她短時間無法站起來，如果能堅持長時間做康復，或許將來還有站起來的可能。陳亞非一聽大喜，便通過朋友請到一位按摩醫生。這個醫生姓周，叫周民友，出自中醫世家。他每天上門來給馬蘭蘭做針灸和按摩。兩三個月以後，似乎有些效果，馬蘭蘭感覺自己的腿有了點變化。

這個結果，不止是讓寶順驚喜交加，也讓馬蘭蘭本人信心大增，而最為興奮的是馬一鳴。他叫寶順不用去店裡，專心在家照顧馬蘭蘭，以及招呼好周醫生。經濟負擔雖然沉重，但他會拼全力賺回來。

馬一鳴對陳亞非說，我能承受住，是你救了我家蘭蘭。陳亞非笑道，承受得住就好。救蘭蘭的人是你，但救你的人是我。

日復一日都是庸常的生活。王曉鈺到底與寶順一家的關係漸漸疏遠。往來多是陳亞非一個人，年節吃飯甚麼的，王曉鈺總是有理由說她和陳重墨參加不了。而陳亞非則說，他們不來更好。馬一鳴無所謂他們來不來，他需要的只是陳亞非這一個朋友，其他人對於他來說都是零。寶順初始不明白為甚麼，但寶順聰明，漸漸猜到王曉鈺是看不起他們。寶順雖然很長時間都相當於王曉鈺的跟班，但一經判斷王曉鈺根本就瞧不起她及她的一家後，心裡的傲氣便生長出來。於是，也主動疏遠他們一家人。兩家關係便由此變得微妙。任何關係，一進入微妙局面，就會冷淡，並且越冷越淡。到了馬蘭蘭出車禍時，兩家關係，最終只剩下陳亞非和馬一鳴兩個人的朋友關係，就仿佛回到他們住在蛇山腳下時的年代。

陳重墨是個小孩，生活在諸事聽從媽媽安排的年齡裡。他正慢慢地學著用自己的眼睛看世界，以及看他的父母。他心裡倒是知道自己有一個好朋友，也是一個姐姐，她叫馬蘭蘭。他們小時候常在一起玩耍。

凡俗者的日子就是這樣，如果歲月流光沒有波動，大家就這麼或密切或疏離地過著。每個人都可以默默地編織和經營自己的人生歷史。

然而，生活的走向不由個人自定，日子在犬牙交錯中壓錯一齒，一切安寧的庸常的生活便都在瞬間翻盤。

於陳亞非是，於馬一鳴也是。

5、另兩個男人

有一年夏天，一個叫楊照酉的年輕人在山上挖草藥。

像馬一鳴和陳亞非一樣，他也是知青。日子過得太清苦，聽說上山挖草藥，可以賣錢，於是便跟著村裡兩個學生娃一起上了山。在山裡轉了幾天，挖的草藥也有了一小簍。同去的學生娃懂行，說至少可以賣到十塊錢。楊照酉十分開心，心想有這十塊錢，至少兩個月不愁飯吃。

正在楊照酉愉快暢想後兩個月快樂生活時，忽聽見有人喊救命。他循聲而去，看到一個男人叫喊著倒下。楊照酉快步跑到跟前，此人已然昏迷。楊照酉看出他不是本地人，同時跑過來的學生娃有經驗，立即判斷他被毒蛇咬了，如不馬上送下山就會沒命。楊照酉渾身一寒顫，甩了手上的簍子，背起他便往山下跑。背上的男人不輕，但楊照酉救人心切，竟也沒有感覺到疲累。衝到山下，闖進村裡老中醫家，他才軟倒在地。

老中醫給昏迷的年輕人用了藥。告訴楊照酉，如果再晚幾分鐘，蛇毒發作，他必然一死。楊照酉坐在地上，他一直拊著自己的胸口，正在想自己是否還能找回那簍草藥。突聽老中醫這麼一說，立即轉念，覺得一條人命比那十塊錢價值要高得太多。藥蔞找不找得回，也無所謂了。

那時的楊照西真沒想過這價值到底能高到多少。他只知被他救起的人叫林松坡。也是知青，下放在山那邊的西河村。兩人分別時也不過握了一個手，林松坡說，兄弟，空話我不多說。將來我若發跡，必定會報答你的救命之恩。楊照西說，既然叫我兄弟，救你也應該，不談報答。

很多年很多年過去了。

楊照西幾乎完全忘記這個叫林松坡的人。但是林松坡卻在很多年後的一天突然出現在他的面前。

這天楊照西正好下崗半年，窮愁潦倒，百事不順。老婆一直是個強勢之人，在他下崗才幾天就決定與他離婚。他逆來順受了幾個月，覺得自己扳不過命運，便在離婚協議上簽了字。簽字當天，沮喪得不知自己該怎麼活下去。同日下崗的工友尹國銘託人帶話給他，說別想多了，先出來喝酒。楊照西心想，也只有喝酒了。

楊照西悶頭走在前往酒館的路上，突然跟一個人撞了個滿懷。那人也不生氣，只是望著他。他先是有點莫名其妙，心裡煩亂，幾欲脫口罵人，可又覺得此人似乎面熟，罵人的話便從齒邊咽進肚裡。

這個人就是林松坡，他已是青岩城著名的房地產公司老闆。他尋找楊照西好久，靠楊照西的鄰居指點，一路追到這裡。楊照西有些驚訝，但卻更為沮喪：故友重逢，按他的性格，當請他大喝一通。可是，他現在腰裡幾乎沒有請客的錢。這個面子，他要不起。

林松坡卻一臉高興，說我總算找到了你。林松坡，記得這個名字嗎？我的命是你救的。

楊照酉說，謝謝兄弟你還記得這個事。不好意思，我現在正落魄，想請你一起喝頓酒都請不起。林松坡說，走走走，我請你喝。不但要請你喝酒，還要請你跟我一起做生意。

林松坡對於楊照酉，是一個完全不熟悉的人。他所說的所有話，楊照酉皆將信將疑。做生意？工廠都不要的人，還能做生意？楊照酉自己都看不上自己。林松坡卻說，我是來報恩的，怎麼會騙你？還記得我當年跟你說過的話嗎？你有甚麼可猶豫的？你都一無所有了，難道還怕有甚麼損失？

林松坡的後一句話，讓楊照酉開了竅。他想是呀，自己已經沒有甚麼可以損失的了，既然如此，又還有甚麼可以怕的？想過便答應下來。

工友尹國銘的酒桌被林松坡挪到了城裡最大的酒店。他們吃飽了菜，喝足了酒，醉得無法回家，夜裡就住在了酒店。早上酒醒起床，泡了一個舒服的熱水澡，方覺得人生其實有很多享受，他們從來沒有品嘗過。這一次的消費，所有的賬都是林松坡支付的。尹國銘說，真的要跟他幹嗎？楊照酉說，試試看吧，反正也沒別的路。

林松坡做的是房地產生意，他叫楊照酉開一家裝修公司。他全額投資，佔股份的百分之五十，楊照酉當公司經理，也佔股份的百分之五十。公司名字在兩個人姓名中各取一字，叫松照裝飾有限公司。以後，但凡林松坡公司蓋建精裝房，都指定松照公司裝修。如果不是精裝房，也會力薦客戶請松照公司裝修。林松坡借給楊照酉五十萬，也就一年，楊照酉的松照裝飾公司賺到的錢就翻了一番。而楊照酉本人，也由機器廠的一個下崗保全工，成為了企業家。

林松坡的公司在南方有著很大的規模。這些年開始向二、三線城市擴張。林松坡負責中南地區。為了青岩城的房地產開發，他在這裡成立了自己的獨資公司，取名「倚天」。對於青岩城，林松坡有著說不出的情感。他經常對人說，一談到這裡，他的內心便是五味俱全，百感交集。

時間又得繞回到過去。

就在當年，距馬一鳴工作的礦區附近，還有另一座礦。這座礦跟馬一鳴工作的礦同屬市礦務局。林松坡也是知青時招工而去，除了這一點跟馬一鳴相同外，其他則完全不同。當然，這兩個人沒必要擺在一起作比較，何況他們兩人從頭到尾都沒有過交集。

林松坡身材魁梧高大，眼睛鼓而圓，往人前一站，便很有氣派。礦長第一天見到他，便興奮地拍著他的肩說，你天生就是當礦工的！林松坡沒說甚麼，只是淡淡地笑了笑。林松坡平時話也不多，他天天下礦井，下去便埋頭幹活。礦長偶爾下礦檢查安全，總會留意一下林松坡。出井時，就長嘆道，像林松坡這樣踏踏實實當礦工的年輕人實在太少了。很快林松坡就入黨當了幹部。與他同期進礦的青年人中，他提拔得最快。當然，大家也服氣，因為他就是所有青年中幹得最好的那一個。只是，一心一意要提拔他的礦長最終還是失望了：林松坡並沒有按他所希望的那樣紮根礦井革命到底，卻在已被提拔到礦務局當團委書記的背景下，私自跑去參加高考，並一舉考到北京。幾乎所有礦務局領導們都有點生氣，仿佛覺得自己忙了一場，卻一無所獲。礦長還追到火車站，想要說服一下林松坡，但林松坡根本不把他的話當指示，滿臉自豪地向他揮揮手，坐著火車哐哐而去，把滿心悵然的礦長扔在了站台。

很多年過去後，林松坡再回青岩城時，這座百年老礦早已停產。就連礦務局都取消了。礦上的房子已拆得見不到原型。礦長業已提前退休，再見林松坡時，方才又一聲長嘆，說還是你有眼光，幸虧當初你沒留下。

林松坡像第一天見到他時一樣，淡淡一笑。他請礦長喝了酒，礦長現在已然沒有了領導派頭，倒是將林松坡當成知己，喝了很多酒，也發了很多牢騷，席間還談了許多礦區舊事。林松坡對礦長說，我打算在青岩城成立一家房地產公司，我知道您是有本事的人，您願意出山嗎？

礦長第二天酒醒甚麼話都忘記了，但卻記得這一句。他在林松坡的公司當了顧問。礦長姓李。

重返青岩城的林松坡當然不完全是為了報答重恩並懷念故舊而來。林松坡大學畢業後留在北京的中央機關裡工作。做了幾年，心情鬱悶。他想，這並不是他想要的生活。某一年，很多朋友下海做生意，也約他。儘管他的仕途平坦，但他就像當年離開礦務局一樣，沒有半點猶豫，交了一份辭職報告，同樣也是向挽留他的領導揮揮手，果斷地離開北京。林松坡永遠知道，他自己需要甚麼。

果然，他得到的一切甚至超出他最初想要的。他在南方安了家，有了別墅，買了豪車，兒子送到英國留學，家裡請了兩個保姆，一個做家務，一個照顧爹娘。靜夜時分，林松坡經常想，人生是甚麼？人生不就是這樣嗎？

當然，唯一讓他遺憾的是，他並不愛他的老婆，那個女人是他當礦工的年代，實在寂寞時，師傅介紹的。是師傅的侄女，他接受了。現在，就只有躺在這個女人身邊時，他會覺得自己的生活，依然殘缺。

這兩個男人的婚姻，都不幸福。

6、還有兩個男人

這是一個男人的世界。所以，只要寫現實題材，男人經常多於女人，因為浮在面上的人多是他們。而女人，更多的她們，除了像男人一樣在外打拼，還得貓在家裡帶孩子做飯以及照顧公婆。她們用有力的臂膀支撐那些飄浮在面上的男人，以免他們沉落水底。

這裡的兩個男人，一個是楊高，一個是蘇衛。他們倆都是警察。我曾經在小說《埋伏》和《行為藝術》中寫到過楊高。所以，這一次，我覺得還是由他出面來擺平所有的問題才好。

歲月不居，時節如流。雖然人們看不到它流逝的動態，但它卻用改變一切外觀的方式來給予確認：時間它的確已然流過。就像我們看不到風，但我們卻會從枝條飛揚中，知道風起了。

楊高業已人到中年。他過去的搭檔小郃，也是出現在我小說裡的人物。他也結了婚。妻子當然不是《行為藝術》中的那位故作高深的藝術家飄雲。小郃說他管不住她，擔心中途婚變，所以他們還是在婚前平靜分手。現在，他們仍是朋友，儘管各自皆已結婚生子。而楊高，在局資料室管理員的死纏爛打下，加上小郃的從中撮合，他終於意識到這姑娘的好，也終於意識到自己需要一個親人，遂與之成家。管理員很快為他生了一個兒子，當了父親的楊高，不再像以前那樣心情沉重，為父親之慘死和母親之失蹤而糾結。他看著兒子一天天長高，彷彿兒子的每一釐米的成長喜悅都在化解他心頭每一釐米的悲傷和痛苦。

蘇衛是楊高的新搭檔。他讀過研究生，從警察學院分配而來。整個刑偵大隊數他學歷最高，沒有之一。就是在全局，也只有兩個人與他學歷相等。為此，眾人面前，他的心高氣傲總是難免。但楊高卻覺得用他不如小郃順手，一想到他的學問，叫喊的聲音都會低幾分。偏偏蘇衛的想法，又常與他不同，每一次提出自己思路，都會講述某某年某某國某某大師的某某案子出現如何如何的狀況。楊高根本不知道某某國的某某大師，他只知道自己埋頭破過的案子。聽著蘇衛的叨叨，雖然不爽，但也沒有多說。他暗咬牙關，堅持帶他。沒別的理由，老帶新，是刑偵隊的傳統，誰都得執行。

但蘇衛卻不這麼看。他知道楊高是局裡甚至省裡的頂尖級破案高手，同時也認為是因為自己的水平高，才被派去與高手搭檔。儘管他跟著楊高跑了大半年，有點力不從心，卻仍然從未想過自己有甚麼問題，他把自己的一切不順，都歸結為楊高保守，破案手段太陳舊。楊高一直希望局裡能把他調走，找過幾次局長，說蘇衛是個人才，放在這裡太浪費，應該去坐辦公室。局長哼哼哈哈，不置可否，也沒有任何行動。楊高很無奈，心想，以前小郃散漫，但是人卻勤快。這個高學歷警察，卻只會掉書袋子。殊不知，當警察偏不靠學歷，那個小本在破案時往往沒啥用處。蘇衛在楊高面前，常有狼狽感。反過來，楊高也覺得自己在蘇衛面前頗是狼狽。

有一次，楊高在小郃面前發牢騷。小郃說，理他幹嘛，甩了他，自己單幹，你又不是幹不下來。還有個辦法，就是讓他自己幹一次，看他能幹出甚麼來。楊高說，瞎說個甚麼，案子背後是人命哩。

小郃不是這部小說中的主場人物，但卻因為他的緣故，導致了整個小說的走向。

上部

是

第一章

7、大雨的黃昏

雨下得好大，天色被水泡成昏黑。

白梅湖盛不下這樣的暴烈水頭，呼呼地漫了出來。四周的田野都被浸在水下。水面像海，放眼望不到邊。立在湖水一側的白梅山被密集的雨水擋得眉目不清，只剩得一抹山影，淡灰色，薄紗一樣，懸在空中。風起時，仿佛衣袂飄動。

馬一鳴撐著傘，肩背著塑料布緊裹的帆布袋，手上拎著工具箱，吃力地朝白梅湖走去。布袋裡裝有縫紉機，不能被水打濕，儘管包了塊塑料布，但馬一鳴仍然盡可能地將雨傘蓋住身後的背包。

馬一鳴的縫紉店在青岩城中心的老街上。老街名叫「七筷」。有說當年從江西筷子巷遷徙而來的七戶人家率先住此，所以叫「七筷街」。也有說是一個叫朱七的人在街口開了家「朱七筷子店」，於是有「七筷街」一名。無論地名由來如何，七筷街是青岩城最古老的小街之一，這個毫無爭議。因為老，故而靠近老城中心，又因位近中心，走貨方便，各種小商鋪小作坊便都願在七筷街安營紮寨。算起來，馬一鳴屬第一批下崗工人，當年尚無幾人下海，所以，寶順很容易在七筷街尋下鋪面。

但是後來，下崗的人越來越多，七筷街變得越發熱鬧。尤其不起眼的小姑娘們，突然間長大，並且愛時尚好打扮的她們一下子滿街都是。由此，賣服裝的店鋪忽地佔掉大半條街。批量生產的衣服便宜，樣式也時髦，馬一鳴的縫紉生意漸漸不太好做了。

好在他有寶順。寶順並不識多少字，可她的腦子卻靈活多變。在馬一鳴看來，寶順幾乎一眨眼一個主意。寶順在店門口增加一個招牌，上面寫著：把你家的舊衣捐出來，我們縫補好送給窮人。她在招牌下，放了一個空紙盒。果然不少人都把家裡的舊衣服扔了進去。寶順把這些衣服洗乾淨，裝進一口箱子裡。然後帶著馬一鳴到周邊的鄉下，對貧窮家的老人或孩子說，這些衣服可以按你們的身材裁剪修改，衣服免費贈送，但修改衣服要收一點手工費。馬一鳴的裁縫本來就是從修改衣服開始的，做這樣的事，他拿手。他被寶順領著，三下兩下，將衣服或翻新或修剪，最後用熨斗一熨，完全像件新衣。得到衣服的人們都大為歡喜，對寶順和馬一鳴感激不盡。這個業務，居然成了馬一鳴裁縫店很重要的收入來源。當然，也為他們贏得諸多口碑。跟四邊鄉村熟了之後，寶順又開闢了駐村做冬衣和壽衣的業務。結果，被她這樣一通運作，馬一鳴的裁縫店倒是比之前的生意更加興旺，以致於他成天都在忙碌。鎖邊釘扣子以及拆舊的事，原本是寶順的，只是在馬蘭蘭受傷後，寶順的主要精力用來照顧女兒，馬一鳴便把這些活兒也一併攬過。馬一鳴想，自己晚上多做一點，就可以了。得幸馬一鳴沒甚麼愛好，除了做衣服，他最願意做的事還是做衣服。

走到岔路口，馬一鳴突然止步。他本應在這裡拐上臨湖小路，然而這一刻落入他眼裡的白梅湖，卻成烏泱泱一派大水，湖邊所有的路全都沉在了水下。架在湖汊上的石橋，也消失不見，石橋兩邊的欄桿成了水面上兩條黑線，被浪打得若隱若現。

這天的馬一鳴要去湖對岸的鄔家墩。約好從今日開始，在村裡給幾戶老人做棉襖。他將落腳鄔三婆家。鄔三婆昨天特意託人打了電話，說房間已為他備好，她這次要給自己做件壽衣。其他各家的衣料也都買回了，就等他去擺案台。

馬一鳴望著大水，有點茫然。他在考慮要不要涉水而行。

一個穿著雨衣的人朝他奔跑而來，邊跑邊揮手喊道：別下來，回去！臨湖路不能走了。

雨衣人一直跑到馬一鳴跟前，馬一鳴才看見他是個警察。警察喘著氣說，這麼大的雨，還出門幹甚麼？馬一鳴一指白梅湖斜對岸說，我要去鄔家墩給鄔三婆做壽衣。警察說，今天過不了橋，快回去吧。馬一鳴說，我跟鄔三婆約好了今天到。警察說，你看不見嗎？天要下雨，由不得人。鄔家墩的人都在撤離。你去了她也不會在。馬一鳴嚅嚅道，鄔三婆會生氣的。她生氣時喉嚨蠻大。警察似乎被他的話氣著了，吼叫道，喉嚨再大，也吼不死人；可是水大了，淹得死人。今天中午已經淹死了一個！我是特地被派到這裡看守的。你如果非要過去，照我看，你這麼瘦，走不到橋邊就死定了。家裡沒有老婆孩子嗎？不怕他們心疼？

馬一鳴被這一問，心裡驚了一下。腦子裡浮出他的家，寶順和馬蘭蘭也一並在眼前晃著。他想到自己是絕對不可以死的，馬蘭蘭的腿還不能下地。於是他退了幾步說，那好吧，我不過去好了。鄔三婆要罵就由她罵去。警察揮著手說，她罵不了你。她自己也不會在家。今天四點前，鄔家墩所有人全部要撤走。這是死命令。快回吧。

馬一鳴撐著傘往回走。路上除了往來的汽車，幾無行人。雨實在太大，而且這雨下得有些突然。似乎還沒想好，就鋪天蓋地砸了下來。馬一鳴身上早已淋透。所幸是夏天，並不覺冷。

從白梅湖走到家，要一個小時，因為郊外，未通公共汽車，只有長途車一天定時幾班。平時的馬一鳴多是騎自行車。但這天，雨太猛，車不好騎，他選擇了步行。傘很大，他很小，在劈哩啪啦的暴雨中，他的行走，仿佛是挪動。一輛黑色的越野車，與另一輛車交錯。馬一鳴的傘似乎擋了車路。車窗這時被打開，一個黃臉胖子伸出頭來，大喊道，找死啊！滾一邊去。馬一鳴嚇得腿軟，趕緊把傘收小，退到路的邊緣。越野車「呼」地從他身邊擦過，濺了他一身的泥水。

到家時，天色更加昏黑，而此時的雨居然一點都沒減弱勁道。走進自家小院，馬一鳴鬆了口氣。家裡是有人的。他走時，周民友醫生正好過來，這是給馬蘭蘭按摩的日子。馬一鳴忙不迭客氣地打過招呼。周民友已經為馬蘭蘭按摩了快一年。馬蘭蘭的腿明顯好轉。雖還不能下地，但已不像事故初期那般，僵硬麻木，完全不能動彈。周民友說，再過幾個月，準備讓馬蘭蘭下地試步。叫馬一鳴準備買一台助步器，雖然有點貴，但對於馬蘭蘭的康復，會非常有用。馬蘭蘭年輕，以現在的狀況看來，估計三年左右，就可以恢復行走。這是馬一鳴最願意聽到的信息，馬一鳴滿口答應下來。在他心裡，只要能讓馬蘭蘭走路，要了他的命都可以。

能請到周民友，馬一鳴倍覺慶幸。平日裡，他忙於賺錢，多時在店裡，又或是下鄉駐家接活。接待周民友，全是寶順的事。馬一鳴出門前，跟寶順說，今天雨太大，按摩完了，就留周醫生吃晚飯吧。他是我們的恩人。寶順「嗯」了一聲。

馬一鳴收了雨傘，伸手開了門。他把雨傘放在客廳過道上，穿上拖鞋，準備進臥室換下濕衣服。孰料他推開門，發現寶順正被周民友摟著。他推門的聲音並不算輕，然而他們卻沒有聽見。

馬一鳴心裡驚了一下，嚇得朝後一退，關上門，轉身進到馬蘭蘭的屋裡。他很是惶恐，又很是無措。進到馬蘭蘭的房間，便呆呆地靠在門板上。

馬蘭蘭正躺在床上看書，聽到動靜，忙撐起身體。見是馬一鳴，便說，是你呀。是不是看到了不該看的事？馬一鳴沮喪地點點頭，說嗯。馬蘭蘭說，那你到我這兒來做甚麼？馬一鳴說，我……我……心裡有點……有點……不舒服。馬蘭蘭說，才只有一點點不舒服？爸，你還是個男人嗎？馬一鳴說，那……男人應該怎麼做？馬蘭蘭說，衝進去呀，甩那個野男人兩個巴掌，再把不檢點的女人揍一頓。這應該是常識吧？

馬一鳴嚇了一跳，仿佛自己真的已經衝到他們面前。他很緊張，以致把自己縮得更小，一屁股坐在旁邊的小椅子上。

馬蘭蘭說，你不敢？馬一鳴猶豫了一下，方說，嗯。不能讓你媽難堪，也不能讓周醫生生氣。馬蘭蘭拍著床幫說，爸，你怎麼是這樣一個窩囊廢呢？難怪媽媽瞧不起你，就連我都瞧不起你。你也別讓我看著煩，自己一邊呆著去吧。

馬蘭蘭說著躺下，繼續看自己的書，不再理睬馬一鳴。

馬一鳴坐在那裡，回味著馬蘭蘭的話，又回味著自己適才看到的一幕。心裡有萬般堵塞。他不知道自己要幹甚麼，他明白的是：他絕對不能闖進那個房間。更不能像馬蘭蘭所說的那樣，打人發火。他想如果他一旦進去，他的生活恐怕才是真正的全部毀掉了。

他坐了一會兒，覺得無趣，便走出馬蘭蘭房間，回到客廳。他想到沙發上坐下，可是臥室裡的動靜又讓他坐立不安。他猶豫再三，重新拿起傘，再次進入大雨之中。

外面的天，完全黑了。他不知道自己要往哪裡去。腦子裡也沒有任何想法。他只知道朝前走，走得跌跌撞撞。好久好久，走得前面沒有了路，他才發現自己已然走到了長江邊。

他的眼前是馬蹄磯。這是馬蘭蘭初遇車禍時，陳亞非經常拖他過來小坐的地方。很多天，他都是呆望著長江，麻木著身心，在這裡度過。只有陳亞非大聲地吼罵他，他才會覺得自己的血，還在身體裡流著。

雨還在下，江水翻滾著，對岸完全隱沒在雨中。一星燈光都看不到。馬蹄磯背靠著馬鞍坡，山並不高，卻無人居，漆黑一片。馬一鳴只是呆坐著，望雨，望江，望完全看不見的對岸。他無視一切，甚麼都不想。這是馬一鳴用以安心的方式。

8、江邊的馬蹄磯*

陳亞非接到馬蘭蘭的電話時，老婆王曉鈺和兒子陳重墨都已睡覺。他一個人在擺弄音響。他是個音響發燒友，兩室半的家裡，那個不足十平米的半間，便是他的書房兼音響室。他的業餘時間大多都呆在這裡。外面在下暴雨，水庫漲水了，聲音效果，會因為電流的變化而與枯水季略有差異。他一直不太相信這個流行在音響發燒友中的說法，每次下雨，他都會長時間地傾聽，細緻地記錄下自己的感覺。

電話鈴聲卻在這時候驚天動地響了起來。像是一大盆水潑下，所有細微，瞬間沖走。整個屋裡只剩這刺耳的鈴聲。他萬般無奈，摘下耳機，去接電話。心想，教訓呀教訓，以後要先拔電話線才是。

結果他接到馬蘭蘭的電話。

馬蘭蘭告訴他，他的父親出去好久了。她擔心他會出事。陳亞非說，怎麼會？他好好的，要出甚麼事？馬蘭蘭說她覺得父親的情緒不對頭。陳亞非說他一向就這個樣子，不會有甚麼事。馬蘭蘭堅定地說，這一次不一樣。

到底為甚麼不一樣，陳亞非沒有問出來。馬蘭蘭不肯說，只是哀求他。對於陳亞非來說，馬一鳴的事，他從來都不會拒絕。非但因為他是兄弟，而更因他是自己的照拂對象。幾乎從馬一鳴出生起，活著的年頭，事事都依賴於他。而他自己也很重視這份依賴。在他的心裡，馬一鳴的人生沒有他，簡直就不能過下去。

陳亞非見馬蘭蘭如此著急，便也覺得是件事了。他要馬蘭蘭喊寶順接電話。馬蘭蘭說，她媽媽已經出去找了幾個鐘頭，剛才來電話說還沒有找到。現在媽媽一個人在店裡等他。可是馬蘭蘭自己就是感覺不好。

陳亞非這才一下子急了。放下電話，抓了件雨衣便往外奔。

出了門，陳亞非直接往馬一鳴家跑，雨太大，跑了不到一半的路，他渾身即已濕透。臨近馬一鳴家門口，他突然想，馬一鳴根本不在，他跑去他家有何用？想罷刹住腳步，在一棵樹下停了下來。他琢磨著，得到哪裡去找馬一鳴呢？

正想著，卻見到匆匆而來的寶順，他叫了一聲寶順。寶順見陳亞非，慌張而急切道，我正想回家打電話給你。陳亞非說，蘭蘭給我打了電話。找到人了嗎？寶順說，還沒哩。店裡也沒有。他本來今天去鄔家墩的。陳亞非說，會不會現在到鄔家墩去了？寶順說，沒有，我打了電話，鄔家墩淹水，所有村民都撤離了。湖邊的路也不通。陳亞非想了想，說這就奇怪了。一鳴一向性格軟，不輕易鬧脾氣，發生了甚麼事嗎？蘭蘭的腿惡化了？寶順吞吞吐吐道，不知道。我也是聽蘭蘭說……爸爸跑了……陳亞非疑惑地望著寶順，說跑了？總歸有原因呀？有人欠了他的錢？

寶順欲言又止。最終掩面而泣，甚麼也沒有說。陳亞非不好再問，便說，你先回家，蘭蘭也得有照顧，我去找人吧。寶順點點頭，哭道，那就辛苦你了。

陳亞非望著寶順佝著腰在雨裡的身影，長嘆一口氣。他知道，蘭蘭的腿傷，已經把他們倆壓得喘不過氣來。但是，馬一鳴會到哪裡去呢？

陳亞非漫無目標的尋找，雨一直沒有停。陳亞非出門匆忙，沒帶手錶，天色深沉，沒有星光，他也看不出幾點。心裡覺得已是半夜，這時刻他走到了江邊。

江邊的馬蹄磯赫然在目。他居然看到馬蹄磯頭坐著一個人，他想，除了馬一鳴，還會有誰呢？我早應該想到這兒呀。他想著，邊跑了過去，一邊跑一邊喊，馬一鳴！一鳴！

風雨太大，把他的聲音壓得如同無聲。

陳亞非一直跑到了馬蹄磯下，幾個大步蹬上去。他一把抓住馬一鳴，說你怎麼啦？你瘋了？大半夜的坐在這兒？馬一鳴仿佛早已料到陳亞非會來到這裡。他沒有任何激動，只是輕輕地說，我就想……坐一坐……

陳亞非渾身盡濕，他一摸馬一鳴身上，也全濕透著。便說，你有心事？怎麼不直接去我家？馬一鳴說，我曉得你忙，我沒甚麼事。陳亞非說，你曉得我忙，自己又沒事，那你還害我找了大半夜？

馬一鳴不作聲。陳亞非只好在他旁邊坐了下來，說好吧，我也豁出來陪你坐這兒。告訴我，出了甚麼事？馬一鳴還是不作聲。陳亞非說，你連我也不告訴了？你真是邪完了。你找了老婆，就不把我把在了眼裡？馬一鳴忙說，沒有沒有。我沒有不把你放在眼裡。陳亞非說，那就趕緊講。出了甚麼事。有我在，甚麼事解決不了？

馬一鳴突然哭了起來。陳亞非說，你都結婚生子，大丈夫一個了，還哭！有甚麼事，說出來！我替你解決。馬一鳴哭道，我想過了，你也解決不了。陳亞非說，這倒是怪了，你一輩子的事，都是我給解決的，怎麼這回我就不行了呢？說！

馬一鳴又不作聲。陳亞非很無奈，拉著他起來，一直把他拖到馬蹄磯下，馬一鳴僵硬著身體，不欲跟他走。陳亞非說，你不跟我走，坐這裡幹甚麼？難道要我陪你在這裡淋雨？還是你想跳進長江餵魚？馬一鳴嚇得連退幾步，說不不不。說完，他看了看長江，又退後幾步，囁嚅道，不不不，我不能跳江，不能餵魚，太嚇人了。

陳亞非見他如此，忍不住笑了。笑完方說，就你身上這點肉，魚還看不上哩。我料定你也不敢死。走吧，先去我家，天大的事，我先替你頂一下。

聽著陳亞非豪邁的語言，馬一鳴憂鬱至深的心情，竟也緩解許多。這時間的雨，開始小了起來。陳亞非攬著他的肩，幾乎有點架著他，與他一起，離開江邊。陳亞非說，其他先不說吧，甚麼事都放下。今晚到我家，先睡一覺，好不好？

馬一鳴被他架著，空蕩蕩的心裡似乎又被甚麼東西鎮住。他漸漸地穩定了自己，順從地跟著陳亞非，不看方向不看道路，任由陳亞非領著朝前走。這是他一生的習慣。陳亞非似乎也太累，兩人一路無語。

當他們走到家時，雨竟然漸漸地停住。

9、是你的心氣太弱了

兩人進門時，馬一鳴一個趔趄，幾乎跌倒。陳亞非亦疲憊不堪。臥室裡的王曉鈺聞聲而起。見他們兩人都渾身濕透的窩囊樣子，皺起眉頭，說怎麼回事？大半夜的。陳亞非忙說，今天一鳴在我家住一晚，就只住一晚上。王曉鈺見客廳地板上滴下不少水，更是不滿，說這麼大的雨，好好的，怎麼不在自己家睡？陳亞非趕緊找了一個拖把，把滴水拭淨，邊拭邊說，你去睡你的，這裡有我管。

說罷，陳亞非找了自己的一件T恤遞給馬一鳴，讓馬一鳴先去洗手間洗個熱水澡。說多沖一下，水調熱一點，把身上的寒氣沖出來，這樣就不會感冒。

馬一鳴「嗯」了一聲，徑直去了洗手間。

陳亞非把王曉鈺推進臥室，方說，他家可能出了點事，我還不曉得是甚麼事。你明天有課，先去睡，這事不用你操心。王曉鈺說，你真是活雷鋒呀，甚麼閒事都管。陳亞非說，馬一鳴的事，哪裡是閒事？你也曉得，他從小就是我管大的。王曉鈺說，你還管他一輩子？家裡就這點大，他睡哪？陳亞非說，一鳴也不講究，讓他在客廳的沙發睡一晚就可以了。王曉鈺說，那怎麼行？半夜我要起來上廁所，該有多不方便？陳亞非想想也是，頓了一下，方說，不然，睡到墨墨房間？王曉鈺說，不行。墨墨明天要上補習班，休息不好怎麼辦？陳亞非無奈了，說好吧，我讓他睡我的音響室。

王曉鈺不屑地撇了一下嘴，自顧自地躺下。她也知道，對於陳亞非來說，他自己的事都可以輕慢，但馬一鳴的事，卻一定會重視。王曉鈺是越來越瞧不起馬一鳴一家，覺得跟他們這樣的人交朋友，活活把自己的檔次掉下來好幾層。馬一鳴不愛說話還好一點，那個寶順，年輕時還不覺得她俗，人到中年，青春消逝，那股子土俗勁是越來越顯著。跟她一路走，都怕被熟人遇著。可是陳亞非卻對這一切都滿不在乎。

馬一鳴從洗手間出來時，似乎心情已經平復不少。他身上套著陳亞非的灰色T恤。陳亞非人高馬大，T恤便被馬一鳴穿成了短裙。

陳亞非此時也從臥室的衛生間沖洗了出來，見他如此，不覺笑了起來。陳亞非說，講老實話，看你這樣子，連褲子都不用穿了。馬一鳴有點難堪，說還是要穿吧。陳亞非便扔過去一條褲頭，說，這是墨墨的，你也只配穿他的了。

陳亞非把馬一鳴帶進自己的音響室。搬開椅子，又挪了一堆書，方在角落裡拉開了一個地鋪。他一邊鋪席子，墊枕頭，一邊說，這房間，除了你，誰能有資格睡呀。我警告你哦，千萬不可以動我的音箱。我花了五年時間聽聲音，才調到這個最佳位置，你要是動一寸，就等於廢了我五年功夫。馬一鳴嚇一跳，忙說，那萬一我不小心腳蹬著了怎麼辦？陳亞非說，絕對不能有萬一。你就是做夢都得管好你的腳。馬一鳴立即哭喪著臉，說要不，我還是睡沙發？陳亞非說，你沒睡沙發的資格，我家領導沒同意。就這兒，你背緊貼著牆睡，別翻騰就行。要是墨墨呀，他那個一腳蹬，完全可以把我的音箱踢到門外去。但是，你睡覺，我放心。

馬一鳴被他說得微微笑了起來。他們兩個從小在一起的時候，就是陳亞非不停地說話，不停地下命令，而馬一鳴當聽眾，當服從者。這已是他們之間的習慣。
幫馬一鳴安頓好一切，陳亞非命令道，今晚腦子放空，睡覺。所有的事，天亮再說。
馬一鳴果然放空了腦子，他倒下即睡著，連夢都沒有做。從早上冒雨出門，一直到深夜，他的體能業已透支，已然沒有半點氣力和心力來支撐自己的心思。他的背緊貼著牆，一動不動，仿佛陳亞非的命令已經滲透他的身體，他的這個姿式一直保持到天亮。
一覺醒來，天居然放晴了。老天下雨和收雨都來得十分突然。晴了的天空中，陽光甚至有點赤辣辣的。滿地的雨水濕氣，驀然被這強光照耀，向上升騰成霧，於是濕悶氣不經意便佔領了所有空間。
馬一鳴睜開眼時，正好陳亞非進門。屋子空間小，有點悶熱。陳亞非說，起來吧？我知道你是個不怕熱的傢伙，所以也沒給你開空調。馬一鳴說，我不覺得熱。陳亞非說，今天恐怕要熱死。一大早就上了三十度。趕緊，到客廳。你恐怕也餓了，昨天沒吃甚麼吧？
馬一鳴這時候才覺得自己是真餓了，他昨天不光沒有吃晚飯，連中飯都沒有吃。他說，嗯，是有點餓。
馬一鳴草草去洗手間洗了一把臉，此時的陳亞非已經把豆漿和油條放上餐桌。陳亞非說，曉鈺今天早上有會，一起來就出了門，墨墨也去補習班了。我請了半天假，專門對付你。
馬一鳴將半根油條泡進豆漿碗裡，沒有作聲。
陳亞非又遞上兩個煮熟的雞蛋，然後坐在他的對面，說，白水煮雞蛋，是雞蛋最營養的做法，比荷包蛋更有營養。以後你每天早上都要煮一個吃。這樣一天的營養都有了墊底的。我們都中年人了，保證營養就是保命。你看你現在瘦成甚麼樣子！不過，話說回來，你從來也沒胖過。

馬一鳴又「嗯」了一聲，拿起雞蛋，在桌上敲了幾下，然後開始剝殼。被陳亞非這樣教導的時候，也是他最心安的時候。他甚至還記得，小時候，他穿衣服，陳亞非要求他先扣好最上面的扣子，再扣最下面的，這樣就不會扣錯。繫鞋帶，陳亞非也是要求他繫好之後，再打一個結，這樣就不會在走路的時候散開。諸如此類，他就是在陳亞非的教導中長大的。

吃完了飯，陳亞非一邊收拾餐桌，一邊說，現在你可以告訴我，發生甚麼事了嗎？馬一鳴低下了頭，說昨天我本來要去鄔家墩的，結果路淹了，去不了。我就回家。寶順不知道我要回來，結果……他停頓下來，陳亞非把碗筷扔進洗碗池裡，說把話講完，寶順怎麼了？馬一鳴猶疑了一下，方說，寶順和周醫生抱在一起親嘴。

陳亞非原本正在放水洗碗，突然怔住了，他把手上的碗「叭」一下進池子裡，衝到馬一鳴面前，大罵道，居然？居然？他們居然敢？老子要打死那個姓周的王八蛋。馬一鳴依然低小著聲音道，不要呀，不要。你不要衝動。陳亞非說，你這個沒用的，你怎麼不衝過去，給他幾巴掌？馬一鳴惶然道，我、我不敢。陳亞非說，你有甚麼不敢的？是他們怕你，還是你怕他們？你有沒有搞錯呀。好，你不敢。把你不敢的事交給我來辦。我今天就去找他們算賬。這個周民友是我找來的，我去替你收拾他。寶順是你的女人，你自己去收拾。馬一鳴怯怯地說，不要，不要，不要收拾他們。陳亞非說，為甚麼？你未必想成全他們？

馬一鳴頓住了。他從來沒有想過這個問題，也從來沒有想過要跟寶順吵鬧。因為他知道，吵鬧的結果會使寶順徹底離開他。然後他的生活裡就會沒有寶順，也沒有馬蘭蘭。沒有她們倆的日子，他將會過成甚麼樣呢？

馬一鳴再一次說道，不不不。陳亞非說，就是了。你又不想把老婆讓給人家，那就聽我的好了。馬一鳴突然說，你不能去收拾周醫生。多虧了他，我們蘭蘭的腿才有好轉。如果打跑了他，蘭蘭該怎麼辦呢？陳亞非望著他，奇怪道，那你的意思呢？就讓他們這樣子？馬一鳴囁嚅道，我不知道。我不想管。而且，你也不要管。

陳亞非不作聲，捽捽打打地把碗洗完，回到桌前，坐在馬一鳴對面，瞪著眼睛望著他。馬一鳴有點緊張，說好不好？你也不管，我也不管，好不好？陳亞非說，一點都不好。你就由著他們兩個這樣？馬一鳴說，我想想看。我看能不能想一個穩妥的法子。寶順人挺好的，周醫生人也蠻不錯，我家蘭蘭多虧了他。可能……可能是我自己太差了……

馬一鳴說著說著，把自己的聲音說沒了。他想，是的，正是這樣，是自己太差了。他能怪寶順嗎？能怪周民友嗎？他要怪的只能是他自己呀。他無法讓寶順生活幸福，無法讓蘭蘭早日康復，而這些，周民友都能做到。他能怎樣？他是個沒有本事的人，靠著陳亞非，有了寶順，靠著寶順，有了馬蘭蘭。有了他們，才有他愉快的日子。自己能搭著他們過日子，已經是享受到莫大的恩惠。他應該知足才是。想到這些，他突然就想通了。

陳亞非沉默半天，方長嘆一口氣，說這我就沒辦法了。你不是人太差，而是心氣太弱。好吧，這回我依你。但是，你要有甚麼事，必須第一時間告訴我，聽到沒有？不准像昨晚上那樣子。馬一鳴點點頭，說聽到了。

昨天那樣嚴竣的局面，今天突然就解決了。就像昨天的風雨和今天的晴日一樣，一切都化為了雲淡風輕。

時間還早，陳亞非問馬一鳴，是不是準備回家？馬一鳴表示他還是先回店裡。下午還是要去鄔家墩。最近的活兒比較多，他要努力賺錢，要給馬蘭蘭買助步器。陳亞非便說他騎摩托車搭他過去，然後去局裡上班。每年臨近九月，就得開始為國慶做宣傳策劃案，以便全局各單位展開紀念活動。

兩人說著便一起走出了門。

外面的陽光越來越明亮，熱氣撲面而來。這種光亮，讓馬一鳴瞇上了眼睛，他厭惡地擺了一下頭。同時撲面而來的，還有遠處叮叮咚咚的鋼琴聲。琴音悅耳，陳亞非臉上卻顯出奇怪表情。他說咦？怎麼沒聽到對門的琴聲？馬一鳴說，我哪知道。我不喜歡音樂，你知道的。

陳亞非住在三樓，他家對門女主人叫安冬妮，在文化館當鋼琴老師，陳亞非經常誇她氣質好，琴彈得不錯。這一刻，他站在家門口有點發呆。聽馬一鳴這一說，便氣餒道，唉，你小的時候，我怎麼沒有教會你欣賞音樂呢？馬一鳴說，你教了，沒教會。陳亞非便連連搖頭長嘆。

陳亞非拎著兩個頭盔，和馬一鳴一起下樓。走出門洞，他遞給馬一鳴一個頭盔，從一堆摩托車中，推出自己的那一輛。剛推到路邊，突然又停住，他從後備箱裡摸出一塊抹布，跑去把夾在摩托車中的一輛電動車仔細地擦了一遍。擦完，還欣賞地看了看，方把抹布放回自己的後備盒中。馬一鳴說，是那個安冬妮的車？陳亞非給了他一個大拇指，說聰明。安冬妮經常跟我說，她的車永遠是文化館最乾淨的一輛。其實呢，我只是順個便而已。說罷又說，奇怪，人在家裡，怎麼沒有彈琴？她早上這個時間不上班的話，多半都是在練琴。

馬一鳴戴上頭盔，跨腿坐上了陳亞非的摩托，剛坐好，突然說，你愛上她了？陳亞非回頭驚異地看了他一眼，說怎麼會問這麼蠢的問題？馬一鳴剛想回話，陳亞非制止了他，又接著說，看你怎麼理解這個愛字。要說呢？我也算愛這個女人。但愛的方式有很多種。愛她也並不一定要成為夫妻。打個比方，你跟我也不是親兄弟，可是難道我們不比人家親兄弟還要親嗎？說話間，他一腳把馬達踩得轟轟隆隆的。

馬一鳴心一熱，覺得陳亞非說得對。

摩托車在馬路上飛馳起來，馬一鳴膽小，他摟著陳亞非的腰，覺得世界上只要有陳亞非，這個世界才是一個有意義的世界。

陳亞非一直載著馬一鳴到他的裁縫店門口，放下馬一鳴，他拐過車頭正欲回返時，突然又停下，轉身對馬一鳴說，你容忍寶順的一切，應該就是你愛她的一種方式。說完，不等馬一鳴有所反應，突突突地騎著摩托車就走了。

馬一鳴一直呆望他淹沒在小街混亂的車流中。

第二章

10、白梅山下白梅湖

青岩城在長江的中部。屬丘陵地帶。山沒多高，湖沒多深。

陳亞非有一次寫文章，裡面寫道：「我不想說我生活的這個城市。我不想說出它的名字。雖然我在這裡生活了很久，它就像我的一個熟悉不過的人。放眼望去，它河流一樣的街道和海洋一樣的房屋到處都起伏著故事，每一個故事裡都埋伏著無數的人生。這些人生或是驚心動魄，或是平淡無奇，更或只是一個故事的殘缺部分。但這些故事中的許多東西，似乎都與我血肉相連，我走在路上，跨進房間，或許就是走在一個故事之中。說了這麼多，我還是不想說它的名字。我要告訴你的是，這城市有很漂亮的河流，城市四周有不高不低的山丘。有碼頭。有橋樑。有鐵路。有礦山。有複雜的歷史，也有風流的軼事。」

這篇文章發表在青岩城報副刊上。因為是陳亞非寫的，馬一鳴很小心地把報紙當寶貝一樣保存起來。這一段，他會背。他喜歡這樣的語言。但馬一鳴很不理解，陳亞非為甚麼不想說出它的名字呢？青岩城，這個名字很好聽呀。有一次，馬一鳴特意問陳亞非。陳亞非說，跟你都說不通，這是文學語言。你明白不了。馬一鳴的確明白不了，難道文學語言就不能把青岩城三個字說出來？

為這事，陳亞非和王曉鈺暗笑了馬一鳴好久。

青岩城最漂亮的地方就是白梅山。因為山上的一面斜坡上滿是梅樹，寒冬臘月，白梅花像雪一樣，兀地給山上披上一件白色披風。山下不遠，是白梅湖，湖邊東岸，與白梅山斜坡相連處，也長著一片梅樹林，同樣也開著白梅花。有一段時間，人們還討論：是湖跟著白梅山而叫白梅湖呢，還是山跟著白梅湖而叫白梅山。這種討論，跟先有雞還是先有蛋一樣，沒辦法扯清楚。但無論如何，白梅山和白梅湖，都是青岩城人最喜歡的地方。

深秋時，馬一鳴再次接到鄔家墩的電話，請他過去給做衣服。秋高氣爽，天色晴好，這次馬一鳴騎了自行車。沿著湖邊的路慢慢地騎行。騎過湖邊小路，沿山腳再行幾里路，便可見鄔家墩村頭的木牌坊。

白梅山的斜坡，稀疏地站著樹，一派綠草地，像綠毯一樣緩緩地滑向湖的南岸邊。小路細窄，不通汽車。因不屬白梅湖山風景區，平時，這一帶除了行人，少有遊客。

可是這天裡，有七八個人，站在那裡指山指水地說著甚麼。馬一鳴騎車而過時，瞥了一眼，覺得他們個個衣冠楚楚，似乎頗有來頭。馬一鳴從不是一個關心閒事的人，除了這個念頭，他甚麼也沒想。然後就騎過去了。

馬一鳴在鄔家墩呆了一周。像很多村莊一樣，鄔家墩的年輕力壯者都外出打工，村裡剩下些老人孩子。鄔家墩不富，馬一鳴帶去的舊衣服很受歡迎。除了改衣服，馬一鳴也為幾個老頭老太翻新了棉襖，又做了幾套壽衣。他的話語不多，又對吃住不講究，只是埋頭努力幹活。更重要的是，他的收費並不高。於是，馬一鳴幾乎是鄔家墩的老人家最歡迎的人。馬一鳴走的時候，總有幾個老人家送他到村口，塞給他土雞蛋和紅薯，又反覆謝過，且說，今年過年，他們都有新衣服穿了。

馬一鳴對此也淡然。他覺得，他做衣服，他們穿，這很正常。他們無須感謝，他也無須感動。他們要送他雞蛋，那是因為他們都養了雞，一家拿出幾個雞蛋和幾個紅薯也真不是甚麼了不得的事。

馬一鳴返回時，依然走他來時的小路。突然，白梅山下立了幾個大牌子。牌子上畫著白梅山和白梅湖。山下湖邊又畫著一排排的房子。房子上面寫著兩行字：擁有白梅山湖，盡享洪福清福。最上面有五個大字：白梅山湖苑。

馬一鳴想，這是甚麼意思？想要幹甚麼？

這個念頭，在馬一鳴心裡也只是像風一樣，一吹而過。過去之後，如同沒有吹過。但在青岩城，這風便有如風暴。人們都在傳，南方的老闆來青岩城成立一個倚天房地產公司，要在白梅山下開發一個小區。這將是整個青岩城風景最優美的小區。在那裡生活，有如人間仙境。

一連多少天，馬一鳴的裁縫店裡，來人都扯這個話題。馬一鳴沒多少錢，也沒買房的念頭，所有的這些閒談，與他都沒關係。但是，他像記住陳亞非文章一樣，記住了這句話：擁有白梅山湖，盡享洪福清福。

陳亞非來店裡時，聽到人們扯白梅山湖苑的廣告。陳亞非插嘴說，洪福是有權有勢有富貴，清福是甚麼都不做光享福。世上哪有這麼好的事？

馬一鳴想，對呀，既然甚麼事都不做，又怎麼會有權有勢有富貴？還是陳亞非講得有理，世上哪有這麼好的事？

11、寶順要離婚

冬天輕鬆間就到了。天色陰沉沉地，似乎馬上會下雪。日子跟平素並無兩樣，連街景都是日復一日地相同。

放寒假後，王曉鈺帶著陳重墨去了東莞。王曉鈺的弟弟王曉鑠老早就去南方下海，開了間小公司，也賺了點錢，於是就在南方安家落戶。王曉鈺的父親去世後，弟弟便讓母親跟著自己過。平素暑假間，王曉鈺都會帶著兒子一起去南方度假並看望母親。但是這年，暑假時，王曉鈺帶著陳重墨去了趟青島，沒去看母親。寒假一到，她便跟陳亞非商量，說是春節到南方去過。一則南方更暖和，二則母親越來越老，跟母親一起過年，會讓她感到幸福。陳亞非向來爽快，滿口答應了。但陳亞非自己卻去不成。一來他的假期本來就短，二來作為局裡的幹部，年年春節都會派上值班，他根本走不開。陳亞非說，你們好好玩，我去我媽家，混幾天就去上班。

果然，陳亞非被局裡安排在年初一值班。大年三十他便徑直來到馬一鳴家。陳亞非給馬蘭蘭帶去一份禮物。這禮物是一個輪椅。陳亞非把馬蘭蘭從床上抱到輪椅上，推著她在外面轉了一圈，看到滿街燈火，馬蘭蘭高興得不停地大笑。馬一鳴跟在他們後面，聽到馬蘭蘭的笑，他也笑。

回到家裡，馬蘭蘭不停地說，好久沒這麼開心了。說完又說，這回理解了一句詩：驀然回首，那人卻在，燈火闌珊處。馬一鳴忙問，那人是誰？陳亞非和馬蘭蘭一起笑了起來。馬蘭蘭只好說，就是你呀，爸爸。陳亞非嚴肅道，很像，神似。蘭蘭，高手！

馬一鳴並沒有明白他們的意思，他覺得只要馬蘭蘭快樂，就可以了。寶順則撫著輪椅說，這麼貴，怎麼好意思呢？陳亞非便笑，說也不能白給蘭蘭當一把乾爹吧？馬蘭蘭馬上高叫著，謝謝乾爹！聽到馬蘭蘭的高呼，馬一鳴心裡舒服之極，只後悔自己早沒想到去買。

陳亞非似乎看出他的心思，對他說，後悔自己沒早買吧？就為這個輪椅，蘭蘭一輩子會記得乾爹的好。我真是賺著了。馬蘭蘭說，可不是。乾爹就是世界上最好的人！Number one！

這回不光馬一鳴不明白，連寶順也不懂了，說啥意思？馬蘭蘭拍著輪椅扶手，笑了個暢快。

等所有笑聲結束，陳亞非認真交待：輪椅的事要保密。絕不能告訴王曉鈺。這是他寫稿子賺的稿費錢。他不是怕王曉鈺不同意買輪椅，而是怕王曉鈺察覺出他居然可以收到這麼多稿費，以後都會命他上交，這樣他手上就沒一點活錢了。

說得馬一鳴一家人又都大笑一場。

遠在南方的陳重墨給陳亞非打了個問候電話。陳亞非便讓馬蘭蘭也跟他聊了幾句。兩個小孩到底小時候一起長大，說話也沒甚麼顧忌。馬蘭蘭說，墨墨，你爽歪歪了，把你老爹扔在了我們家！陳重墨說，就我老爹那個塊頭，是我扔得動的嗎？光他那條長腿，我連半截都扛不起來？

馬蘭蘭便又笑得使勁捶床幫。陳重墨告訴她，他到了海南，只穿了件短袖，不用穿棉襖，連毛衣都不用穿。馬蘭蘭便很羨慕，說以後一定要去南方過一次冬天。陳重墨說，蘭蘭你趕緊把腿治好，明年我還會去看我外婆。我來陪你，我知道哪裡的海灘最好看。馬蘭蘭趕緊說，好啊好啊。

見兩個孩子聊天聊得愉快，馬一鳴也愉快。陳亞非和寶順在廚房做菜，他甚麼都不會，就坐在馬蘭蘭旁邊聽他們說話。

這是馬一鳴人生中最愉快的一個除夕。他們家的四方餐桌，正好一人一邊。幾道主菜，都出自陳亞非之手，他的廚藝比寶順高出許多。馬一鳴一高興，還專門跑出去一趟，買回來一瓶酒。他自己是不會喝的，但陳亞非愛喝。寶順也能喝幾口，於是，他和馬蘭蘭用白開水代酒，四個人頻頻乾杯。在馬一鳴心裡，除了老婆孩子，如果有陳亞非在，家裡才是最完滿的時候。

陳亞非這天就住在了馬一鳴家。他睡在客廳的沙發上。但是初一早上馬一鳴起床時，陳亞非已經走了。他值班的時間太早，走時，沒有驚動他們。

幾乎也是從這天開始，馬一鳴每天下午三四點鐘都會從店裡回來一趟，他要推著馬蘭蘭出門兜圈子曬太陽。馬蘭蘭很喜歡這樣的外出。女孩子心細，街上哪裡有點變化，她立即就能察覺得到。每次她都會把新的發現說給馬一鳴聽。

馬一鳴卻經常懵懂地回答說，是嗎？我怎麼甚麼都沒看到？馬蘭蘭對他這種回答，多是報以大笑。然後說，爸爸，你這種人，也算人間一絕。

陽光特別柔和美好的時候，馬一鳴會把馬蘭蘭推到白梅湖邊看風景。初去時，白梅山湖苑的樓房還只有一棟，漸漸地，好幾棟都在生長。最近的一次去湖邊，早先蓋的那棟，連屋頂都能看清了。馬蘭蘭說，這裡的房子賣得特別好，很多領導都在這裡買房，一般人都買不到。她的同學家也買了，說那是精裝修的房子，如果關係強硬，比有的毛坯房價格還要便宜。馬一鳴覺得，這麼好的風景小區，怎麼可能便宜？馬蘭蘭則說是真的。上周有幾個同學來看望她，他們聊天時說的。

馬蘭蘭說，我長大了要狠狠賺錢，讓爸爸媽媽也住上這樣的房子。享不上洪福享個清福。馬一鳴卻無所謂住不住這樣的房子。他只要馬蘭蘭能站起來好好走路，就是他心中享福的事。馬蘭蘭說，爸爸你要有點理想好不好？

馬一鳴卻說了這樣一句話：沒有理想，也是一種人生方式。

馬蘭蘭對他的這句話驚訝無比，她說，咦，爸爸你還有這樣的深刻？

天又大熱起來。整個大地，萬事萬物，都在旺盛生長。

馬一鳴給馬蘭蘭買了助步器。但在她使用之前，他們還是去醫院讓專家會診了一次。醫生說，馬蘭蘭的康復做得很好，醫生的按摩做得非常到位。且說如果照這個趨勢發展下去，馬蘭蘭過一兩年，即可像正常人一樣行走。馬一鳴興奮得臉都紅了。像馬一鳴這樣的人，長年聲色不動，心如止水，能夠紅一次臉，就是大事。而寶順則嗚嗚地哭了一場。

這個消息是中午得到的。但是到了晚上，他卻得到另一個消息，對於馬一鳴來說，這是個天大的壞消息：寶順向他攤牌，說是希望離婚。

寶順的話讓馬一鳴的臉瞬間變得煞白，幾乎沒有過渡，他的手足開始發抖。連寶順有外遇都能忍下的馬一鳴，離婚對於他，是件能要命的事。

馬一鳴沒有立即回答寶順。他心裡太難過了。難過到他覺得死都不至如此。因為他不想離開寶順，離開寶順，就意味著也要離開馬蘭蘭。一旦答應，他從此就是孤家寡人。那他活著還有甚麼意思？他幾乎不敢說話，生怕自己說錯了甚麼，然後就錯過一輩子。

寶順說，我不催你，我給你時間，你想清楚。就算你能容忍我和民友，但我自己不能容忍自己這樣。以後，你賺的錢，就是你自己的。你如果願意，可以給蘭蘭一點生活費，如果不願意，不給也行。總之，是我對不起你。離婚，對我們倆都只有好處。

馬一鳴想，我不覺得對我有甚麼好處呀。但他沒有說。他一個字都不說。這天晚上，馬一鳴在馬蘭蘭房間支了個折疊床。他躺在床上，默默地看著天花板，不知道自己應該怎麼辦。

馬蘭蘭見他如此，反而睡不著了。說是不是媽媽要跟你離婚？

馬一鳴「嗯」了一聲。馬蘭蘭說，那你怎麼想？馬一鳴說，我還沒想。馬蘭蘭說，你這個樣子，把人都要急死。馬一鳴說，你怎麼想呢？馬蘭蘭說，我有資格想嗎？這是你們大人的事。我這樣癱在床上，還不是由你們派，你們把我派到哪裡，我就在哪裡。反正派給哪個，就拖累哪個。馬一鳴悲哀地說，你媽媽不會把你派給我。馬蘭蘭說，那不挺好嗎？你沒拖累，豈不是更簡單？離了再找一個也容易。馬一鳴說，我很想有你這個拖累。馬蘭蘭說，哪有你這麼傻的。馬一鳴說，我沒本事，對不起你媽。但我不想離婚。可是……可是……我要是不肯離婚，好像就更對不起她。馬蘭蘭叫道，哎喲，我的媽呀。世界上怎麼會有你這種人。我不能跟你談話，跟你多談一下，我的腦袋都會出問題。

馬蘭蘭然後便長嘘短嘆地自己嘀咕了半天，翻身自己睡覺了。

這一夜，馬一鳴還是睡著了。他呼吸很均勻，擔心翻身吵醒馬蘭蘭，他保持一個姿勢，一動不動，直到天亮。

次日的馬一鳴起得很早，他悄悄地收起折疊床，沒有吃早餐，一個人靜靜地騎車出門。巷口的早餐鋪裡面亮著燈，門也掩著。他沒有進去詢問，徑直騎到店裡。七筷街上空空蕩蕩，行人也沒幾個。馬一鳴開了門，店裡有些暗，這是他喜歡的暗。他動手清理好案台，鋪開布匹，拿起尺和粉餅，開始他一天的工作。連死都想過的馬一鳴，這一刻，又彷佛甚麼事都沒有發生。

一天就這樣過去了，跟平時的日子沒有差別。中午他在對門的面館買了一碗牛肉麵，晚上又去另一家，吃了一個盒飯。天黑得看不見時，他才打開燈，依然埋頭做活，把縫紉機踩得嘎嘎響。

到了晚上十一點，全街的店面都關了門，他的縫紉機還在響。夜裡，他就住在了店裡，清開案板，鋪上墊子，沒洗臉沒洗腳，直接就躺了上去。

他居然沒給陳亞非打電話。

12、馬一鳴病了

陳亞非得知寶順提出離婚消息時，已經是第二天下午。這回是寶順打的電話。寶順講了她的一堆理由。陳亞非知道馬一鳴的心想，沒聽完電話，他就掛了。

他請了一小時假，匆忙趕到七筷街。發現馬一鳴居然沒開店門。他把耳朵貼在門上聽了聽，似乎聽到裡面有咳嗽聲。於是開始敲門，敲後又喊。他心想，馬一鳴呀馬一鳴，你該不會做甚麼傻事吧。

終於，屋裡的動靜大了些。

下午的陽光很亮，門開時，一大片強光奪門而入。馬一鳴似乎被撞了一下，雙腿一軟，陳亞非忙伸手架住了他。馬一鳴面色如土，彷彿在垂死前夕。

陳亞非有點心慌，他把馬一鳴扶到案板上，讓他躺著，然後想倒一杯水，結果店裡竟然沒有。陳亞非說，你躺好，我到隔壁買瓶水。

隔壁就是雜貨店，甚麼都有。陳亞非買了水又買了方便麵。他看到店裡清冷，估計馬一鳴甚麼都沒吃。他遞給馬一鳴一瓶礦泉水，又用電熱壺開始燒水泡麵。馬一鳴躺在床上，時不時咳嗽幾聲，然後就靜靜地看陳亞非忙碌。

面泡好後，陳亞非端到馬一鳴面前，強行要他吃東西，自己拖了一張板凳，坐在了他的床邊。馬一鳴一向聽陳亞非的話，陳亞非要他吃，他就很順從地一根根地挑起麵條，吃了起來。

陳亞非故作鎮靜地說，睡了多久？馬一鳴說，昨天晚上睡的。陳亞非說，睡著了？馬一鳴說，嗯。陳亞非說，既然睡著了，為何到下午都不起來？馬一鳴說，我不想起來。就想這麼一直睡，然後一切就都結束了。陳亞非說，想得美，蘭蘭康復的錢誰來賺？現在正是關鍵時刻，說不定明年就能走路了。馬一鳴低聲說，要是周醫生成了她的新爸爸，康復就不用收錢了。所以，沒有我蘭蘭也行……。陳亞非說，放屁。你自己的女兒幹嘛要人家破費？有點出息好不好？馬一鳴聲音更低了，他們不會要我出錢的。他們不會給我有出息的機會……。

陳亞非說，不就是離婚嗎？你又不是不知道，寶順的心早就不在你這兒，怎麼還像是丟命似的？馬一鳴說，她們都走了，我怎麼辦？陳亞非說，你還可以找到其他女人嘛。我再幫你介紹。再找一個，說不定還生個兒子哩。馬一鳴哽咽了起來，可是，不會有第二個蘭蘭。陳亞非說，蘭蘭仍然是你的女兒，不會不認你。再說，不是還有我嗎？你就這麼不在乎我了？你要是死了，留下我一個，豈不是很孤單？

馬一鳴抬著望著陳亞非，他的哭聲突然放大了，只幾秒，又變成嚎啕大哭。在陳亞非面前，馬一鳴從小就沒有顧忌過眼淚。馬一鳴哭了好一陣，鼻涕都流到了胸口。陳亞非由他哭，一句話沒說。從小到大，他都帶著馬一鳴，拿了他當自己的弟弟。他深知馬一鳴的弱，所以有些自責，覺得自己沒有帶好他，讓他受到這樣的創痛。

馬一鳴終於止住了哭聲，他問陳亞非，我該怎麼辦？我好想去死，可是我很害怕。因為怎麼樣死，都很怕人。陳亞非強硬道，那就好好活著。如果你敢自己悄悄去死，這輩子我都不會去你墳頭為你燒香。

馬一鳴嚇得一哆嗦。整個世界，在馬一鳴的感受中，就只有一個人會在乎他。這個人就是陳亞非。如果自己死了，陳亞非卻不去他的墳上燒支香，這個世界於他就是個零了。他覺得很恐怖。

這種恐怖感一直爬進心裡，他趕緊說，我不死我不死。我聽你的。陳亞非說，好。凡事聽我的，從小到大，你都沒得選擇，這就是規矩。今天我送你回家，跟寶順說，你要再想想。明天一早，我帶你去醫院看病。你氣色太差了，好像哪裡出了問題，早點發現，早點治療。

馬一鳴點點頭。陳亞非又說，明天早上我會來接你。

陳亞非請了半天假，帶著馬一鳴去市一醫院。拿到醫院結果時，陳亞非肝腸寸斷。醫生給的診斷是肺癌。他先沒敢給馬一鳴看，而是自己帶著診斷結果到廁所裡哭了一場。哭完，他決定還是告訴馬一鳴。

馬一鳴根本不擔心自己得了甚麼病。反正醫院把診斷結果給了陳亞非，而醫生開的藥，陳亞非也幫他領了。至於怎麼吃藥，陳亞非也會一一叮囑他的。他甚至沒有觀察到陳亞非的臉色。他仍然像往常一樣，跟著陳亞非走出醫院。

這一次，陳亞非沒有帶他回家，而是把他帶到了一個距七筷街不遠的清心茶室。在茶室一個清靜的房間，陳亞非叫了一壺茶，然後才開始交代給馬一鳴怎麼吃藥，且把吃藥的時間和次數，都寫在藥盒上。馬一鳴一邊看他寫，一邊「嗯嗯」地答應著。他依然沒有問自己是甚麼病。因為在他心裡，他知不知道甚麼病一點也不重要，陳亞非知道他是甚麼病就行了。

交代完，陳亞非讓馬一鳴喝茶，說這是現在很流行喝的普洱茶，喝它對人有各種好處。馬一鳴不懂這些，覺得這茶有一股醃過的味道，並不好喝。但他還是愉快地喝了，因為陳亞非說，這茶很好。

馬一鳴喝完一杯茶後，陳亞非才說，這些都是一些滋補的藥，並不是治病的藥。馬一鳴說，哦。我聽你的。陳亞非說，你知道自己是甚麼病嗎？馬一鳴說，不知道。你知道就可以了。

陳亞非準備告訴他，但還沒有開口，眼淚便湧上了眼眶。馬一鳴有點慌了，他從來沒有見過陳亞非這個樣子。他慌得站起來，說你怎麼了？

陳亞非說，你坐下。你聽我說。馬一鳴惶恐地坐了下來，他知道，一定發生了甚麼重要的事情。陳亞非說，一鳴，你不要害怕，我會全力想辦法救你的。馬一鳴奇怪地問，為甚麼要救我？陳亞非說，你的病是肺癌。

馬一鳴沉默了。他知道肺癌是甚麼病。他知道這個病的嚴重性。陳亞非低下了頭，不停地拭著眼淚，他非常難過。

馬一鳴呆呆地望著他，突然說，你不要擔心呀。這樣多好，所有的事情都解決了。陳亞非說，甚麼屁話？馬一鳴說，我不用害怕離婚了。寶順一定會堅持到我死的時候再嫁人，她心很善的。我也不用擔心蘭蘭以後沒人照顧。周醫生人不錯，寶順向來眼光都很準。陳亞非低斥了他一句，說放你的狗屁！馬一鳴說，是真的。要不然真離了婚，他們還會良心不安，會覺得對不起我，也會可憐我。現在這樣，他們也沒了壓力。大家都有了合適的位置。

陳亞非無語。他知道，馬一鳴說的這些是對的。他無法安慰馬一鳴，甚至，他還需要馬一鳴的安慰。果然馬一鳴說，可是你要好好的。我死了，你沒人可以照顧了，你就去照顧我家蘭蘭吧。你當是照顧我一樣，你要照顧她一輩子。

陳亞非一抹眼淚，說你現在還屁話連天了？其他先放下，先治病。不過，這件事，不要告訴他們。只有我們倆知道。我明天先帶你去省城大醫院確診。然後想辦法治療，也不見得完全治不好的。就算治不好，也要多活幾年。你必須堅持到親眼看見蘭蘭下地走路。

陳亞非最後一句話，打動了馬一鳴。馬一鳴頭天一個人睡在店裡不起床時，心裡就想過這事，覺得自己只要能看到馬蘭蘭正常走路，就是死了也心甘。想完，馬一鳴輕聲說，我都聽你安排。

陳亞非要馬一鳴晚上回家，拿幾件換洗衣服出來。明天跟他一起去省城，先請專家確診。確診後，看結果是甚麼，再商量後一步的事。馬一鳴一一答應下來。陳亞非說，寶順那邊，我來講。

晚上，馬一鳴在客廳裡，聽到寶順接了陳亞非的電話。寶順放下電話即對他說，離婚的事，你要想一想也行。就按亞非哥說的，先分開來，你試試自己能不能過。這樣最好，我們都可以清楚地想想自己的未來。

馬一鳴點點頭。寶順說著，找出一個行李袋，將馬一鳴的衣物，一一清點，放了進去。她拎著行李袋到客廳，說如果東西缺了，就回來拿，或者打電話，我給你送去也一樣。馬一鳴還是點點頭。寶順說，你是住在店裡嗎？馬一鳴說，不知道。我聽亞非的。

這天夜晚，馬一鳴又睡在馬蘭蘭房間的折疊床上。睡前，馬蘭蘭問馬一鳴，你同意跟媽媽離婚了？馬一鳴說，還沒。馬蘭蘭鬆了一口氣，然後說，其實我是不同意你們離婚的。馬一鳴心裡有點高興，忙問，真的嗎？馬蘭蘭說，真的。爸爸你這個人雖然沒用，但我還是蠻喜歡你的。如果法院讓我選擇，我要選擇跟你。

馬一鳴聽得眼淚水都要流了出來，但他明白，馬蘭蘭跟他並不合適。於是說，不行，你要選擇跟你媽，因為你跟了我，日子會過得很不好。馬蘭蘭說，不好拉倒。反正媽媽有別人照顧，可是你這麼沒用，我估計也不會有女人看得上得你，所以我要照顧你。馬一鳴剛剛壓下去的眼淚嘩地就流了出來，他甚至發出一點點嗚咽聲。馬蘭蘭鄙夷道，幹嘛呀，還哭哩。那我不選你好了。她說著，翻過身，背對著馬一鳴，不再講話。

馬一鳴高興壞了，內心的振奮令他完全忘記自己的絕症。他聽著馬蘭蘭睡著後的均勻呼吸，聞著她散發出的氣味，振奮中又有點難過。他想，不曉得哪一天，他連她的一點點氣息都會聞不到。

第三章

13、死去活來

從省城腫瘤醫院專家門診處出來，陳亞非十分沮喪。專家說，青岩城一醫院的診斷是對的，正是肺癌，並且已是中晚期。又說，以他的身體之虛弱，不建議手術，好好休養，可能活的時間會長一點。

陳亞非陪著馬一鳴回了一趟家。蛇山腳下那條老巷子並沒太大變化。他們的家，也都在老地方。馬一鳴的媽媽很高興他們倆的回來，忙前忙後地做了一頓飯，把陳亞非的母親周大媽也叫了過來，大家一起吃。馬一鳴永遠都是那副樣子，大家不覺得有甚麼，而陳亞非的情緒不高，周大媽馬大媽都看了出來。周大媽直接說，喂，你那邊，出了甚麼事？陳亞非說，我能有甚麼事？周大媽說，那你怎麼這麼沒精打彩的樣子？馬一鳴忙說，是我有事。馬一鳴的媽媽忙問，你怎麼了？

陳亞非瞪了馬一鳴一眼。馬一鳴不敢說話了。兩個大媽便都轉向了陳亞非，說到底出了甚麼事？一鳴被你管著不敢說，那你說說。陳亞非無奈，只好說，寶順想跟一鳴離婚，我拉一鳴出來散散心。

對於兩個大媽，離婚就是天大的事。兩人便開始長嘘短嘆。馬一鳴的媽媽說，寶順攤上馬一鳴這麼個人，也不容易。周大媽則說婚都結了，孩子也生了，不容易也得兩人個過一輩子。一頓飯就在兩個大媽的叮叮噹噹中結束。

兩人出了家門，馬一鳴說，不跟我媽講嗎？陳亞非說，你媽這麼老了，你想她死在你前面？馬一鳴說，哦。說完又補了一句，我不想。陳亞非說，你就不想想，你死了，我怎麼辦？

馬一鳴被問懵了，他從來沒有想過這個問題，因為他心目中有個固定的理念，就是陳亞非甚麼都行。就算他死，對陳亞非也不會有任何影響，他還是照樣甚麼都行。馬一鳴不加思索，說你跟以前一樣呀，你又不會死。世上要死人，就該死我這樣的。對了，你要照顧我家馬蘭蘭哦。陳亞非說，屁話，這還用講嗎？

陳亞非不想跟馬一鳴多說了。他心裡堵得慌，覺得命運對馬一鳴不該這麼殘忍。而且他心裡也有一個固定的理念，就是命運對馬一鳴的殘忍，其實也是對他的殘忍，是嚴懲他沒有照顧好馬一鳴。所以，他的痛苦，甚至比病人馬一鳴更深一層。

於是，兩人一路無言。到了青岩城，走出火車站，陳亞非才想起來，馬一鳴應該住在哪裡呢？既然不回家住，鐵定也不能讓他回到縫紉店。不然，他就會像以前那樣拼命幹活。以馬一鳴的體質，如果這麼幹，活不過幾天就得死。儘管早晚是一死，陳亞非不想他死得這麼早。他想，無論如何，馬一鳴還是要到醫院去住下來，讓醫生來調養。他對馬一鳴說，一鳴你現在最重要的事，是休息。你得調養身體，我給你尋醫找藥。說不定，能治好。陳亞非說時，既哄著馬一鳴，也是在哄自己。但他願意相信這樣的哄。馬一鳴也是。馬一鳴說，都聽你的。

陳亞非玩音樂的朋友中，有個大提琴手，是市歌舞團的，叫李江。李江人脈廣，跟各界人都熟。陳亞非便站在火車站給李江打了個電話。李江立馬介紹了一個地方。說是一個中醫診所，位置在郊區的孔家台，從那裡走十分鐘就到白梅湖，最適合病人靜養。

馬一鳴說，孔家台我知道，離鄔家墩不算太遠。村長叫孔四保。陳亞非想了想，說好吧，就住這裡。

李江在陳亞非的婚禮上見過馬一鳴，知道他們的交情，於是仗義道，你陳亞非的兄弟，也是我的兄弟。我送你們過去。

李江有一輛吉普車，是他姐夫留給他的。姐夫原做鋼材生意，出了國，就把車丟給了李江。李江徑直開車到火車站，接上馬一鳴和陳亞非。他看著馬一鳴說，你真是瘦脫了形，必須養呀。又說中醫院是他的表舅孔白水開的，去後不用客氣，不用叫孔大夫，叫孔爺就行。

孔爺曾是啞巴，但這啞並非先天所得。孔爺原是中醫學院的老師，文革中，被同行陷害，關押批鬥被打殘不說，還給灌了藥。放出來大病一場，此後喉嚨再不能發聲。孔爺身心受到傷害，又不能講課，學校安排他在附屬醫院康復科，給病人做按摩。幹了幾年，他覺得無趣，索性辭職回鄉。初時賦閒，成天自己琢磨怎麼醫治自己的啞病。折騰來折騰去，試了成百上千的藥，也扎了成百上千次針，他居然把自己的啞病醫好了。開腔聲音雖不好聽，但至少能把話講清楚。過後，村裡有人得病，來不及去醫院，也來請他幫忙。這樣一來二去，他在幫忙中把自己幫成遠近聞名的赤腳醫生。孔爺專業出身，望聞問切，樣樣精通，沒一個赤腳醫生趕得上他。改革開放後，赤腳醫生沒了，他就自己開了個小診所。李江說，你們知道他那個診所叫甚麼嗎？陳亞非說，這我哪裡知道。李江笑道，叫「死去活來」。

難過了一兩天的陳亞非突然「噗」地笑出了聲，他對馬一鳴說，跟你的「一鳴驚人」還蠻搭配的。

說話間，孔家台便到了。

診所座落在白梅山谷中的一大片樹林邊緣，由一幢掛有「大夫第」牌匾的舊式五進院落改造而成。這裡屬於孔家台的村頭。診所四周滿是板栗和銀杏樹。一條樹林小路形成天然甬道，直通大門。小路口上有塊招牌，上寫著：死去活來，由此而入。但是，診所的大門上，卻沒寫其他字，依然掛著陳舊的「大夫第」木匾。其實文革中，這門匾被人拆走。直到有一天，孔爺在鄰村一戶人家看病，發現他家曬蘿蔔的案板有古怪，翻過面來，竟是「大夫第」牌匾，便討了回去。李江說，這院子本來就是孔家的，土改後成了公社的糧庫。再後來，說是要文物保護，遷走了糧庫。文物保護又沒有經費，房子就空在那裡，任憑風吹雨打。不時有人前來拆一兩根木料，下一扇窗櫺，反而比糧庫時代破壞得更厲害。孔爺看不過，找到鄉裡，要求由自己來看守，保證不破壞房子，前提是得允許他用來當診所。鄉裡覺得空著也是空著，反正房子是孔爺祖上的，他必定不會破壞，就同意了。

李江領著他們去見孔爺。前幾院是門診和住院病房，孔爺的家和他的專用診室都在最後一個院內。像畫上的老中醫一樣，孔爺也留著長鬚白鬍，很仙風道骨的樣子。沒等拿脈，他只看了一眼馬一鳴，即對他搖頭，說太虛了，你太虛了。

他的嗓音果然粗啞，吐出的每個字都像是被人撕碎過。拿過脈，孔爺轉向陳亞非，說他是不是有甚麼大病？陳亞非忙說，沒甚麼病，就是身體太弱。孔爺說，我收費不低。你們想好了，要住這兒？陳亞非說，想好了，這是我們的首選，也是唯一選擇。孔爺一拍大腿說，說這就選對了。信中醫，首先得信。現在人，不懂，罵中醫不行，他們知道甚麼？中國幾千年沒西醫，靠誰救命？不都是我們這些郎中麼？陳亞非說，是是是，我們是信的。

孔爺望著馬一鳴，說怕死不？馬一鳴說，怕。但是它找上門來，我也趕它不走。再說了，死我總歸比死別人要好。孔爺說，講得好講得好。以前我在學校教書時，每天早上去蛇山練氣功，總會碰到一個白鬍子老頭。老頭要教我一套太極拳，說打這個能長壽。我那時很頹廢，說活那麼久有甚麼用？他怎麼講？他講死別人總歸比死我要好。為他這句話，我沒有跟他學太極。你跟他講得剛好相反。我喜歡你這個。馬一鳴輕聲說，我家就在蛇山腳下。孔爺眼睛一亮，說你住那兒嗎？陳亞非忙說，是呀，我們倆都住蛇山腳下。孔爺吃了一小驚，說啊？真的嗎？那老頭不會你們家甚麼人吧？陳亞非便笑，說哪能呀，孔爺說笑哩，蛇山下的人多得是。孔爺真笑了，連說，開玩笑開玩笑。

馬一鳴就這樣留了下來。孔白水給他所有的費用都打了對折，說是蛇山緣份。然後安置他住在第四進院的耳房裡。耳房有一個後門，後門還有一個小院，離孔爺家近，進出也方便。

陳亞非安置好馬一鳴住下，跟他說，安心養病，我隔幾天會來看你一次。馬一鳴說，嗯。陳亞非說，不要胡思亂想。情緒好，是身體的保證。馬一鳴還是「嗯」了一聲。但他心想，你要我情緒怎麼個好法？

天黑時，陳亞非坐著李江的車走了。馬一鳴獨自一人留在孔爺的診所。送他們時，馬一鳴看著汽車沒入黑暗，一直到連車燈都消失不見，才沮喪地回到房間。他覺得一個人呆在這個人地兩生處，等於提前去死一樣。

晚間，孔爺過來，拿了一套灰色棉布衣服和一本書。孔爺說，你身體太虛，必得以靜養為主。所以，盡可能躺在床上。烏龜不動活千年，就是這個理。每天的藥我會煎好了送過來。喝下藥，可以下來走幾步，在院裡轉轉，時間不超過十分鐘。晚飯後，可出門散步。這裡到白梅湖要走兩千零九步。你頭三天，走五百步往回轉，來回一千步。以後每天加一百步回轉。嚴格按我的要求做，我保證你的陽氣回升。馬一鳴說，哦。

說完馬一鳴問，回升了怎麼樣呢？孔爺說，至少你可以多活些時呀？馬一鳴說，其實也不用活這麼久哩。孔爺笑道，那些說不想活的人，其實是最想活著的。馬一鳴說，我不是那樣的。孔爺笑說，有孩子嗎？馬一鳴說，有。孔爺說，這就是了，孩子得有爹。馬一鳴說，一個沒用的爹跟沒有一樣呀。孔爺說，不一樣，親爹是孩子背後那根支撐。馬一鳴想說甚麼，但卻沒有說出來。他心裡有點悲傷，他也想他的馬蘭蘭背後有支撐，但是，這個支撐，可以是繼父周民友，也可以是乾爹陳亞非，他們都比他這個親爹更有力。孔爺似乎看出他的心思，走前意味深長地說，別想多了。不連血脈，就只是一把靠椅，穩當時可以靠靠，不穩當時，靠不上。連著血脈就不一樣了，穩不穩當，都靠得上。

這句話，一直伴著馬一鳴入眠。睡著前他的最後一個念頭就是：孔爺講的有道理。

孔爺留下的這本書，居然是《唐詩選》。孔爺說，沒事背背詩歌，調節你的氣息。馬一鳴從小便不愛讀書，除了隱約能記住「春眠不覺曉」之外，其他都沒印象。但馬一鳴是一個聽話的人，既然孔爺要他背詩，他就每天背誦一首好了。

早上一起床，馬一鳴即開始朗讀「床前明月光」。他想哪有故鄉好思？蛇山腳下那個幽暗的家，他一點都不喜歡。他若低頭，腦子裡想的只是馬蘭蘭而已。也不知道自己沒有回家，蘭蘭會不會想他。

早餐一過，孔爺即送來熬製好的中藥，馬一鳴也沒有問是甚麼，按孔爺的要求，慢慢地喝了下去。藥有點苦，馬一鳴覺得好難喝。但如果不難喝，還叫藥嗎？這樣想過，馬一鳴便頗為坦然。喝完躺在床上繼續讀詩，讀著，睡了過去。一覺醒來，已近中午，他覺得自己的確好累，實在需要好好睡覺。這天，他果然是除了吃飯睡覺上廁所加上背詩，就沒其他事。護理工過來送藥，放下即走，也沒有多餘的話。好在馬一鳴也不是一個喜歡跟人說話的人，沒人搭理，對他來說，也是一種幸福。

傍晚，馬一鳴飯後喝藥，喝完藥即出門散步。他想，這是孔爺交待過的，孔爺說要走五百步。他一腳跨出門，就開始數數。

走了七十七步，遇到孔爺。馬一鳴說，我走了七十七步。孔爺便笑，說數得越清楚越好。隨即馬一鳴與孔爺擦肩而過，又走了三步，馬一鳴突然回頭說，我的店叫「一鳴驚人」。孔爺亦回頭，驚異地望著他。然後大笑，嘎嘎地說，我死去活來，你一鳴驚人。你我豈不是絕配？馬一鳴覺得他說得跟自己想得完全一樣，一時間不知道怎麼回話，就只好說，我走八十步了。

走到三百八十九步時，馬一鳴遇到匆匆而來的陳亞非。馬一鳴驚訝道，你不是說隔天來看我嗎？我以為你明後天才會過來。陳亞非說，這兩天聽說又要下大雨，我擔心白梅湖漲水，過不來。再說，我也擔心你，不知道你適不適應。你散步？馬一鳴說，孔爺說要走五百步回頭，再走五百步回去。陳亞非笑道，這個孔爺倒是個人物。

說罷陳亞非陪著馬一鳴又朝前走了一百一十一步，然後隨他一起往回走。陳亞非說，你感覺怎麼樣？馬一鳴說，藥喝下去，渾身上下都熱哄哄的。陳亞非說，你沒問是甚麼藥？馬一鳴說，沒問。反正你不在，我聽孔爺的。陳亞非說，這個觀點對頭，要記牢了。

走到最後一百來步，馬一鳴顯然力氣弱了，越走越慢。陳亞非說，走不動了？我背你好不好？馬一鳴說，孔爺說，要自己走完這些步。

回到房間，陳亞非安置馬一鳴躺上了床。他拿出一個手機，說我知道你擔心蘭蘭，今天特意去了你家，我買了一個子母機，給蘭蘭的床邊裝了個分機。馬一鳴驚喜道，我可以給蘭蘭打電話？陳亞非說，當然。喏，這個手機是給你的。馬一鳴說，我不會用呀。陳亞非說，簡單。比做衣服簡單一萬倍。你看，三星的，名牌。打開蓋子，按這些鍵，就可以通電話。打完闔上就是。想蘭蘭時，就可用手機打給她，反正你倆，一個躺這邊，一個躺那邊，有的是時間。不過，寶順也可能會接著，你不用跟她多話，就直接說找蘭蘭，她肯定不會攔。

馬一鳴拿著手機，翻來倒去地看，又詳細地問明怎麼使用。然後說，蘭蘭如果問我為甚麼不回家，我要怎麼講？陳亞非說，就說你在店裡幹活，很多事情要想一想。馬一鳴說，她要是問為甚麼不回去看她呢？陳亞非說，你就說離婚這事，你很傷心，怕遇上她媽和周醫生。馬一鳴說，蘭蘭知道我很傷心。她還說離婚了她跟我，她想要照顧我。陳亞非一拍大腿道，瞧瞧，我乾閨女真好呀！不過，一鳴，你再疼她，還是讓她跟她媽吧。眼下你顧不了她，閨女不管跟誰過，人總歸是你的。馬一鳴低語道，我明白。陳亞非說，你打電話也不要說太多，盡量少打，免得露餡。等你體力精力休養得好一點了，我帶你回去看她。

馬一鳴低頭不語。陳亞非知道他的心思，立馬說，不要怕遇到寶順。寶順心好，不會為難你。離婚的事，能拖就拖。有些人離婚一拖好幾年哩。你也拖著，反正你也把家留給了他們，他們也不會急吼吼地去要那一張紙。馬一鳴微一點頭，說我聽你的。

陳亞非坐到晚上九點，準備回去。郊區的晚班車九點半收班，再晚就會搭不上。陳亞非說，這兩天局裡要開大會，一堆材料等著寫。走到了門口，回頭又說，明天肯定下雨，我不過來了。如果後天雨沒停，湖邊的路多半會淹，過來也難。但大後天，就是下刀子，也過來。因為，再過些時，我得陪我媽去一趟台灣。我外公病得厲害，我媽要去盡一下孝心。馬一鳴說，下刀子就不用來了，免得被刀砍。陳亞非笑了，說聽你說這話，我心裡踏實了好多。至少比昨天要踏實。你要好好休養，老老實實給我活著，不然我饒不了你。

馬一鳴聽陳亞非說這番話時，臉上浮出一點笑意。他一直緋著的心，到了此時，似乎鬆開了一條縫。陳亞非揮了揮手，走了。

馬一鳴撐著身體，看他出門拐彎，沒了人影，方緩緩地躺下。透過窗口，看著外面的天。天很黑，沒有月色。他想，怕是真的要下大雨了。

14、安冬妮死了？

半夜，果然下起了雨。雨還不小，嘩嘩啦啦，又打雷又閃電，弄得動靜很大。但到了早上，老天像是要體諒上班一族，突然放小。天色也明亮開來，細細綿綿的雨夾風，反倒讓這個夏天的早上，有了幾分春天的意味。

局裡的大會開得很順利。其實，在陳亞非的經歷中，就沒有不順利的會議。每一次的會議內容都會否定前幾次的會議內容。年復一年，他已習慣成自然。有時跟同事笑談，早知道，前面的會議幹嘛開呢？同事卻笑說，按這個說法推論，現在的會也沒必要開嘛，過幾年不也否定掉了？笑談歸笑談，會議準備仍然認真而緊張。

大會一旦開始，負責前期材料籌備的陳亞非就沒了多少事。議程是他草擬的，領導講話是他寫的。會議甚麼時間進展到哪，他都了然於心。他還坐在那裡聽甚麼？所以，多數開會時，他都會離場，找一個清靜的角落做做自己的事。

這一天，陳亞非是在看小說。

陳亞非覺得自己越來越有寫小說的衝動。世事滄桑，春來秋去，他想他也算閱歷豐富，飽經風霜，寫出來一定有意思。但是多年來，他的手是寫講話材料的手，寫小說從哪裡下筆，頗是陌生。由此，他想琢磨一下，別人的小說是怎麼寫的，比方，怎麼起頭，如何拉開故事的帷幕，如何結構諸如此類。手上的這本小說是雨果的《悲慘世界》，他讀得很仔細，一邊讀一邊劃線，還作了眉批。

中午的會議飯是自助餐。陳亞非一向去得晚。他要避開跟著會議代表排長隊夾菜的情景。他喜歡自助，卻討厭排隊。直到看見有不少代表吃完飯回房間，方起身去餐廳。

就在他正朝餐廳走去的路上，接到一個電話。電話是李江打來的。李江的聲音顫抖，彷佛在打哆嗦，他說，安冬妮死了！

這五個字把陳亞非嚇到了。他驚叫道，這怎麼可能？這絕不可能！昨晚她還好好的呀。他的叫喊，吸引一些過路人。有人問，陳處，發生了甚麼事？

電話裡的李江哽咽道，是真的，真的。她老公同事找她辦事，找不到，上她家去，才被發現已經死亡。警察都去了。陳亞非說，警察？李江說，聽說她不是自然死亡，是被人殺死的。冬妮好慘……李江哭著，說不下去了。

陳亞非更是聽不下去了。他震驚，渾身顫抖，手足無措。他無法想像安冬妮鮮血淋漓被人殺死的樣子。他掉頭去停車場，沒吃飯，也沒跟同事和領導打招呼，騎著他的摩托車，不顧一切地奔回家。他一路狂奔，幾次險些撞著人，也幾次險些被車撞。

現場已經被警察用紅色隔離帶攔了起來。小區有不少人在圍觀，雜亂中的人們，或大聲嘆息，或低聲議論。陳亞非想越過警戒線，卻被警察攔住。陳亞非說，我就住三樓。圍觀中有人說，是的，這是陳處長，他住楊家對門。

一個警察看了他一眼，返身走進樓道，過了一會兒，他走出來說，你，住對門的？上去吧。

陳亞非幾個大踏步跑上三樓，徑直撞進安冬妮家。安冬妮家客廳裡站了好幾個人，拍照的，收集證據的多半是警察。一個中年人嚴峻著面孔，正在詢問安冬妮的丈夫楊照酉。陳亞非跟楊照酉也很熟，他大聲問了一句，冬妮在哪？楊照酉兩眼紅腫，似才哭過，見到陳亞非，他突然撲過去，抱著陳亞非大哭，邊哭邊說，兄弟，冬妮死了。冬妮被人殺死了。這個仇我要報呀！陳亞非的眼淚頓時噴湧而出。他一字一字地說，她在哪？在哪？

楊照酉的臉朝臥室擺了擺，陳亞非鬆開他，大步走到臥室門口。門口又一個警察攔下了他。但是陳亞非已然看見躺在床上的安冬妮。她被一張綠格的床單蒙著，從腳到臉，都被蒙著。床上並沒有血，反倒是很乾淨的樣子。只是，乾淨的床單下安冬妮身體的輪廓，比鮮血淋漓更讓人傷心。她真的死了。陳亞非腿軟了下來，他倚著門，跪在了地上，終於控制不住自己，嗚嗚地哭起來。

他不知道自己哭了多久，他的心痛得厲害，痛到了腦袋完全空白。他知道自己是深愛這個女人的，雖然她跟他之間沒有任何身體接觸，甚至連手都沒有拉過，但他們是彼此都能認同的密友。他們相互之間在心理上完全依賴對方。無論是他，或是她，只要心裡有解不開的結，都會去找對方傾訴。他們不願找自己的丈夫或是妻子。因他們一致認為跟自己的家人交談之後，可能會有一個更為糟糕的結果：更多的抱怨和指責會像炮彈一樣轟過來，一直會轟到他們承受不起的地步。然而，跳開家人，他們相互傾訴，才會得到真正的安慰。他們做了近十年的鄰居，一直都是這樣。他們在內心深處都有著對對方的熱愛。因為這份熱愛的存在，也讓他們相互克制，以免這種友誼遭到破壞。

一個警察拍了陳亞非的肩膀，拍了好多下，他才緩過神來。他的眼睛裡帶著茫然。他問警察，這是怎麼回事？為甚麼？警察說，我叫楊高。負責這個案子的偵破。你能不能過來一下，我也想問問你。

楊高把陳亞非拉了起來，帶他到書房。這是安冬妮的丈夫楊照酉的書房，跟他的音響間一樣大。陳亞非從來沒有進過這個房間。書房的牆上，掛著一幀安冬妮的照片。安冬妮在一次演出中彈著鋼琴，她的頭微揚起來，舞台的光照在她的臉上，美麗動人。那時候的她，正彈著貝多芬的月光。而照片恰是陳亞非拍的。拍照的時間至少是十年前。陳亞非不知道這張照片掛在這裡。他把照片送給安冬妮之後，就再也沒有見過。陳亞非抬頭望著安冬妮，好想放聲地大哭一場。這時候，楊高說，請坐。

陳亞非迫使自己冷靜，他順著楊高指著的方向，見到一張椅子，坐了下去。

楊高說，我叫楊高。是刑偵大隊隊長，負責分管重案組。這是一起惡劣的入室殺人案，我希望你能把你知道的死者情況告訴我一下。

陳亞非依然茫然著，他不相信安冬妮死了。他不想聽到死者這樣的詞。他不禁喃喃了一句，死者？安冬妮死了？楊高說，是的，死者叫安冬妮。你的鄰居。你們很熟嗎？

陳亞非眼淚奪眶而出，說我們是好朋友。楊高追問了一句，只是好朋友的關係嗎？陳亞非點點頭，說是的。非常好的朋友。楊高說，好到甚麼程度？陳亞非情緒低落，他只是簡單回答道，無話不談。楊高說，超越了夫妻？陳亞非情緒依然十分低落，他說，甚麼意思？楊高直接了當道，你是第三者？心情壞透了的陳亞非說，我如果是，倒是我的幸運。可惜我不是。楊高打量著他，突然說，你非常難過？陳亞非說，是。我的心非常痛。說不出來的痛。楊高說，這種情緒似乎超出了友誼。陳亞非低聲道，在我的心裡，這種情感是超出友誼的。這十幾年來，我們都是好朋友。我喜歡音樂，她是行家，所以我們無話不談。

楊高突然轉了話題，說你了解她家的情況嗎？你們怎麼認識的？就因為鄰居？陳亞非說，我們以前有個業餘樂隊，她曾是我們樂隊大提琴手李江的女朋友。有一次演出，我們的鋼琴演員出了車禍，李江把她找來幫忙。我們就這樣認識了。但是，她後來沒有嫁給李江，被楊照酉挖走了。楊照酉的前妻是個工人，當年跟楊照酉一個車間。楊照酉下崗後，他們離了婚。後來楊照酉自己做生意，也發了財，他突然愛上安冬妮，硬把安冬妮從李江手上搶了過去。楊高說，這麼說，她是一個愛錢的女人？那你怎麼會跟她成為無話不談的朋友呢？你們同類？陳亞非說，不能這麼講。安冬妮原來住在郊區，那是她媽媽單位補償給她們的房子。可是上班太遠，她一直想換進城。我對面的鄰居兒女雙全，想要房間多的屋子。他們相互置換了。這個信息是我提供給李江的。安冬妮重新裝修時，找的恰好是楊照酉的裝修公司。在裝修過程中，可能他們有了感情。總之，裝修結束後，安冬妮就跟與李江分了手。但李江告訴我，這是沒辦法的事。一是李江的母親一直不接受她，二是楊照酉當年每天一束花，沒有哪個女孩子不會為此動心。所以，我不覺得冬妮是為了錢才跟楊照酉的。何況楊照酉人也挺不錯。

楊高說，哦。楊照酉知道你們的關係嗎？陳亞非說，為甚麼不知道？我跟安冬妮就是朋友關係，這個用不著瞞著楊照酉。我跟他也是朋友呀。楊高說，你提到死者有個前男友，叫李江，你有他的電話嗎？陳亞非說，有的。是他告訴我安冬妮出事了。楊高詫異地哦了一聲。陳亞非看出他的驚異，忙說，李江絕對不可能做這種事，他們後來也一直是朋友。楊高淡然一笑，說這是我們的事。

最後，楊高問，知道死者有甚麼仇人嗎？陳亞非說，冬妮是一個非常率真善良的人，她不可能有仇人。楊高突然說，你覺得她很完美？陳亞非說，非常完美。楊高再一次用拖長的「哦」回應了一聲。

陳亞非怎麼離開楊家回到自己屋裡，他完全沒了印象。他腦子裡只有一個念頭：居然有人殺死了安冬妮？是甚麼人如此殘忍？我要找到這個王八蛋！我一定要找到他。陳亞非想，我要殺了他。

安冬妮已死。陳亞非今後若有痛苦和糾結時，不再有一個可讓他傾訴一盡的對象了。她正躺在一條綠格的床單下，永遠不會站起來，笑盈盈地望著他說，陳哥，趕緊過來幫一下忙。或者是，陳哥，沒甚麼大不了的事，你撐一下就過去了。陳亞非越想越難過，他躺在床上，一動都不願意動。那個姿勢，就像是安冬妮躺著的姿勢。

王曉鈺下班回來，見家門口圍著一些人，不知何故，一打聽，先是驚愕，後是害怕。說天啦，如果那個殺手跑錯屋子，被殺死的豈不就是我家人？她越想越怕，越怕則越生氣。又說這個安冬妮，風流成性，天知道她在外面惹出甚麼爛事。

進了家門，見陳亞非躺在床上，湊上前去，看到他顯然是哭過的。便譏諷道，犯得著嗎？哪天我死了，你恐怕都不會這樣子。

此時此刻的陳亞非了無爭辯之心。他想，你死了，我當然不會這樣。我會難過，或許也會落淚，但我恐怕不會有如此的痛苦。王曉鈺見他不語，又說，我就猜著了，像她這樣的人，遲早會惹出事來。死成這樣，多半是情殺。你跟她朋友一場，可她在外面如果有其他男人，也不會告訴你吧？

王曉鈺在屋裡走來進去不停地聒絮。陳亞非心煩意亂，他甚麼話都不想說，起身走進客廳，抓起桌上的茶杯，朝地上狠狠一砸，然後掉頭進到自己的音響室。他狠狠地關上門，並且立即上了鎖。

一塊碎瓷片濺到王曉鈺手背上，她哎喲了一聲。手背上有絲絲血跡滲出。王曉鈺簡直氣瘋了。對門的女人死了，自己的老公卻在家裡衝自己發火，這是個甚麼世道！

王曉鈺直接朝陳亞非的音響房間衝去，結果，陳亞非關了門，門板險些碰到她的額頭。王曉鈺的怒火更旺，她用腳狠狠地踢了幾下門，大喊道，死了你的爹還是死了你的媽？你要搞清楚，死的是隔壁的女人。是一個跟你不相干的女人。不知道的人，還以為你跟她有一腿哩。哎哎哎，我倒真是想問問你：你倆是不是真的有一腿？

樓下依然有人在門洞前圍觀，聽到這邊的吵鬧，人們的臉，像向日葵遇上陽光，開始一齊轉向陳亞非家的窗口，並且還有笑聲發出，這聲音充滿快感。這世界就是這樣子，天大的悲傷也會被笑聲覆蓋。

無人撫慰的陳亞非坐在牆角。他全身乏力，他也不明白自己為甚麼會這樣。他就是心裡難過。那種難過，他說不出來。不是撕心裂肺，卻也肝腸寸斷。他想，安冬妮對你王曉鈺也不錯，你怎麼就不能說幾句好聽的話呢？

李江的電話，把心情惡劣的陳亞非拯救了出來。

李江說，我知道你一定很難過，我也是。而且朋友們也都難過。大家自發地給冬妮辦一個追思會，我們正在佈置場子。我記得你手上有冬妮的照片，你能拿來嗎？陳亞非說，當然能。甚麼時候？李江說，現在。從今天晚上開始，就在歌舞團的小排練場。讓喜歡安冬妮的人們過來送她一程吧。

放下電話，陳亞非長長地吐了一口氣，似乎他最難過的情緒，被這口氣吐了出去。

15、黑暗中

天沒有下刀子，雨也停了。陳亞非卻沒有來。

一天過去了，兩天也過去了。甚至，三天都過了。馬一鳴想打電話去問，又怕陳亞非有事正忙，自己卻給他添加拖累，也就忍著沒打。

郊區的夜晚，外面很靜。透過窗口的縫隙望出去，天暗得沒有一絲光。馬一鳴想起伸手不見五指這句話。他伸出手掌，果然不見五指。他想，這話說得真的很準呀。馬一鳴是不害怕黑暗的，這是他喜歡的顏色。他喜歡在暗中，哪怕暗黑得沒有任何光。

現在他就躺在床上，躺在黑暗中。他發現，被黑暗包裹的感覺，就像是被棉花包裹。黑暗竟是那樣柔軟無骨，甚至還散發著清香。馬一鳴用鼻子嗅了一下，覺得真有香氣，淡淡的，味道有點像他夏天裡經常撫來摸去的絲綢。那種絲綢的衣裙，是他喜歡製作的。它滑軟，游移不定，拎在手上，自然垂墜。擺成甚麼樣子，就是甚麼樣。就像他自己一樣順從人意。這幾天，他的店子關著門，那些老顧客，他們會去嗎？他們的絲綢，會交給誰去裁剪呢？

夜更深濃。馬一鳴覺得自己的身體在飄浮。他感受不到床的存在。他眼裡看到的、鼻子聞到的、耳朵聽到的、手上抓到的，都是黑暗。黑暗與他一體，沒有人可以看見他，他也看不見自己。

馬一鳴以前曾經想過，像他這樣的人，是誰都無法完全包容的，唯黑暗可以。他的人生，從未有過孤獨，也從未感到困惑，甚至他覺得一切都可以。眼前有人，或是眼前無人，對於他來說，幾無不同。那是因為黑暗在他的心裡。他像黑暗一樣純淨，像黑暗一樣簡單，也像黑暗一樣沉默不語。當黑暗擁抱他時，他也擁抱黑暗。如此，他就覺得這樣的人生很是飽滿。

這麼想著，黑暗中忽地浮出了一條街。他怔了怔，發現這是他熟悉的地方。是他每天都守著的七筷街。街口炸油條的老吳，居然還亮著爐火，火光在暗夜裡一跳一躍。馬一鳴想，他怎麼還在忙呢？隔兩個門面是土產雜貨店，老闆娘劉嫂跟寶順的關係不錯。馬一鳴家的掃帚拖布甚至鞋刷都是在他家裡買的。再下來，連著幾家都是號稱精品服裝店的鋪面，其實，馬一鳴知道，他們的衣服沒有一件精品，手工比他的差遠了。再過一家，便是馬記滷肉麵的老馬。老馬常說，自己跟馬一鳴五百年前是一家，見了馬一鳴總是喜歡大拇指一伸，說家門兒，你的衣服做得真好。馬一鳴有一次聽了高興，用碎布拼了一條圍裙送給他。此後他每次去吃麵，老馬都會多給他放幾片牛肉。

馬一鳴的「一鳴驚人」裁縫店，就在滷肉店對門。此刻他的店門正緊緊地閉著。奇怪的是，竟有幾縷光亮從門縫裡洩出。馬一鳴大驚，這個時候，有誰會在他的店裡呢？他不由湊到跟前，從門縫朝裡看。讓他不解的是：他看到了自己。他看到自己埋著頭，坐在縫紉機前。他的手腳都在動，縫紉機噠噠噠的聲音也從門縫傳了過來。這聲音似乎很堅硬，像是把寂靜這個堅實的板塊，生生劃開了一道裂縫。馬一鳴想，原來我做活時，是這個樣子，像大蝦一樣，佝腰躬背，眼睛都快貼著針。樣子好難看，怪不得寶順不喜歡我。他突然覺得自己真的很討厭，離婚或是自己得病早死，就是一件完全應該的事。想到這些，他更加厭惡縫紉機的響聲。這是他聽了幾十年的聲音，從他一出生就在耳邊。他再也不想把自己與這個聲音綁在一起。馬一鳴的這個念頭一起，便伸出手捂住自己的耳朵。聲音消失了，與此同時消失的，還有七筷街。

馬一鳴有點茫然，但他很快就適應了這份消失。他想，反正以後他都會看不到的，早一點晚一點也沒關係。這樣想過，他於是又坦蕩起來。

黑暗依然裹緊著他。飄浮，游移，漫無邊際。隨空氣一起湧動。只是，這種飄浮狀態，不是他的意願。他更願意自己一步一個腳印走在路上。就像他每天從床邊走到白梅湖那樣，腳踏實地，清晰可數。按孔爺的規定，他的來回步數，馬上即達兩千步。他想只有落下地來，他才可以繼續走。

馬一鳴努力著，想要站立在地上，但席捲他的黑暗，綿柔但卻有力，令他無從下落。他只好聽天由命，任其飄浮。命運如何，他就如何。他的人生其實就是一個順從的人生。他這輩子所經歷的命運改變，從來都不是自己動的手。動手的那個人是陳亞非。是陳亞非撥動和牽引了他的命運小船。他牽到哪，他就漂到哪。他想，陳亞非的手指，就是他的天意。

起風了。像是來自白梅湖，又像是刮自白梅山。它既是橫掃而來，又是俯衝而下。馬一鳴被多面來風吹得四下旋轉，速度越來越快，他完全把持不住自己。風力強勁，寒氣襲人，那些風中的寒光，似飛來橫刀又如當面利錐。他感到巨痛，這是一種尖銳的痛，是萬箭穿心之痛。他身不由已，在旋轉中一邊哆嗦，一邊躲避刀刺。他想，這個過程難道就是死亡過程嗎？它果然是很難受很難受的，它果然是讓他心驚膽顫的。

馬一鳴對死並無多少懼怕，但他卻害怕死的過程。他不知道一個人在死亡過程中會經歷甚麼。曾經有一次他想跳江，看著江水他記起陳亞非說過，跳到江裡，會被魚一口一口地吃掉。魚的嘴很小，沒牙，要吃很長時間。馬一鳴不怕死，但他害怕被魚吃。他想像自己的身體被魚圍繞，它們一口一口嗦吸他身上皮肉的情景。想到這個，他便不寒而慄。那次他沒有跳，就是被這個畫面所嚇住。現在，他想，再這樣旋轉下去，他的骨頭會散架，他的皮肉會凍脆，他將被撕裂成碎塊，像山上炸石頭那樣，迸射開來。比起魚嘴，這個更加可怕。由此，他的恐懼感迅速佔據全身。他掙扎著想要喊叫，而他的喉嚨卻被冰凍成凌，致他喊叫不出。

便是這時，一團暖光，像一團火，從深邃的黑暗中，朝他飄游而來，越來越近。借著光，他看清了，這個帶光而來的人是陳亞非。是的，在他的人生中，陳亞非從來就如一團火光，既給他照明，又給他溫暖。火來了光來了，飛刀和利刺瞬間退走，他的身體也開始回暖。然後，他看到另一團暖光，同樣如火，也由遠方緩慢而來。近至眼前，他看到的居然是寶順。

他已然忘卻害怕，心裡生出幾分驚喜。正想詢問，第三束光則飛速而至。光線在黑暗中跳躍，其狀有如火苗。原來，是他的馬蘭蘭。他簡直欣喜若狂了。三束火，散發著暖意，環繞著他，所有寒氣都被驅散，他全身上下溢滿溫暖。這溫暖帶給他身體以重量，於是，他從飄浮之中，落了下來，踏踏實實地踩到了地面。這就是他的人生。縱然黑暗是他之所愛，但黑暗中的寒冷，卻讓他無力承受。這三束光，是專門來為他驅逐寒冷的。他們在，溫暖就在。對他來說，沒有比這個更為重要。

他笑了，全身心都懷著幸福。他想說，你們怎麼一起來了？這麼黑的路，你們怎麼能找到我？但他的語言和動作一向都很遲緩，這次也是。還沒等他開口，馬蘭蘭就又歡跳著沒入黑暗，她身後的光線，舞蹈一樣，波動了幾個起伏，隨即消失。他正想叫喊，寶順衝他招招手，朝著馬蘭蘭的離去方向，也迅疾而去。他的身邊，只剩下陳亞非。然而，陳亞非也開始離開。只是，他時時回望，每一次回望，都意味深長，仿佛從此，他們再也無法相見。

馬一鳴呆望著三團火光，在他眼前消失一盡。黑暗依然那樣深邃沉寂。就仿佛他們只是路人，與他擦肩而過，然後完成了任務。

馬一鳴想，嗯，我又做夢了。我應該醒過來才是。

這是他的舊夢。以前住在蛇山腳下，類似的夢經常伴隨著他。擁有，消失，再擁有，再消失。他一直都在害怕在恐懼在破碎。但是，他終究會醒過來。他醒過來時，會驀然打開眼睛。在很長的時間裡，他以為他的眼睛就是他的燈。這兩盞燈，讓自己看清楚四周。

此時的馬一鳴，緩緩行走在一片看不見的地上。腳下的土地是實在的，但他不知道自己踩著些甚麼，也不知道該朝哪裡走。他沒有方向。身邊甚麼都沒有，腦子裡也由他空白。這樣的感覺，馬一鳴想，這不正是我喜歡的嗎？希望未來我的死，就是這樣。

走了多久呢？馬一鳴連時間概念都沒有了。

令馬一鳴遽然而醒的是一陣音樂。這次他努力打開了眼睛，落在他視線中的世界，竟是如此明亮和喧囂。他躺在床上，有點恍然。他想，我到過另一個世界嗎？還是哪裡都沒有去？

音樂還在響，循聲望去，馬一鳴看到了他的手機。他想，怕是陳亞非打來的電話，他慌忙伸手抓起手機。不料，耳邊卻是馬蘭蘭的聲音。

馬蘭蘭說，爸爸，你怎麼不給我打電話？馬一鳴怔了一下，方說，我我我……擔心打完了電話就想回家。馬蘭蘭說，媽媽告訴我的這個號碼，她說是乾爹寫給她的。馬一鳴哦了一聲。馬蘭蘭說，你想得怎麼樣？我跟媽媽說過了，如果你們離婚，我要照顧你。媽媽當時很生氣，可到晚上她又想通了，說只要我能正常走路，她就答應我。馬一鳴說，對呀，你媽說得對，這個是最重要。馬蘭蘭說，不過，我還是希望你們不要離婚，因為我也想跟媽媽在一起。馬一鳴說，你不要想太多，你就光想你怎麼站起來走路就好，我晚上夢見你走路了，你跑得好快。馬蘭蘭說，醫生說了，我的康復狀況很好，以後正常走路絕對沒問題。馬一鳴高興了，說這個真的要謝謝人家周醫生。馬蘭蘭說，周醫生每次按摩都很認真仔細，我沒辦法恨他。馬一鳴忙說，千萬別恨他，你要真心地謝謝人家才是，我也要謝謝他。馬蘭蘭說，你就不恨他？馬一鳴說，他能治好你的腿，就是我的恩人，我當然不恨他。你媽不想跟我過，不是她的錯，是我不好。我真的很沒用，我知道的。馬蘭蘭嘆口氣說，爸爸，天下沒有你這樣的人。馬一鳴說，是呀，天下沒有我這樣沒用的人。馬蘭蘭說，我不跟你扯這個了。對了，爸爸，乾爹那邊出大事了，你知道嗎？馬一鳴說，不知道呀？馬蘭蘭說，乾爹家對門的那個彈鋼琴的女人，叫甚麼妮，被人殺死了。

馬一鳴腦子嗡了一下，忙問道，安冬妮？馬蘭蘭說，對，就是這個名字，乾爹正忙得天昏地暗。

馬一鳴呆住了，他眼前浮出陳亞非俯身擦車的情景。他想，哦，原來不是我一人在黑暗中。陳亞非也在那裡。

第四章

16、死在那棵樹下

馬一鳴不知道自己是不是應該打個電話去安慰一下陳亞非。他想了又想，還是沒打。陳亞非是不需要他來安慰的，他若打電話過去，或許，陳亞非以為他有甚麼事，還要為他分心。所以，他決定當作不知道這件事。

只是他分明已知此事，倘不打電話，未免不夠朋友。陳亞非照顧了自己這麼多年，他明知陳亞非心裡難過，卻能裝作甚麼都不知道嗎？

馬一鳴想得心事紛亂，突然，外面有許多嘈雜。一個女人在喊叫，聲音尖銳而淒厲：在這裡！孔爺，老魏在這裡！

所有的聲音來自他的窗後，有哭聲有長嘯有嘆息。遠遠近近，又近近遠遠。馬一鳴躺在床上不想動，他從來都對外人的事沒有興趣。也不想猜測這些聲音的出現是因為甚麼。

孔爺比平時來得晚些，這時的馬一鳴一直沉浸在回憶中。陳亞非擦車時的得意和他所說有關愛情的話，格外清晰地浮出他的腦海。馬一鳴心裡有幾分憂慮，他想，如果陳亞非真的愛安冬妮，現在安冬妮死了，他會怎麼樣呢？

孔爺一手拎著藥罐，一手拿著碗，見馬一鳴面有惶惑，便說，沒嚇著你吧？馬一鳴不解其意，孔爺說，前院的老魏，先前以為自己的病能治好。昨天他小舅子來，老魏說身體好得差不多了，想回家。他小舅子告訴他得的是絕症，回家後藥斷了怕有危險。馬一鳴說，那就不回去好了。孔爺說，正常人都該這麼想呀，何況他已經好了很多。可老魏的角度不一樣。他聽說是絕症，就不想再拖累家人。孩子要上學，老婆也要活命，遲早是個死，不如早死。不然，他非但活不多久，一家人在他死後還要背一身債務，個個都活不好。馬一鳴說，那怎麼辦？孔爺說，他就自己尋死了。喏，半夜裡爬起來，吊死在後面的樹林裡。早上鬧哄哄的就是為這。

馬一鳴這才憶起適才的喧囂，驚訝道，吊死了？怎麼吊？孔爺嘆息道，一根繩子，往樹枝上一掛。死起來也真蠻簡單。只不過，吊死不是一種好死法，不然這世上怎麼會有吊死鬼一說？

馬一鳴聽得打冷顫，不由問，吊死鬼是怎麼個說法？孔爺說，人吊死，繩子掐緊了脖子，眼睛暴凸，舌頭伸得老長。家裡人都過來了，沒一個敢看。還是我過去蒙了他的頭，幾個人才把他解下樹。怎麼找這麼難受的死法呢？自己死得難受，別人看得也難受。唉。

一大早，接連聽到兩個人的死訊。一被殺一自殺。但整個白天，依然像往常一樣安靜。兩個人的死，並沒有攪動日常的一切。日子是按它自己的方式紋絲不動地朝前走。馬一鳴在想，死人其實是件很平常的事呀，既然如此，我為甚麼不能死呢？別人都不害怕，我也應該不害怕才是。

傍晚孔爺又送藥來。馬一鳴突然問，可是如果老魏想死，不去樹林裡上吊，又有甚麼樣的法子可以簡單呢？孔爺笑了，說吃安眠藥呀。人每天睡覺，就跟練習死一樣。只不過，人只死一夜，醒來就算復生。吃下安眠藥，睡死過去，無非不再甦醒。這死得該多舒服。

真是醍醐灌頂的一番話。馬一鳴想，啊啊，原來陳亞非以前都只是在恐嚇他。一個人想要死，還有這麼好的辦法哩。

這一天，陳亞非沒有來，全然在馬一鳴意料之中。傍晚，馬一鳴依然按照孔爺的要求出門散步。但他這次沒有徑直走到白梅湖邊，而是一路數著步子，走去了樹林。他站在一棵板栗樹旁，望著夕陽下密集地站立的樹叢說，老魏，你吊死在哪棵樹上呢？一個村裡的老頭牽著牛過來，指著遠處一棵大樹，說你們這的老魏在那裡上了吊，千萬別過去，小鬼還沒散。馬一鳴點點頭，心裡卻說，哦，是它呀。幾縷抹了紅的光線，穿過那棵大樹的枝葉透了過來，馬一鳴想，那裡好美呀。

馬一鳴來診所的這些天，並沒有見過這個老魏，但此一刻，他覺得老魏於他有一種親切，因為老魏的念頭，也是他的念頭，老魏的心情，也是他的心情。馬一鳴想，如果我死在這裡，也蠻好的。反正老魏已經死過一次，所有的樹木花草都不會害怕再多死一個。而且，如孔爺所說，吃安眠藥死的話，就會跟睡著一樣。那麼，我就死在老魏吊死的那棵樹下好了。如果真有另一個世界，說不定，還能追上前面的老魏。可以告訴他，以後轉了世，若想再死，得換種方式，吃安眠藥比吊死舒服得多。

這個想法剛閃過，突然，他的手機響了。這是陳亞非的電話。馬一鳴嚇了一跳，他想，莫非陳亞非知道他在想些甚麼？他心裡立即咚咚咚地跳了起來。

陳亞非的聲音很低沉，先問他這幾天怎麼樣。馬一鳴忙說好多了。陳亞非說，聽聲音感覺你中氣足了一點。馬一鳴說，孔爺照顧得很好。陳亞非說，李江告訴我，孔爺的藥是相當管用的，你要先恢復元氣，然後再對症下藥。我這兩天來不了，因為……陳亞非說到這裡，停了下來。

馬一鳴覺得陳亞非的聲音裡有一種天塌下來的氣息。他想果然安冬妮在陳亞非心中非同一般。馬一鳴欲問安冬妮是怎麼回事，卻又沒敢。

陳亞非始終甚麼都沒有提，他顯然咽下了打算告訴馬一鳴的話。他說，因為我有些特殊的事情在忙，等我忙過這幾天，再過來詳細跟你說。你要聽孔爺的話。馬一鳴答應了。

放下電話，馬一鳴想，如果死的是王曉鈺，怕他也不會是這樣子。現在安冬妮剛死，如果我又馬上死掉，陳亞非會怎樣？那他的心情豈不是更加太糟糕？馬一鳴心思又紛亂了，他對自己先前的決定猶豫起來。

散步回來，遇到孔爺。孔爺說，剛跟老魏家結完賬。看在死者份上，給他們打了對折。說完又問，老陳甚麼時候過來？馬一鳴說，他說過幾天。孔爺便說，讓他記得帶錢，他交代過，你的賬由他結。上回只付了一周的費用。馬一鳴怔了怔說，哦，我知道了。

說完，馬一鳴瞬間作出決定：自己必須死了。

付賬這件事，是他先前想都沒有想過的。陳亞非只說李江是他的朋友，朋友的事好辦。所以馬一鳴不知道：即使朋友，也有付費的問題。這一刻，他才明白一點點。他想，他已經麻煩了陳亞非一輩子，不能再在死這件事上，還給他添麻煩。死得越慢，給他添的事就越多。何況，他自己現在也處在煎熬之中。而他能夠幫到陳亞非的事就只是：不在他在難過的時候，仍作為一個麻煩拖累他。他若死了，陳亞非肯定也會難過，但多少早有心理準備。畢竟，陳亞非已經知道他活不長久。現在陳亞非因為安冬妮的死，正痛苦著。那就不如讓他一次痛完，熬過這陣，就會沒事。不然等到明年，他還得痛一回。

馬一鳴想清楚這些，心情立即變得坦然。

像往常一樣，回到房間，他簡單地洗漱了一下，隨即躺上了床。死這件事，便成為縈繞他腦間唯一的事。他想他不能吊死，因為他不想當吊死鬼，那麼，按孔爺所說，吃安眠藥死，這是一個不錯的選擇。其實他現在這個樣子，成天躺著，跟死也差不了多少。並且，死了就再也不用花錢，而他這個活死人，卻一直要開銷。馬一鳴想，老魏一定就是這樣想順的。

既然結果已出，剩下的具體事就好辦了，無非是買安眠藥而已。他決定，明天回去。先找寶順要一點錢，寶順絕對不會為難他。馬一鳴想，安眠藥一定不會太貴。在找寶順的時候，也順便告訴她，他同意馬上離婚。然後，再見一下馬蘭蘭，算是跟她作個告別。他得讓她明白：他照顧不了她。並且，他也不想讓她照顧。他必須讓她斷了念想。當然，最重要的，他還要去跟陳亞非說說話。他要說一個謊，說他悶得慌，想回家轉轉。離開這個世界，他最想帶走的，是陳亞非的聲音。帶著他的聲音上路，馬一鳴想，或許他的膽子會大一點。

最後考慮的問題，就是死在哪兒了。這個他事先都已想好。他絕不能死在孔爺的床上，不能害孔爺的這張床以後沒人敢睡。他只需到老魏吊死的那一棵大樹下一睡不醒。反正有沒有他的死，人們都不敢走近那一棵樹。那裡，有很多小鬼聚集不散。

馬一鳴從來沒有這樣一二三條周密而嚴謹地考慮過一件事情，因為他的過去，所有事都是陳亞非替他想好的。但這天的夜晚，他卻覺得，自己給自己想辦法解決問題，很有意思。

然後，他就在這些有意思的想法中，睡著了。

17、他沒有殺人

馬一鳴想要進城，孔爺說，這不成。你元氣太弱，這麼一走，會影響治療。馬一鳴說，我知道我自己的身體，孔爺您不用擔心。但是孔爺還是不同意他走，說要給陳亞非打電話。

馬一鳴忙阻止孔爺，說亞非他眼前在過一道坎，千萬不要驚動他。說完他想到孔爺催錢的事，又說，我回去拿些錢，拿了就回。孔爺拗不過，就說好吧。但你的身體出了問題，我不負責。馬一鳴說，這個我可以立字據。孔爺說，那也不必。

馬一鳴不好意思拿走自己的衣物，就空手離開了。從孔家台走十來分鐘小路，即到公路。小路出口，有長途汽車停車點。他搭上了進城的早班車，鄉村人習慣趕早，儘管遠不到八點，車上卻已經坐滿了人。馬一鳴一直走到最後一排才找到一個空位。等他坐下時，車已經開出了孔家台的地界。雖然住了不到十天，馬一鳴覺得自己跟這個地方已有深厚感情，這裡，將是他的人生終點。

汽車沿著白梅湖邊行駛。隔得老遠就能看到白梅山湖苑高聳的樓房。馬一鳴座位前面有幾個人一見那片樓群，立即興奮，不顧人在車上，便高談闊論起來。有說這個小區不便宜，眼下是青岩城最貴的房子。又有說，其實他聽說只要有熟人，七折就能拿到，他的舅舅是發改委的，一下買了兩套。私底下說，這房子到手就是賺錢。有人問，怎麼賺？回答說，升值空間大唄。

所有議論，馬一鳴都只是聽個順風耳，他是一個即死的人，對買房子這樣的事，連半點興趣都沒有。

到家時，幾近十點。周民友正在給馬蘭蘭理療，見到馬一鳴顯然有些尷尬，只是點頭示意一下，忙埋下頭來，為馬蘭蘭按摩。馬一鳴縱然對他有感激之心，但卻也因他搶走寶順而內心別扭。馬蘭蘭則很開心，說爸爸，你別走，理療完了我要跟你說件事。馬一鳴說，嗯。

他在臥室見到寶順，寶順說，你休息得怎麼樣？馬一鳴說，好多了。我今天特意來跟你說，我同意離婚。寶順說，哦，你想好就行。反正我們也沒這麼急。馬一鳴對她所說「我們」二字有些反感。以前她嘴裡的「我們」是包含他的，而現在，她的「我們」已經是另外一個人了。但是，反感又能怎麼樣？寶順說，離婚後，房子怎麼分？馬一鳴有點懵，他從來沒有想過這個問題。寶順說，蘭蘭雖然跟我，但是還有財產分割的問題。馬一鳴這才理會，便說，都留給你們吧，我不需要。你給我一點錢好了。寶順有點驚訝地望著他，說你的意思是？馬一鳴說，不不不，我是說你現在給我一點錢。我要去買點藥，另外去看一下亞非，想請他吃頓飯。我身上只有幾塊錢了。寶順鬆了一口氣，拉開櫃子抽屜，給了他一千塊，說你最近身體不好，沒有進賬，生活上需要用錢，就儘管開口。家裡多少還有點積蓄，反正也都是你賺的。馬一鳴說，不不不，以後我就不需要了。寶順有點詫異地望著他。馬一鳴忙又說，以後我可以自己再賺。

馬一鳴聽到周民友從隔壁馬蘭蘭房間出來，又聽到他踅進衛生間洗手去。他在這裡出入，已經像在他自己家裡一樣。馬一鳴心裡別扭，卻也無奈。他擔心與周民友撞著面，便趕緊走出臥室，進到馬蘭蘭房間。幾天不見，他覺得馬蘭蘭長胖了一點，於是有些高興。

馬蘭蘭見到馬一鳴顯然很歡喜，說爸爸，你跑哪去了？真的要把媽媽送給周叔叔嗎。馬一鳴說，我們分開了可能對大家都好。馬蘭蘭說，對我也好？我還是想要自己的爸爸。

馬一鳴把手指放在嘴唇上，示意她小聲一點。馬蘭蘭說，沒關係呀。周叔叔問過我，我也是這樣說的。馬一鳴有點意外，說那他怎麼講？馬蘭蘭說，他說他能理解。但是重要的是媽媽的想法。馬一鳴說，他說得不錯。馬蘭蘭說，周叔叔講，他和媽媽是真心相愛。馬一鳴心裡一酸，說哦，可能吧。馬蘭蘭說，我說我爸當年跟我媽也真心相愛過。可周叔叔說我媽當年為了從鄉下出來，沒辦法，只有選擇婚姻這條路。她很感謝爸爸，但跟爸爸沒有愛情。爸爸是這樣嗎？馬一鳴想了想，說也許是吧。馬蘭蘭有點生氣，說既然沒有愛情，為甚麼要生我？馬一鳴又想了一下，方說，應該是我們那時候不懂愛情吧。馬蘭蘭似乎對這個解釋接受了。她說，好吧，大人的事我不管。但是，爸爸你的將來我是要管的。你再結婚，一定要懂得愛人家，知道嗎？馬一鳴說，我不會再結婚了。馬蘭蘭笑道，你們男人講話沒譜的。周叔叔老婆死的時候，他也說他再不要結婚了。可是，現在不也打我媽的主意了？馬一鳴也笑了，說這樣呀。

離開家，馬一鳴心安了，他覺得馬蘭蘭很懂事，他完全可以安心去死。現在，他迫不及待地想要見到陳亞非。他手上有了一千塊錢，他覺得自己可以在一個好餐館裡請陳亞非吃頓飯，他被陳亞非照顧了一輩子，有時候他會覺得陳亞非不但是他的兄長，甚至是他的父親。沒有他，他這輩子該有多麼糟糕。他想我死之前，如果不好好感謝一下陳亞非，那我怎麼會死得踏實。

馬一鳴先到藥店，買了些安眠藥。藥店不給賣多，馬一鳴不知道要吃多少才夠，便又去了另一家藥店。他想，兩把藥總歸夠吧？他把藥認真地放在挎包的小袋裡，然後去到陳亞非的機關樓。他知道陳亞非中午都是吃單位食堂。

馬一鳴跟門衛說，他要找陳亞非。值班的門衛卻告訴他說，陳處一小時前出去了，走得急急忙忙，他還問甚麼事這麼急，陳處說是家裡的事。

馬一鳴也沒多想家裡會有甚麼事，只是「哦」了一聲便調轉方向，直接前往陳亞非家。走到馬路上，他突然想，如果自己再慢慢乘公共汽車的話，上車下車兩頭一走，到他家恐怕得過一點鐘了，那時陳亞非顯然已經吃過了飯。這麼想過，他便在路上攔了一輛出租車，徑直坐到了陳亞非宿舍大院門口。

這個小區，是市屬機關幹部的宿舍區。位於市中心，去哪都方便。陳亞非資格老，小區一蓋好，便分配到這裡的房子。看新房時，他拉了馬一鳴一起過來。站在三樓的窗口，陳亞非說，有了這樣的房子，這輩子值了。馬一鳴也搬了新家，新家遠不如這個兩房半一廳的宿舍樓。他也跟著說，真是值了。

陳亞非居住的樓棟下，站了幾個人。馬一鳴也沒多想，他甚至都沒有往剛死不久的安冬妮頭上想。還沒走近人群，馬一鳴突然聽到那個讓他無比熟悉的聲音。那聲音在咆哮：我沒有殺人！我沒有殺安冬妮！我沒有殺安冬妮！我沒有！

馬一鳴渾身一緊，趕忙小跑了幾步。他看到陳亞非戴著手銬，被人押著走出門洞。他的聲音持續著，帶著無盡的憤怒：我沒有殺人！

馬一鳴連想都沒有想，跟著他的聲音一起喊了起來：他沒有殺人！他沒有殺人！一個年輕警察，掉轉過頭，朝著慢慢多起來的人群吼了一句，誰？誰在喊？你說不是他殺的，那麼你知道是誰殺的？他的眼睛游移了幾秒便落在馬一鳴臉上。馬一鳴仿佛被犀利的目光一劍封喉。他身不由己地退了幾步，幾乎快被嚇得癱軟在地。

王曉鈺也從門洞內走了出來。陳亞非看到她，停止了叫喊，大聲說，你要相信我，我不會幹這樣的事。王曉鈺面色嚴竣，臉上了無一絲表情，她只是說了一句，警方有證據，我能相信誰？你太對不起我們了！

馬一鳴被王曉鈺的話嚇著了，他還未及細想，陳亞非的目光轉向了他，聲音裡充滿悲哀，他說，你會相信我的是不是？你會相信我，對吧？你記住，我絕對沒有殺人。

馬一鳴驚慌失措中使勁點點頭。這是他的習慣。長久以來，陳亞非說甚麼他都會點頭。於是他在陳亞非的問話中，不停地點頭。可惜陳亞非並沒有看到，他在喊叫中，被幾個警察強行推進了一輛麵包車。麵包車在越來越多的圍觀者眼前一馳而去。只兩三分鐘，圍觀的人也都散了。待馬一鳴清醒過來時，他的身邊已經沒有了人。他惶恐不安地望著身邊空空的小路，一時間不知道如何是好。

此時，他發現自己是倚在門棟路邊的一棵樹下。他的兩腿不停發抖，因為沒有吃飯的緣故，他幾乎無力走出宿舍小區。他就這樣站在這裡好久，終於想起更糟糕的事來：他點頭的時候，陳亞非已經被人強扭進車，他並沒有看到。想到這個，馬一鳴幾近崩潰。他在心裡呻吟道，我怎麼會不相信你呢？我這輩子從來都沒有不相信你呀。

他不知道自己怎麼走出陳亞非的宿舍小區。他並沒有去陳亞非家，他不想見王曉鈺，他知道王曉鈺不需要人安慰，因為她是認強不認弱的人，誰弱她即會摒棄誰，她一向鐵石心腸，現在她顯然毫不猶豫地選擇了相信警方。

但是馬一鳴相信陳亞非，他相信陳亞非不可能殺人。是的，陳亞非絕對不會殺人，不僅是安冬妮，其他任何人，他也不會殺。他憑著自己從嬰兒時對他的了解，認定這一點。但是，他現在應該怎麼辦呢？

馬一鳴不自覺中，又走到江邊，坐在馬蹄磯上。他渾身無力，而比他身體更為無力的，是他的心。以前他遇事還有陳亞非靠著。現在，他的靠山沒有了，他的背後空空蕩蕩。他覺得生無可念，此一刻，他已經有如死人。

18、現在你是他的靠山

馬一鳴到家時，天已大黑。寶順打開家門時，見他的臉色，嚇了一跳，忙道，你怎麼了？發生了甚麼事？

馬一鳴軟倒在地上。得幸周民友也在那裡。他連忙幫著寶順把馬一鳴抬到沙發上，讓他躺了下來。周民友一邊給他拿脈，一邊讓寶順給他倒杯熱水。

馬蘭蘭聽到動靜，在她屋裡大聲喊著，是爸爸回來了嗎？爸爸怎麼了？爸爸，你怎麼了？

馬一鳴在馬蘭蘭的喊叫聲清醒過來。他撐著自己，坐正了身體。寶順忙不迭遞上水，說你怎麼了？臉色這麼難看？馬一鳴長吐了一口氣，方說，我看到亞非被警察抓走了。

寶順和周民友都大吃了一驚，倆人幾乎一起問道，為甚麼？馬一鳴開始流眼淚，說好像……好像警察認為安冬妮是亞非殺的。寶順驚叫道，天啦，這怎麼可能？周民友也說，這個可不能相信，警察經常抓錯人的。馬一鳴淚汪汪地望著寶順，說我不會信的，但曉鈺信。寶順說，曉鈺信了？曉鈺會相信自己的老公殺人？這婆娘真不是東西。

寶順自知王曉鈺瞧不起她和她的一家後，便不再是她的跟班；而當她開了裁縫店，經濟能力甚至超過王曉鈺時，與她的交往便更淡了。這個時候，脫口罵她，是寶順很自然的一件事。

馬蘭蘭聽到外面的驚呼，卻又不知出了甚麼事，更是急得在房間裡大喊大叫，爸爸，你怎麼了？出了甚麼事？馬一鳴心疼馬蘭蘭，立即站起來，但他一天沒有吃東西，身體本來就虛弱，竟然一下子沒能站住。周民友扶了他一把，轉過臉對寶順說，你去煮點麵條，馬哥可能一天沒吃東西。周民友說話的樣子，如在自己的家裡，而這個家跟馬一鳴仿佛沒甚麼關係。馬一鳴心裡格登了一下，但他很快釋然。他想，或許這一天，這個家就是他的了。多一天少一天又有甚麼關係。他聽任周民友攙扶著，慢慢走進馬蘭蘭的房裡。

周民友安置馬一鳴在馬蘭蘭的床邊坐下，跟馬蘭蘭說，你媽在給你爸煮麵，你把你床頭的水給你爸喝一點。說完便連忙退了出去。

馬蘭蘭看到他出門，遞上水杯，忙問道，爸，你出了甚麼事？馬一鳴低聲道，是你乾爹出了事。馬蘭蘭驚道，乾爹？乾爹那麼強大一個人，怎麼會出事？馬一鳴聲音更低了，警察認為你乾爹殺了人。馬蘭蘭尖叫起來，這怎麼可能？殺誰了？馬一鳴說，安冬妮。馬蘭蘭說，絕對不可能。乾爹才不屑幹這種事哩。你親眼看見警察抓乾爹了？馬一鳴依然低聲道，嗯。我正去他們家。你乾爹也看到了我，他跟我說，我沒有殺人，你會相信的對吧？我點頭了，我使勁地點了頭，可是他沒有看到。馬一鳴說這話時，終於忍不住哭出了聲。

馬蘭蘭此刻也哭起來。馬蘭蘭說，爸爸，我跟你是一邊的，我也不信，絕對不信。我要跟墨墨講，絕對不能相信。馬一鳴嗚咽道，他們還給你乾爹戴了手銬，怎麼辦呀？馬一鳴這麼說著，哭聲又大了一點。

寶順端了一碗麵進來，見父女倆人都在哭，便說，急也沒有用。民友剛才回去時說了，他明天一早就找朋友到警局去打聽一下，看看到底是怎麼個說法。蘭蘭，叫你爸先吃點東西。他身體本來就不好，心急更會傷身子。

馬蘭蘭忙抹淨眼淚，說爸爸，你先吃飯，我們再想辦法，我一定幫你。

馬一鳴對馬蘭蘭的話，向來也是言聽計從。這份順從，來自他對她的溺愛。馬一鳴忙抹了兩把淚水，接過寶順手上的麵碗。寶順說，我去拿點小菜。

寶順再進來時，馬蘭蘭說，媽，你幫爸爸鋪好折疊床，爸爸今晚住我房間裡。寶順「哦」了一聲。

吃了麵條，躺在了軟軟的折疊床上，聞著它熟悉的氣息，馬一鳴心情平復了一點。他開始給馬蘭蘭講述陳亞非和他的故事。

這個故事從蛇山腳下開始講起，那時候的他只有半歲，一直講到現在，他已經四十多歲了。歲月那麼漫長而人生何其瑣碎。講到上小學時，寶順進來問他需要點甚麼，出門前聽了一耳朵，便也坐了下來，和馬蘭蘭一起聽他講述。馬一鳴很少講這麼長的話。自結婚後，寶順就沒有聽他講過這麼長的話。但是，這次因為陳亞非，因為他耳邊老是想著陳亞非的問話：你會相信我，對吧？他覺得自己如果不講話，身心更加難受。

他講到上小學做衛生，他能力差，從來都做不乾淨。開始總被老師批評，後來陳亞非每次在他做完之後，再做一遍。結果他做過的地方，比別人更乾淨。馬蘭蘭在這裡插了嘴，說難怪爸爸動手能力那麼差，原來都是乾爹慣壞的。寶順說，怎麼可以這麼講，你爸爸做裁縫，動手能力就很強。你乾爹卻做不了裁縫。一個人有一個人的強法。

馬一鳴沒作聲，但他很感謝寶順對他的這番評價，他一直覺得自己是個百無一用的人，寶順卻並沒有這樣看他，儘管寶順想要改嫁給別人。

馬一鳴又說起自己下鄉時，甚麼農活都做不了。不是鐮刀割了手，就是鋤頭砍了腳，陳亞非三天兩頭帶著他找赤腳醫生。後來陳亞非求村支書，讓他去跟小孩子們一起放牛，這才沒甚麼事。可是放牛掙的工分根本吃不了飯，還是靠陳亞非接濟才能正常過日子。寶順卻又插話了，說但是，你本來可以不下鄉呀。你留在城裡，就不會又是割手又是砍腳的了。馬一鳴說，可是我怕我一個人留在城裡，對付不了社會。我非常害怕，沒有亞非在我旁邊，我不敢一個人去面對。馬蘭蘭說，這個我站爸爸一邊。寶順說，可是離開了陳亞非，你不也一個人開了裁縫店嗎？而且你也做得很出色。馬一鳴說，那是有你呀。是你站在我前面，幫我面對外面的事。馬蘭蘭又說，這個我也站爸爸一邊。

寶順生氣了，說你的問題就是在於你總是認定自己沒用。但實際上，你是自私，是懶惰，你不是不能一個人面對，而是不想一個人去面對。你只想讓別人把所有事都打理好，你可以輕鬆地跟在後面。馬蘭蘭說，這個……媽媽說得對，我站媽媽一邊。

馬一鳴輕聲道，為甚麼不可以這樣呢？為甚麼不可以讓有本事的人發揮能力，施惠於人，讓沒用的人接受他們的恩惠呢？馬一鳴很少反駁寶順，這一次，他突然說了這樣一番話。寶順說，這話你還好意思說？馬蘭蘭說，這個問題好高深，我不知道該站哪邊了。

馬一鳴不說話了，他在想寶順的話。屋裡便是難堪的沉默。馬蘭蘭不悅了，說媽媽，你出去好不好？你太鬧人了，我要聽爸爸講乾爹的事。

寶順雖然經常嗆馬一鳴，但對馬蘭蘭的話卻像馬一鳴一樣，也是言聽計從。尤其馬蘭蘭的腿受傷後，寶順覺得是自己沒有照顧好女兒，內心愧疚，更是把馬蘭蘭捧在手心裡，生怕她有一點委屈。寶順雖然還想聽他們講話，但是馬蘭蘭讓她出去，她就只好出去了。

可馬一鳴卻很想寶順留在這裡。他們一家三口已經很久沒有同時呆在一間屋裡。而今後，恐怕也再沒這樣的機會。只是馬蘭蘭要她走，他卻不能留下她。他望著寶順的背影出了房間，突然說，我走以後，你不要這樣跟媽媽講話。

馬蘭蘭有點奇怪，說她都把你甩了，你還護著她？馬一鳴說，她這樣做是有道理的。我就是這世上最沒用的人，是我配不上她。馬蘭蘭說，現在好了，媽媽甩了你，乾爹也不在你身邊了，那你這個沒用的人，該怎麼辦呢？

馬一鳴沒有作聲，他眼前浮出孔家台的樹林，心想，我已經有了辦法，我會去老魏的那棵樹下。我沿著他的路走，這條路是所有無能者的必由之路。問題是，現在重要的不是他，而是陳亞非該怎麼辦呢？他心裡想著，便說了出來，他說，你乾爹該怎麼辦呢？

馬蘭蘭突然說，爸爸，乾爹不是當了你一輩子的靠山嗎？馬一鳴說，是呀，現在，我一想到他進了牢房，再也見不到了，就覺得背後空空蕩蕩。

說到這裡，馬一鳴有無限的悲哀湧上心來。他想這個夜晚，陳亞非會在監獄度過。他從來沒有受過這樣的委屈，像他那樣的脾氣，自尊而且要強，一定會憤怒得不得了。但是在警察面前憤怒，那個結果會怎麼樣呢？

馬蘭蘭說，你怎麼會再也見不到呢？乾爹絕對是被冤枉的。要不多久，就會出來。那時候你天天見他好了。

馬一鳴沒有作聲，他心裡苦笑。他想，明天，或許後天，我就不在這個人世了。我只盼望他被放出來時，到我的墳上點一炷香就好。

馬蘭蘭沒再說話，她安靜得馬一鳴以為她已經睡著。馬一鳴也沒再說話。他慢慢有了倦意，疲憊不堪。他閉上眼睛，卻又完全睡不著。陳亞非的聲音就在耳邊震蕩：我沒有殺人！我沒有殺人！馬一鳴悲傷地想，怎麼辦呀？

馬一鳴是麻木的，他腦子混沌一片。他的想法就是沒有想法。時間便穿過他腦袋的空白，遠遠而去。突然，他聽到馬蘭蘭的聲音。他側過臉，看過去。馬蘭蘭胳膊撐起自己的上身，大聲說，現在，你就是他的靠山！只有你，乾爹只有你這一個靠山了。

馬一鳴霍然驚醒。

19、黑屋的夜晚

陳亞非無論如何也沒有想過自己有一天會被警察抓進牢房。而且還是殺人犯。他的憤怒遠遠超過他的痛苦。他覺得這是一件荒唐無比的事。然而，警察卻認為他們證據確鑿。

上午十點左右，他被叫回家。是王曉鈺打來的電話，說家裡有急事，讓他馬上回。他不明白家裡能有甚麼急事，王曉鈺不肯講到底甚麼事，只是急切地要他回家。他匆忙騎著摩托趕了回去。一進門，卻看到幾個警察正在那裡。其中一個他有點面熟，安冬妮死的那天見過。在警官楊高問他話時，他也過來問過幾句。他姓蘇。

王曉鈺指了指姓蘇的警察，說他們找你。陳亞非有些懵，說怎麼回事？蘇衛對他說，我們見過，我叫蘇衛。我想跟你談一下。陳亞非點點頭。蘇衛指著他的音響間說，就那兒吧。陳亞非心裡有點不情願，但又不好說。只好領著蘇衛進去。他一邊搬椅子一邊說，別碰了我的音箱，我調試了很久的。其他都沒關係。房間有點小。他說話間，突然發現屋裡有點不對勁，環顧了一下，覺得這裡被人動過。再抬頭看時，發現櫃頂上的那隻藍色小箱子不見了。

陳亞非說，咦，上面的箱子呢？蘇衛說，這正是我要問你的。這箱子是誰的？陳亞非說，是安冬妮放在我這裡的。蘇衛說，她的箱子為甚麼放在你這裡？陳亞非說，我也不知道。蘇衛說，為甚麼你一直沒有提？陳亞非說，你們沒有問，我也沒想起來，已經放好幾年了。蘇衛說，裡面是甚麼？陳亞非說，我沒打開過，不知道是甚麼。蘇衛似乎不相信，說你不知道？陳亞非說，我怎麼會知道？它鎖著，我沒有密碼。有密碼我也不會去打開。蘇衛說，這麼說你甚麼都不知道？陳亞非說，是的。但是……陳亞非突然想起甚麼，他頓住了。蘇衛馬上接過話，說但是甚麼？陳亞非說，去年有一天，安冬妮把箱子拿回去了。可是第二天又送了過來，還說如果哪天我出了甚麼事，你把這個箱子交給我弟弟。她弟弟安冬爾在美國。蘇衛說，她沒有說原因？陳亞非說，我沒問，但是她自己後來又補充說，這是我母親的遺物，千萬不要給楊照酉。

蘇衛緊緊盯著陳亞非，他的目光凶狠，令陳亞非很不自在。陳亞非說，你們要把箱子拿走？我覺得我們應該尊重安冬妮的意願，把這箱子交給她的弟弟。蘇衛說，這事不用你管。

突然，他的聲音放大了，顯得非常生硬，他說，在安冬妮出事的頭一晚，你是不是到她家去了？陳亞非想了想，說好像是去過的。蘇衛說，甚麼叫好像是？去就是去了。陳亞非有點緊張，他忙說，是去過。那天下雨，晚上打雷，安冬妮有點害怕，就打電話讓我去陪她一下。平時楊照酉不在家，凡是有雷暴的時候，安冬妮都會叫我。我不在家裡，我愛人也去陪過她。蘇衛又轉了話題，說你家有對門的鑰匙？陳亞非說，有一把。掛在門後面。安冬妮有一次倒垃圾，鑰匙被鎖在了屋裡，進不去。後來還是找鎖匠來開的門。以後她就放了一把備用鑰匙在我家。這把備用鑰匙解決過好幾次問題。蘇衛冷笑了，說我知道你筆頭子厲害，這些故事你都背得滾瓜爛熟吧？

陳亞非腦袋嗡了一下，他說，我不明白你的意思。蘇衛說，聽說你準備寫一本小說？看來你的想像力真的很像個作家，所有事都能推演的嚴絲合縫。準備寫破案小說嗎？

陳亞非聽他這一說，慌了，說話都打起結，他說，這這這，我說的每、每句話都、都是真的。我絕對不會撒謊。你們不會懷疑兇手是、是、是我吧？蘇衛說，你說對了。所有的證據都指向你，你卻還在漫天說謊。

陳亞非渾身抖了起來，他兩腿發軟，甚至支撐不起自己的身體，他朝桌子挪了一步，身體倚在了上面，他心裡拼命讓自己冷靜，只有理智，才能講得清楚。他說，不不不，這絕對不可能。安冬妮是我的朋友，非常好的朋友，我怎麼可能殺她？蘇衛說，兇手一旦起了貪欲，從來都沒有朋友不朋友這個概念的，甚至連親情都沒有。

蘇衛說這話，顯然有來歷。他的上司楊高的母親深愛的一個人，設計將他的父親殺掉了，致使楊高自小喪父，這份仇凝結在他心裡十數年，直到他當了刑警，才將這個懸疑幾十年的案子破掉。但是破案的結果卻使他永遠失去了母親。這個故事，蘇衛還沒調來，就已經聽人說過。

陳亞非卻不知道這些。儘管他在心裡努力克制自己，警告自己不要喪失理智，但他仍然失控了，心裡的憤怒和痛苦，像岩漿一樣集結著奔湧著，有如數萬座火山即將爆發。蘇衛說，謀財害命，這樣的事，我們見得多了去。

這束火苗，瞬間點燃了陳亞非。火山爆發了，他突然暴吼了起來，我沒有！我沒有殺人！我沒有殺安冬妮！我沒有！蘇衛的手機驀然響起，他一邊準備接聽電話，一邊對另一警察老郭說，銬上！然後，他走了出去。

陳亞非就這樣被帶到了公安局。此時的他，呆在一間很小的屋裡。四周很黑，甚麼傢俱都沒有，空空蕩蕩。他倚牆而坐，他知道自己要在這裡度過漫漫長夜。他不知道這樣的長夜是一天，或是數日，甚至是永遠。他心裡的憤怒越來越烈，已遠遠壓倒他的恐慌和委屈。他低著頭，想要梳理這一切到底是怎麼回事，但是蘇衛傲慢的語氣和王曉鈺冷漠的神情，都讓他心思紛亂，完全無法想事。

半夜裡，他靜了下來，睜著眼睛睡不著。安冬妮找他時，他跟王曉鈺剛吵完架。其實，這種吵架在他們也是經常的，無非拌嘴而已。每當爭執起來，他就到自己的音響室去聽音樂或是寫文章。這一次是為了甚麼呢？他回憶著，是因為錢。他把自己的私房錢全部都交給了孔爺。他知道，馬一鳴手上沒有錢，如果花錢多了，他多半不會願意治療。而陳亞非則認為，馬一鳴性格偏執，這種人看似虛弱，但卻耐磨。經過調理和休養，或許能多活幾年。而在這幾年中，誰知道又會發生甚麼奇跡呢？許多癌症病人，經常就是慢慢好起來的。對於陳亞非，馬一鳴與他的關係，如同親人，甚至比親人還要親近。幾十年來，馬一鳴一直追隨著陳亞非，並在陳亞非的照料下生活。現在他處於生命的緊要關頭，陳亞非更覺得只有自己才能救他。他讓王曉鈺借給他一點錢，只說他有急用，一定會盡快還回來。王曉鈺不願意，說家裡的存款一來要留給陳重墨上重點中學用，二來也要攢著買車。陳亞非覺得她借出這筆錢，既不會影響兒子讀書，也不會影響王曉鈺買車。他只是暫時用一下，救個急而已。王曉鈺仍然不肯，一定要問明：這錢要拿出去幹甚麼。陳亞非不願透露馬一鳴的情況，堅持不說。王曉鈺則表示你不說我就不給。兩個人便僵持著，顛來倒去的爭執。陳亞非很生氣，一怒之下，甩門出臥室，躲到自己的音響室。陳亞非經常給報紙寫文章，最近，報紙副刊約他開一個專欄，一周一期，這意味著他每月都有四筆稿費。他想他完全可以用這筆錢來支付馬一鳴的醫治費用。只是，這筆錢還沒有到手，他得先從王曉鈺那裡預支第一筆。

這天正下著大雨，雷聲隆隆。他好不容易讓自己定下心來，在電腦上打出他的文章標題。一行還沒有寫完，一聲驚雷打斷他的思路。然後電話響了。是安冬妮。他知道安冬妮找他何事，立即說，你別害怕，我馬上過來。走出家門時，突然想，王曉鈺不借錢，或許安冬妮肯借。

安冬妮一向是怕打雷的。陳亞非進門便說，楊老闆又出差了？安冬妮說，生意場上的人，說是出差，其實多半是在應酬。陳亞非笑道，應酬能賺到銀子，也是應該呀。

說笑間，兩人便在客廳裡喝茶聊天。安冬妮的音響放在客廳。陳亞非順便幫她調試了一下，對她的音響品質很不滿意，認為這樣的聲音，會聽壞耳朵。要她趕緊換一個更好的，起碼用丹拿，無雜音，品質純正。安冬妮也笑，說自己的耳朵就是大眾型的，沒那麼高的靈敏度。如果能聽壞耳朵，說明那耳朵原本就是壞的。陳亞非無奈，最後說，你起碼換一根線呀。這幾十塊錢的線，聲音穿過去完全變了味。安冬妮仍然笑，說我的舌頭嚐不出聲音的味道。陳亞非也只有笑，說那就是餿味。

雷聲似乎在他們的笑談中漸漸小去，快十二點了。安冬妮知道陳亞非次日有會，需要比平日早出門，於是就說自己已經不害怕了。陳亞非叮囑道，如果雷聲再大，你就電話給我，沒關係的。安冬妮說，我知道。陳亞非走前還說了一句，我非得把你那根線換掉。最終，陳亞非沒得提借錢的事，他開不了這個口，一旦借了錢，兩人這種乾淨的關係或許就會變質，他不想冒這個險。

陳亞非想，他早上出門的時間是七點。那時的天早已亮了。他相信不會有人在天亮的時候去殺人。那麼，掐指算來，就是在十二點到七點之間，有人潛入安冬妮家裡把她殺了？這樣說來，似乎不太像是偶然的闖入，而是早有的預謀。那麼，像安冬妮這種人畜無害的女人，有誰會去殺害她呢？為甚麼要去殺她呢？殺了她除了給自己增添危險，又能有甚麼意義？難道是有人要陷害我？可是，陷害我這種與世無爭者，又有甚麼價值？偵探小說中，破案怎會是這樣破的？一個箱子，叫甚麼證據？晚上到她家去小坐一陣，杯上留下手印，這又算甚麼證據？幸虧沒好意思找她借錢，不然更加說不清楚。

陳亞非想得十分痛苦，安冬妮的音容笑貌，都浮出他的腦海，久久不肯消散。他想，如果一直有雷暴，他會不會就通宵陪著她呢？這樣的話，或許她就不會死。而自己，也不至於被指認為殺人兇手。這難道是命運嗎？

陳亞非無法入眠。他不介意自己被扔進這黑暗空蕩的小黑屋裡，他介意自己被冤枉。這份冤枉，敗壞了他的名聲，傷害了他的尊嚴，還讓他的家人蒙羞，比方他的兒子。墨墨將怎麼面對自己父親是殺人兇手這件事呢？而且殺害的還是他們都熟悉和喜歡的鄰居安冬妮。王曉鈺甚至不信任他，而選擇相信警察。老話說，大難臨頭各自飛。難道王曉鈺正是這樣的人嗎？與他相愛結婚並生活了這麼多年的王曉鈺，在這個關鍵時候，輕易把自己放棄了？她會為自己的事去投訴和奔波嗎？如果她撒手不管，警察又偏信了他們的所謂證據，那麼、那麼結果會是怎樣？他就真的是殺人兇手了？他將面臨槍決？一輩子都綁在這個殺人兇手的名聲上？這才是真正的天降大禍呀。

長夜漫漫，陳亞非想得心都要爆炸。

只到天快亮，昏沉之間，他耳邊突然浮出馬一鳴的面孔和他的聲音。「他沒有殺人！」，是的，這是馬一鳴喊的。雖然柔弱，但卻堅定。病入膏肓的馬一鳴，沒有他的照顧，還能活多久？

陳亞非已經快承受不起自己心裡的淩亂和悲憤了，儘管他被抓起來還不到二十四小時。

第五章

20、這個線頭被他捏著了

馬一鳴終於明白，現在陳亞非唯一能指望的人，就是他了。

早上起來，正在穿鞋，馬蘭蘭撐起身體說，爸爸，加油！我給你當軍師好不好？馬一鳴說，當甚麼軍師？馬蘭蘭說，這世上，只有你和我兩個人絕對相信乾爹沒有殺人是不是？馬一鳴說，你媽也相信他。馬蘭蘭說，媽媽都跟別人走了，你別管她。現在我們倆聯手，幫助乾爹洗清罪名。馬一鳴說，你怎麼幫？馬蘭蘭說，你出去找人，晚上回來，我幫你分析情況。我看過好多破案的書，這個我擅長。你看你看，這還是乾爹給我買的，福爾摩斯全集。

馬一鳴笑了笑，覺得馬蘭蘭到底是小孩子，看幾本書就以為自己洞悉一切。但是，他要怎樣才能幫到陳亞非呢？這是他現在最要考慮的問題。於是，他沒有再接馬蘭蘭的話，徑直朝外走。馬蘭蘭的聲音追在他的身後：你去找乾爹最好的朋友，他們肯定能幫上忙。你跟乾爹那麼鐵，總認識幾個吧？

馬蘭蘭的話有如火柴，嚓一下，就照亮了馬一鳴的心。他腦子浮出李江的樣子。實際上，陳亞非的朋友中，他認識的人，也只有李江。

馬一鳴回到了孔家台，把餘款付給了孔爺，然後告訴了孔爺，陳亞非出事了。孔爺也吃了一驚，連連說看陳亞非的樣子，也不像是會殺人的人。馬一鳴說，當然不會。孔爺又說，知人知面不知心。以前在文革中打我和給我下毒的人，都是我的同學和同事。馬一鳴不高興了，說你是你，他是他，他絕對不會殺人。孔爺說，警察沒有證據是不會亂抓人的。馬一鳴說，警察抓錯的人也不少了。孔爺說，那倒也是。

馬一鳴找他要李江的電話。孔爺說，這跟李江有甚麼關係？馬一鳴說，李江是陳亞非的好朋友，我了解一下到底怎麼回事呀。孔爺說，這個我得先給徵求李江意見才是。死人坐牢這種事，能不沾邊最好不沾。

孔爺果然打了電話。打完電話，轉身對馬一鳴說，李江說他不想談這事。我就知道他會這樣。我看你也別瞎操心了，好好調養自己的身體。陳亞非的事，由警察管好了。馬一鳴說，那陳亞非怎麼辦？孔爺說，聽天由命呀。

馬一鳴不再作聲。他很沮喪。但是他覺得不能怪李江。就連王曉鈺都躲避不及，而李江只不過一個普通朋友而已。

馬一鳴收拾了自己的衣物，告訴孔爺，他準備回家。坐晚班車走，問孔爺可不可以把這本唐詩送給他。這些天，他每天念唐詩，雖然背不完全，但他讀的時候，覺得心裡很平靜。孔爺頗為驚訝，說你身體這麼虛弱，回去斷了藥會得大病的。

馬一鳴笑了笑，沒有回應。心裡道，我已是大病在身，再得一個或是再重一點，又有甚麼關係？孔爺見他沒吭聲，便也搖頭嘆氣。停了一會兒，方說，如果覺得撐不住時，你就再過來。陳亞非的事，你就別白忙了。那是命，凡人沒辦法改變的，這個就只有警察說了算。

馬一鳴在孔爺這裡吃了晚餐，他只是喝了一點粥。孔爺給他開了幾副藥，說回家後，還是要堅持吃這些藥。你得先把氣補上，不然，你撐不了多久。別以為我不知道，你的病不輕。馬一鳴感激地望著他，點點頭，說我知道。

粥沒喝完，聽到院子裡有汽車聲。孔爺跑去院子裡，然後，馬一鳴聽到他的聲音，你怎麼來了？馬一鳴想，這會是誰呢？

孔爺帶進來的人，居然是李江。李江也沒有寒喧，直截了當問馬一鳴，你說陳亞非被警察帶走了？你是親眼看到的，還是聽說的？馬一鳴點點頭，說我正好去亞非那裡。親眼看見的，還給他戴了手銬。李江大驚，說還帶了手銬？馬一鳴點點頭。

李江來回踱步，走了三五趟，方說，你認為陳亞非會殺人嗎？馬一鳴木愣愣地看著他，慢慢回答道，當然不會。李江說，那警察有甚麼證據呢？馬一鳴說，我不知道。

李江鬆了一口氣，這才坐了下來。李江說，警察找過我。因我以前跟安冬妮談過戀愛。警察說，看現場像是熟人作案。幸虧那天我演出沒回來，不然，抓進去的也不曉得是不是我。馬一鳴吃了一驚，說警察也找你了？也把你抓到警察局了？李江說，沒有，是到我們團裡來詢問的。問完見我有不在現場的證人，就沒了我的事。

馬一鳴有點失望，他希望陳亞非也是這樣：警察帶他回去問話，問完知道他沒殺人，就會放回來。李江看出來馬一鳴的表情，說警察怎麼會懷疑陳亞非呢？你要明白，警察沒有證據，是不會隨便拘留人的。孔爺說，既然他們能銬走亞非，說明他們手上有證據。馬一鳴喃喃道，如果亞非根本沒有殺人，警察會有甚麼證據呢？李江說，警察是幹這行的，他們總是

安冬妮，而且冬妮一向喜歡女人的事，對外說是朋友，你就說你不知道。如果有他們的辦法。馬一鳴說，警察也會抓錯人吧？證據也會是錯的是不是？如果有人栽贓呢？就因為警察抓了亞非，我們就應該相信他殺了人？

李江和孔爺沉默不語了。過了一會兒，李江才說，你問得好。以我對亞非的了解，他不會做這樣的事。但我又不敢不信警察。馬一鳴說，我也不敢，但我就是不信。李江說，你不信又能怎樣？馬一鳴說，你知道安冬妮有甚麼仇人嗎？李江想了想，說沒有。最恨她的人，應該是楊照酉的老婆。但楊照酉的老婆是個很實惠的人，楊照酉每年給她不少錢。聽人說，她對外講，楊照酉一向摳門，如果不離婚，她根本拿不到這些錢。所以她現在自己過得很開心。而且他們離婚也有好幾年了，不至於這時候沒矛沒盾地跑來把冬妮給殺了。馬一鳴「哦」了一聲。阿江繼續道，我想警察一定找過她，而且已經排除了她的嫌疑。

馬一鳴有點茫然了。突然他說，那還會有誰呢？亞非很喜歡安冬妮，你知道嗎？李江說，當然知道，我也很喜歡她呀。但我們都只是朋友，而且冬妮跟亞非的太太也是朋友，大家都是光明正大地來往。馬一鳴說，嗯。我不認識安冬妮，但我只知道一點：亞非絕對不會殺她。孔爺說，這也不好說，看是甚麼事吧。馬一鳴堅定地一字一句道：他絕對不會殺人！

李江忽然在身上到處搜索，然後從褲子口袋裡搜出一張名片。他把名片遞給馬一鳴，說這是找我的警察，他讓我萬一想起甚麼，就給他打電話。你可以找找他，也了解一下到底是怎麼回事。

馬一鳴接過名片，他看到上面的名字：楊高。他想，會不會是那個高聲質問他的人呢？如果是，這樣自己就可以直接跟他們溝通了？李江說，你別說你認為陳亞非不會殺人，你就告訴他，你有重要信息。不然他不會見你。你見到他，千萬別講錯話了，也別說亞非喜歡安冬妮之類，反而讓他們抓著了把柄。

馬一鳴打了個冷顫。他想，這個可要牢牢記住才是。

馬一鳴搭了李江的便車回城。經過白梅湖，能看到白梅山湖苑的燈火。樓頂上的廣告，明亮而輝煌，把白梅山都映照亮了。李江說，這個小區的總裝修就是安冬妮的老公。這麼大的家業，她卻沒福享受。馬一鳴望著那些高樓，心想，是呀。李江說，孔家台不少人都在這裡幹活，這個小區，把孔家台鄔家墩這些村子也都帶富了，真不知道是好事還是壞事。馬一鳴說，是好事。我知道這一帶農民以前很窮，現在都有了點閒錢。

李江把馬一鳴送到他家門口，在馬一鳴下車後，李江追著說了一句，遇事三思，警察也不好惹。馬一鳴點點頭。進門時，他想，警察是不好惹。不過，他們頂多把我跟亞非關到一起去。反正我也活不長，陪他一起過最後時光，也蠻好的。

馬一鳴想著事，推門進屋。見到寶順，只是點了一下頭。他現在有點怕見寶順，怕的是見到她不知道說甚麼好。好在屋裡的馬蘭蘭聽到他回來的聲音，急不可耐地喊著，爸爸，是你嗎？找到人了嗎？

馬一鳴順著聲音很自然地快步進到馬蘭蘭的房間。馬蘭蘭說，怎麼樣？我給墨墨打電話了。他說他爸爸還沒有回來。他的情緒很不好，我跟他說，不要相信警察的話，你爸爸絕對不是殺人犯。墨墨說他媽媽已經相信了。我說你媽相信了你也不能信，一千年一萬年都不能信。墨墨說他相信我的話。看看，我的工作有成效吧？馬一鳴微微一笑，說還是你能幹。馬蘭蘭說，現在歸你匯報了。

馬一鳴便跟她說了找到李江的事。然後拿出名片，說我不知道要不要打這個電話。馬蘭蘭說，當然要打。爸爸，就好像你要去一個地方，總得有一個入口，這個就是哩。

寶順推開門，問馬一鳴有沒有吃晚飯。馬一鳴說吃過了。寶順就說，跑了一天，沖個澡早點休息吧。馬一鳴「嗯」了一聲。恍然間，他覺得一切又好像回到以前。

馬一鳴洗澡回來，馬蘭蘭晃著名片朝他得意地笑。馬一鳴不解，馬蘭蘭說，我替你約好了。馬一鳴吃了一驚。馬蘭蘭說，我說我是替我爸爸打的電話。他是陳亞非的好朋友。比較了解情況，想跟您談一下。警察叔叔說為甚麼他自己不打電話？我說我爸爸膽子小，不敢打，讓我幫他打。結果警察叔叔說，他正在雲南。叫你明天上午到江北公安分局去，直接上二樓，到刑警隊，找一個叫蘇衛的警官。

馬一鳴簡直愕然了。馬蘭蘭說，怎麼樣？我能跟你當助手吧？馬一鳴說，哪裡是助手？你比我厲害多了。馬蘭蘭說，那你明天回來繼續跟我匯報。馬一鳴忙說，一定一定。

躺在床上的馬一鳴似乎心安了一些。明天就可以去跟警察講清楚了。原來一團亂麻不知從何下手的馬一鳴，覺得現在他知道了頭緒，因為亂麻的線頭，已經被他捏在了手上。

21、拿你的證據來駁倒我的

馬一鳴在江北公安分局見到的警察是蘇衛。果然就是在陳亞非家的樓下吼他的那個人。一見到馬一鳴，他就說，我見過你，在陳亞非家的樓下。馬一鳴進警察局時，腳就發軟，現在聽他這樣一說，渾身都打起了哆嗦。蘇衛瞥他一眼，你這麼怕警察？只有做了壞事的人才怕警察，你做了嗎？馬一鳴忙說，沒……沒有。

蘇衛讓他在一間辦公室坐下，然後說，不要再給楊高打電話了。他正在雲南，相當忙。安冬妮這個案子現在由我負責。你有甚麼情況，知道甚麼信息，直接跟我說吧。

馬一鳴在蘇衛說話時，一直哆嗦。蘇衛緩和了語氣，說你不要怕。知道甚麼就說甚麼。馬一鳴這時才說，我想跟你們說，陳亞非絕對不會殺人。蘇衛說，你為甚麼這麼肯定？馬一鳴說，我們從小一起長大，我很了解他。蘇衛說，出事的那天晚上，你在他家？馬一鳴說，不在。蘇衛說，你憑你從小認識他，就來擔保？馬一鳴說，他從來都是好學生，很正派，很優秀。我從小就是個沒用的人，他一直照顧我，幫助我。蘇衛突然笑了起來，說就憑這？你就斷定他不是兇手？馬一鳴說，但是我了解他，了解他的心。他絕對不會殺人。蘇衛說，你報恩？馬一鳴心裡一哆嗦，忙說不是不是，是我真的了解他。他真的不會殺人。

蘇衛手上本來拿著個筆記本，此刻他合上本子，嘆了一口氣，說我們並不是憑白無故抓人，拘留他憑的是證據。你拿證據來告訴我，說這個人不是陳亞非殺的。現在，你講這些，我也相信你很真誠，但是半點用都沒有。這只會耽誤我們的時間。電話裡不是說有情況匯報嗎？

他的語氣慢慢嚴厲起來，嚇得馬一鳴臉色都變了。旁邊一直在作記錄的警察說，蘇衛，你不要嚇唬他。這是個膽小老實人。這種膽小老實是裝不出來的。馬一鳴感激地望了望他，低聲說，謝謝。他真的不會殺人的。

蘇衛突然問，你在哪裡工作？馬一鳴惶恐地望著他，不知道他是甚麼意思。蘇衛說，你跟陳亞非一個單位？馬一鳴說，不不不，我原來在礦上，早就下崗了，我現在開裁縫店。蘇衛笑了，說哦，是個裁縫呀。打電話的是你女兒？馬一鳴低聲說，是的。蘇衛說，以後叫她沒事不要亂給警察打電話。馬一鳴惶恐地點點頭。

蘇衛默然片刻，突然說，有一件事，我要告訴你，殺人兇手在殺人之前，從來都沒想過自己這輩子會殺人。馬一鳴一直是膽怯的軟弱的，聽到這句話，他抬頭望著蘇衛，雖然眼裡還是充滿恐慌，但他的聲音卻另有一種堅定。馬一鳴說，陳亞非絕對不會殺人。

蘇衛似乎想了想，然後說，馬先生，我知道了你的想法。如果沒有更多的實質內容，你可以走了。馬一鳴站起來，說我可不可以見一下陳亞非？蘇衛說，不可以。馬一鳴非常失望，他又一次不知道自己應該怎麼辦。但他只能慢慢地朝門口走去。

剛出門，蘇衛突然大聲說，你想救他？馬一鳴慌張地回過頭，說是的。蘇衛說，你只有一個辦法，可以救他。馬一鳴眼中閃過一絲驚喜，忙說，甚麼辦法？蘇衛說，警方懷疑陳亞非是兇手，但你卻堅決認定陳亞非不會殺人。那好，拿出你的證據來駁倒我的，這是你唯一可以救他的辦法。馬一鳴呆呆地望著他，只是說了一聲「哦」。

他走出那間辦公室時，聽到一個聲音說，這人好像有病。另一個聲音說，這種呆頭呆腦的人我真是見得多了。馬一鳴他能分出來，前一個說話的是那個作記錄的警官，後一個聲音則是蘇衛。他心裡很悲哀，他想，難道陳亞非這次真的完了？

馬一鳴回到家時，趕上寶順正在抱馬蘭蘭上輪椅。寶順見馬一鳴說，沒吃飯吧？馬一鳴「嗯」了一聲。寶順說，一起吃吧。說罷，推著馬蘭蘭輪椅進到客廳。馬一鳴便也在客廳餐桌上坐了下來。

寶順一邊盛飯，一邊說，這兩天周民友也找朋友打聽來著，但是聽說這個案子很重大。上面相當重視，要求盡快破案。死者屋裡有陳亞非的手印，陳家又有他們家的鑰匙。還說亞非有做案的動機和時間。馬一鳴說，他有甚麼動機？寶順說，說是安冬妮有一大筆貴重物品放在陳亞非家裡，價值上千萬。

馬一鳴大吃一驚，說從來沒有聽亞非講過呀？寶順說，是呀。可見亞非心機也是很深的。馬一鳴垮下臉來，說這是周民友說的？寶順忙說，不不不，是我這樣覺得的。馬蘭蘭說，媽，你以後不要在我們面前說這種話。我跟爸爸絕對是乾爹這邊的。馬一鳴感激地望了女兒一眼，悶頭吃了幾口，放下碗便回到馬蘭蘭的房間。

他很生氣，也很鬱悶，兩天了，他一無所得。而且傳來的信息卻是陳亞非被認定兇手的證據越來越多。他坐在自己的小床上，閉著眼。

只一會兒，馬蘭蘭被寶順推了進來。她一上床，便說，說話呀！

馬一鳴坐起來，茫然地看著她，馬蘭蘭說，向我匯報。我們約好的哦，你這麼快就忘記是我幫你給警察打的電話？馬一鳴說，嗯，警察叫你以後別亂打電話。馬蘭蘭說，甚麼叫亂打電話？這是甚麼破警察呀。乾爹怎麼樣呢？馬一鳴搖搖頭，說他們不相信我說的話。馬蘭蘭說，你說甚麼了？馬一鳴說，我說你乾爹絕對不會殺人。馬蘭蘭說，你光說這個？你是乾爹的好朋友，人家怎麼會信？馬一鳴說，警察說，要我拿證據來。馬蘭蘭說，甚麼證據？馬一鳴說，他講你唯一能救他的辦法，就是拿出你的證據來駁倒我的。馬蘭蘭說，廢話，你一個老百姓能拿出甚麼證據？馬一鳴說，剛才你也聽到了，周叔叔打聽到，警察手上的證據對你乾爹很不利。馬蘭蘭說，他們是道聽塗說哩。這種事，滿大街都會是謠言，肯定誇張了很多。

寶順端進來一盤水果，說你身體不好，還是要多吃一點。馬蘭蘭說，媽，你送張桌子進來，以後晚上爸爸在家吃飯，他不用跟周叔叔一桌吃。寶順瞪了馬蘭蘭一眼，說就你多嘴，照顧好你爸。馬蘭蘭說，爸爸這幾天會很忙，你要多做點好菜。馬一鳴喃喃道，我沒事，我隨便吃點甚麼就可以了。寶順說，你的裁縫店還開不開了？馬一鳴恍忽了一下，方憶起自己的小店。寶順說，今年的租金我替你交了，以後你自己交吧。馬一鳴鎮靜了一下，說你不用交，我不做了。寶順驚訝道，你不做？那你以後靠甚麼生活？馬一鳴說，我會有辦法的。寶順說，聽說陳亞非帶你回家了一趟，你是不是準備去省城開店？馬一鳴有點懵，他不知道應該怎麼回答，便順口說，就算是吧。寶順說，也好，以後蘭蘭腿好了，到省裡去讀高中。大城市的學校質量更好一些。馬一鳴說，嗯。寶順說，你會開一個門面大一點的店子吧？馬一鳴簡直不知道怎麼回答她，只好說，我還沒有想好。

寶順的語氣有點酸溜溜的。馬蘭蘭說，爸爸你要回奶奶家去？馬一鳴說，還不一定哩，我現在顧不過來。馬蘭蘭說，就是，要把乾爹的事搞定才是。馬一鳴說，嗯。

但是，怎樣才能搞定呢？原來覺得已經捏著的線頭，似乎又脫了開去。馬一鳴心裡有點亂。馬蘭蘭吃著蘋果，咬了一半，突然說，爸爸，有戲。

馬一鳴沒有吭聲，他心裡愁雲縈繞，全神貫注地想著自己下面該怎麼做。

馬蘭蘭說，爸爸，我覺得那個叫蘇衛的警察有點意思。馬一鳴說，甚麼話？馬蘭蘭說，他其實對自己掌握的證據並沒有百分之一百的信心。就是說，他對乾爹是不是兇手，也不能完全確定。馬一鳴說，我沒看出來。馬蘭蘭說，喏，老爸，你想想看，如果他的證據能鐵定證明乾爹是兇手，那他幹嘛要你去找證據？還要你找來證據駁倒他手上的證據？這說明，他對自己掌握的證據也並不是那麼踏實。不然他就會說：我的證據已經完全可以證明陳亞非就是殺人兇手。你滾吧，我才不聽你廢話哩。是不是這樣，爸爸？

馬一鳴聽馬蘭蘭這麼說，覺得似乎真有點道理。他開始一點點回想蘇衛的表情。但是，浮現在他腦子裡的蘇衛面孔，滿是傲慢和不屑。他搖搖頭，說不是的，他根本不相信我的話。馬蘭蘭有點失望，說那就只有找證據了。只有找出強硬的證據，才能說服他們。

馬一鳴坐了半天，覺得無聊，便準備出門。他推著自己的自行車，還沒出院子，寶順追出來，說你到哪裡去？你以後天天都要回來嗎？不是已經簽字了？馬一鳴怔了怔，想起自己前兩天交給寶順的離婚協議，然後說，哦，那我去店裡住吧。寶順說，剛才不是說不要了嗎？那……今年的租金到底要不要交？馬一鳴想想說，先交三個月好不好？我要幫亞非跑跑事。寶順說，好吧。那以後你自己掙自己的錢好了。蘭蘭這邊，你願意給撫養費就給，不想給，不給也一樣。馬一鳴苦笑道，這三個月，我恐怕給不了。寶順說，理解。亞非的事了結前，我也不煩你。你自己慢慢忙。想看蘭蘭，隨時回來就是了。馬一鳴點點頭。

出了家門，他回過頭，看看自家的小院，心裡五味雜陳。從現在起，他就沒有家了。想罷突然又轉念，心想，自己已是這個樣子，要家有何用。如果不是陳亞非出事，自己多半就睡在老魏吊死的樹下了。或許，今天已經火化成灰。這樣想過，他心裡便又平靜很多。

「一鳴驚人」縫紉店幾天沒開張，屋裡灰塵遍布。對面牛肉鋪的老馬最先見到他，端了一碗牛肉麵就過來了，說家門，你這幾天去哪了？寶順說你氣色不好，要歇幾天？馬一鳴說，嗯。老馬說，來來來，吃我一碗牛肉麵，馬上精神就起來了。馬一鳴說，謝謝，我吃過飯了。老馬熱情，仍然放下了麵碗，說晚上熱熱吃。我昨天從青海進的牛肉，肉真好。這是最後的，不吃你就吃不著了。我一直記著要給你留呢。馬一鳴笑了說，好吧。然後他看到老馬手上的袖套，便又說，我給你做對袖套吧。老馬自己一抬手說，哈哈，不當回事。你忙你的，我來客人了。馬一鳴點點頭。

縫紉機上沾滿了灰，馬一鳴找了塊布，把機頭擦了一擦，幾天沒做事，他倒是有點心癢癢。趴在縫紉機上，聽到熟悉不過的噠噠聲，儘管這是他很不喜歡的聲音。然而這卻又是他最放鬆的時候。

馬一鳴不由自主地撥了一下手輪。縫紉機輕輕地走動起來，在馬一鳴的心裡，它的聲音很輕微也很舒緩的。但是，一個刺耳的聲音卻以壓倒一切的方式響了起來。馬一鳴嚇了一跳，他怔了怔，才記起這聲音來自他的手機。馬一鳴的手機上一共只有四個聯繫人。一個是陳亞非，另一個當然是馬蘭蘭。還有兩個，一是孔爺，一是李江。電話上的名字是蘭蘭，但說話人卻是寶順。

寶順說，怕你不接，我用了蘭蘭的手機。我覺得你還是應該去找一下王曉鈺，再怎麼說，她是亞非的老婆，一夜夫妻百日恩，她不會希望亞非這麼慘吧？馬一鳴說，嗯。

馬一鳴覺得寶順講得有理。一向以來，寶順都比他聰明，寶順的話，他也是很願意聽從的。

馬一鳴再次關了店門，推出自行車。他騎車出了七筷街，穿過百子路，朝新區方向騎去。王曉鈺的學校，原本在老城，後來學校擴大，老城的校舍不夠用，便搬到了新開發區。馬一鳴覺得還是去學校找她比較好，他不想晚上去她家，萬一遇到墨墨，面對孩子，他不知道該說甚麼，他不想讓墨墨聽到這些事。

新區的主幹道修得很寬敞。兩邊蓋了很多高樓，行人卻寥寥無幾。沿街的店鋪一長條，式樣相同，排列整齊，很是壯觀。但大多沒有開門。有幾個開門的，似乎也沒營業。整個一條街，遊蕩著一股萬物蕭條氣。馬一鳴想，怎麼還沒有七筷街和百子路那些地方熱鬧呢？

馬一鳴的自行車很老舊了，寶順買的時候，就是二手貨。騎了幾年，它已成為那種哪兒都響就是鈴鐺不響的車。所以它的速度永遠是慢慢悠悠的，沒法子快起來，但這正符合馬一鳴想法，他一直覺得慢速對於人來說，最是重要。

便是在這慢慢的騎行間，馬一鳴看到遠遠一幢高樓頂上架著一個大招牌：倚天地產。他想，哦，這就是蓋白梅山湖苑的那家公司。騎近了，發現大樓的副樓，另有一塊招牌，上面寫著：松照裝飾有限公司。馬一鳴想，這不是安冬妮男人的公司嗎？難怪白梅山湖苑的裝修都是由他們做，原來他們是一起的。

還沒有騎過大樓，馬一鳴心有所動，他停下了車，一隻腳踮著站在地上。馬一鳴想，其實應該去跟安冬妮的老公溝通一下才是。告訴他，陳亞非絕對不可能是殺害安冬妮的兇手。應該讓警察抓到真凶，畢竟安冬妮的男人才是最希望抓到真凶的人，而不是一個替代者。說不定，他還能提供一些線索？這麼想過，馬一鳴下了車，推著自行車朝公司門口走去。

松照裝飾雖在副樓，但公司的門面很豪華氣派。走著走著，恐懼感向馬一鳴襲來。馬一鳴手腳發涼，突然有點不敢往前走。他想，萬一安冬妮的老公根本不理自己呢？

正在馬一鳴猶疑之間，一輛黑色轎車超越馬一鳴的自行車，一直開到松照公司門口。一個男人從車裡走出來。跟在他的後面，下來一個女人。女人很年輕，有點妖豔。男人在她下來後，摟了摟她的腰，還把臉朝她的臉上貼了一下，然後滿面笑容地對車上另一人說，我就不送你了，你們好好享受。泰國的人妖相當性感，比女人還強。車上的人說，多謝楊總，繼續合作，再見。那個被叫著楊總的男人便大笑著，與他們告辭，然後摟著妖豔女人進了松照公司的大門。門內有不停的聲音響起：楊總好！楊總好！

馬一鳴一時間呆住了。這麼說，這個滿面笑容的男人就是安冬妮的老公楊照酉？這個人他見過。不只是在電視裡，還在陳亞非家的相冊上。有一年陳亞非和安冬妮兩家一起聚餐，拍了一些合影。馬蘭蘭翻閱陳亞非家的相冊時，他也看到過。可是，可是……馬一鳴腦子一時轉不過來。安冬妮不是才死沒幾天嗎？他怎麼會這麼開心？

馬一鳴突然覺得哪裡有點不對勁。

22、這房子能住人嗎？

馬一鳴心慌意亂，他沒有繼續騎車去王曉鈺的學校，反而掉轉車頭，回去了。騎車進七筷街時，人多車雜，他連車龍頭都掌不穩，只好下車推行。回到店鋪，他依然手足無措，一副不知道怎麼辦才好的感覺。他想找人講一下，卻不知應該找誰。從前他的慌張，都是陳亞非解決的。而現在，這個解決他問題的人，正等著他來解決問題。

他呆坐了一會兒，找出兩塊布，為對門老馬做袖套。這活兒簡單，他三下兩下便做好了。袖口的地方，還穿了皮筋。以前穿皮筋的事，都是寶順做，現在，他也都包攬了。做完他給對門老馬送了過去。老馬的牛肉麵鋪子，生意火爆，老馬正忙。他放下袖套，朝老馬笑了笑，就回來了。這時候，他才把老馬中午送來的牛肉麵用電壺熱了熱吃掉。儘管已不是剛出鍋的，但老馬的牛肉麵，是真好吃。

吃完麵，有個顧客過來問，說馬師傅是不是重新開張，她想做身衣服。馬一鳴想了想說，過陣子吧，我最近身體不太好。顧客都是熟面孔，很能體諒人，便說沒問題。

馬蘭蘭即是在這個時候打來電話。馬一鳴接聽電話時，卻發現馬蘭蘭並未與他說話，而是拿著話筒跟人爭執。馬蘭蘭說，房子是爸爸賺錢買的，為甚麼爸爸不能住在家裡？爸爸住在我房間裡為甚麼不行？既然是我的房間，我怎麼不能用來接待我的客人？何況還是爸爸。

馬一鳴沒有作聲，他聽得心裡熱烘烘的。還是自己的女兒好，跟自己貼心。可是他又不願意馬蘭蘭跟寶順爭吵。拿著電話，馬一鳴不知如何是好。馬蘭蘭說，喂，爸爸。

馬一鳴方說，嗯。不要跟媽媽吵架。馬蘭蘭說，我知道你會這樣說的。沒吵哩。爸爸你晚上回來吃飯嗎？馬一鳴說，我吃過了。吃的牛肉麵，很好吃呀。馬蘭蘭說，是對門馬師傅家的嗎？我也想吃。馬一鳴說，好呀，我幫你買一碗。馬蘭蘭說，就這麼定了，你給我送麵回來吧。我的晚餐就是牛肉麵，快點哦，我餓了。說完就把電話掛了。

馬一鳴怔了怔，才發現馬蘭蘭那邊已無聲息。

馬一鳴憂心忡忡，他有點膽怯。想起寶順說話的語氣，他覺得自己如果再回去有點心虛，像是做賊。可是他卻必須滿足馬蘭蘭，多少年來，他活著的任務，似乎就是要讓馬蘭蘭滿足。他一直都是這樣做的，馬蘭蘭的話如同聖旨。而現在，他能感到，他的努力和愛，已然有了回報。這份回報，時常令他熱淚盈眶。

馬一鳴想了想，他給寶順打了個電話，說馬蘭蘭想吃牛肉麵，要他送回去。他要不要送。寶順說，我說不要送，你會不送嗎？你就按蘭蘭說的辦吧，不用考慮我。馬一鳴說，哦。

老馬聽說牛肉麵是給馬蘭蘭的，多加了好幾片牛肉，用飯盒包得嚴嚴實實，還給了個保溫袋，說到家就吃，保證是熱的。馬一鳴謝了又謝，立即騎了自行車回家。

把麵端到馬蘭蘭面前，馬蘭蘭大笑，說我就知道我這一招絕對能把爸爸叫回來。馬一鳴說，你不是要吃麵？馬蘭蘭說，吃，吃，當然要吃。但是我也要聽爸爸的匯報。別忘了，救乾爹，必須加上我。馬一鳴說，你乾爹要是知道你這樣幫他，一定會很開心。馬蘭蘭說，我是誰？乾爹跟我最鐵，我都不幫他，那我算甚麼人？馬一鳴臉上浮出笑容，他想，是呀，如果連我都不救他，那我算甚麼人？

馬一鳴說，下午，有件事很奇怪。馬蘭蘭忙不迭地把一口麵吞下去，說甚麼事，趕緊告訴我。馬一鳴說，我原本想去學校找墨墨媽媽。馬蘭蘭說，她不是相信警察的話嗎？找她幹嘛？哼。馬一鳴說，我想問問她，警察到底有你乾爹的甚麼證據。馬蘭蘭說，嗯，後來呢？馬一鳴說，我路過一棟大樓，看到有個招牌是松照裝飾公司的，就是安冬妮老公開的公司。我就想順便找安冬妮的老公問問。馬蘭蘭說，對呀，好想法。後來呢？馬一鳴說，我正好看到他回公司，摟著一個女的，又說又笑。很開心。可是他老婆頭天才下葬哩。馬蘭蘭停下了吃麵，瞪著眼睛說，真的？馬一鳴說，真的。我心裡好慌，覺得哪裡有問題。就趕緊回來了。

馬蘭蘭一拍床幫說，爸，你可以呀！你的直覺絕對正確。我聽著都覺得不對勁。莫不是這個男的外面有人，姦夫淫婦，倆人一起把安冬妮給……馬蘭蘭做了一個殺頭的動作。馬一鳴說，快別瞎扯。這個沒證據，要被人罵的。馬蘭蘭說，嗨，證據是找來的。順藤摸瓜，沒準就能發現甚麼。馬一鳴搖搖頭，說他一個大老闆，如果不想要安冬妮，離婚好了，幹嘛殺人？被抓到，不是全完了？馬蘭蘭說，老婆死了就沒有分財產的人呀。富人離婚是要花大錢的。馬一鳴認真說，我想他應該不用冒這樣的風險。馬蘭蘭說，可是，老婆被人殺了，才幾天他就沒事一樣，這個問題不也是問題嗎？老爸你也覺得怪異是不是？

馬一鳴不作聲了。這是個問題。他覺得楊照酉不應該是這個樣子的。換任何夫妻，一方被害，另一方都不會幾天就解脫出來，而且還十分開心。這不可能。比方說，就算寶順要跟他離婚，如果他死了，他相信寶順也不會沒幾天就開心起來。人與人過久了，伴侶死亡必讓另一半傷心。但凡妻死夫樂，這裡面多半會有名堂。那麼，楊照酉那裡的名堂又是甚麼呢？

馬蘭蘭突然堅定地說，想辦法接近他，他在明處，你在暗處，如果他有問題，就一定會有馬腳露出來。馬一鳴說，嗯，我試試。

這天夜晚，馬一鳴還是住在馬蘭蘭房間。寶順並未表示出不悅。次日早上，馬一鳴出門時，寶順說，這一陣，你還是回來住吧。蘭蘭要你住在她的房間。縫紉店我去退掉。等這事忙完，你如果回省城，也有地方住。如果不回，就再去租一間好點的房子。馬一鳴想想，覺得也是。店鋪交了租金，如果不用，太浪費錢。至於以後，他想，反正也不需要了，不如就這樣。想罷便說，你說得是，聽你的。寶順說，你忙你的吧，下午我讓民友去那裡清理一下，把縫紉機和布料甚麼的都先拖回來。房東催了我好幾次了，問到底還租不租。七筷街的鋪子蠻俏的。馬一鳴說，嗯，那就麻煩周醫生了。寶順說，那些東西，都是你的。先放家裡，你隨時拿。馬一鳴說，好。聽馬一鳴這麼說，寶順的表情輕快起來，又說，到時候你如果需要租房子，第一年的租金我來出。

馬一鳴點點頭，心說，那時候我還需要租金嗎？

馬一鳴其實也沒甚麼人可以找，他只好給李江打了電話。在歌舞團的大門口，馬一鳴見到李江。李江氣喘吁吁，他是跑出來的，說我們正在排練，馬上要到省裡演出，是大賽。馬一鳴說，我只講幾句。於是便把他之所見說給了李江聽。

李江大為訝異，他說，下葬那天，楊照酉哭得天翻地覆的，怎麼轉身就這樣？馬一鳴說，所以我才覺得奇怪。李江說，你把這個情況跟警察說了嗎？馬一鳴說，還沒有。我想了解更多一點再去說。李江說，你準備怎麼辦？馬一鳴說，你們熟，不知道你有沒有辦法讓我接近他？李江說，最簡單的辦法，就是到他們公司去工作？不過，你能做甚麼？他說時，打量著馬一鳴。

馬一鳴老實回答說，不知道。李江想了想，說這樣吧。孔家台有個包工頭叫老趕，他在幫楊照酉裝修白梅湖山苑。要不你先到他那裡，去了之後找機會接觸楊照酉？李江打量了一下馬一鳴，說看你這副架式，別的也幹不了呀。會刷油漆不？馬一鳴忙說，會會，我家的油漆就是我自己刷的。李江說，老趕是我老表，我讓他照顧你。但是你甚麼都不要跟他說。馬一鳴說，好的。

老趕是一個四十左右、長得很壯實的漢子，說話有一股豪氣。見到馬一鳴，他眉頭一皺，說你這麼弱，能幹活嗎？

馬一鳴心下慚愧，他知道人家說的是實話，便膽怯道，我一定努力。老趕說，你要不是我表弟介紹，我絕對不敢要的。馬一鳴說，是的，李江很照顧我。老趕說，我老表說，你老婆跟你離婚，你淨身出戶了？馬一鳴低頭說，嗯。老趕說，她另外有了相好？馬一鳴依然低聲道，嗯。老趕說，那犯錯的是她，應該她走人呀？馬一鳴說，我女兒出了車禍，只能躺在床上。由她照顧比較好。

老趕語氣變緩和了，說哦，你是個老實人，心善。馬一鳴沒有作聲，他想，也不完全是這樣，主要是所有的一切，對他來說，都沒有用了。

老趕讓馬一鳴跟著兩個油漆工刮膩子。倆油漆工，一個叫孔家富，一個叫孔五毛，都是孔家台的人。老趕明說馬一鳴是個可憐人，讓他們照顧點。馬一鳴一聽到孔家台，忙說，我認識你們村長孔四保。孔五毛說，你認識我哥？孔家富也說，四保是我侄兒，你怎麼認識他？馬一鳴說，我到你們村做過裁縫。孔家富立即說，哦，我想起來了，你是馬裁縫？我爹的壽衣是你做的。馬一鳴說，是的。孔家富說，都說你手藝好呀。好好的裁縫不做，怎麼來幹這個？

老趕也驚訝了，說你就是那個馬裁縫？我老表沒跟我說這話。我媽是孔大勝家的，我幹活的衣服，都是你補的。你一個手藝人，來幹這個粗活做甚麼？馬一鳴說，不是沒辦法嗎？老趕拊著巴掌，跟兩個油漆工說，這下好了，你們讓馬裁縫悠著點，下午提前回家。隊裡哥兒幾個幹活的衣服，讓馬裁縫給修補好。馬一鳴高興了，說沒問題呀。孔大媽人真好，每次都給我煮雞蛋吃。走時還要帶。老趕說，我媽呀，會看人。她覺得誰人好，就掏心地對人家好。馬一鳴說，是是是。

馬一鳴以前給自己家修補房子，還真刮過膩子。雖然他幹活不靈，但心細，慢慢幹，也能幹得有模有樣。只是他性格緩慢，加上做事認真，每一片都想做得更好，於是就更慢了。得幸孔家叔侄知他是馬裁縫，又得他答應幫忙修補衣服，諸事也都照顧著他。

毛坯房的牆面，水泥抹得凸凹不平，毛刺喇喇的。一扣就掉下一塊。孔家叔侄幹活時，嘴裡總是不停地罵施工方，說這房子怎麼住呀！裝得再好看，裡面稀爛，刮個風恨不能房子都能倒。有時被老趕聽到，就會訓他們，說少罵點。你又住不起，管這號閒事幹甚麼？孔家富就說，我是替老闆擔心哩，花了錢，蓋了樓，結果是這麼個爛樣，日後垮了呢？出人命還不是由老闆賠。

有一次，孔家富又說這類話。老趕正好過來檢查他們的進度，一聽他說，便不耐煩了，說你操冤枉心哩。你以為老闆不知道？4號樓一個包工頭專門跑去告訴老闆，說房子質量有問題，以後會出大事的。我們都認為施工隊肯定騙了倚天公司，應該讓他們知道這個情況。誰都知道，松照楊老闆跟倚天的田老闆是生死兄弟。兄弟幫兄弟，是正道。孔五毛說，對呀，他應該告訴倚天的林老闆。施工公司絕對做了手腳，買通了施工監理，用劣質材料替代。你看那鋼筋，那麼細，這水泥，甚麼東西。說實話，我們村蓋房子，都不會用這麼差的。買這房子的人，等於花錢買死哩。

馬一鳴一邊聽著，心想，這個包工頭挺正派的，應該獎勵。不料老趕說，結果怎麼樣呢？隔了幾天，他就被老闆找了個由頭炒了。馬一鳴不愛提問，但在心裡卻問了：為甚麼？他的問話，叫孔五毛說出了口。孔五毛說，奇怪了，為甚麼？老趕說，我哪知道為甚麼？老闆有老闆的道理。我們按老闆的要求幹活，拿錢，就行了。房子質量行不行的話，不要議論。我講的這些，也不准外傳！

老趕走後，孔家富和孔五毛倆人低聲討論。孔五毛說，倚天是公開招標的，找了這麼家公司，房子蓋得稀爛，不知道也罷，知道了還裝不知道，為啥呢？換了我家的房子，那我還不把施工隊的人打翻呀。孔家富說，可能倚天的老闆並不知道，楊老闆恐怕也不敢告訴他。誰知施工公司有甚麼來頭？跟林老闆甚麼關係？這麼大的裝修工程，萬一說了，人家倚天林老闆不高興，把活兒派給別人做那才虧大了。孔五毛說，不是好兄弟嗎？看到自己兄弟被人坑也不作聲？那這楊老闆也不是個東西。孔家富說，算了算了，做我們的活。不少錢就行。反正蓋的裝的住的，都是人家的。

馬一鳴一直悶著頭一板一板地刮膩子。有一搭沒一搭地聽他們倆講話。他也覺得奇怪。走進衛生間，看到毛坯部分，覺得牆都沒有蓋直，有些地方連磚都露在外面。馬一鳴用刀刮了一下磚縫的水泥，幾乎一刮就脫了，沙粉一樣。他嚇了一跳，這麼高的樓，用這種劣質水泥砌牆，簡直太危險了。他不禁走到孔家富和孔五毛跟前，說這水泥好差。孔五毛說，還用你說嗎？馬一鳴說，聽說這房子賣得很好，而且很貴。孔五毛說，世上別的不多，傻瓜多。孔家富說，不說了不說了。我們裝修好就行。

23、所有的事情都互不搭界

一連幾天，馬一鳴都回家很早。他經常能遇到周民友，開始，兩個人都顯得很尷尬。之後馬一鳴想，蘭蘭的腿就是他治好的，而且我死了，往後我的老婆女兒都得由這個人來照顧，我有甚麼理由對他反感，我應該感謝他才是呀。想通這個理，馬一鳴見到周民友就客氣地打個招呼。周民友見馬一鳴並無責怪他的意思，先是滿臉內疚，但兩人講了幾句話後，他也放鬆起來。有一天，寶順說，一起吃飯吧，你也別躲在蘭蘭房間了。馬一鳴默默地點了頭。

家裡的場面就有點奇怪了。開飯的時候，周民友便把馬蘭蘭弄到輪椅上，推出來與大家一起吃飯。馬蘭蘭對周民友倒也熱情，一口一個周叔叔。四方的桌子，周民友和馬一鳴對面而坐，寶順和馬蘭蘭對面而坐。飯桌上，也主要是寶順和馬蘭蘭講話，兩個男人基本沉默。飯後，周民友把馬蘭蘭推進房間，出來時，遇到馬一鳴準備進去，周民友突然說，我想跟你談談。

馬一鳴默然點點頭，跟著他進到小院裡。小院子被寶順收拾得乾乾淨淨。牆根下種著月季花。牆角還有一株根藤蒼老的爬牆虎，枝葉已經順牆爬得老高了。春天來的時候，便滿牆綠色。院內空地，被寶順種上菜。家裡四季都有自己的菜吃，根本不需要去街上採買。馬一鳴看到小院，想到寶順的各種能幹，心裡不知是甚麼滋味。但是馬一鳴就是這樣，哪怕心裡已經翻江倒海，臉上卻顯露不出。他只有見到陳亞非，被陳亞非教訓，才會吞吞吐吐地說出心事，歡笑或是哭泣。

周民友說，馬哥，我真的很慚愧，不好意思面對你。馬一鳴望著他，覺得不解。周民友說，我跟寶順是真心相愛，我也知道你人好，可是感情來了，真的擋不住。馬一鳴低聲道，我明白，是我做得不好。周民友說，馬哥，你千萬別這麼說。你人老實善良，我知道。但是寶順渴望自己的幸福，你給不了她。馬一鳴依然低聲道，我知道。周民友說，寶順跟我說了，你同意離婚，而且房子也讓給她們，我真是不知道說甚麼。蘭蘭的腿，你放心，我保證把她治好。蘭蘭是個好孩子，又聰明又懂事。我會永遠對她好的。而且一定培養她上大學。馬一鳴聽到他這樣說，抬頭望著周民友，說這個就拜託你了。寶順和蘭蘭交給你，我也放心。

周民友看著馬一鳴的臉色，突然說，馬哥，你臉色不太好，應該去醫院做個檢查。馬一鳴苦笑道，我知道。周民友說，你知道？你去醫院看過？有問題嗎？馬一鳴忙說，沒沒，就是身體虛弱一點。周民友說，要不開一點補藥？馬一鳴這才想起，自己從孔爺那裡回來時，其實是帶了藥的，只是他給忘記了。於是說，已經開了，我一忙，給忘記了。周民友說，哦。

晚上，家裡便滿是中藥味道。周民友沒有住在這裡。儘管馬一鳴鑽到馬蘭蘭房間不出來，但是他還是走了。寶順說，家裡哪能有兩個男人？等正式結婚時再說。一起吃飯，是因為給蘭蘭按摩也費勁，不能讓人餓了肚子走。

馬一鳴便說，我無所謂，隨你們便。馬蘭蘭說，你真的一點不吃醋？馬一鳴說，先有一點，後來想開了，就沒甚麼。他能照顧好你和你媽，我就很滿足。馬蘭蘭一撇嘴說，爸你這人是真沒勁。媽媽甩你也是你活該。馬一鳴點點頭，說嗯，是的。

寶順已經把店鋪退了，馬一鳴每天都要從工地帶回來衣服，他在馬蘭蘭房間擺上縫紉機。問馬蘭蘭怕不怕吵。馬蘭蘭說，我沒事。關鍵，乾爹的事你別忘了，你做衣服應該沒有乾爹的命要緊吧？

的確，陳亞非的事，馬一鳴一直沒有進展。他滿心焦急，卻無用處。楊照酉倒是去工地視察過幾次，可是馬一鳴只能在高樓上看到他的車，連人都沒見到。有一天，馬一鳴忙亂中，還請了假，拿著名片想找楊高，他不敢找蘇衛，覺得蘇衛不會相信他的話，但或許名片上這個人，他會相信，李江說過，他是這個案子的負責人。結果值班門衛說楊高不在。馬一鳴又鼓足勇氣給他打了一個電話，說是有事向他匯報，此外也想見一下陳亞非。楊高卻回覆說他在雲南，又說我正忙，有事找蘇衛。然後就掛了。

馬一鳴便只好繼續去白梅山湖苑刮膩子，每天都聽幹活的人罵房子。不止是孔家叔侄，其他吊頂的，鋪地板的，似乎都在悄聲議論。曾經有一個記者聞風而至，可是工地大門有嚴格的看守人，記者進不來，便也掃興而去。

在工地，馬一鳴倒成了最受歡迎的人。工地上有好幾個包工隊，除了老趕的隊伍，其他隊的人也來找馬一鳴。結果他每天都能帶衣服回來。因為馬一鳴的緣故，老趕也成了最受歡迎的包工頭。人們找不見馬一鳴的時候，就直接求上老趕。老趕笑道，我本來是看老表的面子，照顧你幹點事。現在你倒成了我們隊的招牌人物。馬一鳴很高興，他一直認定自己是世上最沒用的人，結果人人都覺得他很重要。於是他也很樂意幫助大家修補工作服。他想，當初他在礦上靠的就是這一手，現在又派上了用場。他這一生憑了這手藝，真的能走遍天下呀。

在家做縫紉時，馬蘭蘭每天詢問工地的事。他也跟馬蘭蘭談到房子質量，而且每天都把大家的議論帶回來。他覺得這件事很奇怪。馬蘭蘭開始覺得不太可能，她知道這房子在全市的名聲都很大。而且馬蘭蘭認為，倚天是大公司，如果房子賣出去，質量有問題，一旦出人命，這公司豈不徹底完蛋了嗎？他們應該不會冒這個風險。馬一鳴說，我也這樣想，但大家說的都是事實，我不是親眼見到，也是不會相信的。馬蘭蘭說，買了房子的人一住進去不就知道了嗎？後面扯皮的事，豈不是很多？馬一鳴說，是的，現在不敢說，以後大家也會知道呀。搞不懂他們怎麼敢這樣。馬蘭蘭說，不過，這跟安冬妮死應該沒甚麼關係吧？馬一鳴同意道，那倒是。

馬蘭蘭有一個筆記本，她把馬一鳴談到的所有事，都記錄在案，一條一條地比對分析。房子質量的事，也寫了。她的記錄，有很多內容，大多都打著問號。幾乎所有的事情，都相互不搭界。

第六章

24、陳亞非自殺了？

時間卻在這不搭界中流逝。陳亞非已經被抓起來一個多月了，而馬一鳴甚麼證據都沒有找到。馬一鳴開始焦躁，一是這麼久沒有見到陳亞非，也沒有聽到他的教導，這是他一生中從未有過的事，他早已習慣了這個人的存在，並且全身心都依賴於他；二是他覺得自己太沒有用，多半幫不了陳亞非了。這樣的想法，令他心情十分沮喪。

馬蘭蘭也急了，說這樣不行呀。還是得找找曉鈺阿姨。她不能完全不管乾爹吧？怎麼著乾爹也是墨墨的爸爸，對吧？

馬一鳴聽了馬蘭蘭的話，就給王曉鈺打了一個電話，說我是馬一鳴。還沒說後面的，王曉鈺便說，你是問陳亞非的事嗎？以後他的事別找我，我們正在辦離婚手續。說完沒等馬一鳴開口，電話就掛斷了。馬一鳴拿著話筒呆了半天。

馬蘭蘭聞知，整個一晚上都在罵王曉鈺。說她白眼狼。上大學時不光學費是乾爹給的，連她的人都是乾爹養著。乾爹遇到難，她居然立馬劃清界線。馬一鳴不作聲，他想王曉鈺是不是已經知道陳亞非心裡愛著另一個女人呢？

有一天，老趕叫馬一鳴跟他一起去幹個私活。說是老闆朋友家的房子漏雨進水，牆壞了，需要修補。工地正忙著趕工，一環套了一環，抽了別人，誤時一大圈。只有馬一鳴可以機動一下。老趕說，我跟你一起先刮膩子，後天再跑一趟，刷個油漆。就你這幹活速度，兩天也能完事。馬一鳴應了一聲，就跟著去了。

馬一鳴坐著老趕的摩托先到了松照公司。看到那幢大樓，馬一鳴心裡嗵嗵直跳。老趕打了個電話，然後馬一鳴居然看到楊照酉從公司大門裡走出來，他瞬間呆愣在那裡。

楊照酉有點奇怪地望著馬一鳴，他轉向老趕問，這是你帶的人？老趕發現了馬一鳴的表情不正常，忙說，是哩，特老實一個人，沒見過老闆，嚇成這樣。楊照酉笑了笑，似乎認可了老趕的話。

朋友的房子在郊區，楊照酉說，這是我朋友爹媽的房子，這個朋友很重要。你們要精心做好。今天我親自送你們過去，後面你們識得路，就自己去。老趕說，放心吧老闆，我都把所有事放下來，親自來做哩。楊照酉又說，這個你不要收他的錢，我會照顧你的。老趕忙說，是是是，聽老闆的。老闆心裡有數就行。

小車出城後，朝山裡開了近一個小時，才到一個村子。進到村裡，又繞了幾圈，算是到了楊照酉朋友的家。楊照酉停車即打電話，說找到你家真不容易呀。

馬一鳴跟在老趕後下了車，看到前來迎接楊照酉的人竟然是警察蘇衛。馬一鳴再一次傻了眼。他想，這個警察怎麼是楊照酉的朋友呢？蘇衛並沒有正眼看老趕和馬一鳴，他們是幹活的工人，蘇衛要熱情相待的只是楊照酉。

馬一鳴帶著帽子，不敢抬頭，他跟在老趕後面，聽蘇衛和楊照酉交待哪些地方要修整，要達到甚麼樣的水準。然後他們倆人便進到院子裡，坐在樹下喝茶去了。

老趕帶著馬一鳴從楊照酉的後備箱裡拿了工具和材料。經過院子時，楊照酉說，老趕，一點都不能馬虎哦。老趕忙站下說，老闆，您放心，保險只要兩天全部搞定。馬一鳴仍然低著頭，他緊張得兩腿發軟，拿著工具的手也一直發抖。楊照酉便對蘇衛說，瞧瞧現在的工人，膽子小成這樣。真沒出息。蘇衛說，怕成這樣，你逃犯呀？老趕忙說，他就是膽小，做活仔細得很。我特意挑的他。

兩人進了屋，老趕說，你怎麼怕成這樣，人家會吃了你？馬一鳴沒作聲。他就是害怕。一個楊照酉就已經讓他緊張了，再加一個蘇衛，他更是恐懼。他心裡老是轉著一個念頭，為甚麼他們倆會是好朋友？

楊照酉走了，蘇衛進來跟老趕說，師傅，今天你們搭我的便車回去，明天自己來能認識路不？老趕說，能，能。我騎個摩托就過來了。不過，恐怕得後天，這膩子，明天怕是幹不了。蘇衛說，行，後天也一樣。

他們對話時，馬一鳴有意背向蘇衛，避開他看著他的臉。蘇衛家的牆，面積不大，滲水的牆面已經乾了。鏟掉表面浸壞的部分，直接刮膩子即可。馬一鳴站在梯子上，很認真地幹活，心裡卻亂得像漿糊。老趕不時地跟他說幾句話，他也都沒有反應。老趕有一次不耐煩了，說馬裁縫，你今天怎麼回事？老闆已經走了，你還怕甚麼？

終於下班了。蘇衛叫老趕一起走。老趕和馬一鳴便收了工具，洗手出門。馬一鳴始終把帽子壓得很低。他鬼鬼祟祟的樣子，反而叫蘇衛多了想法。蘇衛說，這位師傅膽子這麼小還出門幹甚麼活呀？老趧說，可不是，毛病！蘇衛說，師傅貴姓？馬一鳴說，姓馬。蘇衛說，馬師傅，辛苦了。還得讓你們忙一天。馬一鳴忙說，應該的。他說話時，不得不抬起了頭。蘇衛說，你該不會真的是逃犯吧？我怎麼覺得你這麼眼熟？老趧說，不會不會，我擔保。

蘇衛的車曲裡拐彎出了村子，一直朝城裡開。他一路上並未說話。車裡放著音樂。偶爾，他也會接個電話。有個電話是楊高的，被馬一鳴聽出來了。蘇衛說，頭兒，你甚麼時候回來呀。雲南那邊的事，這麼複雜嗎？又說，趧緊回吧。陳亞非的老婆要跟他離婚，他在看守所自殺，不過好在被人發現，搶救過來了。

這是在陳亞非被抓之後，馬一鳴第一次聽到他的信息，但卻是他自殺的消息。馬一鳴魂飛魄散。他渾身顫抖，完全無法控制自己。老趧說，馬裁縫，你是不是病了？馬一鳴說，我、我有點不舒服。

車到白梅湖附近，老趧說就在這裡下車，離家近。於是蘇衛在路邊停了車。待老趧和馬一鳴下車時，蘇衛突然也下了車，他說，我想起來了，你是陳亞非的朋友，你來過我們辦公室。馬一鳴默認了。蘇衛說，你姓馬，是個裁縫，為甚麼去幹泥瓦匠？馬一鳴卻顫聲道，陳亞非怎麼樣？我可不可以去看他。蘇衛說，不可以。你還沒有回答我的問題。馬一鳴想了一下才說，我有我的原因。他現在怎麼樣了？蘇衛說，你擔心一個殺人嫌疑犯幹甚麼？

蘇衛說罷狐疑地望了他一眼，然後上車，猛一踩油門，飛馳而去。老趧說，你認識他？甚麼殺人犯？馬一鳴說，不認識，但是見過。我朋友的案子是他辦的。老趧說，我說你今天怎麼怪怪的。你那個朋友，也是我老表的熟人，對吧？馬一鳴點點頭。

馬一鳴進家門時，天已經黑了。屋裡有女人的哭聲。馬一鳴站在門外，發了一下呆。他已聽出來，這是陳大媽的哭聲，其中還有一個聲音，是自己母親的。他想，我要怎麼說才是呢？

寶順出來到院子裡摘菜，拉門看見馬一鳴站在門口。便道，你怎麼不進門？總是得面對老人家吧？聽到寶順的聲音，陳大媽站起來，見到馬一鳴，便撲了過去，邊哭邊道，一鳴呀，這是怎麼回事呀？亞非怎麼會是兇手呢？

幾個人都跑過來扶住她，馬一鳴的母親說，一鳴，你要跟大媽講實話。警察憑甚麼會抓了亞非？馬一鳴不會安慰人，到了這個時候，他的沒用便更加明顯。他坐在一邊，半天不作聲。陳大媽說，警察有甚麼證據嗎？馬一鳴說，他們說有。陳大媽說，誰說的？馬一鳴說，警察。陳大媽說，那怎麼可能？寶順便說，大媽，您先別急。一鳴為亞非的事，到公安局找過警察。陳大媽說，警察講他們有證據說亞非是兇手？馬一鳴說，嗯。陳大媽說，一鳴你自小跟亞非一起長大，你會相信警察的話？馬一鳴說，亞非絕對不會殺人，這個我用命擔保。陳大媽說，這就是了。那警察憑甚麼誣賴他？他們拿了甚麼證據？馬一鳴說，我不知道。警察讓我找證據，證明亞非沒有殺人。陳大媽哭道，這是個甚麼事呀。又說本來要和亞非一起去台灣看望她的老父親，盡一盡孝心，現在也沒辦法去了。亞非如果是殺人犯，這會把她的父親活活氣死，她怎麼能去呢？說完又哭。

這天陳大媽和馬一鳴的母親吃過晚飯才回去。馬一鳴再三保證，他會用他的命去幫陳亞非洗清罪名。馬一鳴說的是實話，只是，他悲哀地想，我的命又能有多久呢？我怎樣才能在活著的時間裡，幫亞非找到證據呢？

這天的晚飯，馬一鳴吃得很少。母親和陳大媽走後，他的心裡更加壓抑。他沒敢說一字陳亞非自殺的話。直到進了馬蘭蘭房間，他才開始哭泣。馬蘭蘭說，有新問題嗎？還是奶奶她們惹的？馬一鳴說，我聽說你乾爹在牢裡自殺。

馬蘭蘭立即尖叫起來，乾爹死了嗎？問完也開始哭。寶順聞聲而入，說怎麼回事？馬一鳴哭泣道，我剛才沒敢講，曉鈺要跟亞非離婚，亞非在牢裡自殺了。寶順驚呼道，天啦！馬一鳴忙連抹眼淚邊說，警察講，又救過來了，亞非還活著。可是不知道他怎麼樣。馬蘭蘭說，這個不要臉的王曉鈺！乾爹落難，她落井下石倒是快。寶順鬆了一口氣，說有命在就有希望。說完也氣憤道，這王曉鈺真不是個東西，亞非對她這麼好，她起碼也等這一關過了再說嘛。

馬一鳴對王曉鈺沒有興趣，他只擔心陳亞非，他不知道陳亞非是用甚麼樣的方式自殺。他也想像不出來，陳亞非是難過到甚麼樣的程度，才會去自殺，而他曾經是那樣堅強樂觀的一個人。他甚至完全不知道這個自殺，有沒有讓陳亞非的身體受到傷害。所有所有的，他都不知道。他本來就是一個無力的人，而現在的他，面對陳亞非的事，那種無力感更加深重。

馬蘭蘭問馬一鳴是在甚麼樣的情況下聽到這件事的。於是馬一鳴便說了他跟老趕坐楊照酉的車到郊區鄉下幹活的過程。馬蘭蘭說，你坐安冬妮老公的車？馬一鳴說，是呀。他跟那個警察好熟。馬蘭蘭奇怪道，他怎麼會跟警察這麼熟呢？而且還是辦安冬妮案子的警察？

寶順留在馬蘭蘭的房間，她幫著馬一鳴把那些修補好的衣服，剪掉線頭，又一一熨燙。聽到馬蘭蘭的話，便說，這有甚麼怪的。人家警察幫助吳家破案，來來往往，也熟了。家裡房子牆壞了，託老闆找人幫忙修整，這是很順當的事呀。馬一鳴想了想說，是呀，是很順當。馬蘭蘭說，要說也是，這跟乾爹沒關係。但是，照這樣看，那個楊照酉肯定不是這個案子的懷疑對象。難道爸爸的感覺錯了？馬一鳴哭喪著臉說，我也搞不清楚了。我那天見他時，就覺得他不乾淨。不能老婆死了幾天就興高彩烈的。馬蘭蘭沉思了片刻，說這下對我乾爹太不利了。馬一鳴說，我也這樣想，可是該怎麼辦呢？我在工地，很難接觸到楊照酉。他們說，老闆隔幾天才去一次。有事也只找包工頭。寶順說，我看這事你也管不了，你就這點本事，你還能比警察有能耐？馬蘭蘭說，媽，你別這樣講。那警察說乾爹是兇手，我們就得認？寶順說，我們小百姓，能有甚麼辦法？你乾爹現在恐怕就只能聽天由命。馬蘭蘭說，媽，你出去。我討厭你在這裡說洩氣的話。

寶順整理好衣服，垮著臉出了門。馬蘭蘭立即說，爸，你不能鬆勁。你不能受媽媽影響，反正她也跟了別人。馬一鳴說，嗯。那……你說怎麼辦？馬蘭蘭說，還有一個辦法，就是一對一的跟蹤。馬一鳴說，跟蹤誰？楊照酉？馬蘭蘭說，是呀，他現在肯定不會住在死人的屋子。他應該另有住處，你在暗處，悄悄跟著他，看他離開公司，在做甚麼。馬一鳴說，他坐車，我怎麼跟呀。馬蘭蘭說，你打車跟，還不容易被發現。

馬一鳴為難了，他手上的錢，就那麼一點，如果天天打車，恐怕是不夠的。馬蘭蘭似乎意識到這個，她立即拿出一個餅乾盒，遞給馬一鳴，說這是我全部的壓歲錢，你如果錢不夠，就用這個。馬一鳴說，那怎麼行？馬蘭蘭說，爸爸，必須這樣。這裡面還有不少錢都是乾爹給的，我一定要幫乾爹。

馬一鳴接過餅乾盒，心裡似乎有了一點力量。他說，嗯，我後天把警察家的活兒幹完，就辭工。沒準還能問問他你乾爹的情況。

25、自己是個要緊的人物嗎？

次日，馬一鳴像往常一樣去工地。走到工地門口，看守大門的保安不讓他進。馬一鳴奇怪道，我天天在這裡上班呀？為甚麼不讓我進去？我的包工頭是老趕哩。

一個面孔微黑的人走出來，他的身後跟了兩三個保安。黑臉人拎著馬一鳴的領口，說滾！從此以後不准你踏進工地一步，這次饒了你，以後來一次打一次。

馬一鳴嚇得幾乎尿褲子，他不知道為甚麼，一時間又說不出話來。黑臉人把他拎到了工地開外好幾米的路邊，信手一扔，馬一鳴經不住這一扔，便摔倒在地。他怕對方打他，把身體縮成一團。

這時候老趕從工地裡朝外面跑過來，一邊跑一邊喊，別打人呀，千萬別打人呀。黑臉人懟了老趕一句，說誰要打他了？接著朝馬一鳴啐了一口痰，說裝甚麼慫？然後揚長而去。

馬一鳴沒有記住黑臉人的樣子，因為他一直沒敢看他。但他卻看到黑臉人襯衣的袖子是用藍色條紋拼的，兩個袖口的條紋對接得不好。他想這個裁縫很馬虎。

老趕跑到馬一鳴跟前，扶起馬一鳴，質問道，你來這裡幹活到底有甚麼目的？馬一鳴說，不是掙錢嗎？老趕說，你一個裁縫哪裡掙不了錢？馬一鳴吞吞吐吐道，不是我老婆要跟我離婚嗎，店鋪也退了，我一時沒找到地方。老趕說，你真的不是記者？或者記者派來臥底的？馬一鳴驚訝道，記者？我像記者嗎？

老趕噓了一口氣，說嗯，我看你也不像。你回去吧，別再來了。馬一鳴不解道，出了甚麼事？我犯錯嗎？老趕說，我也不知道。昨晚老闆特意叫我去公司，把我臭罵一頓，說我甚麼人都找來做工，像你這樣的，不是明擺著混錢嗎？又問你來這裡是有甚麼企圖。他也知道你是個裁縫。馬一鳴說，肯定是聽那個警察說的。老趕說，你得罪他了？馬一鳴莫名其妙道，沒有呀，我從來不認識你老闆。

老趕撓撓頭，也顯得很困惑，說按說你這麼膽小老實的一個裁縫，又不是記者，不太會得罪人呀？我也搞不懂。總而言之，我不能再留你。你走吧，你幹了一個半個月，又幫大家補衣服，我給你兩個月的工錢。馬一鳴默然片刻，方說，對不起了。家裡還有幾件衣服，我今天回去補好，明天拿給你，你轉給兄弟們吧。

分手前，老趕已經走了好幾步，突然回身用謹慎的聲音警告道，工地上的事，一個字都不能說出去。那幫人，不是好惹的。馬一鳴嚇了一哆嗦，忙說，我知道我知道。

整個回家的路上，馬一鳴都在想這是怎麼回事？就算警察蘇衛認識他，那又算得了甚麼呢？他百思不得其解，想呆了，甚至坐過站，只好下車又倒過頭走了一站路，到家的時候，已近中午。

周民友正在給馬蘭蘭按摩。寶順也在廚房做飯。馬一鳴在客廳坐了幾秒，便走到院子，他蹲在地上，慢慢地給寶順的地拔草。地裡種著辣椒，其實也沒長幾根草。寶順跟了出來，奇怪道，今天怎麼這麼早？馬一鳴說，我被炒魷魚了。寶順說，不是說大家都對你很好嗎？馬一鳴說，是老闆嫌我。大概是我幹活不行吧。寶順說，哦，恐怕你是不行。聽民友說你去檢查過身體，醫生是怎麼說的？馬一鳴一時回答不上。寶順說，我見你的臉色也不如剛回來時好，你還是去先前那地方調養一陣吧。在哪裡？馬一鳴說，是亞非給我找的地方，孔家台的一個中醫診所。寶順說，中醫調養好。你身體一向弱，也是急不得的。我看你還是再去那裡休養。亞非的事，聽天由命，以你的能力，你怎麼管得了？馬一鳴站了起來，抬頭望望天，說如果我被抓起來了，亞非肯定不用三天就能把我救出來。可我弄了這麼久，費這麼大的勁，卻一點也幫不了他。

馬一鳴說時，眼淚幾乎奪眶而出，他很難想像，關在監獄裡的陳亞非現在是甚麼樣子。寶順冷笑了一聲，說既然你這麼沒用，那又有誰會抓你呢？

寶順說完，便回屋了。馬一鳴怔了怔，心想，是呀，我這樣沒用的人，雖然沒有能力做好事，但同樣也沒有能力做壞事，有誰會抓我呢？連正眼看我一眼的人都沒有。

午飯時，馬蘭蘭剛理療完，說是累，飯要拿到房間吃。結果飯桌上就只有寶順、馬一鳴和周民友。桌面上便很尷尬。一頓飯吃下來，三個人都沒有說話。馬一鳴匆匆扒了幾口，忙逃進馬蘭蘭房間。

馬蘭蘭說，今天怎麼回來吃中飯呢？馬一鳴沒有直接回答她的問題，只是叫她中午別睡覺，因為他要趕活，留在家裡的幾件衣服該補的補完，該改的改好，明天早上要給人家送過去。馬蘭蘭說，這麼急？你不上班了？

馬一鳴便把早上的遭遇詳詳細細地跟馬蘭蘭說了一遍。

馬蘭蘭大驚，說這麼誇張？就為你這樣的一個人？馬一鳴說，我也不知道呀。老趕好像都有點害怕。馬蘭蘭連連說，有問題有問題，這裡面絕對有問題。馬一鳴說，我就是覺得不對勁，可是問題出在哪裡呢？馬蘭蘭說，這不是一般的不對勁，是相當不對勁。你想哦，你又不是甚麼要緊人物，就算你幹活不行，那也是老趕嫌你呀，你的工資是他開，又不是老闆開。是吧？再說了，就算老趕嫌你不行，頂多就是炒了你，當面講清楚，不就完事了？還不讓你進工地的大門？好，就算老闆發了話，不讓你進門，不讓進就不讓進，威脅人幹甚麼？正常情況，不就是這樣？現在，他們的做法相當不正常，顯然是拿你當了一個要緊的人物，甚至是一個危險人物。

馬一鳴奇怪道，我有甚麼要緊，哪有甚麼危險？剛才你媽還說我是個沒用的人，連幹壞事的能力都沒有。馬蘭蘭說，對呀，人人都看得出來，你是個老實人。可他們為甚麼這麼重視你？趕走你且不說，還要恐嚇你，這擺著不是你做事行不行的問題。那麼，會是甚麼問題呢？難道你讓他們感到了甚麼壓力？不然他們為甚麼那麼緊張？

馬一鳴聽馬蘭蘭這麼一分析，果然覺得對方是把自己當成一個要緊人物了。他立即緊張起來，縫紉機的針幾乎扎著了手指頭，線行也歪了。馬蘭蘭鄙夷道，真別怪我媽瞧不起你。看你這樣子，怎麼一下就怕成這樣？我這不是在跟你探討嗎？

馬一鳴停下手上的活不做了，說那我該怎麼辦？馬蘭蘭想了想，說那個李江是幹甚麼的？他跟乾爹關係好嗎？馬一鳴說，很好呀，他們是哥們。李江在歌舞團工作，拉琴的，我不曉得拉甚麼琴，我跟他不太熟。你乾爹好像說過，他以前是安冬妮的男朋友，後來，楊照酉看上了安冬妮，就挖了他的牆角。馬蘭蘭說，啊？！按說他才有動機哩。馬一鳴忙說，沒有沒有，他後來跟安冬妮也是好朋友。那天他在外地演出，有人證明的。馬蘭蘭說，如果這樣，那他應該認識楊照酉吧？哼，能挖人家牆角的人，肯定不是善輩。

馬一鳴不作聲，他腦子浮出周民友的樣子。他想了想，吞吞吐吐道，也不一定呀，你周叔叔就是個好人。馬蘭蘭生氣道，哪跟哪呀。扯周叔叔做甚麼。那你的意思是，周叔叔挖了你的牆角？

馬一鳴沒回答，又開始低著頭，噠噠噠地踩縫紉機。心裡卻想，難道不是嗎？馬蘭蘭說，人家周叔叔可沒挖你的牆角，是你自己把我媽讓出去的。你連整個房子都讓了，還談甚麼牆角？你去問問人家李江，他是不是像你這樣？他只是爭不過而已。你呢？恨不得直接跟人家說，你挖你挖，不要錢，我送給你！老婆女兒都送給你。爸，沒幾個你這樣的男人，就別拿自己的事打比方了。

馬一鳴被馬蘭蘭嗆得面紅耳赤，但他知道，馬蘭蘭說得對。可是，馬一鳴想，我也沒辦法呀。

馬蘭蘭見馬一鳴埋頭幹活不作聲，覺得自己說話也未免過重，便又說，爸，不理人就沒意思了。我其實是挺你的哦。你自己也要經得起我挺吧？馬一鳴說，不用挺我，以後你挺你媽就可以了。馬蘭蘭說，爸，跟你說話真沒勁。好吧，我給你指一個方向：你去找一下李江。詳細向他了解一下楊照酉這個人，再把他們所有關係縷清楚。馬一鳴「嗯」了一聲。

其實，事已至此，馬一鳴還真沒有人可以一找。陳亞非的朋友中，他就認得這個李江。除了去找李江，他還能去哪兒呢？他不能按寶順所說的，管不了就不管。他想，如果連我都不管，那我就只有去死一條路了。

馬一鳴停了縫紉機，馬上出門。馬蘭蘭說，你現在就去？馬一鳴說，嗯。

馬一鳴到歌舞團時大約三點，門衛已經見過他，知道他跟李江認識，便說，李江演出還沒有回來，要到下午四點才到家。又指著旁邊的宿舍樓，說二單元四樓，他回來肯定直接回家。馬一鳴謝過門衛，便到宿舍樓旁邊的小花園裡坐了下來。

四點一刻左右，果然看到李江背著一個黑匣子走過來。馬一鳴立即迎上前。李江見到馬一鳴，顯得很驚訝，說你怎麼來這兒了？馬一鳴說，我一直在等你。李江說，有事？馬一鳴說，嗯。我被他們攆出來了。李江驚訝道，老趕攆你？不會吧，他跟我關係鐵著哩。馬一鳴說，不是他，是老闆。李江說，老闆？你說是楊照西？馬一鳴說，嗯。李江說，你跟這個王八蛋隔了八竿子遠，他攆你做甚麼？馬一鳴說，我不知道。

於是就站在單元門口，馬一鳴把事情的前後經過仔細地講給李江聽，甚至把馬蘭蘭的分析也講給了他聽。馬一鳴這輩子從來都沒有講過這麼長的話，講得他上氣不接下氣，李江便拉了他又坐回到小公園裡。

兩人坐下來，馬一鳴說，是不是很奇怪？比上次我看見他跟一個女人說說笑笑還要奇怪。李江沉思片刻方說，這事的確可疑。按說不至於這樣呀？就算你是亞非的朋友，你又沒有見過楊照西，跟他有甚麼關係？難道他知道你在調查他？馬一鳴說，不會吧？我在工地幹活，他來工地檢查的時候，我根本見不到他，沒辦法接近，所以我正準備不幹了。李江說，這樣，明天我們一起去見老趕，仔細問一問當時楊照西怎麼說的，是甚麼樣的表情。馬一鳴說，好的，明天早上我正好要去工地送衣服。李江說，行，明天我開車接你，一起去找老趕。

26、亞非出來，我還在嗎？

這天夜晚，馬一鳴一直沒有睡好，他生怕自己睡過了，錯過李江接他的時間。天還沒亮，馬一鳴便爬起，他輕手輕腳地把做好的衣服裝進一個布袋，挎在身上，摸著黑，悄悄出了門。

馬一鳴家原是礦山的職工舊宿舍，礦山停挖後，下崗礦工都改行幹了別的。當年馬一鳴在礦上資料室裡幫著大家改衣服，所以認識他的人很多。巷口有一家賣餛飩的早餐店，老闆姓劉，是當年二礦區的炮工，熟人熟事，見馬一鳴立馬打招呼，說小馬，今天的餛飩味道特別好，來一碗熱乎的，出門一天都有勁。馬一鳴見時間的確尚早，便應了聲，說好的，劉師傅。

老闆劉師傅送餛飩到馬一鳴面前，順口問，生意怎麼樣？比以前更紅火吧？馬一鳴老老實實道，鋪面已經退了。老闆劉師傅便驚道，七筷街的鋪面也退？哪裡還有比這更好的位置呀？馬一鳴說，不準備做了。老闆便說，不做？你發財了？不然怎麼過日子？馬一鳴笑了笑，沒回答。

老闆劉師傅送來一碟花生米，坐到馬一鳴對面，說我本來還想跟你發點感慨，你開縫紉店，我開早餐館。我們得多謝下崗，不然現在還不知道苦成甚麼樣子。說不定我命都沒了。馬一鳴說，怎麼會？你這麼能幹。老闆劉師傅說，這話難講。以前哪天下井不是提心吊膽？天天都擔心自己過了今天沒了明天。封礦後，睡覺都安穩多了。不光我安穩，一家子老小都安穩。

在井下，炮工最是危險。也因為此，他們的工資比別的行當要高。所有炮工，在礦上，唯一做的事，就是攢錢，以免自己哪天死了，老婆孩子不至日子太苦。對於下崗，炮工們甚至巴不得，這劉師傅就是其中之一。一下崗便把手上的錢集中一起，租下家門口附近的鋪面，開了早餐館，能顧家還能賺錢，日子過得反而比以前輕鬆。

聽他這樣絮叨，當年的礦難和那些死去的工友，一下子浮出在眼前，馬一鳴附和道，這倒是。老闆劉師傅說，你小子當年在資料室，這種感覺不會有的！一大早，你去哪？馬一鳴說，跟朋友一起去白梅山湖苑工地。老闆劉師傅忙說，我的小舅子以前在機械廠，跟裝修的老闆是把兄弟。說是買這房子絕對賺。靠他幫忙，我在那裡也買了一套。十八樓，三房一廳。住得高，看得遠，說是年底就交房。你知道現在裝修得怎麼樣了？馬一鳴驚道，你在那裡買了房？那房子很貴吧？老闆劉師傅說，貴是貴了點，但位置好呀。說完又神秘地對馬一鳴說，給了熟人價。不過，聽說好多領導也在那裡買房，他們比我們的更便宜，打折打得更多。馬一鳴說，你沒去看過？老闆說，還沒哩，拿了鑰匙才能看。去過售樓處，也看了樣板間。人家那水平，做得美啊。環境好，風景好。也不想省錢了。人活一輩子，到老還是要好好享受。廣告上都說了，盡享洪福清福！

馬一鳴想起那些渣土一樣的水泥牆，想起那些細細的鋼筋，立即不寒而慄，彷佛老劉一家馬上會死在他的面前。他很想告訴眼前這位滿面得意的老闆劉師傅：那房子住不得，尤其是高樓。但是，他卻記起老趕的話，到底沒敢說出口。老闆劉師傅說，你想想，如果我還在礦上當炮工，我有可能買得起這麼高級的房子？馬一鳴不知道該說甚麼，恰這時，他看到了李江的車，忙說，劉師傅，我朋友的車來了。我得走了。

兩人匆匆結賬，老闆劉師傅還盯著說，幫我看看五號樓二單元十八層A室裝修得怎麼樣？要認得裡面的人，就請他們裝好一些，到我這裡吃餛飩，我滿招待。馬一鳴支支吾吾說，嗯，嗯。

馬一鳴搭著李江的車，直接去了工地。沒有出入證，工地大門的保安不讓進。保安認識馬一鳴，板著臉道，不是昨天就讓你別來了嗎？馬一鳴忙點頭哈腰道，我跟師傅們補的衣服，昨晚上才補完，今天給送來。

李江懶得理保安，他給老趕打了個電話。老趕匆匆出來，馬一鳴把衣服遞給他，說每件衣服裡，我都夾了師傅的名字，你按名字交給他們。老趕說，嗯，辛苦你了。他把衣服包交給保安，說大哥，你可以檢查一下。這個馬師傅是還衣服來的。都是兄弟們磨爛的衣服，讓他拿去補的。他以前是個裁縫。保安接過衣服包，放進了保安室。

老趕拉著馬一鳴和李江趕緊朝馬路邊走。李江說，急個甚麼，有事問你哩。老趕低聲道，有事去你車上說。三人便上了李江的車，馳離工地大門。馬一鳴透過車窗看到，門口又冒出幾個人，幾乎都是昨天威脅過他的保安。

車一發動，李江說，幹嘛這麼緊張？老趕說，這不是擔心飯碗給丟了嗎？幾十號人呀。李江說怎麼回事？老趕說，我哪知道？老闆前晚上把我叫去，我趕到他家，都快十二點了。就為了問這傢伙是甚麼時候來的、怎麼來的。老趕說時，翹起拇指朝向馬一鳴指了指。

李江說，他一個小人物，老闆怎麼這麼重視？老趕說，我哪知道？老闆那個臉色難看得！硬是把我給嚇著了。我忙說他老婆要跟他離婚，把他的裁縫鋪面給退了。他沒辦法，只好來工地幹活，掙點錢，再去找門面。是不是呀，老馬？馬一鳴趕緊說，是的是的，就是這樣。李江說，他怎麼管這麼寬？這不是工錢歸你付嗎？再說辭就辭，一個電話不就得了？老趕說，這不是後來又扯到你了嗎？李江說，怎麼扯我了？老趕說，問介紹人是誰嘛。我講是我老表介紹來的，老闆當時沒追問。昨晚上又把我叫到公司，問我你老表是甚麼人，我就說了你的名字。老闆一聽，臉色嚇得死人。我從來沒過老闆這個樣子。你，跟我們老闆……熟？李江說，何止是熟，他老婆安冬妮以前是我的女朋友。老趕驚道，是、是、是你以前那個彈琴的妮子？死了的那個就是妮子？李江悲傷道，就是她。

老趕的手掌在大腿了拍了幾下，又在胸膛上拍了了幾下，然後按在自己心口上，方說，我的娘呀！居然是妮子！妮子跟我也熟呀。難怪他聽到你的名字，臉陰得一副想殺人的感覺，真把我嚇得夠嗆。李江冷笑一聲道，當年他幫冬妮裝修房子，認識了冬妮，以後就纏上了她，有一回請冬妮吃飯，結果把冬妮灌醉，就讓人把冬妮送到酒店房間，他自己就留下沒走……談這個，我心裡堵！老趕說，他娘的，這不是流氓強姦嗎？李江說，冬妮因為這個，覺得對不起我，再加上那個王八蛋又是送花又是給錢，冬妮當年的經濟條件並不好。事情到了這一步，也就嫁給了他。冬妮死了，還險些懷疑我是兇手。我跟警察說，我要殺也是殺楊照酉，我殺安冬妮幹甚麼？說實話，當年我是真想殺了楊照酉。

老趕和馬一鳴聽得目瞪口呆，倆人傻傻地互望了一眼。馬一鳴心裡翻江倒海，亂成一團，腦子裡完全空白。

老趕則說，他這麼緊張，怕是以為你會對他下手吧？李江說，應該不至於。他們結婚後，我也算了。大家還一起吃過飯。冬妮安葬時，我們倆還擁抱過，我勸他保重，他還跟我說對不起，沒有保護好冬妮。這種關係，不可能聽到我的名字就翻臉呀？

馬一鳴鬆了一口氣，心想，是呀，不應該聽到名字就掛臉呀？老趕說，這就奇怪了。馬一鳴跟老闆狗屁關係都沒有，你跟老闆前陣子還好好的，他怎麼會對你倆這樣不高興？

三個人都不作聲了，似乎都在想甚麼。老趕說，我還得去工地，馬師傅，對不起了，以後你就別來了吧。馬一鳴點點頭，說我知道。

老趕說著要下車。馬一鳴突然說，我們倆有一個共同的朋友，叫陳亞非。老趕頓住了，說這是個甚麼人？李江說，他住在安冬妮對門。警察認為他是殺害安冬妮的兇手，把他給抓了。

老趕更是驚得恨不能從座位上彈起來，他對李江說，這這這，你這個朋友豈不是你真正的仇人嗎？李江說，我不相信他會殺安冬妮。馬一鳴說，我也不信。老趕說，警察沒有證據不會亂抓人吧。那你們懷疑……？馬一鳴說，我們……他剛說這兩個字，李江打斷了他的話。李江說，我們除了不相信，甚麼都不知道。命案有警察辦，我們哪有本事去瞎懷疑？現在恐怕是別人疑心我們了。老趕想了想，說嗯，這可能有點巧合，擺著老闆多疑了。

老趕跳下車，揮了幾揮手，走了。馬一鳴問李江，你覺得有問題嗎？李江想了想，說好像是有點問題。為甚麼提我的名字，他就變臉呢？

兩人想不出個名堂。

白梅湖遊人有點多了，一些學生騎著自行車，嘻笑著朝前衝，李江怕撞著他們，車沿著白梅湖邊開得很慢。一直開出白梅湖的沿湖路，兩人都沒有說話。進了城裡的大道，李江突然說，不知道陳亞非現在怎麼樣了。

只這一句話，馬一鳴眼淚立即噴湧而出。幾十年的往事都在心裡翻滾。李江說著長嘆一口氣，說多可惜呀，一個人的一輩子就這麼毀了。馬一鳴哽咽道，所以求你幫幫他。現在就只有我們兩個人相信他。李江又嘆了一口氣，說我是相信他，但是我們能怎麼辦呢？你是個裁縫，我是個拉琴的。對這件事，兩眼一抹黑，從哪裡幫起呢？

李江把馬一鳴送到公共汽車站，說他要回父母家一趟，讓馬一鳴自己搭車回去，馬一鳴便在車站旁下了李江的車。公共汽車還沒有到，李江的車開了幾米，突然停在路邊，他跳下車一路小跑到馬一鳴面前。李江說，我想到一個辦法。馬一鳴說，甚麼辦法？李江說，我的朋友認識一個律師，現在都在講法治，我們給陳亞非找個律師，也許他能幫上忙。馬一鳴眼睛一亮，說對呀。律師起碼可以去調查這件事，對嗎？李江說，我不太懂，但是可以先問一問。聽說律師費很貴。馬一鳴堅定道，再貴也要請。你幫我要那個律師的電話好嗎？李江說，這幾天我們也不演出，晚上我們一起去。

兩人約定晚上七點半，老地方碰頭。李江重新回到車上。公汽來了，馬一鳴沒上車，他在汽車站的候車凳上坐了下來。他身體的氣力幾乎消失殆盡，而他的心裡的精神卻從沮喪中站了起來。他想，一定要找個好律師。多少錢都得找。

但是，晚上，李江沒有來。馬一鳴在路口等了好久，都沒有見到他的車。他給李江打電話，他的手機關了機。馬一鳴不知道怎麼回事，直到九點半，依然沒有見人。他只好掉頭回家。

馬蘭蘭見無精打彩的馬一鳴回來，忙問，這麼快就回了？律師怎麼講？我剛才還跟墨墨通了電話，說我爸有辦法救他爸爸了。我們花錢去找律師。墨墨還說，他有壓歲錢，他都要拿出來救他爸爸。

馬一鳴無力道，李江沒來，手機也關了機。馬蘭蘭驚訝道，不是約好的嗎？馬一鳴躺倒在床，他覺得自己累得慌。折疊床是帆布的，人一躺下便凹了進去。有點蜷縮在窩的感覺。馬一鳴喜歡這種蜷縮的狀態。他覺得陷在一個凹處，周身都被圍著，能讓他少去很多的恐懼。一連數日，他都在恐懼中來來往往，他得不停地在心裡給自己打氣，才能讓自己敢於到外面去跟人交涉。現在，他認定的一切線索都斷了，他不知道再要從何處找起，也不知自己如何去緊盯楊照酉。或許，這樣一來，他就不用再找人了。可是……可是……關在監獄裡的陳亞非該怎麼辦呢？已經過去了這麼久，他在那裡何等難熬。那麼強大的一個人居然也會自殺，想到這個，馬一鳴膽肝俱裂。他悲哀地想，難道我死你也要來作陪嗎？我本是該死的人，而你應該可以長命百歲的呀。

馬蘭蘭又說，爸，那個李江怎麼回事？不是說，還是乾爹的朋友嗎？馬一鳴說，可能他有別的事情吧。馬蘭蘭說，嗯，你總是能想得開，誰知道人家怎麼想的，沒準怕了呢？馬一鳴心裡砰了一下，忙問，他會怕甚麼呢？馬蘭蘭說，我怎麼知道？我瞎扯的。爸，你明天還會再去找他嗎？馬一鳴說，不知道他的電話能不能打通。馬蘭蘭說，叫我說，這裡面是有點問題的。你們不是約好了時間嗎？如果他臨時有急事，起碼會給你打個電話說一聲，對吧？不光沒有電話，連手機都關機。這也太不正常了吧？馬一鳴想，可不是？馬蘭蘭接著說，這樣，就有另一個可能：他本人已經出了事，比方車禍。

馬一鳴嚇了一跳，從床上坐起來，說這個可不能瞎說。馬蘭蘭說，不然怎麼會這麼沒信用？馬一鳴沒有接她的這句話，只是說，你想想看，為甚麼楊照酉這麼討厭我？而且，他聽到李江的名字，臉色就難看。為甚麼？他們倆個還很熟哩。馬蘭蘭說，就算你們倆個都是乾爹的朋友，可他自己不也是乾爹的朋友嗎？這絕對有問題。馬一鳴說，那是甚麼問題呢？馬蘭蘭想了半天，方說，沒搞懂。難道他做了虧心事，擔心你們調查他？馬一鳴說，會是這個嗎？馬蘭蘭說，因為只有這樣，才說得通呀。

兩人正這麼分析著，突然有手機鈴響的聲音。馬蘭蘭忙說，啊，還好，沒出事。一定是李江的電話。

因為平時幾乎沒有人給馬一鳴打電話，所以他的手機多時都放在外衣口袋裡，回家也不記得拿出來。

馬一鳴急急爬起來接電話。打電話的人竟是老趕。老趕大罵出口，說你這個狗日的作了甚麼惡呀你！害得我們整個隊都被趕出了工地。你害了多少人都沒有收入！馬一鳴大驚，說我甚麼都沒有做呀。老趕說，那為甚麼老闆這麼恨你？馬一鳴說，我不曉得呀，我也不認識你們老闆。他嫌我不會做事，趕我走，我就回了。今天早上給你們送了一包衣服，我哪都沒去哩。老趕說，你趕緊來一趟！說完便掛了電話。

馬一鳴手機上收到老趕傳來的地址。馬蘭蘭說，怎麼回事？馬一鳴一臉懵狀，說不知道怎麼回事。他說他們整個隊因為我的緣故，都被趕出工地了。馬蘭蘭大聲道，這太奇怪了！這簡直奇怪得不可思議。馬一鳴說，他要我去他那裡一趟，在通湖南路，好像是他家，我知道他住在那一帶。馬蘭蘭擔心道，這麼晚了，他們不會整你吧？你又不會保護自己。馬一鳴說，不會，老趕是個好人。馬蘭蘭說，你就別騎自行車了，打車過去吧。馬一鳴說，不算遠，路也好走，沒問題的。

馬一鳴說話間，忙著穿外套，然後出了門。出大門時，寶順從臥室出來，追著問了一句，這麼晚，天有些寒氣。你還要去哪？馬一鳴說，有點事，很快就回。

馬一鳴蹬車出了巷口，朝通湖南路方向騎行。這些年，路都修得不錯，路燈也很亮。只是通湖南路有一截，兩邊有密集的樹林，燈光隱匿在樹葉中，顯得幽暗。但灑在樹下的碎光，也能把路照亮。馬一鳴對這條路很熟悉，通湖南路很長，斷續樹木，斷續人家。老趕住的是租房，在通湖南路中段的一條雜巷裡。

馬一鳴從巷口一拐入，即看到他家門牌。他把車停在門邊，正要敲門，門被打開了。站在那裡的，居然是李江，他有點驚訝，但甚麼也沒有說。

李江沒一句客套話，見他即說，對不起，馬師傅。我沒辦法幫你。馬一鳴說，沒找到律師嗎？老趕說，我看這事不簡單。李江說，我今天下午接到一個電話，是個男人打來的，說話很凶，他說少管閒事，小心砍手。就這八個字，是吼著說的。我一個拉琴的，如果被砍了手，就是個廢物。我放下電話想了半天，他說的閒事，恐怕就是你的事。

馬一鳴聽此一說，嚇得手腿都抖了起來。老趕忙讓他坐下，然後說，你們今天早上過來，肯定有人看到了，下午我就被叫到公司。是公司總監找的我，說是要跟我們隊解除合約。我問甚麼原因，他問我是不是早上帶了記者去現場。我說沒有，是我老表。還有馬師傅過來送衣服。他說甚麼送衣服。我說就是馬師傅以前是裁縫，在這裡幹活時，其他兄弟請他幫忙補的衣服。總監說，你不覺得一個裁縫來工地做油漆工有問題嗎？我說我問過，他老婆要跟他離婚，他的店鋪被老婆退了。總監說，你有沒有聽說他在調查甚麼事嗎？我說絕對沒有。馬師傅老實得跟沒有膽似的。總監是我哥兒們，就說老闆覺得這裡面有問題，我再跟老闆去解釋一下。結果，晚上總監就來電話，說老闆發了脾氣，還說我們整個隊都不能留。他娘的，這都是甚麼事呀！李江說，馬師傅，你看，為了你我已經害了我老表，他當包工頭，搞到這樣的大活不容易。我也相信，這裡面一定有名堂。但我們幾個加起來也鬥不過人家。亞非的事，還是讓警察辦吧。是對是錯，都是命。

馬一鳴幾乎沒有說話，他已經不知道說甚麼了。他心裡充滿內疚，又懷著萬分害怕。想到老趕的那一隊工人，還得到處尋活，又想到李江的雙手萬一被砍，該是多麼恐懼。那種驚駭和無助，像一隻巨掌，把他的心捏得透不過氣來，以致他難以呼吸。他滿臉淒惶，除了點頭，也只會點頭。

老趕看他面色緊張，忙給他倒了一杯水，安慰道，馬師傅，你心軟人好，也是個可憐人，我知道這事不怪你。我老表說得對，這是命。你要保重。我們不要緊，工地多，很容易找到活幹。天下哪裡會餓死肯幹活的人呢？李江也忙說，是呀是呀。我看你身體這樣虛，還是最好回孔爺那裡休養去。你的心意亞非一定知道，以後平反出來，你健健康康的，他才開心。

馬一鳴仍然點頭，但此刻他的心業已經鬆弛了許多。先前空白的大腦，也開始有了想法。他聽清楚了李江後面的話。雖然他沒有說話，心裡卻想，亞非出來，我還在嗎？而且，讓警察辦，亞非出得來嗎？

27、條紋不對稱的袖口

離開老趕家的時，已是半夜。馬一鳴很少在這樣的時候不在家裡。馬蘭蘭曾經給他打了個電話。他說正在談事情。也沒說幾句，就掛了。其實馬一鳴覺得他已經沒有甚麼事要跟李江和老趕談了。或許他們兩人有愧疚之心，不停地給他倒水，又不停地跟他說這說那，以致馬一鳴一直不好意思開口說回家。

終於老趕的老婆說，這麼晚了，你們還讓不讓人家睡覺呀。老趕才說，對對對，回吧回吧。從今天起，就沒事了。你我天生就是管自己事情的人，能把自己的事管好就不容易。別人的事，哪裡是我們這種人管得了的？

馬一鳴雞啄米一樣地點頭。老趕說的是大實話，而這段大實話彷彿正是說他馬一鳴的。他這輩子，自己的事一樣都管不好，全靠了陳亞非騰出手來照應他。若非如此，他根本想像不出來，自己的人生會成甚麼樣子，上街討飯的可能或許都有。他又怎麼有能力管其他的事呢？

馬一鳴出門時，李江說送他回去。馬一鳴不想再坐他的車，便說，方向不一樣，又說自行車不好放。李江也就罷了。馬一鳴騎著自行車獨行在返回的路上。夜太深，行人幾乎沒有了。只有月光和燈光，偶爾有一輛汽車，呼一下，風馳電掣般擦身而過。每來一輛這樣的車，馬一鳴都會好一陣緊張。

騎到通湖南路樹林密集處時，突然後面又有汽車衝來的聲音，馬一鳴盡量靠著路邊，慢慢地騎行。這是一輛麵包車，它開到馬一鳴前面十來米處，停了下來。車門打開，下來三個人，向他迎面而來。馬一鳴一點都沒有去想，這些人是幹甚麼的。汽車的左邊路更寬點，他把龍頭朝左，準備繞過去。但這三個人正並排對著他的自行車，他左他們也左，致使他根本無法繞過。

馬一鳴仍然沒有多想，他下了自行車，準備推行繞過這幾個人。不過，他的腳剛一落地，便被一雙手抓住了衣領。另外兩個人把他胳膊一架，然後拖他進了路邊的樹林裡。馬一鳴沒有喊，因為他已經嚇尿了褲子，嚇得連喊叫的念頭都沒有了。對方也沒有說話，三個人都動了手，馬一鳴仍然沒有看清對方的面孔，但是那隻條紋不對稱的袖口，在月光下，竟然又一次晃動在他眼前。他腦子的念頭還沒有閃過，就甚麼都不知道了。

馬一鳴醒來的時候，發現自己渾身都疼。他想掙扎著站起來，可是一動彈，腿疼便如萬箭穿心，兩條腿都如此。他站不起來，只能爬。他沒有其他想法，只想爬到路邊，或許會被路過的車發現，把他送進醫院。他甚至忘記自己的衣袋裡有手機。他可以打 110，讓醫院的急救車來救護。因為任何時候的馬一鳴，都不會想到這些。

然而，就在他發現自己其實根本無力爬到路邊時，口袋裡的手機響了。他到這個時候，才有了手機的概念。打電話的是馬蘭蘭。他有力無力地說，蘭蘭，你怎麼還沒睡覺？手機那邊的馬蘭蘭說，爸，你睡覺了？你今晚不回嗎？馬一鳴聽到這個話，才意識到，自己不能把挨打這件事，告訴馬蘭蘭。於是便順著她的話說，是呀，太晚了。老趕讓我住在這裡。馬蘭蘭顯得很不高興，說以後你不回家，就得打個電話說一聲。這是常識，知不知道？沒等馬一鳴回答，她便掛了。

這時候，馬一鳴才想到，這裡距老趕家並不遠，他應該請老趕來幫他的忙。於是他給老趕打了一個電話。

老趕似乎還沒有睡覺，大聲道，還有甚麼事？馬一鳴無力道，我被人打了，不能動。你來救救我好嗎？老趕吃了一驚，說你在哪裡？馬一鳴說，就在通湖南路邊的樹林裡。老趕說，你能站起來嗎？馬一鳴沉默幾秒，方說，站不起來。老趕說，那你躺著別動，我馬上過來。

馬一鳴便躺在潮濕的地上。他能感覺到有小蟲從自己腳脖子上爬過，他膽顫心驚，卻完全動不了。等待的時間相當漫長，但是馬一鳴本就不是急躁之人，他趴在地上，眼前浮出那隻條紋不對稱的衣袖。他知道是甚麼人打的他。他想，他們為甚麼這麼恨他？難道，他們恐懼他的調查？這麼說來，安冬妮的死，她的丈夫楊照酉是相當可疑的？用馬蘭蘭的話說，只有這樣，才說得通。他先前並不完全認同這個觀點，現在，他覺得這就是了。正如馬蘭蘭所說。否則，他在怕甚麼？

老趕很快到了，與他一起到來的還有李江。兩人小心地把馬一鳴抬上車。李江說，直接送市中心醫院。但馬一鳴不肯。馬一鳴說，我想找孔爺。李江說，也好，我們直接去孔家台。一則孔爺醫術不差，二來那裡也算個藏身之地。

老趕立即同意了李江的意見。馬一鳴是絕對不想去大醫院的。他害怕醫院的味道，害怕各種器械和檢查。那裡是與孔爺的「死去活來」完全不同的味道和方式。最重要的，他又怕暴露了自己的病。一旦大家都知道他得了肺癌，那他的家人會完全亂套。馬蘭蘭或許連腿都不肯治了，一定會要求寶順傾盡家裡所有用來救他。這是他最不願意看到的。

路上，老趕說，甚麼人打你？搶劫的？馬一鳴沒有作聲。李江說，不像搶劫的，就算搶劫，也不必把人打成這樣。馬一鳴還是沒有吭氣。李江說，你心裡知道？馬一鳴還沒有回答，李江又自己說，莫不是那些人？天啦！砍我的手，打你的腿？

馬一鳴只是沉默。他不想再說，他不願意讓他們知道更多，因為他可以死，而他們還得繼續活。他們活著，就不能再遇上這樣暗黑的事。

夜深人靜，無人無車。李江車開得飛快，轉眼即到孔家台。李江要老趕翻進院子找孔爺，說是孔家台在白梅山湖苑幹活的人不少，盡量不要讓人知道馬一鳴在這裡。這種神秘更讓馬一鳴緊張如篩抖，而渾身的抖動又拉扯著傷口，疼得他幾欲哭泣。可是，這些人不是陳亞非。小時候，陳亞非經常跟他說，要哭，也不能對著外人哭，會被別人看不起。他一直聽他的話，很少當著外人痛哭流涕。此一刻，他強忍著疼，但卻實在忍不住自己的抖。

睡夢中的孔爺被叫了出來，打開院門，見李江背著馬一鳴站在門口，大吃一驚，說怎麼回事？李江說，進屋說。先給他看傷，再安排個僻靜的屋子。不要讓外人知道。孔爺不明白出了甚麼事，但按照李江的說法，把馬一鳴抬進了他自己後院的一間小屋裡。小屋的背後，貼著樹林。很偏僻，如有人來，必須經過孔爺的家門，屋裡的陳設也精致，偏女性化。老趕立即說，這裡住過女病人？孔爺狡黠一笑，說少廢話。李江馬上說，你是我媽的表弟，可你老婆是我爹的堂妹哦。要我也保密你也得替我保密。李江說著，指了指馬一鳴。

孔爺沒有理他們，馬上開始給馬一鳴作檢查。一邊檢查，一邊詢問。馬一鳴一問三不知，只知道被人架進了樹林，他嚇暈了，醒來就全身不能動。孔爺將他全身骨骼捏了一遍，幾乎捏到哪裡馬一鳴都叫疼。最後孔爺轉說，胳膊和身上只是外傷，但是小腿的骨頭斷了。兩條腿都斷了。誰打的，這麼狠？李江說，馬一鳴不小心得罪了黑社會。孔爺說，這個我不會信。他這麼個老實人，黑社會才懶得打他哩。

李江和老趕相互望了一眼，李江拉了孔爺到門外，低聲說，你知道，警察抓了陳亞非，說他是兇手，但馬一鳴偏不信，我也不信。我們想為陳亞非找證據，然後，就有了一些奇怪的事。孔爺說，你們有了懷疑對象？李江說，你還是不知道的好。這事到此為止，反正馬一鳴也動彈不了。一切由警察決斷。孔爺點點頭，說這馬一鳴看上去弱不經風，想不到他對朋友還有這番俠義。李江說，是呀，我也沒有想到。孔爺說，人在我這兒，我保證能讓他站起來走路。他的安全，你們也放心吧，誰也找不到，找到了也不敢來。李江說，拜託了。陳亞非這個樣子，太慘了。馬一鳴是他的髮小，為他受傷，我也不能不管。孔爺說，我曉得，你也是個俠義之士。為這個，我敬你們。

沒等天亮，李江和老趕就走了。孔爺連夜為馬一鳴正骨，敷了藥膏，又打石膏。馬一鳴昏昏沉沉，任憑孔爺在他身旁忙碌。昏睡中，他似乎看見陳亞非躺在醫院的病床上，他的脖子上有一道繩子勒過的痕跡。馬一鳴說，你是用繩子上吊的？陳亞非說，嗯。馬一鳴說，不可以呀。你不可以成為吊死鬼，不然我看到你會害怕的。陳亞非說，我不是沒死嗎？馬一鳴說，你再要死，也不可以上吊。陳亞非說，好。馬一鳴說，其實，我不想你來跟我作伴。我一個人可以走，你要好好活著，我家蘭蘭還要靠你照顧。陳亞非說，我也想活。可是別人不准我活。我知道你是信我的，我太冤了。馬一鳴說，是的，你太冤了。說時他便哭了起來。他已經好久沒有放聲哭過了，他就想在陳亞非面前哭一場。

馬一鳴嗚咽出聲，淚水也濕了枕頭。孔爺說，忍著點，石膏已經打好，你慢慢就會不那麼疼了。馬一鳴清醒過來，發現適才見到的陳亞非只在夢中，他面前晃動的是孔爺。

馬一鳴對孔爺說，我剛才見到了陳亞非，他在牢裡自殺，但沒有死成。孔爺唏噓半天，然後說，有些事，不是你能管得了的，你只能記下來。馬一鳴說，那陳亞非怎麼辦？孔爺說，他只能聽天由命。李江跟我簡單講了幾句。這事，我站你一邊。

馬一鳴很感動，說孔爺，你是好人。你一眼就能看出，亞非他是個好人是不是？孔爺說，是的是的，你也是。但是很多好人都沒甚麼本事，因為他們守規矩，心不狠手不辣，不願意做壞事。所以，他們遠遠不如那些甚麼都敢做的壞人有能耐。

馬一鳴靜心想了想，他覺得孔爺說得好對。孔爺說，現在你也不能動了，就當自己脫離了塵世。你我倆人的任務，就是你管養病，我管治病。養病的聽治病的。你氣息比先前更虛，像是大病纏身。我一邊治你的腿，一邊再跟你調理。我要講句大實話，你的腿不傷你的命，我很容易讓你站起來。但你身體裡潛藏的大病，會要你的命。腿好後，我建議你去市裡中心醫院作西醫全面檢查，把病根查出來。

馬一鳴微一點頭，卻沒有說話。他想，腿好後，我還活著嗎？

孔爺讓他吃了一粒安眠藥，說深睡眠最治病，好好睡一大覺，甚麼都不要想。夜壺在床邊，伸手就拿得到。說罷，便出了門。

天依然黑得厲害。馬一鳴按孔爺所說，開始睡覺。他的意識慢慢模糊，彷彿進入黑暗盡頭。這是無邊無際的暗黑地帶。突然，那隻不對稱的藍色條紋，像一條魚，砰地一下，一躍而出，在無垠的黑暗中劃過一道弧線，又落了下去。然後這條有著藍色條紋的魚隨著他的睡意，一直游入他的睡眠深處。

第七章

28、他覺得自己可以走了

馬一鳴知道自己是真的跑不動了。他一直繃緊的勁，正如針扎氣球，一夜之間，已然洩盡。早上醒來，他覺得自己全身無力，哪裡都疼。這種疼，周身遊走，彷彿黑夜盡頭蹦出的那條魚，在他的血管裡四處亂竄。所有的條紋都成尖刺，所到之處，鮮血淋漓。他心知自己再也幫不上陳亞非了。這份憂心和焦灼，更讓他倍受煎熬。一想到陳亞非呆在殘酷的監獄裡，一想到他甚至不惜自戕，馬一鳴覺得這份疼痛超過了他自己所有的疼。

馬一鳴花了半個小時，拿著夜壺小便，放回夜壺時，還撒了一些尿在地上。而這半小時，他每動一下，都會扯到傷口。除了疼，就是疼。他想，我還是死了吧。死了，就甚麼都不知道了，傷口不再痛，心也不會痛。反正自己這一輩子都對不起陳亞非，最後也只好再對不起他一次。自己就是一個沒用的人，陳亞非自從認識他起就知道。陳亞非在任何情況下，都從未指望過他馬一鳴會為他做點甚麼。既然這樣，馬一鳴想，這就是一個事實。他甚麼都明白，他比任何人都知道我有多麼沒用。

孔爺送早餐來時，已是十點，見馬一鳴醒了，孔爺說，昨天睡得太晚，想讓你多睡睡哩。安眠藥也沒鎮住你？馬一鳴說，我習慣早起。

早餐是小米粥，配了點小菜。孔爺給他煮了一個雞蛋，說你得加強營養。鄉下別的甚麼條件不行，但是空氣好，新鮮菜和新鮮雞蛋又多，這些就是最好的營養。馬一鳴惶恐道，我沒事，不要花太多錢了。孔爺說，你不用擔心，老趕和李江都跟我交待了。

馬蘭蘭的電話在他喝粥的時候打來。馬一鳴說，我正在喝粥。馬蘭蘭說，你怎麼這個時候才吃早餐？馬一鳴說，昨天睡得太晚。馬蘭蘭說，昨天我給你電話時，你不是已經睡覺了嗎？馬一鳴一下子被噎得說不出話來。馬蘭蘭說，你是不是在說謊？甚麼時候回家？馬一鳴忙說，這一陣有事，我暫時不回來。幫我跟你媽說一聲，還有，她和周民友，該辦甚麼就辦甚麼吧，不用顧我的面子。馬蘭蘭說，你很不對勁呀。你有氣無力的，沒有跟我說實話吧？馬一鳴說，我說的是真話。馬蘭蘭說，你說沒說真話，我還聽不出來？你連我都信不過了嗎？我要生氣了。

馬一鳴不知道怎麼回答。他被馬蘭蘭揭穿了，只能結結巴巴地說，我我我，我過幾天回來告訴你。說完自己想，過幾天我回得去嗎？但是，馬蘭蘭卻說了另外一番話。馬蘭蘭說，我知道你在騙我。昨晚上你出了事，對不對？你想瞞著我嗎？老趕他們把你怎麼了？馬一鳴嚇一跳，忙說，老趕人很好，他對我很好。馬蘭蘭說，你還在說謊。我一聽就能聽出來。我再也不理你了。你有本事，永遠別見我。說罷，馬蘭蘭掛了電話。

馬一鳴被馬蘭蘭的脾氣嚇著了。這世界上，有兩個人是不能對他生氣的。一是陳亞非，不管馬一鳴怎麼樣，他都不會生氣；二是馬蘭蘭，不管在甚麼樣的情況下，馬一鳴都不願意讓她生氣。從小到大，馬一鳴萬事都由著馬蘭蘭，她說一，他絕不二。現在，陳亞非怎麼樣了，他完全不知，而馬蘭蘭卻對他生氣了，而且永遠不想見他。馬一鳴心裡充滿悲傷。他真的覺得，活下去，一點意思都沒有了。

下午的時候，他覺得精神稍好了一點。疼感也在減弱。他拿起手機，給楊高打電話。整個下午，他打了三次。兩次沒打通，一次打通了，對方沒有接。這最後的一念，他也決定放棄。

這個決定一作出，他的腦子立即活躍起來。他的注意力已然從陳亞非的事上，轉到自己怎樣去死的事上。仿佛有一條他應該走的路，他怎麼走，都是絕路。他只能換上另外一條。這條沒有任何人知道的路，但他卻可以隨意馳騁。他頓時輕鬆起來，與他身體之外一切的一切，從此與他無關。

傍晚時，孔爺來給他換藥。然後說，外傷三天就可以好，你不會再疼了。陽光好的時候，可以坐輪椅到後院裡曬曬太陽。馬一鳴說，我甚麼時候可以走路。孔爺說，你就安心休養吧，傷筋動骨一百天。至少三個月內不要走路，不然會留下後遺症。村裡有個孔瘸子，當年被車撞斷了腿，也是我給他作的正骨治療，叫他養三個月再下地。他擔心地裡的活沒人幹，一個月就出了門。結果怎麼樣，瘸了。治病最不能急，慢慢治，對自己好。

馬一鳴心裡笑了，他想這是一個好消息。如果一個月就能下地，那說明半個月內他就可以動彈。他可以慢慢地走到樹下，將來瘸不瘸，與他又有甚麼關係？他對孔爺說，哦，我知道了。

晚上，天已經黑透了。四周都很安靜。馬一鳴的心也是靜的。那些熟悉的蛙鳴鳥叫，又清晰地響在他的耳邊。這些，曾經都是他厭惡的聲音，可這一刻，他突然覺得這些聲音熟悉得令他有親切感，這是他兒時經常聽到的聲音。他突然記得他早先買好的安眠藥還在他隨身的挎包裡。這個布包，他放在自行車前簍上。李江和老趕送他來時，居然把它一起帶了過來。一旦他能行動，他就可以讓自己結束所有的事情。

他甚麼都決定好了，只等時間。他想，吊過老郭的那棵樹，它還好嗎？它的樹葉茂盛嗎？已經是秋天了，他希望那一天有些風，這樣便會有黃色的落葉飄到他的身上。馬一鳴能想像出那個場景。他一生都沒有浪漫過，可是他卻可以這樣浪漫地去死。他覺得死亡於他，已是一件美好的事。

他想像著這一切，甚至有些忘乎所以，以致孔爺一直走到他的床邊，他才知道有人來了。而且來的不是孔爺一個人，是很多人。他睜開眼睛，落在他眼裡的人，讓他驚訝得說不出話來。

來人是周民友和寶順，他們推著馬蘭蘭的輪椅。孔爺說，都是你的家人，你們談。

馬蘭蘭沒開口就先哭了起來，一邊哭一邊說，我就知道你有事吧！我一聽就知道你在說假話。你連我都不告訴，你算甚麼爸爸呀？你就不在乎我跟你是一邊的嗎？馬一鳴望望他們，有點慚愧，他對周民友說，讓你們費心了。

寶順急道，這是怎麼回事呀？怎麼會有人把你打得這麼狠？兩條腿都打斷了？馬一鳴忙說，我現在沒事了，孔爺醫術很高的。過一陣，就能走路。蘭蘭你不要哭，你一哭，我傷口會疼得很厲害。

馬蘭蘭立即止住哭聲，她抹著臉，抱怨道，你以為不告訴我，我就沒辦法嗎？馬一鳴說，你們怎麼找到的？寶順說，蘭蘭讓民友找李江，是李江告訴我們的。可是我就是不明白，你這麼個老實人，怎麼會得罪流氓呢？周民友說，搶劫嗎？但搶劫不至於非得把你打成重傷呀，何況你也不像個有錢人。馬蘭蘭說，媽，周叔叔，你們能不能到去其他房間，我要單獨跟爸爸講話。說時，她又轉向馬一鳴，說今晚沒車了，我們不回去，孔爺這裡有空房間。你放心吧，晚上我陪你。

馬一鳴激動至極，眼淚又欲往外冒。儘管他想好了一切，可是，如果能再見到馬蘭蘭，那他簡直就太幸福了。馬蘭蘭說的話，恰是他最想要的。

寶順指示周民友放下手裡的東西。一袋水果，還有一罐雞湯。寶順說，你們談，晚上讓孔爺熱一下，我們到外面去。周民友說，袋子裡有盒西洋參，這罐雞湯裡已經放過了，平時也讓孔爺每天幫忙燉一碗，這個補氣。馬一鳴說，謝謝你，周醫生。馬蘭蘭說，好了好了，孔爺都懂的，你們快出去吧。

寶順和周民友一走出門，馬蘭蘭立即說，是他們幹的，對不對？李江叔叔跟我說，是他和老趕叔叔一起去救的你。

馬一鳴微一點頭。馬蘭蘭說，你能確定？馬一鳴便把他在工地時見到的那個藍色條紋衣袖不對稱的事說給馬蘭蘭聽，然後說，那天晚上，我又看到了那隻衣袖。我甚麼人都不認識，但我認識那袖子。

馬蘭蘭說，好像眉目更清晰了。你閉上眼睛休息，讓我想想。

馬一鳴仍然睜著眼，他想多看看馬蘭蘭。因為只有他自己知道，他能看見她的時間不多了。馬蘭蘭卻下了指示，說你還不閉上？你得休息，我來替你理一下頭緒。

馬一鳴嚇得趕緊閉上眼。馬蘭蘭摸出一支筆，又拿出她的小本子，在上面寫著甚麼。馬一鳴想，事已至此，我們還能怎麼樣呢？但是馬蘭蘭依然一邊翻著眼睛想想，一邊在小本上記錄。她發現馬一鳴瞇著眼縫看他，立即大聲斥責一聲：閉上！讓我安靜思考。

馬一鳴就只好緊閉著兩眼。但他的心裡卻很覺欣慰。他能體會到，這是女兒愛他的方式。一想到馬蘭蘭並沒有生他的氣，而是很愛惜他這個爸爸，他覺得自己是完全可以安心去死。認識到這點，他便坦然地閉上眼睛，仿佛在享受馬蘭蘭對他的所有要求。

馬蘭蘭說，你不用睜開眼睛，你只用耳朵聽我說。馬一鳴說，嗯。我聽你的。馬蘭蘭說，事情的經過，應該是這樣：第一，你親眼看到楊照酉在自己老婆死後幾天，並無悲傷，而是跟別的女人歡笑調情；合理的推測是：他這樣的狀態，似乎有點問題；第二，你為了接近楊照酉，託李江叔叔幫忙，進了松照裝飾公司；第三，你在松照公司並沒有接觸到楊照酉；第四，你被包工頭老趕安排去給楊照酉的朋友蘇衛家修牆壁，而這個蘇衛是個警察，他負責辦安冬妮的案子，也見過你，並且他知道你正在努力為乾爹陳亞非尋找證據；第五，就在蘇衛認出你的第二天，楊照酉沒有任何理由，突然嚴厲要求老趕把你趕走，並且聽到李江叔叔的名字，臉色大變。而這個李江，是安冬妮的前男友，也是乾爹陳亞非的朋友。合理的推測應該是：蘇衛告訴了楊照酉你是甚麼人；第六，他們趕你走，並不是簡單地趕你走，而是用很粗暴的方式。其中有一個人還打了你。這個人襯衫是藍色條紋的，袖口的條紋不對稱。你是裁縫，對這種細節，很敏感；第七，你覺得這事奇怪，去找了李江；李江也覺得奇怪，並帶了你一起到工地去找老趕。你其實是去還衣服，而李江可能只是想問問他老表為甚麼要趕你走。結果被人發現你們三人在一起。這一次，李江提出找律師的辦法；第八，你跟李江約好了時間，一起找律師，結果李江沒來。因為他被匿名電話威脅，叫他不要管閒事，否則砍他的手，他被嚇住了；第九，老趕的工程隊因為用了你，全隊被解除合同；第十，老趕和李江感到了極大的威脅，喊你過去，告訴你不要再繼續尋找證據，因為這是一件完成不了的任務，還是交給警察去辦，你也同意了。結果這天你在回家的路上，被人打斷了腿。合理的推測是有人在監視你們，並且以為你們還在繼續商量怎麼找證據。現在，你不能動了，李江害怕了，他們的危險得以解除。可是，你們的存在，給他們造成了甚麼樣的危險呢，以致於要用這樣的手段來對付你們？合理的推測是：安冬妮的死跟他們有關。

馬一鳴心裡一直混亂不堪的想法，一下子明朗開來。他睜開了眼睛，用了他最大的聲音，說對對對，就是這樣！就是這樣子的。他們一定有鬼。

馬蘭蘭說，可是有一點我不明白，他們中的人，有幾次提到，你是不是記者派來的，或者說李江是不是記者，他們為甚麼對記者這麼緊張？馬一鳴說，這個我知道，他們房子的質量太差，他們怕記者捅到報紙上。馬蘭蘭說，可是房子賣給人家，遲早也是會發現質量太差的問題呀。馬一鳴說，已經賣了，錢賺到手了呀。馬蘭蘭說，這麼差的質量，買家還好多是當官的，或者是他們自己的親戚朋友。如果住進去了，自己的親戚朋友豈不都很危險？而最終如被發現，他們不怕自己死得慘嗎？這事有點說不通。

馬一鳴被問住了，他想，可不是？馬蘭蘭說，嗨，算了，反正房子跟我們沒關係，那些人是死是活，都是他們自己的事，我們的重點是救乾爹。馬一鳴悲哀道，可是我現在已經幫不上他了。馬蘭蘭說，爸爸，不能灰心。你要先養好傷。乾爹肯定能挺過這一關，一定還會有辦法。媽媽說，你身體好一點後，還是接你回家來住。她跟周叔叔商量好了，所有事情，都到你的腿完全能走路再說。你睡我的床，我跟媽媽一起住。馬一鳴說，他們不用這樣，我在這裡就可以了。馬蘭蘭說，這事我說了算。爸爸，你回家後，還有人陪我說話哩。

馬一鳴微一點頭，他心裡很高興。但他知道，他絕對不會再回去了。他已經想好了後面的事。

這天的晚上，他和馬蘭蘭談了很久，幾次馬蘭蘭說讓他休息，他都說，不累，就想跟她說話。跟她說話，他身上哪裡都不痛。馬蘭蘭便抿著嘴笑。馬一鳴多麼喜歡看到她這樣的笑容呀。

馬蘭蘭一行是早上回去的，走前，馬蘭蘭給他一張紙，說我把昨天想的那些條都寫在了這裡，你躺在床上，反正也沒別的事，你可以仔細想想。馬一鳴答應了，說你分析得特別好。馬蘭蘭說，我又反復想了好幾遍，心裡有了基本判斷，你好好休養，康復後，我們繼續戰鬥。

馬一鳴沒有回答，只是笑了笑。他甚至有點得意，自己的女兒有多麼好！真是一個令人驕傲的女兒。自己這一生並不是完全無用，生了一個這樣的女兒，就是最大的有用。

寶順留了一點錢，說你安心養傷，也不用操心錢。民友的診所，收入還不錯。我會幫你的。馬一鳴說，你們照顧好蘭蘭，讓她能下地走路，我就知足了。寶順說，這個你放心，蘭蘭也是我的女兒，民友保證能讓她像正常人一樣走路。馬一鳴說，那就替我謝謝周醫生。寶順說，你真是個善良人，馬一鳴，有時候你讓我經常罵自己。馬一鳴說，不用罵，是我做得不好。我知道我是個沒用的人。寶順突然淚水流了出來，她說，對不起。是我們對不起你。馬一鳴慌了，不知道自己應該怎麼辦才是。寶順便在他的慌亂中，抹著眼淚掉頭而去。

馬一鳴有點悵然，但是他發現自己也就只有這一點點悵然而已。此一刻他的心境與他最初得悉寶順要離婚時的心境，已經截然不同。他反而覺得寶順在那樣的時候提出離婚，才是命運對他最好的安排。他可以離開得那麼自然，不需要寶順成為傷心寡婦，而且還得找人再嫁，再嫁的人能不能對他的蘭蘭友善，他完全不知道。眼前的這個周民友，經濟條件好，人也不壞，他信得過。他死後，還有甚麼比寶順和蘭蘭能在這世上生活得好更重要呢？他很慶幸自己提前知曉命運的底牌。如此，他的死，該是何等安心。

唯一放不下的，還是陳亞非。馬一鳴儘管相信陳亞非不會有那麼差的運氣，甚至也相信警察不會隨便抓一個人就說他是兇手。可是，陳亞非在監獄裡，他在受苦受難，還有萬般的委屈。這是陳亞非一輩子都沒有過的委屈。在馬一鳴心裡，這世上幾乎沒有陳亞非解決不了的事，然而，英雄一樣的這個人，也遇到了死結。而他馬一鳴，除去無奈，也只剩無奈。

晚上，馬蘭蘭打來電話，問他好點沒有。他說昨天見到你，就好多了。然後又告訴馬蘭蘭他是不是應該再給楊高打打電話。之前他打過，或是打不通，或是通了沒人聽。馬蘭蘭說，這事你就聽大家的話，暫時放下。等你回家後，我們一起對付他們。

聽馬蘭蘭這樣說，馬一鳴多了些輕鬆，他覺得自己可以走了。

29、在這裡死，真是好美呀

馬蘭蘭把她分析的這些東西，一條一條地寫了下來。打電話給楊高，楊高沒有接，她又發短信，依然沒有回音。馬蘭蘭也犟了起來，她天天打，天天發短信。終於，楊高有了回覆。他只是直截了當發給了她一個郵箱。馬蘭蘭便把這份分析材料傳給了楊高。

在馬蘭蘭做這些事情的時候，馬一鳴的外傷已經好得差不多了。雙腿雖然還不能動，但他已經可以靠著手臂挪動身體，坐起身來。

又過了幾天，孔爺給馬一鳴推來一個輪椅。最初，還需護理工幫助馬一鳴坐上輪椅，後來，他試著自己坐上去，雖然緩慢並且艱難，但卻是可以做到了。馬一鳴驚喜交加，他覺得自己很快可以獨自走到外面。

馬一鳴身體的虛弱，其實只有他自己知道。他一直靠著一件事提著自己的精神。現在，這件事於他已經結束，他的勁就洩了。儘管他的外傷業已恢復，但他卻覺得全身的每一處都疼痛。這種疼痛令他難忍。他心知，這就是人們常說的癌症晚期。心想，反正早就決定去死，夜裡慢慢爬也是能爬到的。

這一天，孔爺要去武漢採購一些藥材，問馬一鳴，要不要跟他一起進省城，順便帶他到大醫院作檢查。馬一鳴說，現在腿不方便，還是等腿好一點再去。孔爺覺得他說得有理。於是給他又開了一些補氣提神的藥，然後告訴馬一鳴，他買完藥材後，要去他的老師家看看，大概第二天下午回來。馬一鳴說，你放心吧，有護理幫忙就行了，我反正就是靜養。

孔爺一出門，馬一鳴便決定：就是這天！這就是自己遠行的日子。他覺得自己運氣很好，不然，孔爺很容易聽到動靜，這會讓他難以成功。

下午，他給馬蘭蘭打電話。馬蘭蘭顯得非常興奮，說她已經給楊高發了郵件，她相信楊高看了她的郵件，會重新考慮案情，乾爹一定有救。她要馬一鳴好好休養，耐心等候陳亞非出來。馬蘭蘭說，乾爹要知道你這麼努力，這麼有本事，一定會嚇得合不攏嘴的。說完，馬蘭蘭大笑起來。

聽到她的歡笑，馬一鳴這邊已是熱淚盈眶。他想，如果能再多聽到幾回這樣的笑，該有多好。馬蘭蘭說，爸爸，加油！馬一鳴也說，加油，馬蘭蘭。早點站起來。馬蘭蘭說，你在那邊也坐輪椅的吧？我以後要寫一本書，書名叫《兩個輪椅偵探》。說得馬一鳴也笑出了聲，然後，他認真地說，蘭蘭，爸爸非常愛你。我跟你媽離婚，是心甘情願的，以後你要對他們兩個好，孝敬他們。我準備回武漢去休養。而且你媽結婚後，我也很難來看你。我會非常想念你的。

這是馬一鳴想了很久的話。這些話很不像他的風格，並且在這個時候說，也不順，甚至有點不合時宜。好在正處於興奮中的馬蘭蘭沒有留意，只是大大咧咧道，嗨，爸，別說得這麼肉麻好不好？你的腿好了，就過來看我，如果我的腿先好，我就去看你。你不就是住在奶奶家嗎？我認得路。馬一鳴忙說，對對對。

放下電話，滿耳都是馬蘭蘭的笑。馬一鳴忍不住用手捂上耳朵，仿佛想把這笑聲儲藏起來。他心裡說，蘭蘭，不再見。

這天的天氣出奇之好。白天陽光明媚，風吹著樹林一直沙沙地響。夜晚有雲，月亮便在雲層中游來游去。護理工安排馬一鳴吃晚飯，然後說，有甚麼事就叫我一聲。馬一鳴說，你忙你的，我吃過飯，自己出去轉轉。護理工說，天都黑了，風有些涼，還是別出門吧。馬一鳴說，我就透口氣。白天孔爺老是擔心我的安全，怕被人發現找上門來，不讓我出去。晚上黑，也沒個人能看到。護理工覺得他說得有道理，便問，要不要我推你？馬一鳴說，你歇著吧，我就在門邊轉轉。不會走遠的。護理工便說，好吧。

馬一鳴望著護理工出門，他開始做自己所有的準備。他寫了幾行字，是給孔爺的。告訴孔爺他的身體已經無可救治，他也承受不了來勢凶猛的疼痛。所以他選擇走了。他給孔爺帶來了麻煩，還請孔爺不要生氣，他完全是自願的。又謝了孔爺一直以來對他的照顧。此外，他還給陳亞非留了幾行文字。他說，亞非你是我這一生中最感激和最熱愛的人。你出來後，一定要去我的墳前燒炷香，不然我做鬼也不安心。另外他還交待了兩件事，一是幫他還錢給孔爺，二是替他照顧馬蘭蘭。

馬一鳴一生中寫字很少。在眼下臨死之前，雖然所留文字依然不多，但也幾乎已經是他離開學校後，寫得最多的一次了。寫完這些，他把它們放在桌上。然後爬上輪椅，帶上安眠藥，還帶了一杯水和一包紙巾。他想喝了水，還是要揩一下嘴巴的。另外，他不知道死時和睡著時模樣是否一樣，用一張紙巾把臉蒙一下，可能也好看一點。他帶好了這些，便推著輪椅出了門。

鄉村靜得早，儘管電燈早已普及，但人們仍然習慣早睡早起。馬一鳴搖著輪椅出來時，外面幾乎沒有甚麼走動的人，連聲音都只剩下自然的。

院子後的樹林，以前是病人們早上最喜歡的活動之地。有人熱衷在樹上撞頭踢腿，也有人喜歡在粗枝杈上拴上繩子，吊在上面拉筋。自從老魏在這裡吊死後，大家覺得穢氣，不再願意來此。都寧可走得遠些，去白梅湖邊鍛煉。早先來來去去已經走成型的小路，又長出了雜草。馬一鳴的輪椅搖到這條路上，便有些吃力。從樹林邊緣到老魏吊死的板栗樹，還有一段完全無路，馬一鳴不知道自己是否走得過去，畢竟他的腿還打著石膏。只是他轉念想到，就算站不起來，難道他還不能爬嗎？

秋天了，夜裡的風，到底有點涼。一陣風吹過，樹葉中便有氣流竄動的聲音，跟平時聽到的不一樣。馬一鳴有點害怕。可他又想，都到了這地步，還有甚麼好怕的？他出門時穿少了，有點冷，他又想，再冷也就是得病，可是他死都死了，還會怕病嗎？所以這個也可以不在乎。突然之間，他覺得真好呀，他膽小了一輩子，害怕了一輩子，從來都沒有過甚麼都不怕的時刻。而現在，他卻成了一個甚麼都不怕的人。所有的恐懼，在死面前，都不值一談，比煙輕，比風更輕。頓時，他覺得一個人最偉大的時刻，就是赴死之時。一旦你決定與死亡站在一邊，你便舉世無敵。馬一鳴的心由此而亢奮起來。他腦子裡業已空白，沒有了任何懼怕，也沒有了任何雜念，更沒有了任何他人。人生有如格式化，恰如他來到這世上的狀態。那是多麼無畏的一種狀態。

終於沒有了路。怎麼奮力搖也搖不動輪椅。馬一鳴試著讓自己站起來，只是他一下車，沒料到腿會疼得揪扯全身，他渾身一軟，就地摔倒。這一跤摔得他眼冒金花。揣在衣袋裡的杯子險些摔破。但是，當最尖銳的疼痛消減之後，他反而覺得好辦了。他調整好身體，慢慢地朝著早已認識的板栗樹下爬過去。

板栗樹的旁邊，有一棵烏桕，烏桕後面，有兩棵銀杏。銀杏有點老，孔爺說過，這兩株銀杏，差不多有五百歲。還說，當年村裡窮，樹桿粗直的銀杏，都砍了分給村民，這兩棵歪頭歪腦，樹型不正，所以就留下了。跟人一樣，好人死得早，壞人活千年。馬一鳴想，孔爺說得不太對，沒用的人才死得早，像他這樣。

比較起來，林子裡的銀杏遠沒板栗樹多。馬一鳴是愛吃板栗的人，尤其喜歡吃板栗燒雞。他不吃雞肉，卻偏愛裡面的板栗。粉粉的，有時覺得有點軟糯軟糯。想到這個，馬一鳴心裡說，再也吃不到你了。可是因為有你，死的路上帶著你的味道，也很好呀。

他慢慢地爬著。手指觸著泥土，有濕潤感，也有些髒，沾了些腐葉和爛泥，或許還有糞便。他想，幸虧帶了一整包紙巾，一定要把手擦乾淨上路。

終於，他爬到了樹下。此時的馬一鳴，渾身的氣力已然用盡。他想，正好哩，沒勁了。沒勁的時候，就是該死的時候。然後，他摸出紙巾，把手揩淨。髒掉的紙巾，他放進了衣袋裡。想都沒有想，又摸出安眠藥，也沒數多少粒，反正一大把，足足可以讓他睡到死亡地帶。杯裡的水已經涼了，馬一鳴也覺得沒關係。他先喝了一口，涮了涮嘴，再喝一口，仰頭把藥一咕嚕全都送進嘴裡。最後，他把一整杯水全部喝光。

這時的他，心滿意足。在樹下最平的一小塊地，仰面躺了下來。下躺之時，他看到診所屋角的燈，微黃地亮著。樹枝的影子，掛在牆上。風一吹，柔軟地飄動。馬一鳴想，在這裡死，真是好美呀。老魏，你真會挑地方，謝謝你。

似乎時間很短，馬一鳴開始有點昏昏然。他想，好像真的沒有痛苦。好像比平常還舒服。這一回，我可真要走遠路了。亞非，我已經很久沒有見到你了。我見你的最後一面，聽到你的最後消息，都是壞的，現在我把它們從這世上帶走，以後你就不再會有比這更壞的事。……啊，我看見了那個地方，好開闊，路好遠，沒有燈，無遮無擋……亞非，你一定要來給我燒炷香哦……風會把煙吹過去的，也會把你的話帶給我……我會知道哪一縷煙是你燒的，也會聽到你說甚麼……

中部

無

第八章

30、四個黑衣人

雨下得好大，天色被水泡成昏黑。

白梅湖盛不下這樣的暴烈水頭，呼呼地漫了出來。四周的田野都被浸在水下。水面像海，放眼望不到邊。立在湖水一側的白梅山被密集的雨水擋得眉目不清，只剩得一抹山影，淡灰色，薄紗一樣，懸在空中。風起時，仿佛衣袂飄動。

楊照酉開著黑色陸虎在大雨裡狂奔，路面的積水，在他的車輪輾過之處，四濺而起。青岩城難得有這麼大的風雨，顯然是有大事發生的前兆。而這樣的一件事，恐怕就在自己身邊。他的心裡有一種莫名的激動，簡直控制不了情緒。一輛麵包車迎面而來，路邊又有一個打著雨傘背著背包的人踽踽而行，以致兩車相會時，險些擦碰。楊照酉忍不住開窗對打傘人吼道，找死呀，邊上去點！那個路人嚇得一哆嗦，定住腳，慌忙靠邊。坐在他旁邊的林松坡說，冷靜點，冷靜點。這是做大事的第一要素。

楊照酉升起玻璃，一邊繼續往前奔，一邊笑說道，殺人都可以冷靜，但是賺大錢就冷靜不下來了。一番話，說得滿車皆笑。笑完之後，突然靜場。長時間奇怪的沉默，連呼吸聲音都被這沉默壓住。楊照酉突然有一種莫名的壓迫感，他不知道這感覺從哪裡來。

這天的楊照酉和林松坡很意外地都穿著黑色衣服，而汽車的後座上坐著的另外兩個人，也都穿著黑衣。衣服的差別，只是款式不一樣而已。四個面孔嚴峻的黑衣人，沉默地坐在車上。林松坡沒有對楊照酉詳細介紹那倆黑衣人。只說一位是劉先生，一位是陸先生。是他當年一起下海的朋友。這次事關重大，他們專門從南方過來，當面詳談他的計劃。這件事，從他來青岩城不久就開始構思，三個人也聊過許久。現在，他們即將實施，除了拉楊照酉加盟，還要視察現場。林松坡意味深長地對楊照酉說，這是筆大生意，說出來驚天動地，我不能落下你。

楊照酉看得出，劉和陸兩人的臉上都有一種自信。這種自信，就像是用刀鐫刻在臉上。甫一開口，便有讓人畏懼的狠勁。做大事的人就是這個樣子。楊照酉想，他們同林松坡果然神似。

楊照酉是個粗人，初中畢業後，下鄉，之後當工人，也沒怎麼念書。一個沒念過書的人，臉上的肉都長得粗糙，筋也是橫扯的，所以人們一看楊照酉，就知道他是一個酒肉豪爽之徒。但林松坡就不同了。雖然他也下鄉也當工人，但是他卻在年輕的時候選擇上了大學。被書本熏染過的人，談吐會變，面部的表情和神態也會隨之而變。林松坡平時會戴一副黑邊眼鏡，那種氣度，比老闆儒雅，比讀書人大氣。他多時剃著最普通的平頭，著裝亦普通，再有錢，也不油光水滑。只要他開口說話，你就會無端心虛，因為你面對的這個，只聽聲音，就知道他的內心強大並且剛毅有謀。楊照酉的工友尹國銘第一次見林松坡，便對楊照酉說，這個人是幹大事的，你跟著他，會害怕，但不會心慌。

這句話，也像是動了鑿子，深刻在楊照酉腦子裡。

楊照酉在郊區有一幢別墅，這是幾年前他開公司後買的。自己的公司為自己做了裝修，材料都是上等貨。別墅有院子有花園還有菜地，花園的果樹有十來株，還有一面花牆。但是老婆安冬妮嫌上班太遠，平時仍然住在她自己原有的舊屋。房子不住即壞，楊照酉只好讓父母搬了過去，養花種菜兼著照看屋子，還順帶養老。別墅有三層樓，父母和客廳在一樓，二樓是他們夫婦兩人的地盤，安冬妮的琴房呀，衣帽間呀也在二樓。只是它們大多時間都空著。三樓則屬於楊照酉的個人空間。甚麼台球室呀，茶室呀，麻將室呀之類。但凡商界朋友過來玩，他多是領來別墅，坐著電梯直上三樓。

今天他準備帶著三位黑衣人去那裡。雖然他還不太清楚將要商量一件甚麼樣的大事，但林松坡說了，這件事如若成功，他們所有人的命運都將徹底改變。他們的財富將不再以百萬而計，而是以幾千萬甚至以億而計。楊照酉簡直震驚，他的心都快要跳出胸膛。他想，既然如此，無論做怎麼，他都將放手一搏。楊照酉經常想，儘管自己在當年救過林松坡一命，但越過時光，回來拯救他的卻是林松坡。

雨太大，路上行人很少。他們的車開得飛快。可萬沒料到，途經白梅湖時，湖水淹沒了道路。一個警察冒雨在路邊值守，說是上午已經淹死了人，現在任何車輛和人，都不准過。

楊照酉只能掉頭，他提出到城裡的清心茶館，被林松坡否決了。林松坡說，茶館到底人雜，萬一裡面有監控，誰來誰去，多半都能看到。楊照酉便又說，要不，去我城裡的家？十分鐘就能到。家裡來幾個朋友喝茶聊天，很正常的事。林松坡說，你老婆不在？楊照酉說，她帶學生去省城參加鋼琴考級，一大早走的，明天才回得來。照這個樣子下雨，估計她今天想回都難。林松坡立即說，那好，就去你家。

楊照酉的家位於市中心交通最便利的地方，它屬於市直機關中層幹部集居的宿舍大院。老百姓就直接叫它幹部宿舍。當年，安冬妮為圖上班方便，與原房主置換了房子。對方圖安冬妮家多出一個房間。換了房子的安冬妮決定重新裝修，請的恰好是松照公司。結果離婚鰥居的楊照酉一來二往間，突然喜歡上她，用盡手段，終於把她追到了手。

楊照酉說，房子是我老婆的，離她的藝術館近，進出方便，她要上班，所以我們一直以這裡為主，放假才去別墅。林松坡便掉頭對另二人說，這傢伙五音不全，但他老婆卻是個彈鋼琴的。他跟人裝修房子，結果把人家一個大姑娘裝到了床上。楊照酉笑道，這是緣分、緣分。林松坡也笑，說文藝界人士都喜歡聲稱自己愛藝術遠遠超過愛錢，但是最後把藝術搞定的總是錢。劉黑衣說，這才是千古不變的真理。陸黑衣也說，其實只有錢才能讓人變成一個高貴的人或是一個高尚的人，甚至變成一個文藝的人。沒有錢，你做得到？楊照酉忙說，是呀是呀。錢是老大，這個我太明白了。林松坡說，錢可以讓你變成你想變的任何一個人，無一例外。當然，你得讓你的錢足夠多。楊照酉又說，正是正是。

林松坡向車後座的兩個黑衣人介紹說，楊總現在是市政協的委員，領導面前也是說得上話的人。他前妻當年趕他出門，現在怕是悔斷了腸子。楊照酉得意道，那是當然。後來她也下了崗，求我給她一份工作。可是在我落魄時，她趕我走的那份狠勁，我一輩子都忘不了。我拒絕了。現在她在餐館幫人洗碗。我兒子跟她，上了中學。不過，兒子的生活費和學費，都是我出。林松坡笑道，老婆不是自己的，但兒子永遠是自己的。

說話間，便到了楊照酉家。幾個人冒著雨小跑了幾步，進了門洞。上樓時，正遇鄰居陳亞非。楊照酉便說，亞非，這麼大雨還出門？陳亞非說，接兒子，雨太大了，不放心他一個人走。楊照酉笑道，真是個好爹。陳亞非打著哈哈，與他們擦身而過。楊照酉對三個人說，對門的。機械局搞宣傳的一個小幹部。

楊照酉打開門，屋裡靜無人聲。他讓幾個人換了拖鞋，又找了幾塊毛巾，給他們揩一下適才淋的雨。這是一個典型的兩室半一廳的房子。林松坡一邊揩頭，一邊走到主臥門口看了一眼，裡面無人，又走到琴房看了看，也無人，再到書房裡，張望了一下。書房很小，也沒有人。楊照酉說，這是我的書房。林松坡便笑，你還看書？楊照酉說，做做樣子總是需要的。林松坡說，這地方好，大隱隱於市。

四個人說笑著，就在客廳坐了下來。林松坡打開電腦時，楊照酉即燒水泡茶。正山小種的香氣，立即溢得滿屋。

林松坡開始陳述一個計劃。他不准記錄，只允許聆聽的三人提問或補充。

這是一個複雜、周密而又完整的樓盤策劃案。林松坡在陳述前，預先說明：第一，必須嚴格在法律的框架內做事；第二，絕不傷害任何一個人，只是賺錢，同時也不讓任何一個朋友或是客戶吃虧。這兩條是這個策劃案的最大前提。第三，在座四人，利益共享，所以必須絕對保密。有一處地方出現問題，就會玩不下去。

林松坡強調說，只要有一個環節出現問題，尤其是計劃外洩，後果必是滿盤皆輸，我們都會承受不起。所以，保密，比前兩條還要重要。三個聽眾對此都表示認同。

林松坡於是開始講述。他的聲音清晰而低沉，邏輯性非常強，一環扣著一環，每一步都精心設計，而每一個設計都極其合理。這個過程大約將近四十多分鐘。

三個人在他講述的過程中，都提著心，氣氛也緊張起來。聽到最後，人人如釋重負。劉黑衣說，我的天！簡直完美無缺。陸黑衣也說，不可思議，天衣無縫！錢要是能這樣賺，真是太爽了。林松坡笑道，靠的是天時地利人和，缺一不可。

楊照酉渾身興奮地戰慄。他先前以為要賺這筆巨款，將會是非常艱難的事，甚至可能觸犯法律。但當林松坡把整個計劃說出來時，他發現居然一點難度都沒有。所有一切，都合理合法。只要想到的，全都可以做到。楊照酉不禁驚嘆道，你真是個天才呀！

四個人捏著手，人人都為此緊張，幾乎每個人都不想說話。他們是因激動而緊張，而且他們堅信這個計劃可以成功。

林松坡說，大家鬆弛點，盡量把問題想得簡單些。這就是一個新樓盤的策劃案。下面我們要做一個分工。我負責到政府要地皮。當然是買地皮，以及辦下所有的許可證，這得動用大量關係以及花大筆錢，運作的所有資金，我來解決。該打點的，不能手軟。無論對公或是對私，只要錢能辦到的，就不成問題。只要拿到建築許可證，我們成功了大半。老陸，你在你爸爸耳邊敲敲邊鼓，誇誇我和倚天公司，這個沒問題吧？老陸忙說，絕對沒問題。我爸已經知道你的鼎鼎大名。林松坡說，太好了。他又接著說，老劉，你跟金融界熟，負責前期買地籌款和後期押地貸款。籌錢時，可以把利息多報一個點。買地的錢，我們最好一筆付出，不要讓政府方吃虧，也可顯示我們實力的強大。老劉說，只要有地，這個不難。林松坡說，樓盤規劃，我已經在找人做。地皮到手應該問題不大。銀行看到樓盤規劃，貸款也應該不是難事。老劉說，小意思。按正常樓盤的方式就可以了。林松坡說，是的。我們按規範做事。善後時，也需要上面有人幫忙疏通。你是老手，這些事忙中偷閒就能做了吧？老劉笑道，你這也算是知人善用？林松坡說，這些事不算小，但也難不到你這樣的能人。其他的，你就忙你的，快則一年半慢則兩年，你就等著收錢好了。老劉說，我信你。林松坡說，老陸你得兼這個樓盤的施工總監。掛個名，到時來打個轉，就可以了。施工單位也由你來找。招標時，盡可能壓價。可以找一家急於接工程的私人公司，暗中把我們的標底告訴他，並且透露說大老闆從來不管房子的質量好壞諸如此類。施工結束，叫他們馬上解散。老陸忙說，我一哥們，現成的隊伍。正託我幫他找活，我知道怎麼做。林松坡說，這兩件事，都是你們的強項，想必你得心應手。

老劉老陸都搶著說，不難不難。老劉說，非但不難，甚至相當輕鬆。兄弟，這樣的好差事，我太樂意了。

林松坡說，荒郊野外，買地也要不了多少錢。三千萬足夠用，其中一半以上要用來疏通關係。一旦地皮到手，我們以最快的速度把樓盤蓋起來，以免夜長夢多。我們是精裝修樓盤，照西，整個裝修，都由你公司負責。你要借口防止材料丟失為由，派你貼心的人，把工地圍嚴實。在裝修完工前，不准任何人前來參觀呀甚麼的，尤其不能讓記者靠近。不管這房子蓋成甚麼樣子，你都不准工人過問。你至少把外表裝得富麗堂皇。特別是樣板房，必須用最好的材料。楊照酉說，這個沒問題。林松坡說，樓盤設計、規劃以及銷售由我負責。紅線一劃，就開始賣樓。第一棟建築工程完工，裝修即進場。先修路、種樹，外環境先弄漂亮。這個要不了多少錢。以我的經驗，這類樓盤，基本上一開盤就會搶光。大家可以讓親戚朋友以及關係戶們來買，告訴他們這房子肯定升值，保證他們能賺到錢。我會掌控整個樓盤的進度。每一個環節的細節，我也都會提醒各位。老劉老陸的好辦，最艱難的應該照酉這一階段，要保證不出任何問題。雖然你們認為是完美的，或是天衣無縫的，但是不可預料的事，仍然會冒出來，我們不能有半點馬虎。當裝修全部接近完工，業主們準備辦手續拿鑰匙時，一切都由我來掌控。一旦有記者進入調查過程，我們便已大功告成。

三個人聽得透不過氣。林松坡說，所有利潤，我拿百分之三十，我必須花錢把一些關鍵人物，送到國外。老劉老陸，你們各百分之二十五，照西百分之二十。按我的預算，刨去成本，我們的個人利潤或許上億，如果出現問題，少一些也可達七八千萬。我說的是我們每一個人。大家拿到錢後，不要久留，迅速撤離，遠走高飛，幾年內不要回到這裡。

楊照西說，為甚麼？這麼周密的計劃，怕甚麼？林松坡說，多一事，不如少一事。你這麼富有，杵在人前，就怕有人嫉妒之後，突然醒悟，徒添麻煩。大家消失不見，人們就會很快把你忘掉。尤其是你，完全可以用陪伴兒子讀書的名義出國，然後享受你的財富，全世界玩遍。公司散了也可，交給別人打理也可。小錢你愛賺不賺。幾年後，如果想回來，領導換了人，客戶沒有虧，老百姓忘了這件事，你的麻煩也就基本消失，沒人會記得你。不過，要我說，青岩城並不是一個適宜居住的城市，你可以在中國任何一個你喜歡的地方擇地而居。

楊照西眼睛一亮，說這個主意好。安冬妮的外婆在美國，很有錢，她一直想出國。只是這個年齡工作也不好找。她個性強，不想寄人籬下。我呢，是根本不想去。美國有甚麼好玩呀。林松坡笑道，是呀，既沒有髮廊妹又沒有洗腳妹。楊照西說，有錢就好辦了，甚麼妹找不到？

幾句玩笑，倒讓一直緊張的氣氛變得輕鬆起來。接下來，他們又議了很久，一個環節一個環節地探討，直到天黑。最後，林松坡說，這個計劃，我叫它為 BM 方案，既是白梅山湖的前兩個字母，又是「白忙」的前兩個字母。

三個人都忍不住笑了起來。楊照酉說，這名字好。林松坡說，別高興得太早，它還是「斃命」的前兩個字母。所以有一句重話得說在前面。這件事只能我們四人知道，僅此四人。樓盤開工的過程中，如果被人發現企圖，結果不外是人財兩亡。或許下半輩子就呆在了牢裡。所以，我要給各位八個字：若有洩露，自我了斷。這也算是攻守同盟吧。各位，做得到嗎？

他的面孔變得冷竣起來，眼睛裡放射出來的光，足以讓楊照酉驚心。他忙說，我沒問題，我混過江湖。江湖上最講一個信字。我絕對不會透露任何一個字。兩個黑衣人以低沉的聲音表示，以命擔保，絕對嚴守秘密。

這話說完後，昏暗中彼此又沉默了一會兒。還是林松坡開了口，說走，出去吃飯吧。從今天起，各位都不要醉酒，謹防自己酒後漏話。為了我們的財富，堅持兩年，以我的判斷，應該不會超過兩年。

雨還在下，一點歇下的意思都沒有。幾個人披著黃昏的灰暗，下樓到門洞。楊照酉冒雨飛跑至路邊，把車開到門洞前，三人各自上車。這期間，他們沒有一句交談，也沒有一個鄰居出現。只是，在樓的高處，有一雙眼睛，躲在窗簾後，望著這輛車，起步，加速，然後消失在雨線之中。

31、它得有寄身之處

安冬妮一生都沒有像這樣受到驚嚇。

她環視她的房間，每一處都是精心裝修。她想自己當年怎麼會拋棄李江而嫁給楊照酉這樣一個人呢？就是因為他有錢嗎？自己是被他的錢誘惑，還是因為醉酒上了他的床？

曾經過去的一切，她很不願意回想。她早已知自己犯了錯，這個選擇或許讓她一生並無多少幸福。只是，她在知錯的同時，又雜念叢生：無愛的婚姻固然不好，但有物質享受，也不失為另一種得到。

她的心思，曾經在她婚後最苦悶時，與對門陳亞非有過交談。陳亞非對她說，人不能貪心。對於伴侶，陳亞非提出一個觀點，叫作「有錢出錢，有力出力，有情出情」。他解釋道，男人不管家事，也沒有感情，但拿錢養家，能讓老婆孩子過得舒服，這是一；賺不到錢，又不懂感情，但把家裡所有的事務全都包下，勤勤懇懇幹活，萬事不讓老婆操心，這是二；既沒有錢，又懶散不做事，但能軟言好語哄老婆開心，這是三。三條中，哪怕只有一條做好了，婚姻便可維持。現今家庭，給維持的大多都是做到了其中的一到兩條，如果三條中連一條都做不到，立即分手，不用猶豫。安冬妮反問道，你呢？陳亞非說他自己三條都只做到一半。加起來等於做到了一條半。另外一條半，是老婆做的，所以，他對自己的家還算滿意。

安冬妮聽他如此一說，便安心了。她想，的確不能貪心。人生能得一樣，也算可以。精神和物質，各有各的好。窮酸地生活，她已經受夠了。如果跟李江結婚繼續清貧下去，有愛也會變成無愛。更何況，還有李江的母親一直站在她的對立面，以後的日子也不易過。而楊照酉是富有的，或許她目前不算愛他，但逐漸進展到相互適應，不也就是一種愛嗎？多少年了，安冬妮一直這樣安慰自己。

只是這天，她忽然意識到：恐怕自己還是錯了。或許，這個錯誤，會很大很大。而陳亞非，也不見得說得對。無論富貴還是貧窮，重要的是：這個人的人品最終是甚麼樣的。

天完全黑了，她沒有開燈。一個人在屋裡來來回回茫然地轉了幾圈。然後蜷縮在沙發上。剛坐了不足一分鐘，她突然厭惡這裡留下的濃重煙味，便又重新回到臥室。躺在床上，她不敢開燈。

這天的安冬妮，大清早即出門。根據館裡安排，她將帶著幾個學生去省城參加鋼琴考級，次日才能回來。早上天色有點暗，但並未下雨，因為要出席的場合很正式，她穿了高跟鞋，便沒騎電動車，而是在小區門口搭了的士。出發前，她接到通知，說是恐怕有暴雨，暫時延後，吃過中飯再視天氣情況。不到十點，果然下起了雨，並且越下越大。臨近中午，已經聽說好多道路都已封閉，館長立即跟省城方面協商，決定以學生安全為主，考期時間另定。這樣，安冬妮便沒事了，她原想等雨小一點再回家，可雨一直狂下。一個同事有車，說是可順路帶她一腳。安冬妮一想，這樣更省事，便搭了同事的便車。到宿舍的門洞前，那一刻雨大極，像是在潑水，她下車跑進門洞內，只幾步，身上便已透濕。

安冬妮打開家門，低頭看自己的鞋。這是她新買的法國品牌，式樣新穎不說，還貴得要命。儘管楊照酉不缺錢，但安冬妮還是有節儉惜物的習慣。她很心疼，便脫下鞋，光著腳拎它到衛生間，用乾布拭淨，放到了臥室外的陽台上。陽台已經做成了陽光房，風雨吹刮不進，安冬妮喜歡將鞋放此陰乾。

裙子也都濕了，於是她進到衛生間，脫光衣服，心想索性沖洗一下，換上舒適的居家服。便是這時，她忽然聽到門響，似乎有人進來，而且不是一個。她已脫光，而準備換穿的衣服卻沒有拿進來。她並不知道此時家裡會來人，也沒聽出來者是誰。心裡便砰砰地亂跳。

有人朝臥室走來，不像楊照酉的腳步，她屏住氣，不敢出聲，這人看了一眼，這時她才聽到楊照酉的聲音，放心，家裡絕對沒有人。

她的安全感一下子回來了，繃緊的身體立馬鬆弛下來。身體一鬆弛，念頭也活泛。她想，為甚麼要作這樣的保證？難道他帶了女人？有甚麼事到了自己家裡還需要瞞著家人？安冬妮心裡起了疑，她決定先不出聲，看他們要做甚麼。她把手機換到靜音，悄悄穿上濕了的衣服。從包裡拿出她平時給學生錄練習的便攜錄音機，反正裡面有現成的磁帶。她想，我捉姦要捉得你心服口服。在她做這一系列事情的過程中，她聽到來人在客廳裡坐了下來，她判斷不止兩個人，而且並沒有女人聲音，心裡略感安慰。

他們開始了談話。安冬妮想，要不要換上乾衣服，出去招待一下他們。正在猶豫間，她突然聽到必須絕對保密這樣話語。立即覺得自己似乎不方便露面，便乾脆靜悄悄地呆在了臥室。

他們坐了很久，也談了很久。因為他們確認屋裡沒有其他人，所以也沒有壓低嗓音，每一句話都傳到臥室。於是，一個驚天的計劃，從頭到尾，都讓安冬妮聽得清清楚楚。聽到後面，她嚇壞了。她害怕自己膽顫心驚而發出聲響，又重新躲進臥室衛生間，直到他們全體離開。

待安冬妮聽到他們全部出了房門。客廳悄無人聲，隔了幾分鐘，她才偷偷從臥室門口張望了幾眼，確認所有人都已離開房間，這才走了出來。她躲在窗簾後，透過玻璃，看到了楊照酉的路虎越野車開到門洞前，又看他們的車遠去。到此時，安冬妮方全身酥軟下來。

她心裡充滿恐懼。特別聽到林松坡最後說出如有洩密，自我了斷時，她明白這件事非同小可。她不能讓他們、尤其林松坡知道，她已然聽到他們全部的談話。原先，她以為林松坡上過大學，當過國家幹部，又是一本正經的企業家，必是正人君子，她很願意楊照酉追隨於他。現在想來，自己武斷地給人貼下如此標籤，實在是自己缺乏對人的基本判斷。那些裝得最正經的人可能恰是最凶惡者。

天黑透了，夜也越來越深入。安冬妮不知道自己軟坐在窗下有多久。雨漸漸變小。她突然聽到通通的腳步聲，不覺驚得直起身來。她想，如果這時候楊照酉回來，她應該怎麼回答？還沒想好答案，便發現腳步聲是對門陳亞非的。陳亞非和另外一個人在說話。他的聲音很亮堂，似乎在安慰對方甚麼。然後，他們關了門。

安冬妮鬆了一口氣。屋裡沒有開燈，很黑。她不想讓任何人知道這一時刻她正在家裡。她借著四周的散光，慢慢摸進臥室，躺在床上，努力思考著自己要扮演一個甚麼樣的角色。

很晚了，楊照酉並沒有回家。慢慢地，安冬妮冷靜下來，開始理智面對適才獲悉的一切。她對自己做了一個決定：當這一切都不曾存在，她甚麼都不知道。

想透這點，安冬妮心定了。於是重新回到衛生間洗澡，嘩嘩的水聲，似乎告訴她，這些跟你有甚麼關係？你完全是一個局外人。你的丈夫如果有罪，這是他自己的事，你並不知道這件事；但是他如果有錢，就有你的一份，你儘管拿著花就是。流水沖走了她所有的恐懼，反倒讓她多出幾分喜悅。

洗完澡，像平時一樣，關機睡覺。正欲關機時，安冬妮突然記起自己的錄音機。這是一盤120分鐘的磁帶，A面已經錄完，她並沒有想起來翻面繼續錄。但是，這一小時的錄音，已經足將他們的計劃，全部錄入。安冬妮像是從床上彈起似的，設若哪天被某個冒失鬼聽到這個錄音，楊照酉他們幾個就徹底完蛋。而萬一，聽到錄音的人是楊照酉，那麼，她的下場亦可想而知。

仿佛楊照酉已經站在了面前，她嚇得光腳跑到門邊的櫃子上，拿了錄音機逃到床上。她的兩手發抖，心想，刪除吧。可當她正欲全部刪除時，內心又有所動，她自問：為甚麼不留著？這不就是一份證據嗎？假若，哪天他們真的成功，楊照酉有了更多的錢，難保他不會想要拋棄自己。到那時候，她至少有他的一個大把柄，並且可以憑此分得更多財產。既如此，那麼，為甚麼不給自己留下這個把柄？想到這個，她的緊張已經變成亢奮，她取出磁帶，到琴房找出一個信封，將磁帶裝了進去，然後將它放進自己的包裡。她想，這恐怕是個炸彈，不能留它在家裡。

雨小了，又漸停了，安冬妮沒有睏倦。躺在床上，她心裡的想法似乎更多。她想，在某一個時刻，這個磁帶沒準會有更大作用。未來可能出現的事或不可能出現的事，她無從知曉。但是，有此一份鐵證，或許某天，歷史會知道，曾經有那麼幾個人，完美地設計出一個天大的陰謀。那時的她，其重要意義將無法低估。儘管楊照酉是她的丈夫，但她完全可以明確自己的身份：我不是他們的同伙，我也不與他站在一起。

第二天早上，天沒亮，安冬妮幽靈一樣溜出了家門。整個宿舍大院十分靜謐，靜得有一種神秘感。她仍然沒有騎電動車，因為，頭天出門她便沒騎車，所以，這天她依然步行。一路居然沒有遇到一個熟人，她心頭劃過一絲奇異，但也只是一閃而過罷了。此時的安冬妮已然把自己的心給穩住了。

雨後的空氣，十分清爽。她在在附近的公園轉了幾圈，天有點熱了，她便漫步到藝術館。像往日一樣，她教學生彈琴，笑容一如既往燦爛。但她心裡多了一點東西，仿佛壓在內心一角。她知道，是那盒磁帶。

下午，安冬妮給楊照酉發了一個短信，問他晚上是否回家吃飯。楊照酉說他臨時出差，正在外地。安冬妮便回覆說，又是我一個人吃飯？楊照酉答覆道，沒辦法，生意人就是這樣。應酬多生意才多，會回來很晚。安冬妮便回答說，錢夠花就行了。楊照酉回答說，關鍵是錢永遠都不夠花，回來有禮物給你。安冬妮便說，好吧。那我等著看。

安冬妮是愛錢的，她不可能不愛。安冬妮想，錢畢竟可愛呀，這豈不是人人盡知的事嗎？愛錢的人也可以愛藝術，愛藝術的人也愛錢，這完全是對等的。看看這世界，有多少大藝術家，同樣是把錢放在第一位的？沒有錢，他們會到處上台嗎？名氣越大的，出場費越高，就是這個道理。這世界，是用錢在衡量一切，水平是靠錢來衡量的，尊重也是由錢撐起。安冬妮一點不覺得自己這想法有甚麼問題。她曾經跟陳亞非討論過這個觀點。陳亞非表示理解。但是他說了另一個看法，安冬妮也接受了。陳亞非說，合法的錢，可以。比方我，稿費高，我肯定開心。但是，非法的錢，不能愛。安冬妮想，這是對的。只是，倘若楊照酉的錢來得非法，但她從丈夫手上得到的錢，卻是合法的。陳亞非聽她如此一說，又說出另一個看法。陳亞非說，前提是，你知不知道這錢的來歷。當然，即使知道，你也可以有選擇，你可以選擇你不知道。一切都在你的選擇。對於這一說，安冬妮也接受了。

其實，安冬妮在結婚當天就聽到議論，說她為了錢才跟了楊照酉。她心裡有些不屑，但面子又有點掛不住，睡覺前把這話告訴楊照酉。楊照酉說，難道不是？不然你一個大姑娘嫁給我這種結過婚的人幹甚麼？楊照酉的回答，直接了當，安冬妮覺得自己像是當頭挨了一棒。她有些憤怒，幾乎想要甩手而去。但是楊照酉接著說，可這有甚麼錯？那些上流社會的婚姻，誰不是把錢當老大？這句話又如一盆涼水，把安冬妮的火頭完全潑熄。她轉念一想，可不是？她嫁給楊照酉，是有錢的因素。如果楊照酉仍然是下崗工人，她會嫁給他嗎？答案自然是否定的。既然如此，楊照酉說的就是個事實，而旁人的議論也就是事實，自己有甚麼可生氣的呢？安冬妮從小獨立，她的長處就是善於自己把自己的心安定下來。

只是，安冬妮此後的生活並不順意。儘管她已有心理準備，但她卻並沒有承受能力。有一次，她帶著楊照酉一起去省城聽鋼琴音樂會。不料才過十幾分鐘，楊照酉便呼呼大睡，安冬妮擔心同行嘲笑，推了他幾次。楊照酉醒來，倒也撐著聽了幾分鐘，之後仍然睡。下半場時，居然鼾聲如雷，他們的前後座都發出鄙夷之聲，安冬妮意識到自己丟大臉了。那一次，他們一路吵架回家。安冬妮說，你就算不懂，也應該尊重鋼琴家呀。楊照酉說，這種時候，我哪裡控制得了自己？而且我白天忙了一天，實在困得不行。安冬妮說，那你完全可以不去。楊照酉說，我如果不去，你會不開心嘛。我還不是希望你開心。我又不曉得我會被他彈琴彈暈掉。婚後的第一次暴吵，就是為此。以後的音樂會，安冬妮再也不叫楊照酉，她寧可多買兩張票，把對門的陳亞非和王曉鈺一起叫上。陳亞非懂音樂，王曉鈺不懂但喜歡裝雅人，三個人都很愉快。

比這個更不順意的事是有一天，一個女人找上門來。楊照酉在髮廊嫖娼，對方發現他是有錢人，於是上門勒索。安冬妮又氣又恨，雖然她對那個女人厭惡透頂，但她卻更痛恨楊照酉的不檢點。最終在林松坡的調解下，楊照酉用一萬塊錢打發了那個上門女人，並且警告她，如果再糾纏，一定打斷她的腿。但為了安撫安冬妮，卻花了十萬塊。此後楊照酉也知道了安冬妮的軟肋，每逢在外晚歸，或是自己做賊心虛，直接拿錢消災，以免安冬妮吵鬧。這樣下來，兩人倒相安無事。

安冬妮時而有些悲涼，覺得自己的婚姻未免太俗。但又想，哪家不是如此？兩人過日子，各有各的套路。一個男人，當他錢少的時候，或許你可以改變他，但他變成一個有錢人時，非但是你，任何一個旁人也是無法改變他的。他的自信遠遠讓他自以為自己無敵。安冬妮想，如果本來就是無愛的婚姻，本來就是因為我愛錢，本來就是我貪圖舒服生活，不如索性了。她想得是這樣決絕和放棄，於是也就由著楊照酉隨便。

這天很熱，安冬妮提前下了班。她繞到距文化幾站路的建設銀行，租下一個保險櫃。壓在她內心一角的那盒磁帶，她想，我得讓它有它自己的寄身之處。

32、心裡都有了底

楊照酉有時候覺得，沒有林松坡辦不了的事。所議新建樓盤事宜，似乎沒多久，所有手續辦全，錢也順利地籌到。地方政府正缺錢用，荒郊野外的一片地，能賣到大價格，還能給本地人民提供優質住房，這是何樂而不為的事。他們覺得這是三贏，幾乎催著林松坡簽合同，生怕他突然改主意。林松坡合同一簽，買地皮的錢一交，然後轉手將地皮抵押給了銀行。豪華精裝的風景小區，一期八棟高品質的住宅樓，以青岩城的需求，根本不愁賣不出去。銀行一番調研考察下來，毫不猶豫按倚天地產的要求，貸出三個億。

楊照酉眼睜睜看著錢打到公司戶頭上，眼睛都直了。他驚訝道，就這麼容易？這得多少利息呀。林松坡笑了笑，懶得回答他。楊照酉的裝修公司，儘管有林松坡照顧，一年利潤有個幾百萬，已經就是上帝在照顧他了。現在，林松坡輕鬆就給他的賬戶上劃出一千萬。用林松坡的話說，這只是個零頭，你花著。房子賣完後，回來的錢，比這多得多。

林松坡給樓盤取名為「白梅山湖苑」。這裡雖然離市區略遠一點，但政府決意借著新樓盤的開發，將白梅湖和白梅山周邊建設成新的開發區，市政建設也將與之配合，擴建道路，整修基礎工程，以引入更多的企業前來投資。這樣一個宏大的藍圖，驀然間讓白梅山湖苑成為青岩市最矚目也是最大的樓盤。

楊照酉說，建設新的開發區，這個主意是你出的吧？林松坡笑了笑，說我怎麼辦得到？我跟老礦長喝茶閒聊，提到很多城市都在環境好的地方做開發區。市裡幾個領導，以前跟他都熟，他去游說的。現在他是市政府的高級顧問哩。

事情辦到這樣的地步，楊照酉興奮得全身顫抖，連夢裡都在放焰火。林松坡笑說，這麼沒見過錢？楊照酉說，是的，我就是一個沒見過錢的人。不過，我跟著你，甚麼都能見到。現在，你是我的恩人。這是楊照酉的肺腑之言。林松坡笑道，這話說的！

楊照酉想，人一輩子跟誰走，比甚麼都重要。自己算是跟對了人。在那個很遙遠的日子，他背著林松坡一直奔下山，路很遠，他居然一口氣也沒有歇。背上的林松坡是一個素不相識的人，個頭比他更高，而他甚麼雜念都沒有，只是想要救這個人的命。回憶起他癱軟地坐在老中醫家門口的場景，他百感交集。其實在很多年裡，他都完全忘記了這些，他沒有覺得這是他人生很重要的事。然而，居然有一天，這個曾經在他的背上快死的人走到他的面前，說跟我走吧。那一天，他救了林松坡，同樣也救了他自己。但那是幾月幾號，他完全不曾記得。

他本是一個下崗的工人，無文憑無技能，孤家寡人。如果不是這個人的出現，此時的他，還不知道在哪裡給人打粗。而現在，他成了老闆，甚至即將成為巨額財富的主人。億萬富翁，這個詞，以前連仰望人家的資格都沒有。可用不了多久，他自己就將會是其中之一員。錢今後就是他的奴才，他想怎麼消遣就怎麼消遣。這個花花的大千世界，從此由他隨意馳騁。這一切，都是那天突兀地走到他面前的林松坡帶給他的。這份恩情，比他奔跑下山那幾十分鐘要沉重太多。他發誓，此生定要永遠追隨林松坡。他把自己的這層意思告訴林松坡，林松坡笑道，自己兄弟，說得這麼嚇人。沒有你，我在哪？

林松坡的話，永遠雲淡風輕。滴水之恩，以湧泉相報，這更讓楊照酉感動。他嘴上不再多說，心裡卻對自己發下毒誓：一生效忠林松坡，如若違誓，不得好死。

時光慢慢流逝，房子順利蓋起來。隔得老遠，便能望見那一棟棟高聳的樓房，恰如一個人，天天在長個子。隔不多久，又冒出一棟。白梅湖邊，往來的人也漸漸多了。最初有了小賣鋪，之後又有了餐館。餐館吸引了城裡人驅車前來覓食。只半年時間，以往寂寥的湖邊，不經意地，便迸發出新的活力。

臨岸，新開一間茶寮，叫「明月清風」。一個叫蘇望月的詩人，租下一家漁民的舊屋，將之改造而成，屋裡屋外都頗有情調。其實這個人原叫蘇有根，住在白梅山最北端的蘇家角。後來出來讀了點書，喜歡蘇東坡，便給自己改名為蘇望月。茶寮除了大廳為散座，沿著湖邊，還另設有十個小間，專供雅人們安靜地喝茶閒聊。小間室名全取自於蘇東坡的詞。分為「幾時有」、「問青天」、「是何年」、「弄清影」、「不勝寒」、「轉朱閣」、「照無眠」、「古難全」、「人長久」、「共嬋娟」。林松坡給他出詩集提供過一些贊助費，所以，他便有了自己專用的一間茶室。這間茶室叫「弄清影」。

楊照酉第一次來時，看到林松坡挑選的包間，立即說為甚麼不選「照無眠」？跟公司同一個照字，多好。林松坡說，嗯，再加上一個松字，就是「松照無眠」了？你知道無眠甚麼意思？睡不著覺或者是睡不成覺。你想這樣？一句話把楊照酉給頂了回去。林松坡說，蘇望月選的這首詞的詞牌是「水調歌頭」，有點意思。而我選的這一句是「起舞弄清影」，更有意味。是所謂「水調歌頭，舞弄清影」。楊照酉說，我哪懂得甚麼水調歌頭山調舞頭的。林松坡大笑起來，說但是你這句話是我聽到的最有水平的一句話：水調歌頭，山調舞頭，虧你想得出來。

楊照酉也笑。他並不明白林松坡的所謂意味，但林松坡高興，他就高興。他們經常去那裡喝茶，邊喝邊眺望湖對岸的一點一點生長起來的高樓。像看到一枝樹苗，發芽抽枝，然後長成茂盛的大樹。兩棵三棵四棵，然後又五棵六棵七棵，眼見得第八棵也開始露頭了。那種興奮，能把心燃燒起來。每一次，楊照酉都會忍不住又是磨拳又是擦掌，不時還拍拍大腿。林松坡總是笑，說你安靜點好不好？楊照酉說，怎麼能靜得下來？看到這磚頭一層層地往上砌，就好像是看著一迭迭的錢在往上摞呀。

白梅山湖苑，這名字是林松坡取的。楊照酉說，這名字不吉利吧，白梅白梅，是不是有點白倒霉？林松坡卻說，恰到好處，白，就是空白，梅就是沒有。此後，山還是山，湖還是湖。這裡的一切都會回到原點。楊照酉說，那我們呢？林松坡說，我們也還是我們，但卻是另外的我們。

話說得很玄奧，楊照酉還是莫名其妙。便說，有文化的人，說話像是打謎語，你要麼猜不出來，萬一你猜出來了，也不見得就是謎底。林松坡又被他弄得哈哈大笑。沉默少言的林松坡很少這麼笑，楊照酉想，其實不是因為他說的話好笑，而是他的計劃太完美，他實在需要痛快地笑一場。

白梅山湖苑的宣傳語是：擁有白梅山湖，盡享洪福清福。還有一個口號：精品裝修，拎包入住。林松坡制定了一個標準：對外定高價，自己對折買，最高限三套。重要的關係戶打六折，親朋好友們七折，一般官員八折，變通關係戶九折，自然購買者，原價，但要送點實用的禮物。一次性付清購房款，八點五折。不要讓任何一個人吃虧，但盡可能讓自己的人賺錢。

楊照酉的松照裝飾公司下，只有幾個簽約的包工隊，一直零敲碎打地在各小區施工。林松坡的倚天公司在青岩城做了兩個小樓盤，雖然也是精裝房，但他的要求相當嚴格。儘管給楊照酉提供了大量方便，但實際上楊照酉並沒有賺到多少錢。林松坡說，這是給你創牌子的。大活來時，我再交你，人人都會服氣。楊照酉順從地聽了他的。果然，這一次，林松坡把白梅山湖苑的八棟樓全部交給他獨家裝修。要求中央空調、暖氣、抽煙機煤氣灶以及馬桶、浴房諸如此類生活硬件，一應齊全。在業主入住前，全部安裝到位。業主只需要自己配上喜歡的傢俱，便可入住。所有這些產品，都是名牌，林松坡親自到每一個廠家去設定標準。當然，每一個產品，都降低了配置。林松坡提出了相當有力的理由來解釋為甚麼需要降低配置，比方空調，只需要單冷的，因為他們將安裝暖氣。又說他們統一安裝，需求量太大，重要是實用，而免去那些花俏的附件。廠家覺得他說得有理，難得一次賣出幾百台，自然也樂意配合。何況，林松坡說，合作得好，二期工程將繼續選擇。

樓盤尚是圖紙，倚天公司便已通過沙盤和彩色的規劃設計圖，讓人們看到了白梅山湖苑的龐大格局。樓盤大型圖畫兩側，左右各鑲著金色的六個大字：擁有白梅山湖，盡享洪福清福。宣傳冊上則是一扇打開的窗口，窗外鋪展著白梅山和白梅湖如詩如畫的風景。這樣美麗的願景，讓所有人怦然心動。

楊照酉在林松坡的設計下，為每套房的裝修成本價制訂了價格。但是對外聲稱時，卻翻了三倍。比如一套三室一廳的成本價，楊照酉制定的是五萬左右，但對外卻說是按十五萬的標準裝修。他把自己最幹練的隊伍，全部抽調到了白梅山湖苑。但是當第四棟樓蓋起來後，人手明顯不夠了。於是，楊照酉又對外招了幾支包工隊。附近如孔家台、小陳莊、鄔家墩等村都有包工隊，長年在外打工。現在眼見自家附近的工地就有活幹，自己可以賺錢顧家兩不誤，便也都從外地回來，加入了施工群體。

第一幢樓的地基剛剛開挖，前來售樓處問詢和參觀的人便絡繹不絕。預售的效果比他們預計的好出數倍。人人都渴望自己能在一個美麗的環境裡擁有一套舒適的住房。多少年了，大家光幹活，而不講究生活質量，這日子已然過得太久。因為這個樓盤的背山臨湖，住在這裡，完全等同住在風景之中。何況銷售人員說，這房子，百分之百升值。即使自己不想住，屆時賣二手房，也會只賺不賠。

開盤當天，放出六十套，一搶而空。熟人和關係戶把林松坡的手機都快打爆了。林松坡指示，百分之五十左右的房子留給自己或親朋好友以及重要關係，剩下的百分之五十對外。房價一升再升，依然搶手。縱是如此，二期三期尚且在圖紙上，買房的人便開始排長隊。楊照酉有一次路過，忍不住給林松坡打電話，拍著腦袋大叫，這等於每天大清早，都有人過來送錢呀。林松坡回了他一句，廢話！就掛了。

楊照酉自己買了三套，安冬妮說，要這麼多幹甚麼？楊照酉說，放心，這叫投資。房子絕對升值，能賺為何不賺？錢不嫌多。安冬妮心裡有數，但對這樣的賺錢方式，她略有不安。只是，她甚麼也沒有說。

那一陣，楊照酉幾乎每天晚上都找林松坡喝酒。百子路上有一家名叫七彩的飯莊，這是楊照酉的朋友尹國銘老婆開的。尹國銘以前是他的工友，現在是他的下級，更重要的是，兩人也是哥們。尹國銘家裡有困難，楊照酉盤下百子路上的一個店面，給他老婆開餐館，以應對家裡的難事。這樣，楊照酉吃飯也就有了自己的地盤。

楊照酉在酒桌上不停地說這一仗打得太漂亮。他希望，換一處地方，再炮製一次。但是，林松坡卻警告他，這樣的事，只此一回。並且勸他不要太貪心，已經有了幾輩子都花不完的錢，就不必想要再多。林松坡說，有些東西，多了，你的命會承受不住。楊照酉說，我都聽你的。你說甚麼，就是甚麼。你要求我怎麼做，我就怎麼做。

購房的款，每天都是驚人數額。在達到一定數字時，林松坡便要劉黑衣扣出將要償還的銀行貸款部分，餘下則按預先約定比例，劃一點到每個人的賬戶上。劉黑衣將他們的戶頭，都放在國外，以保證將來用起來方便。高手操盤，一切都進行得不顯山不露水，並且有條不紊。

黑衣人老劉和老陸在樓盤蓋到一半時，又專門過來視察過一次。他們依然穿著黑衣，只是這回是西裝。這天的天氣明朗，四個人帶著食物在白梅山間野炊。日麗風和，又無外人打擾，食物很簡單，無酒，雖然天已寒涼，但因他們的目的不是吃喝，而是定心，所以也就沒甚麼講究。

樓盤順利的程度，讓老劉和老陸倒比先前多了點擔心。他們專程來向林松坡討要定心丸。楊照酉說，順風順水，這不正說明林總的 BM 計劃完美無缺嗎？老劉說，一個嗑巴都沒打，太順了。凡事順成這樣，都不太對勁。老陸也說，有點那種激戰前的寂靜感覺。楊照酉被這話逗得笑了起來，說這像是電視劇明星的酸話哩。

這一說，幾個人都笑了，先前有點緊張的氛圍，瞬間鬆弛。林松坡說，當然不可能順風順水。眼下應該到了我們的關鍵時刻。這一關如果能過，一切都不在話下。

這番話說得旁邊三人皆振身而起，似乎同在問：那會是甚麼？連最心安理得的楊照酉都似乎有點詫異。

林松坡說，眼下裝修工程已經鋪開。樓房多，裝修時間不能拖太長。我唯一擔心的是在裝修期間，有人多事，捅漏子。所以照酉，你要對所有的包工隊好一點，錢要比正常裝修給得略多些。絕對不允許他們對外透露房子質量問題。所有向你匯報此類情況的，你都認真聽，但叫他們不要多事。此外，保安工作絕對要做好，一個記者都不准放進現場。楊照酉說，這個盡可放心。包工頭全是我信得過的人，他們手下的那些打工的，也是他們信得過的。給他們的信條是，賺自己的錢，不管人家做的甚麼事。一切由老闆負責即可。如果有人向我反映，我會告訴他們：我們只負責裝修，只賺自己的錢。其他的，由我向倚天公司方面通報。林松坡說，嗯，打工的一般不會較真，最多議論幾句，沒有實證，記者也不敢亂報。你這樣做很好，你要肯定他們的負責態度。等裝修大體完工，這件事便已經完美結束了。

四個人又仔細推敲了一番有可能出現的問題和應該處理的細節。掐指算下來，至多一年，即可大功告成。

分手時，四人心裡都有了底。

第九章

33、我只是打個比方

很長時間裡，楊照酉都處於興奮之中。林松坡偶爾會告訴他，賬戶上的金額又漲了多少。前妻徐福妹到公司來找他，說兒子想要出國讀書，叫他想辦法。徐福妹以前在他面前，經常沒甚麼好臉色。現在，站在他的豪華辦公室裡，低眼垂眉，一臉員工見領導的膽怯。她再也沒有垮下面孔斥罵他的機會了。楊照酉因為下崗被趕出家門，心頭的恨意一直未解，他心知徐福妹見他發富後，悔斷腸子，但他卻並未軟下心腸對她略施同情，反而是更加厭惡，覺得這個女人太勢利。現在，他與徐福妹的所有來往，都是為了兒子。

此時此刻，楊照酉想，徐福妹可惡，但兒子永遠是自己的。他可以討厭徐福妹，卻不能讓兒子吃虧。兒子即將進入高中，同學中的富家子弟，已有好幾人直接去美國讀書了。說是在美國考大學，比國內考大學要容易。楊照酉自己讀書少，但他還是希望兒子能有學問。何況，如果兒子在美國立足了，將來他若過去，也方便。

想罷，便說，這錢我出。孩子一個人去美國也不方便，你去陪讀吧。去了之後，在學校附近，買棟房子，就落在他名下，你就在那裡照顧他好了。

楊照酉說完這話，立即看到徐福妹受寵若驚，眼睛都放出光來。他忙說，你別想多了，我是怕兒子在外吃苦。有親娘照顧，總歸是最好的。然後又說，我現在忙，怎麼留學的事，讓他舅舅幫著辦一下。回頭我給他一點錢就是。徐福妹忙說，錢倒是不用給，我弟也下了崗，在你公司給他謀個事做好不？

楊照酉想，自己這一把幹下來，或許會去美國生活，公司也需要靠得住的人打理，小舅子雖然已是外人，但卻是兒子的親舅舅。自己財產的繼承人，將來不就是兒子嗎？萬事萬法，九九歸一，還是自己的人更靠得住。於是便點了頭，說先把這事辦妥了再說吧。徐福妹忙不迭說了一連串謝謝，然後又說，解決了這兩個事，我跟你做牛做馬都可以。說完鞠躬彎腰而去。

望著她的背影，楊照酉得意忘形，忍不住哈哈大笑，心道，你凶了我十幾年，也有今天呀！忽而又想到年輕時，他們談戀愛的光景，不禁又有幾分傷感。

回家跟安冬妮形容這個場景，傷感已逝，歡樂更多。他的得意從心底洋溢到臉上，甚至煥發至全身。講述這個過程時，不由手舞足蹈，又比劃又形容，時而大笑出聲。安冬妮初始跟著他一起笑，她顯然是瞧不起徐福妹的。過去她曾見過那個女人找楊照酉討錢的樣子。

笑了一會兒，安冬妮突然覺得不對了。於是問，你為你兒子提供上學的費用，我沒話講，但為甚麼還要給他買棟房子？難道他不可以跟同學一起住宿舍？楊照酉想都沒想就說，嗨，反正現在這麼多錢，放在銀行，只會貶值，不如在美國買棟別墅，既算投資，又可自住。安冬妮說，你準備去美國？楊照酉說，為甚麼不呢？美國自由呀，到那裡享福有甚麼不好麼？安冬妮說，你的公司不是在這兒嗎？何況我們在這裡還買了三套房子。楊照酉說，這房子是投資。倒個手，就來錢。安冬妮說，那你給你兒子在美國買了別墅，我去了，住哪裡？跟你前面那個老婆住在同一個屋簷下？

楊照酉怔了怔，這個問題他想都沒有想過，一時不知道怎麼回答。安冬妮冷笑了一聲，說原來你是想回歸你自己的家呀。兒子是你跟你老婆生的，老伴還是舊的好。楊照酉急了，忙說，王八蛋才會有這意思。安冬妮說，那你為甚麼要把房子落到你兒子名下？還要讓你老婆跟兒子一起住在那裡？你去了也住在那裡嗎？我呢？我跟你老婆住一起？給你當小老婆？楊照酉被安冬妮的一串詰問給頂住了。他不知道怎麼回答才對。

安冬妮說的還真是事實。楊照酉是個粗人，想問題不會太周密，他在讓徐福妹去美國照顧兒子，也是想在她的面前擺闊，卻並沒有想過安冬妮的這些問題。怔了半天，他才說，反正有錢，我們另外再買一棟就是，肯定不跟他們住在一起。安冬妮說，那就是說，你打算買兩棟別墅，有一棟是你專門為你前面老婆買的？你這麼有錢呀！楊照酉說，怎麼可能，我為我兒子買的呀。安冬妮說，房主是兒子，他媽也住在那裡，有甚麼差別？你兒子才多大？他媽也不老，要是在美國找了老公呢，也住那裡？楊照酉說，她敢！

安冬妮再一次冷笑了，說她為甚麼不敢？她是你甚麼人？她找老公，還得由你批准？她是你兒子的監護人，她有權利找老公。她兒子未成年，她也有權利住兒子的房子。沒有權利的是你，還有我。雖然，錢是我們出的。

楊照酉沒有直接回答問題，卻驀然冒出一句話：明明是我出的錢，怎麼是我們？安冬妮說，你是我的合法丈夫，你的錢是我們的共同財產！你給小錢，我無所謂，但買房子是一大筆錢，這就得經過我同意。如果你前面的女人哄著你兒子把房子轉到她名下，你兒子長大後不想跟他娘住在一起，你難道再給他買一棟？你不會指望他把他老娘趕出去吧？

楊照酉以前從沒覺得安冬妮這麼精明，更沒想過，他賺的錢，安冬妮居然大口大氣說錢是他們兩個人的。他用錢還得經她同意。這個概念的提出，突然令他覺得自己很吃虧。安冬妮不過一個工薪階層，所掙工資，也就只夠她過過基本的小日子。而家裡的財產，分明都是他一個人賺來的，就連她的那架鋼琴，也是他買的。現在，他為了家裡有錢，還冒了幾分風險，安冬妮卻輕而易舉地提出，家裡所有的錢都有她的份，就連他想為兒子花點錢，還得經她同意。

想到此，楊照酉心有幾分惱怒。他沒好氣道，法律規定我賺的錢，也是你的？安冬妮也沒有看法律，但是她明白，婚後財產屬於夫妻雙方，便也沒好氣道，你們公司不是有律師嗎？你可以去問問。怎麼？你把上億的錢弄到手，準備留著自己一個人花？

楊照酉本來正被安冬妮提的這些問題弄得心裡麻亂，聽到這話，仿佛所有的亂麻都被斬斷。只有一根金線發著幽光，似乎預示著某種危險向自己靠近，他立即警惕起來，身體裡的神經下意識地繃緊，聲音也不由放得很大，他說，甚麼意思？誰有上億的錢？你聽說了甚麼？

安冬妮見他如此，知道自己說漏了嘴，故作輕鬆道，這麼緊張？真賺了這麼多？我只是打個比方哦。我今天想要告訴你的不是你賺多少錢，而是你在美國買房子，戶頭必須落在我們自己的名下。不然，那房子就會變成徐福妹的。當年你被趕出家門，落魄時，人家看你的笑話。現在，你發了財，還特意買棟別墅去感謝？世上有你這樣的好心人嗎？安冬妮把吵架的內容，又繞回到原來的話題上。

楊照酉似乎鬆了一口氣，他覺得安冬妮講得也對。房子落在兒子名下，就等於送給了徐福妹。他的確也不想太便宜了她，於是平靜下氣息，想了想說，嗯，落在我們的名下，也等於是落在兒子名下。安冬妮也鬆了口氣，說不就是這個理嗎？你喊個甚麼呢？我又沒孩子，能活多久？而且我外語不行，根本不喜歡住在美國。那房子落在我們的名下，等於也是你兒子的。我們不在，你兒子住，我們去了，他也可以住。但有一條得說明白，我們去了，他媽不能住。不然，我算甚麼？楊照酉說，嗯。你說的有理。

楊照酉雖是粗人，但也有心深的時候。夜半三更，他睡覺醒來，安冬妮的那句話，突然就一直在耳邊盤旋。他想，這句話真的是打比方嗎？他仔細回憶安冬妮的原話，印象中她是說，你把上億的錢弄到手，準備留著你自己一個人花？這意思不太像是打比方，似乎更像確切知道他能賺到一大筆錢。他有點緊張了。耳邊響起林松坡關於自我了斷的原話，不禁冒了冷汗。是安冬妮聽到甚麼了嗎？那天她分明是不在家的。那麼，會不會是社會上有這樣的風聲傳到她的耳裡？如果這樣，豈不更糟糕？一旦被人知曉根底，林松坡的計劃根本不可能實現，一切都會化為泡影。

整個下半夜，楊照酉都沒有睡著。他覺得自己無力判斷。設若工程進展不到一半，社會上即有如此風傳，顯然這不是一件小事。

第二天他正好與林松坡有約，他便將此事告訴了林松坡。林松坡略吃一驚，說你是不是平常隨口跟她講了甚麼？比方吹牛說你能賺錢，你們以後會有上億財產甚麼的？楊照酉說，怎麼可能？從來沒有跟她談過錢的事。安冬妮嫁給我，的確是為了錢，但她要錢也沒有太過分。她先前很窮，日子清苦。後來她在美國的外祖母找到她，給了她不少錢。她也不缺錢，所以並不貪心。實在需要花錢買點甚麼，她就會直接告訴我，我二話不說就打到她卡上，女人嘛，不就是衣服鞋子化妝品，這些也花不了多少。林松坡說，就你這樣規模的公司，能賺個上千萬也就差不多到了頭。她怎麼會認定你有上億元？楊照酉說，她說她是打比方。不過，我也說我可以在美國買兩棟別墅。林松坡說，平常人會這麼打比方嗎？楊照酉說，是有點奇怪。林松坡想了想，說你再觀察她，套套她的口氣，看她是不是真的知道，知道多少，是從哪裡得到的信息。楊照酉說，如果她是真知道呢？林松坡想了想，說似乎不太可能。我們四人中間，只能你可以接觸到她。不過你別急，我沒有懷疑你洩露機密。我擔心會不會有其他別有用心的人已經知道我們的計劃，故意放風讓社會上議論。而女人，有時候聽到風便是雨。楊照酉點點頭，說還是你想得周到。我也這樣想過，如果社會上有人聞到氣味，故意這樣放風，對我們就太不利了。林松坡沉吟片刻，說按理，沒有人能想到這個。先別慌，觀察，也聽聽社會到底有沒有這種流言，試探一下安冬妮，她有沒有聽說過甚麼。總而言之，你絕對不能慌。

楊照酉點點頭，然後向林松坡講述他將如何安排裝修的事等等。

兩人分手時，林松坡突然問，我記得那天你說安冬妮是去了哪裡了？考級？楊照酉說，是的。她帶學生到省裡去參加鋼琴考級。一早就走了，第二天才回來。林松坡說，哦。

34、藍色的小皮箱

在楊照酉心有不安時，安冬妮自己也隱約有了不安感。

就在楊照酉和林松坡密談的那天，安冬妮給她的弟弟安冬爾寫了一封郵件。說她或許會去美國住一段時間。叫弟弟幫她了解一下舊金山的房子。她喜歡舊金山，去美國旅遊，那裡永遠是她落腳的第一站。因為外婆的家，座落在舊金山距海邊不遠之處，她曾經在那裡小住過幾日。幾日時光，一切都是那樣明朗溫暖，充滿歡喜。這感覺，留在了安冬妮內心深處。

安冬妮外公原是做古董生意的。家中富有，用她外婆的話說，她的外公看甚麼都比別人深遠。當年外公帶著一家人前往美國，並非匆忙而逃。而是先將家裡財產一部分轉至香港，一部分轉至美國。在香港小住一陣後，觀望局勢，但因受不了那裡的濕熱，便又轉去台灣，依然是在觀望局勢。而台灣同樣日子過得不舒服，局勢卻更加讓人失望。兩處都沒住到一年，便攜全家到了美國。安冬妮的母親是家中長女，當時正在大學讀書，對革命充滿嚮往，所交男友，更是革命幹將。在全家赴台前夕，她與家庭劃清界線，毅然追隨她的男友留在了國內。她的命運，像很多類似的人一樣，沒有人會因為她背叛自己的家庭而對她輕饒。於是，六零年代，她的當年男友後來的丈夫與她離異。接下來的文革，她終於承受不住滿身潑墨和剪髮的羞辱以及永無止境的勞動改造。七零年代剛到，一個夜晚，她覺得人生已看不到希望，便吊死在自家門框上。那時的安冬妮剛進小學，而弟弟安冬爾尚在幼兒園。她永遠都記得早上醒來，看見媽媽吊在門框上晃蕩的場景。此後，她和弟弟從東家混到西家，受盡欺凌。但是，他們到底活了過來。很多年後，一個富貴的老太太出現在她面前時，她才知道自己還有外婆和幾個舅舅姨媽，他們都住在美國。那一年，她和楊照酉剛剛結婚，日子也算富裕。安冬妮的外公業已去世，外婆與大舅住在一起。在安冬妮的陪同下，外婆去女兒墳頭看了看，沒有流眼淚，只是對著墳墓說，你爸爸早知道你被丈夫拋棄，也知道你死了。只是聽到你是自己上吊而死的那天，他整整一天沒有吃飯。他沒有帶走你，一直是他的心病。你是他最愛的女兒，臨終前他都記掛著你。他要我一定回來看看你。還讓我問你一句話：你放棄家人，要的就是這樣的生活？安冬妮聽到這樣的問題，很傷心。這份傷心，不知道是為了母親，還是為了自己。外婆放了一束花在女兒的墳頭，原諒了她當年的絕情。然後希望安冬妮能去美國。但是同行的大舅臉上有一種不以為然的表情。安冬妮自小艱難生存，善看臉色。心想自己現在過得也不錯，大可不必去美國寄人籬下，何況她不可能吃閒飯，還得重新開始打拼，對於一句外語都不會的她，未免艱辛。而現在，楊照酉的生意，足可讓她豐衣足食。於是她表示自己更願意生活在青岩城。外婆見她如此，便帶走了她的弟弟安冬爾。

安冬妮跟美國的外婆倒是一直保持聯繫。外婆死的那年，安冬爾回國來，帶給她一隻小箱子和一封信，說這是外婆讓他轉交的。箱子是藍色的，四角有厚厚的黃色牛皮包角，上面釘有鉚釘。安冬爾說，這是密碼鎖，他沒有開過，所以不知道裡面有甚麼。密碼在外婆的信裡。信用膠水粘了封口，明顯無人打開。安冬妮知道安冬爾是本分人。他在美國讀完書，就留在了那裡。他與安冬妮想法很相近，他們都不曾有母親那樣的偉大理想，只想過一份簡單安靜的日子。童年的漂泊讓他們的人生有了太多記憶和創傷，平靜的生活，於他們就是幸福。安冬爾成了家，妻子是美國人，在醫院當護士，而他自己則在一所中學教物理。安冬妮也覺得這是一個很恰當的選擇。

安冬爾將箱子給她的那天，楊照酉並不在家。安冬妮打開箱子，看到裡面是一些字畫幾件文物和一些首飾。安冬爾說，外婆說那些字畫是外公當年帶出去的，應該很有價值。另外，還有一個存摺，裡面存有一筆美金。安冬爾說，需要用時，可到香港取出。那一陣，楊照酉資金周轉不靈，抵押了房子，向銀行貸款不少。他甚至希望安冬妮能夠找她的舅舅借點錢周轉一下。安冬妮想，生意上的事，風險太大。會賺還是會賠，經常講不清。如果哪天楊照酉賠了，她必須給自己留點後路。設若楊照酉知道這箱子裡的價值，必然經常會打主意。如果不給他，又少不了兩人爭吵。與其這樣，不如根本不讓他知道。她清點了箱子裡東西，自己悄悄做了目錄。然後，把箱子放在對門的陳亞非家裡。她並沒有告訴陳亞非箱子裡是甚麼，只說是她母親的遺物，不想放在家裡，因為楊照酉不願看到這些。陳亞非想都沒想，就答應了。安冬妮時常去陳亞非的音響室聽音樂，她一眼就能看到那口箱子安然地放在書櫃頂上。

安冬妮發了郵件，心裡的不安並沒有驅散。她明顯覺得楊照酉近幾日有點故意地找她談他的生意。貌似隨口說，其實是刻意。以前他們吃飯，或是坐在沙發上看電視，他從來不會談他的工地如何如何。而現在，卻似乎沒事就扯。安冬妮想，這是在試探我嗎？安冬妮故作灑脫，經常說，我對你的生意沒興趣。你賺幾百萬幾千萬幾億萬，我都懶得管。反正都是家裡的錢，我有錢花就行。如果哪天，我沒得花了，我就跟你談你的生意。楊照酉每次聽她說這一類的話，都會哈哈大笑，然後說，這就對了。男人賺多少錢，女人不必打聽。夠你隨便花就行。

慢慢的，楊照酉又不怎麼跟她談生意了。他越來越忙，回家的次數也越來越少。安冬妮也不想多問。她並不知道，楊照酉這樣做，對她是更加疑心，還是已然放下。

安冬妮在難以判斷的情況下，決定按自己的方式行事。她想，任何事，她預防在先，總歸是好的。免得一旦出現狀況，做甚麼都來不及。這樣想過，她趁楊照酉去外地出差，找陳亞非要回了她的箱子。她想取出幾件東西，可是拿出來後，又放了回去。她想了又想，折騰好幾次，最後卻只是將自己的一個筆記本放了進去。到了傍晚，她又把箱子送回到陳亞非家。這次是王曉鈺開門。她見安冬妮拎著箱子，不由問，甚麼時候拿回去的？安冬妮忙說，中午哩。有幾張母親的照片，我拿出來掃描了一下，我弟弟想要。但箱子我還是放在你們這裡。陳亞非聞聲上前接過箱子，忙說，沒問題沒問題。王曉鈺也沒多問，只是冷冷地看著陳亞非把這隻藍色皮箱拎進他的音響室，踩著椅子，擱在了老地方。當初放這隻箱子時，陳亞非已經告訴過她，這是安冬妮母親的遺物，楊照酉不喜歡放這個在他家裡，所以安冬妮為息事寧人，暫時存放在我們這裡。王曉鈺雖然不喜歡安冬妮跟陳亞非往來過多，但是她也知道這兩人純粹是朋友。安冬妮的老公楊照酉比陳亞非有錢得多，進來出去都相當有派頭，安冬妮自然不會看上窮酸的機關幹部陳亞非。陳亞非這種人，如果不是自己年輕時就跟他要好，現在哪裡會跟他？事至如今，兒子都上學了，王曉鈺自己也人老珠黃，就算心有不甘，但也覺得就這樣了。自己都看不上陳亞非，作為闊太太的安冬妮自然也不至於瞧得上他。何況王曉鈺本人跟安冬妮的關係也不錯，兩人都喜歡在陽台種花，安冬妮送了不少盆給王曉鈺，有的就是王曉鈺喜歡卻一直沒有捨得買的品種。每次收到，王曉鈺會開心好幾天。她也經常和安冬妮一起討論甚麼時間施肥和打藥，那些花兒才能開得更加茂盛諸如此類。所以，對於安冬妮的藍色箱子放在自己家裡，她覺得也無所謂。

藍箱子又回到老地方。安冬妮像以往一樣，一進陳亞非的音響室，抬頭就能見到，她稍稍有了一點安心感。

35、我用命來保證

生意人楊照酉則經常東奔西跑。視察工地自是本業，還有諸多應酬，也是必須。比方要找價位合適的材料呀，要根據自己提供的數量，央求對方給予最大優惠，還有尋找合作機會呀等等。關係網基本上都建立在酒桌上，而喝醉了酒，也難免有風流事。以前他就是用這種方式把安冬妮弄到手。說起來，安冬妮苗條雅致，跟楊照酉五大三粗的前妻比，完全不是一類人。就好像，楊照酉自己打比方說，他先前那個女人好比抹布，而安冬妮就是絲綢了。安冬妮最初沒有把楊照酉放在眼裡，便是聽到這個比方，覺得此人有趣，才開始跟他有說有笑。

林松坡初來青岩城時，只是總公司下屬的華中分公司老闆，在青岩城開發的樓盤少，儘管也做精裝修，但對於楊照酉，他的要求卻很嚴，以致於楊照酉每一輪裝修下來，利潤都不多，他經常為資金周轉焦頭爛額。可是，林松坡就是他的金主，他不能有任何抱怨。果然，他的服從，給了他機會。這一次，林松坡在青岩城成立了自己的獨資公司：倚天地產。其所建樓盤，樓棟多，面積大，數得上青岩城之最。更要命的是，樓盤所有房子，全都交由松照公司做裝修。賺錢自然毫無問題，加上又有林松坡的周密計劃，除去工程所賺，大頭是飛來之財。這樣一筆錢，對於任何一個人，哪怕億萬富翁，都不算小數。有了這筆財富墊底，楊照酉覺得自己後半輩子，幹甚麼都可以，甚麼都不幹也可以。由此，這些年來他一直為公司效益而繃緊的弦，一下子鬆弛下來。

人一鬆弛，自然容易想入非非。有一天，尹國銘約他去七彩飯莊吃飯。吃飯倒只是他身邊幾個緊要朋友。他們幾乎跟楊照酉前後一起下崗。原本都四散在外打工，楊照酉開辦公司後，需要一些自己人，辦事起來方便，便讓尹國銘約了幾個以前大家玩得來、人又能幹的工友。這個班底，便是他現在公司的骨幹。楊照酉一向仗義，以前的工友混得不好的，就算他照顧不過來，但是時而請大家吃飯或是唱歌，他還是很豪爽。下崗後，他就是工友中最有錢的人，這份自豪也讓他必須豪爽。

飯間，他向大家交待了工地的安保事項。並告訴大家，白梅山湖苑樓盤的裝修全部由本公司做。這個樓盤做完，松照裝飾規模將會升級，而兄弟們也都能賺到錢。大家紛然表示，老闆說甚麼，就是甚麼。楊照酉大笑，忙說，都是兄弟，兄弟不帶叫老闆的。飯間，自然喝了酒，人高興，便也難免喝得多。只有楊照酉，遵林松坡指示，只是抿了幾口。尹國銘說，這麼節制，難道準備再生一個？楊照酉便順著他的話說，正是正是，想要一個小鋼琴家。酒桌上便哄起大笑，幾乎掀了屋頂。

吃完飯，正事基本談完，一身輕鬆地走出餐館，這當然不是結束的時候，由著尹國銘率領，一干人來到 KTV。除了酒桌上的人，尹中銘不知道從哪裡叫了幾個姑娘。尹國銘說，唱歌沒有女人，一群大男人乾嚎，豈不跟沙漠裡孤狼一樣？嚎聲再大，也是白嚎呀。這個觀點，楊照酉很是同意。

KTV 包廂裡，大家輪著唱。喝過酒的男人們，對音樂是沒感覺的，唱歌只是發洩。但有備而來的女人，卻大多能唱得很好。其中一個白燕子，音色綿軟甜美，很有鄧麗君的味道。衣著雖然豔麗，但唱歌時，時常眼帶哀愁，神態與其他姑娘頗是不同。楊照酉不禁對她多看了幾眼。這個細節被尹國銘發現。於是他讓白燕子坐在楊照酉身邊。楊照酉帶著亢奮與白燕子閒聊，知悉她才十八歲，父親幾年前從礦山下崗，為了生活，去建築工地做工。去年突然中風，躺在家裡不能動。母親老早就有精神病，她只好輟學出來掙錢養家。楊照酉突然動了惻隱之心，回想自己年輕時，沒有機會讀書，下崗後被掃地出門走投無路的心情，不禁說，你到我公司來吧。白燕子搖搖頭，拒絕了。楊照酉有點奇怪，說為甚麼？來我公司，至少有穩定收入呀。白燕子淡然一笑，說穩定不是我的要求，錢多才是。在 KTV 陪酒陪唱雖然不是正經事，但收入高。不然家裡人怎麼辦？

楊照酉聽罷臉色黯然。他平時並不是一個富有同情心的人，但這個坐在身邊的白燕子，楚楚動人，突然讓他心裡冒出諸多憐愛。他望了望尹國銘，眼光朝白燕子身上掃了一下，尹國銘微一點頭。及至夜半，KTV 散了，楊照酉像他平時一樣大搖大擺走出門去。在他上車時，看到了車上坐著白燕子。楊照酉會心一笑，暗中朝尹國銘伸一大拇指。多年來，兩人就是這樣默契。

幾乎就是從這天起，白燕子成了楊照酉的情人。她父親看病的所有費用，楊照酉全都包下。白燕子不再去陪酒陪唱，她只需要呆在家裡伺候楊照酉，然後拿著楊照酉給的錢，大把去花就可以了。

這一切，安冬妮都不知道。

但是，楊照酉的前妻徐福妹卻看在眼裡。畢竟，尹國銘跟楊照酉是多年工友，尹國銘的老婆跟徐福妹也相識多年。楊照酉身邊人更都是當年老同事，這種八卦，自是他們家中飯桌上的笑料，不可能不在暗中流傳。何況，這些人都在為楊照酉打工，五味雜陳，羨慕嫉妒恨，總歸也是有的。徐福妹很容易知道楊照酉所有的花事。

安冬妮欲去美國，楊照酉心想你離得遠遠的才好。不止是為了白燕子，就是為了她的那句話，楊照酉也覺得安冬妮如果身在國外，於他們來說，會有更多的安全感。對安冬妮去美國看房子，楊照酉表現出極大的積極性。他讓公司的律師，幫助安冬妮填表格、複印各種資料，以及盡快辦理各種手續。

房子進入裝修階段後，林松坡基本呆在南方。但是這天，他卻匆忙搭乘夜晚航班飛到武漢，落地時幾近半夜。他沒去酒店休息，而是連夜趕到青岩城。並且一落地便給楊照酉打電話，要他立即找一處安全的地方，他有重要事情跟他談。

楊照酉正與白燕子混得風生水起，聽到電話，第一感覺是有大事發生，而這件大事，必是BM計劃被人狙擊。他剛剛在白梅湖一個高檔小區為白燕子租了套房，聽完電話，立馬對白燕子說，今晚我有重要事情，你先回家去，明天我再接你過來。說完塞給白燕子一疊錢，然後說，這個算是我今晚賠禮的。白燕子原來對夜晚回去頗不樂意，但接過錢，數了數，約近萬元，便也覺得相當合算。二話沒說，披了衣服，便出門。楊照酉送她到小區門口，看著她上了出租車，然後立即把地址發給了林松坡。

這個小區就叫白梅湖水岸，算是青岩城的高檔樓盤。楊照酉在小區門口接到林松坡時，林松坡的臉色很不好看。楊照酉不敢問，只是東扯西拉說點閒話，引領他到租房室內。

一進門，林松坡便說，你確定屋裡沒人？楊照酉說，當然。林松坡說，上次在你家，你也確定過。但是其實屋裡有人。楊照酉大驚，說怎麼可能？

這是一套三居室的房子，林松坡一一看了過去，連衛生間也都看過。楊照酉說，真的沒有任何人。出了甚麼事？社會上有傳言了？

林松坡檢查完房間，方坐在沙發上，說社會上沒有傳言，但你老婆心計好深。楊照酉說，怎麼回事？林松坡說，她根本沒有帶學生參加考級。楊照酉大吃一驚，說不可能呀。林松坡說，雨大太，為了學生安全，考級改期了。那天她在藝術館沒事，就坐同事的便車回了家。我派人調查了。就是這樣。連送她回家的人我都問過。她到家的時間，大約在我們進你家前十分鐘左右。

楊照酉臉色都變了，說我們不是檢查過嗎？林松坡說，我們沒有檢查衛生間吧？楊照酉回憶了一下，記得他們連臥室都沒有進。林松坡說，很有可能她當時在衛生間，沒有出來，然後偷聽到我們所有的談話。

楊照酉覺得林松坡的推理有道理，不由大罵，這個狗娘養的，居然這麼陰險。林松坡在楊照酉破口大罵時，並沒作聲，他靜坐在那裡，仿佛在想著甚麼。楊照酉罵著罵著，突然想起林松坡在他家裡說過的有關「自我了斷」的話，就覺得有點不對頭了。他收了聲，心裡湧出些膽怯。小心翼翼問道，那那那，那現在，我們要怎麼辦？

林松坡語句輕鬆道，你覺得我們收手還來得及嗎？

楊照酉靜了下來，回想他們的所有計劃。樓盤的主體建築幾乎已經完成，裝修業已進場。一旦有人洩露他們的計劃，就是傾家蕩產他們也是賠不起的。更何況……楊照酉有點不敢再想。

林松坡說，想明白了？楊照酉沒回答。林松坡又說，事已至此，我們已經根本輸不起了。安冬妮一旦說出去，這就是天崩地裂的事。

這番話讓楊照酉心裡通通地亂跳。他驀然冒出一句，可是、可是，她到底是我老婆呀。而且，社會上並沒有傳言是不是？林松坡說，現在沒有，但是炸藥包和點火索都在人家手上捏著。她想要爆，隨時都可以爆的。楊照酉說，不可能吧？她到現在甚麼都沒有說過，可見她也是不願意說的，對不對？我們可不可以把她變成我們的同謀？林松坡說，女人的嘴是很長的。你覺得她能為我們保密？楊照酉說，讓她成為同謀，多分一點錢給她，想必她也是肯的。林松坡說，我們這些人的把柄就永遠被她在捏手上？楊照酉想，這倒也是。安冬妮有了這把柄，真是隨時可以威脅他們。

林松坡繼續說，按行規，這個人不能留。楊照酉渾身都軟了，他半天說不出話來。安冬妮的面孔立即在他眼邊晃動，他想他還是愛她的，而且捨不得她。林松坡又說，但她是你的老婆，決定由你做。楊照酉聲音都有些發抖，他說，她她她，準備馬上去美國，正在辦手續。林松坡淡然地「哦」了一聲。

然後是兩個人的沉默。楊照酉終於耐不住了，說你到底是怎麼想的？林松坡說，她怎麼突然想要去美國？以前不是說她不願意去嗎？楊照酉說，我兒子要去美國讀書，我們打算在美國買棟房子。讓兒子上學有地方住，我讓前面那個女人去照顧我兒子。這樣，安冬妮決定親自去看房子。她不准我把房子的名字落在兒子名下。她怕那個女人搶去了。林松坡說，這個理由倒也蠻自然。但是會不會有另一種可能？她到美國去，然後把我們的方案暴露出去？楊照酉忙說，絕對不會，她沒那麼傻。我是她老公，她暴露我們的方案，對她也沒好處呀。她是個愛錢的女人。林松坡說，我只是奇怪，她分明聽到了我們說的話，卻一直裝著甚麼都不知道，要說你這個老婆，應該不是個簡單人。楊照酉說，她一個彈琴的，能複雜到哪裡去？林松坡說，她背後有沒有別的人？楊照酉不以為然道，哪能呢？她其實蠻簡單的。可能我們去時，她在洗澡，洗完澡，我們說話，她也不方便打斷，就沒出來。林松坡說，真正簡單的人，洗完澡出來，聽到客廳有人說話，知道老公帶了朋友上門，會急忙出來說對不起，然後送茶倒水。我老婆就會這樣。楊照酉說，你老婆是真正的家庭婦女，可是安冬妮怎麼說也不完全是個會侍候人的女人吧？她到底是彈鋼琴的。心裡頭肯定會想，反正你們不知道她在家，就乾脆不出來算了。多一事不如少一事。林松坡說，如果她這樣想，還會是一個簡單的人嗎？楊照酉說，你說的也是。但是總不能為了一件沒有發生的事，就把她……楊照酉說到這裡，有點不太敢說了，他膽怯地望了望林松坡。

楊照酉雖然曾是林松坡的救命恩人，但他從心裡是怕林松坡的。這種怕並不是因為林松坡厲害，而是他真心覺得林松坡有本事。林松坡把他從社會的最底層撈了出來，而且恰是在他人生最落魄的時候。自從他跟著林松坡身後，自己的命運便徹底改變。能改變他命運的人，是能改變世界的。由此，他便對這個人充滿敬畏。

林松坡沉吟半天才說，讓她馬上去美國，短時間內不要回來。你要罩著她，確保她不會把這件事告訴任何人。

楊照酉像是自己得到大赦，趕緊說，好的好的，我保證一切不會有事。她的護照材料已經全了，馬上去北京簽證，我讓她趕緊走人。林松坡說，醜話我要說在前面，如果你發現她有洩露 BM 的半點蛛絲馬跡，該怎麼做，你自己決定。不然，別說馬上到手的錢一分沒有，所有相關的人都得坐牢，而且還會留下自己一輩子都還不清的債。這件事的嚴重性，你要想清楚。楊照酉倒吸一口冷氣，說我明白。我用命來保證，絕對不會有那一天。

36、一個耳光的麻煩

楊照酉萬萬沒能料到，他的話說早了。

安冬妮去公司找律師取簽證材料，恰巧在樓梯口遇到楊照酉的前妻徐福妹。安冬妮一身名牌，傲然地昂著頭，連眼光都不掃她一下，高跟鞋踩得的的哆哆地上了樓。

徐福妹自然不是善輩。斜著瞥她一眼，冷笑道，自己不過一個替代品，有甚麼好得意的？安冬妮覺得她話中有話，便停下腳步，回頭即問，甚麼意思？難道你是正品？徐福妹得意道，我這麼老了，當然不會，可是還有比你更年輕的呀。安冬妮厲聲道，你少挑撥離間。你在照酉面前再怎樣裝孫子，他也不會拿你當回事。徐福妹道，還覺得自己是回事？也不照照鏡子，四十都出頭了，再裝嫩，怎麼比得過人家十八歲的女娃嫩得水靈？安冬妮覺得這話有來頭，立即說，你這種謠言，以為我信？徐福妹笑道，白梅湖水岸小區六棟三單元 502 室，自己去看呀。說完，大笑著揚長而去。

安冬妮站在樓梯口，氣得渾身發抖。這樣低賤的女人，居然可以在她面前耍威風。這身威風難道不是楊照酉給的？而她的話外之音則更是讓安冬妮內心激蕩：這麼說來，楊照酉在外包養了女人？

安冬妮知道楊照酉身邊很多人，都是他以前的老同事，他們彼此之間，幾乎沒有秘密。而徐福妹作為楊照酉的前妻，跟這些人都熟悉，她一定聽說了甚麼。白梅湖水岸小區六棟三單元 502 室。這是甚麼地方？難道楊照酉不僅包養了女人，並且還為他的新歡買了房子？安冬妮想要問清楚，她掉轉身追了出去。

安冬妮看到徐福妹上了公共汽車，徐福妹也看到了她。在公共汽車啟動時，徐福妹伸頭出窗，喊了一聲，小丫頭叫白燕子，連名字都比你可愛。然後發出一陣大笑。汽車走遠了，她的笑聲還在馬路上徘徊。

安冬妮站在路邊呆了好久。她能容忍楊照酉偶爾的拈花惹草。畢竟，那些女人只是楊照酉的玩物，一夜肉體交易而已。用楊照酉的話說，工作壓力太大，有時喝了酒，需要發洩。安冬妮由此也睜一隻眼閉一隻眼。但是，她不能容忍楊照酉在外面包養女人。但凡有蛛絲馬跡，她都會仔細追查。她覺得自己的婚姻已經是自己作出了犧牲。楊照酉雖然有錢，但他畢竟沒有文化，並且離異有孩子。這些跟李江相比，全是短項。只是當時，她頭腦發昏，與他走得太近，又被酒精迷糊，導致跟他上床，做了對不起李江的事。她不能讓李江接受一個這樣的自己，而同時，楊照酉到底可以讓她的物質生活有根本改變。她不用節衣縮食，甚至，她還可以有富餘的錢去購買高品質的衣服和化妝用品，對於女人，尤其一個藝術界的女人，那些東西是多麼重要。綜合各種因素，促使她在楊照酉求婚時，作出決定：嫁給這個人。

新築的馬路，很人性化，隔不多遠，便有小花壇。花壇邊會有石頭的椅子。安冬妮從包裡拿出一本曲譜，放在石椅上，坐了下去。儘管如此，石頭的涼氣，仍然從她的臀下，一直升了上來。她在想，男人有錢就變壞，果然說得不錯。楊照酉有條件掙大錢了，居然敢在外面包養十八歲的小姑娘。一想到自己的身邊人夜夜在外，與別的女人鬼混，尤其對方還是未長成熟的少女，安冬妮心裡的火就是拿冰塊來鎮壓，都是壓不住的。更何況，他居然在條件那麼好的小區裡為她買了房子。他的前妻都瞭如指掌，自己卻完全被蒙在鼓裡。想到這些，安冬妮的牙都快被自己咬碎。

安冬妮知道，如果找楊照酉吵鬧，一定是沒有用的。楊照酉多能說假話，她心知肚明。連楊照酉自己都說，商場上不學會說假話，不學會吹牛，一筆生意都做不成。她想，只有抓姦，當場活捉，有憑有據，才能將他鎮壓下去。就算以後需要離婚，打起官司，楊照酉是出錯方。她屬於受害方，有實據為證，那麼財產分割，對她百分之百有利。

只是，安冬妮盤算，她一個人是不行的，必須找人幫忙。可是她應該找誰呢？李江絕對不能找。李江是她的前男友，為了錢，她選擇與他分手。現在自己的老公包了二奶，她若找李江，豈不是特意請李江看自己的笑話？若是請對門的陳亞非呢？她又轉念，陳亞非跟楊照酉太熟，如果幫她去抓姦，以後來她家小坐都會不方便。況且，王曉鈺這個人，心理陰暗，不是個省油的燈。楊照酉如在外面包二奶，於自己也是丟臉的事，那個王曉鈺不知道暗中會嘲笑多久。所以，這件事必須對所有熟人隱瞞。最好找陌生人，花錢請人，純屬商業行為，應該更為合適。

安冬妮把前前後後有可能出現的情況，仔細想了一遍，覺得自己的考慮相當成熟，便決定行動。她重新回轉到松照公司，裝著甚麼事都沒有的樣子，去公司律師那裡，拿了他幫忙準備的所有赴美材料。然後，出門即打車到街上。她知道，她要找的人，不能距離自己太近，不然以後走在路上偶爾遇到，她會相當難堪。應該去遠一點的地方，平時幾無相遇之時。她問司機，哪裡有搞攝影的店子。司機不知道，但他說，梅東三路，有很多搞創業的公司，甚麼店鋪都有。於是，安冬妮便請他載她到梅東三路。

梅東三路幾乎在城鄉結合部。店鋪租金便宜，這裡有點像電腦一條街，多是年輕人開店。安冬妮找到一家名叫「萬全」的私人攝影室。裡面有一高一矮兩個年輕人在經營。安冬妮明說了是抓姦錄像，錄下完整的，付一萬元。先付定金三千。「萬全」這種小型攝影室，平時一天賺個一千元就是了不得的收入，一下子來一萬，自然樂不可支，立即表示，安冬妮怎麼說，便怎麼做。

萬全攝影室有輛灰色麵包車。安冬妮把地址給了司機，晚上九點後，麵包車即到安冬妮的宿舍門口接上她，然後一同前往白梅湖水岸小區。車到門口，攝影師拿出證件，告訴門衛，他們是來拍攝小區夜間景色的。門衛保安想都沒想，立即放行。

開到六棟三單元樓下，路邊有現成車位。而安冬妮一眼就看到楊照酉的路虎越野，她心裡的怒火立即燃燒到全身。但她時時在警告自己，要冷靜要冷靜。

萬全攝影室的攝影師顯然相當有經驗。上樓後，找到相應的門牌號，他讓助手敲了門。裡面有人問，誰呀？這是一個女人的聲音。攝影師助手回答說，樓下的，你們衛生間好像漏水，把我家的天花板打濕了。

接下來有女人拖鞋踢踏的聲音，然後女人一邊說著不會吧？一邊打開了門。攝影師和他的助理直接闖了進去。女人想要拉扯他們，同時又尖聲叫道，你們幹甚麼？強盜嗎？安冬妮跟在攝影師身後，她一把甩開女人，隨他們一直衝進臥室。

楊照酉正光著上身，躺在床上。突然見衝進幾個人，不由大喝道，你們想幹甚麼？這時的安冬妮走了上前，猛然掀開他身上蓋著的薄被，楊照酉甚麼衣服都沒有穿。安冬妮說，你說我要幹甚麼？楊照酉突然見到安冬妮，立即傻眼了。

那女人還不知道情況，依然大聲叫道，你們要幹甚麼？我叫保安了。安冬妮說，去叫呀，有種你就去叫！女人望著楊照酉露一副莫名其妙的樣子。安冬妮將女人身上的披著的睡袍扒了一下，一掌推她到床上，見她也光著身體。便冷言道，你叫白燕子？我倒要看看你這個燕子是不是全白的。然後對著攝影師說，把這狗男狗女都拍清楚一點。

楊照酉忙說，冬妮，何必呢？有話回家說，好不好？回家我會給你一個交待。安冬妮說，回家？你如果把家當家，人還會在這裡？說是天天在外面忙，我還以為你真的在為家裡賺錢哩。

白燕子明白了安冬妮是甚麼人，儘管才十八歲，但風流場上的腔調，已經十分嫻熟。她說，我當是甚麼大不了的事哩。男人在外面賺錢辛苦，有時候需要輕鬆一下。我又沒打算搶你正房的位置。

安冬妮聽這女人說得輕鬆，一直強迫自己下按的火頭立即按不住了。她上前伸出手，照著白燕子的臉甩了一個巴掌。安冬妮長年彈鋼琴，手勁不會小，白燕子這一陣養得細皮嫩肉的臉，立即顯現出五指紅印。白燕子順勢倒向楊照酉，哭泣道，是你找我的，你說會好好愛護我的，現在，你能由她這樣打我嗎？

楊照酉見安冬妮如此霸蠻，而且他與白燕子正處於如膠似漆的程度中，便也不顧體面，跳下床來，赤身裸體著，照著安冬妮的臉，同樣給了一個巴掌。

安冬妮被這突然一擊懵住了。儘管她跟楊照酉的婚姻有著勉強的成分，但這麼多年，楊照酉對安冬妮很是照顧和關心。在楊照酉的心裡，安冬妮是他的老婆，作為男人，善待老婆，是天經地義的事。何況安冬妮是彈鋼琴的，跟他一起出門，朋友家的酒席間，演奏一曲，他也相當有面子。所以，楊照酉對安冬妮大抵上百依百順。然而這天卻為一個十八歲的白燕子對她安冬妮大打出手。安冬妮沒有還手，只是用狠狠的目光盯著楊照酉，仿佛要把他的靈魂看個透徹。看了幾乎一分鐘，楊照酉被她看得心裡瘆得慌，他正想說句甚麼，安冬妮卻掉頭而去，同她一起的攝影師亦隨之而撤離。

楊照酉知道，自己這一個巴掌，恐怕要打出大事來了。

37、你何必要逼我

安冬妮一行人水一樣湧入，又水一樣洩去。白燕子撲向楊照酉，嬌聲道，你對我太好了。你那個耳光，甩得好漂亮。以後你的話，我全相信。楊照酉卻伸臂擋開了她，迅速穿上衣服。邊穿邊說，你好好呆在這裡，誰來都別開門。有事先打電話給我。說罷，顧不得白燕子的嘀嘀咕咕，匆匆出門。

楊照酉下樓時，已然不見安冬妮等人。他開著車駛到門口，問剛才出去的是個甚麼車，為甚麼要放他們進來。保安說，是輛麵包車，專門來拍小區夜景的。楊照酉說，放屁。他說甚麼你們都信？如果是小偷呢？車朝哪邊走的？保安朝左指了指。

楊照酉朝左拐過，急速前追。他推測這車會先送安冬妮回家。果然追不多久，就見到前面有輛麵包車。楊照酉估計就是它了。他的心倒是定了下來，暗暗琢磨怎麼把這件事擺平。第一，攝影的磁帶一定要搞到手，他丟不起這個人；第二、安冬妮那裡，要捨得錢去安撫，最好不要讓她提離婚；第三、白燕子必須轉移到別的地方。想好這些，他便慢慢地尾隨麵包車，以免讓他們發現後有跟蹤。

一切如他所料，麵包車果然朝著自家的方向行駛。到了宿舍小區門口，車上的安冬妮希望攝影師將適才拍攝的磁帶給她，但是她身上卻沒帶足剩餘的七千塊錢。攝影師則認為，根據合同，錢到賬即交貨。他從攝影機裡取出磁帶，又拿出一個全新的信封，當著安冬妮的面用雙面膠把信封粘好。一邊做一邊說，客戶都會擔心內容外流，你放心，我們有行規。明天你的錢到賬，這個信封就是你的，有沒有被拆過，很容易看出來。你一旦發現被拆的痕跡，可以不付錢，預付的三千塊，也會退還給你。安冬妮說，好吧。我明天早上過來拿。

安冬妮下了車，她朝著麵包車揮揮手，轉身走進宿舍大門。麵包車繼續朝前開，楊照酉並沒有驅車回家，而是繼續尾隨麵包車。拐了好幾道彎，麵包車在一條小街的門面前停下。楊照酉看到這裡是梅東三路，心想，你這個婆娘跑得倒遠。他也將車停在了路邊，暗暗跟著攝影師和他的助理到了一家店面門口。門面上的招牌，在燈光下很醒目，上面寫著：萬全攝影工作室。他想，萬全個屁呀。

攝影師與其助理前腳進門，楊照酉後腳即跟進。兩人都嚇一大跳，立即擺開架式，準備保護自己。楊照酉搖搖手，說我來不是打架的，而是來談生意的。我知道，你們拍我，不是因為恨我，而是做生意。既然是做生意，就好辦。

攝影師見楊照酉態度和善，便為他讓座，又讓助理拿來礦泉水。然後說，您說得對，我們就是做生意。沒辦法，要生活呀。楊照酉說，理解理解。想問一下，攝影機裡的磁帶已經給了我老婆，還是在你們手上？攝影師說，約定明天早上來取。楊照酉說，她給你們多少錢？攝影師說，是她自己開的價，預付定金三千，拍完後，再付七千。剛才她的錢沒帶夠，所以約了明天早上帶錢取貨。楊照酉心想，他媽的，拿著老子的錢，這樣大手大腳花。但他的臉上依然掛著笑，說那就好，我加一倍，你們把它交給我。明天她來，你們把三千定金退給她就是。哦，你們違約了，那就給她加倍吧，她也沒有吃虧。這錢，當然也是我出。攝影師的助理當場就驚叫出聲，說加倍？楊照酉笑道，我出兩萬六，你們賺兩萬，我老婆賺三千。應該很公平吧？說起來也是醜事，留著那東西有甚麼意義呢？弄不好家破人亡。交給我，毀掉它，你們也當做善事，對吧？

攝影師幾乎沒有說話，助理有點急不可耐地拿出適才當著安冬妮的面封好的信封。楊照酉說，前面就是銀行櫃機，一起去？江湖規則，一手交錢，一手交貨。

楊照酉用了三張卡，才取夠錢。拿到磁帶時，他當著攝影師的面把磁帶抽出，然後，找他借了火柴，直接焚燒。他把帶著火的磁帶，揚手扔進腳邊花壇的花雜木叢中，看著它完全燒盡。三人相互道別，楊照酉最後交代一句：替客戶保密，沒問題吧？兩個年輕人幾乎同時說，沒問題。

辦完這件事，楊照酉的心裡十分踏實，開車時他甚至哼起了小曲，他想，你安冬妮還有甚麼招？

楊照酉到家時，十二點都過了。上樓遇到對門的陳亞非穿著睡衣出來倒垃圾。楊照酉笑道，真是好男人呀。陳亞非也笑，說晚飯後忘記了，明早老婆起來發現，又得一頓好罵。兩人說笑著，擦肩而過。

家裡的門被安冬妮反鎖著。楊照酉只好敲門。屋裡無人應聲，楊照酉便打電話。陳亞非倒了垃圾上來，見楊照酉仍然站在門口，便問，怎麼？反鎖了？楊照酉說，是啊，冬妮膽小，晚上總是反鎖門。大概睡著了，電話也打不通。陳亞非說，大聲叫吧。楊照酉笑道，這回可要鬧著大家了。說罷一邊捶門一邊大聲叫道，冬妮！開門呀！我回來了。陳亞非笑說，整個樓都能被你叫醒。

屋裡的安冬妮自然是沒有睡覺，她正趴在床上哭泣。聽到楊照酉叫門，先是沒理，後來居然聽到他大聲叫門，而且還在與對門的陳亞非說笑。她擔心家裡的事被旁人知道，便佯裝著被叫醒的樣子，前去開了門。

安冬妮打開門即回臥室。她趴在床上繼續哭泣。楊照酉走過去，坐在床邊，說是我錯了，百分之百是我的錯，求老婆饒我一回。安冬妮哭道，你在外面偷人不說，居然幫那女人打我。楊照酉說，那我應該怎麼辦？是你做得太過分了呀。虧你想出這種詭計，居然帶著人來拍我。你讓自己的老公丟人現眼，難道你就有了面子？安冬妮說，關我甚麼事？這都是你自找的。你活該。楊照酉說，別以為自己有多高明，好好過日子吧，明天我打給你十萬塊錢好了。安冬妮說，你休想用這點錢收買我。楊照酉說，那你要怎樣？把今天拍攝的東西公佈出去？可是你也不想想，你是甚麼人，我是甚麼人？你怎麼覺得自己有本事跟我玩？安冬妮說，甚麼意思？

楊照酉不覺大笑出聲，笑完說，你費盡心機做這麼大件事，怎麼錢都不帶夠呢？安冬妮心裡「嗵」了一下，忙說，你做了甚麼手腳？楊照酉笑道，很簡單呀，生意人就是按生意規則做，我多花一倍的錢，把它買了回來。對了，那個磁帶的渣子，就在萬全店旁邊花壇的雜草裡。你明天可以起個大早，把它們撿回來了，看看還能不能看到一點人影。說完想想自己今晚的策略，不禁又笑了起來。笑完又說，記得明天去把訂金要回來，要他們加倍，別太好死了那倆小子。

安冬妮氣得渾身發抖，擠壓在胸口憤怒，多得令她說不出話來。楊照酉說，我今天出了醜，你今天出了氣，扯平了。可是話還是要跟你講清楚。男人總是容易犯這種錯誤，女人如果聰明，就不用去管。有足夠的錢給你花就是了。當初你嫁給我，不就是為了這個嗎？以後我的錢只會更多，你想怎麼花就怎麼花。但是，條件只有一個，你花的時候，也允許我花。這其實很公平，是不是？

安冬妮幾乎顫抖了好幾分鐘，她終於讓自己鎮定了下來。只是，她的心裡已然涼透，說出的話，也很冰冷。安冬妮說，我知道我錯了。楊照酉說，想通了？這才對嘛。也不用認錯，我會原諒你的。安冬妮繼續說，我知道我錯了。是看錯人了。離婚吧。

楊照酉大驚，說就為這個？安冬妮說，就為這個。楊照酉說，這是件很小的事呀。安冬妮說，在你是小事，在我就是天大的事。楊照酉說，你有沒有想清楚，你離了婚，還能找到像我這樣的？安冬妮說，我誰都不找。我拿著錢過我自己的舒服日子。楊照酉說，既然是你要求離婚，那就別指望能拿到多少錢。安冬妮說，你出軌，是有過錯方。楊照酉一笑，說拿證據說話。

安冬妮怔了怔，突然意識到她的證據已經沒有了。楊照酉說，我無過錯，不然，你這麼急著離婚，是在外面有了人嗎？安冬妮說，放屁！你拿證據呀？楊照酉說，這就是了，我沒有證據，你也沒有證據，誰也別說誰。

楊照酉再一次把安冬妮話語堵住。安冬妮氣得簡直要發瘋。她大聲道，你別得意得太早。我既然決定了離婚，就一定要離。楊照酉也火了，說你是玩真的？你要玩我就陪你玩！家底你都清楚，要甚麼你挑吧，我淨身出戶也可以。作為男人，我這也算很仗義了吧？

安冬妮冷笑了一聲，說我的確知道你的家底。我也不要多的，我只要一半。你買的三套新房，加上別墅，一共四處房產，都是婚後買的，我要兩處。你可以隨便給哪兩套。家裡的錢，一人一半。

楊照酉說，真是個好女人。好吧，我本來想全都給你，既然你只要一半，我當然很高興。安冬妮說，這些都要寫進協議裡。另外，還有……安冬妮說時頓了一頓，彷彿是猶豫了一下，但是，她的話頭已經到此，她突然不想收回去了。安冬妮說，你馬上就有上億元的進賬，這個我也有一半，必須寫進協議中。

楊照酉怔住了，說你講胡話吧？哪來的甚麼億元？安冬妮冷然一笑，說若要人不知，除非己莫為。你真以為你們的BM計劃沒人知道？放心，我知道也不會說出去，但我要分到錢。你們賺幾個億，給我五千萬封口費，也算很公平吧？

楊照酉深藏在心裡那顆雷，幾乎就要爆了。但是，這事太大，他的手掌緊緊抓著沙發扶手，沙發的皮都被他掐破了。他忍下了自己，用盡量平靜地語氣說，有些事，你是玩不起的。千萬不要失了分寸。

安冬妮見楊照酉軟了下來，心裡有幾分得意，她顯得很輕鬆地說，我才懶得管你甚麼分寸不分寸的，我只要錢。哦，對了，工程還沒完，錢沒全進賬。你可以先欠著，但離婚協議裡得寫上這個。否則……

楊照酉心一凜，搶著問，否則又怎樣？安冬妮說，很簡單呀，我得不到，大家也都得不到。楊照酉依然忍著說，你想怎樣？這可不是好玩的事。安冬妮說，你剛才不是說陪我玩嗎？

楊照酉這才意識到，安冬妮並不好對付。她居然在手上捏了兩個雷。他拆掉一個，卻還有一個更大的在後頭。而且這顆雷，一旦引爆，他們付出的代價就太慘烈了。這一瞬間，楊照酉知道，安冬妮把她自己送上了不歸路。

楊照酉在屋裡來回踱步。他的心裡已是風雷激蕩，但臉上卻保持著平靜。安冬妮說，你別走來走去。行，還是不行，給句話。行是一個結果，不行也是一個結果。

楊照酉停下來，以非常冷靜的口吻告訴安冬妮：他可以答應她的所有條件，但是前提只有一個：她必須保密。安冬妮表示，只要這個內容簽進協議裡，她不會跟錢過不去。楊照酉說，既然大家意向談妥了，我明天讓律師擬協議，你的要求都可以跟律師談，錢數先空著，我們倆當面填。你全部同意了，最後才簽字。婚姻一場，好聚好散吧。安冬妮說，同意。

夜已深了，安冬妮說，既然一切都搞定，你也可以走了。回到你的白燕子那裡吧，把好消息告訴她：你可以明媒正娶她了。她那麼年輕，或許還會跟你生個兒子。楊照酉說，你說得不錯。

楊照酉在安冬妮的注目下，拿了幾件衣服，果斷地離開了家。但他並沒有去找白燕子，而是驅車出了小區，駛到林蔭樹下，停車下來，長想了很久。幾近凌晨，他終於還是給林松坡打了一個電話。

林松坡正在睡夢中，一見電話是楊照酉的，立即知道出了事，沒等楊照酉開口，直接就問，出事了？楊照酉便把之前的事情簡要地陳述了一遍。林松坡一直靜聽著，楊照酉見他默不作聲，心裡直發毛。楊照酉說，全是我的錯。你覺得應該怎麼辦？林松坡說，你自己看著辦。你是想坐牢到死還是想花天酒地地活，也都在你一念之間。楊照酉說，我知道怎麼做。林松坡說，那就到南方來吧，我們正好有事商量。你有很多不在場證人。楊照酉說，明白。

關上手機時，天都快亮了。楊照酉回想起他怎樣認識安冬妮以及他怎樣設計追到她的過程，心裡不覺有些痛苦。

楊照酉想，你知道我是疼你的，可是你又何必苦苦逼我？

第十章

38、兄弟一場

尹國銘的七彩飯莊開在百子路上。餐館的法人是他老婆彩彩。當年尹國銘和楊照酉是同車間同班組的工友。兩人都是車間的保全工，同住一個職工宿舍區，上下班同來同往，兩人都講義氣，有事相互幫忙，關係一直不錯。尹國銘面孔黝黑，練過武術，在江湖上也算有點名頭，人們管他叫黑哥。鄰里但凡有事，他都會出手相幫，為此，追隨他的人，也不算少。下崗時，兩人幾乎前後腳離開車間。所不同的是，楊照酉的老婆以堅決的姿態與他離婚，而尹國銘的老婆彩彩卻表示願與丈夫同甘共苦。

下了崗的尹國銘由老婆彩彩出面找人，在商場倉庫找了一份保安的工作，雖不如之前在廠裡當工人神氣，但總算有了一份可以續命的工資。而那時的楊照酉卻陷入人生最困頓時期：工作沒有了，老婆又要將他掃地出門。尹國銘見他心情不好，時常找他出來喝酒，安慰並勸他趕緊找份事做。楊照酉喝了酒，卻沒有積極找工作，只是在家裡怨天尤人。他給自己的理由是，老婆要跟他離婚，他連活下去的勁都沒有了。

沒有好心情的楊照酉卻有好運氣。這運氣的種子是他多年前的善行所埋。當他終於簽了離婚協議，情緒頹唐著去赴尹國銘的喝酒邀請時，走在路上，那粒種子恰到好處開花結果：他遇到了林松坡。由此，他的命運完全改變。跟著他一起改變命運的，還有邀請他喝酒的尹國銘以及另幾個工友。

楊照酉有了自己的公司，最初開辦時，尹國銘根本不相信楊照酉能辦成事。儘管尹國銘解決了溫飽，卻依然清貧。他還是更願意有自己穩定的日子。他想，有飯吃，有小酒喝，不操勞不奔波，還有老婆陪著，等兒子健康成長，其實也蠻好的。

而楊照酉則自那天開始，全力操勞和奔波起來，幾乎沒有時間前去赴他的小酒局。楊照酉在林松坡的一手引領下，居然把公司辦得風生水起，不光日子富裕了，而且買車買房找新老婆，老婆比原先的年輕漂亮不說，且會彈鋼琴。尹國銘有點坐不住了。偏偏這個時候，他的兒子查出來白血病，一家人頓時陷入地獄。

尹國銘並沒有去求楊照酉。其實不是不想求，而是人在絕望之中，還沒來得及想到求人。但楊照酉卻聞訊而去。當場拿出十萬元錢給他兒子治病，並邀請他來松照公司工作。楊照酉讓彩彩辭職回家，全力照顧兒子。他給尹國銘的薪水比他們倆人過去所拿合起來還多，完全可以支撐一家人的日常生活和兒子的醫療費用。面對楊照酉的豪爽，尹國銘幾乎要下跪答謝了。楊照酉卻說，當年如果不是黑哥時時邀他出來喝酒，開導他，恐怕他不是發狂砍人，就是跳了長江。又說，兄弟一場，就該這樣。

從那天起，尹國銘便跟了楊照酉。有一點楊照酉也說在了前面，在公司，他是老闆，場面上，兩個人不可能平起平坐。私底來往來倒是沒關係。此一刻的尹國銘，根本不用說甘當下級，就是為楊照酉死，也是願意的。

當尹國銘兒子的病情穩定下來，靠藥物維持時，楊照酉盤下百子路和七筷街交叉口附近的一個店面，讓尹國銘開了個餐館，由彩彩經營。餐館位置好，生意不錯，除了給兒子買藥，平時還略有盈餘。尹國銘隔三岔五會約楊照酉過來喝小酒。在他眼裡，楊照酉不只是他的工友他的兄弟他的老闆，更是他的恩人。楊照酉在尹國銘無數次的感謝中，都只是說，兄弟一場，難道不該這麼做？

尹國銘的兒子，在初中時，病情開始惡化，醫生表示最好還是換骨髓。檢查下來，尹國銘和他老婆的都不行，只能等待骨髓庫配對。楊照酉表示，一切放心，他就是尹國銘的靠山。只要骨髓庫通知，所有費用，都不是問題。尹國銘為了楊照酉的這句話，和彩彩一起，抱頭哭了一場。尹國銘說自己這輩子沒甚麼本事，卻幸運交了楊照酉這麼個朋友。彩彩說，這就是你的本事呀，你懂得跟甚麼人走。

對於楊照酉來說，他就是需要尹國銘這樣一個知根知底，隨叫隨到，任何事都聽他指揮的朋友。其實，這樣的事，楊照酉是沒腦子想到的，而是林松坡的提醒。林松坡說，你得找一個忠心耿耿，隨時能為你出力賣命的人。生意場上，必須得有這樣的幫手。楊照酉說，我的江湖朋友多的是，大家都很義氣。林松坡說，現在不是古典的江湖時代，現代文明社會，沒有義氣，只有契約，沒有契約，還有恩情。恩情不是指小恩小惠，喝酒時拍拍胸脯，而是大恩大情，是你的命與他的命攪在一起的東西。

楊照酉立即被點通。這樣的關係，就像自己和林松坡。林松坡為了他，豁得出一切，反過來，他為了林松坡，也是可以捨命相報的。這不是江湖義氣，他們之間就是恩情關係。

尹國銘正是楊照酉的首選，他大膽仗義而且敢做敢當。但在過去，多是尹國銘照顧他。

現在的尹國銘日子過得也不錯。楊照酉無法與他之間形成大恩大情的鉸鏈，他斷然放棄了尹國銘。

恰是這時，他突然聽到尹國銘兒子得病的信息，而且是足可讓一個家庭傾家蕩產的白血病。他心裡幾乎是打著小鼓來慶幸了，覺得關鍵時刻，上帝總是會給他雪中送炭。於是，他及時去了醫院，及時幫助尹國銘解決最困難的問題。對於男人來說，兒子的命其實更重於自己的命。尹國銘順理成章地成了楊照酉身邊最忠心的幫手。白梅湖山苑樓盤裝修開工後，楊照酉特意成立了保安部，任了尹國銘為保安部總管，全封閉裝修，所有裝修工人，頒發出入證。尹國銘初時不明白。楊照酉說，這麼大個樓盤給我們一家公司做，是林總的照顧，你以為不招同行忌恨？這一說，尹國銘明白了，立即表態，說保證連外面的蚊子都飛不進來咬人。楊照酉說，防盜防賊防記者。如有記者前來採訪調查，就讓他們直接找林總。一切由林總說了算。尹國銘說，林總又不在青岩，他們怎麼能找得到？楊照酉說，就是找不到，才讓他們找呀。尹國銘立即醒悟，說皮球就是這麼踢的。

這天的楊照酉回到公司，心情沉重，想在辦公室打個盹，卻怎麼都睡不著。安冬妮溫柔的表情和安冬妮尖刻的聲音都在他腦子裡打轉。他時而猶豫時而決斷的念頭，也在交替輪回。

尹國銘上班時，見楊照酉面容憔悴，便笑道，被白燕子整的？楊照酉說，別提了，都是你幹的好事。尹國銘奇怪了，說怎麼？這小妞訛詐你？好大的膽，讓我去收拾她。也怪我，這幾天，小奇的病又有些惡化，聽說有了配對的骨髓，我天天在跑醫院，想搶個先。

楊照酉說，孩子的事是天大的事，我們都不算甚麼。尹國銘說，可不是？只要讓他好起來，我搭上命都心甘。那女人到底怎麼了？楊照酉說，唉，說起來慚愧，是我離不開她了。

尹國銘笑了起來，說原來如此，難得你鐵漢柔情。楊照酉說，可是麻煩來了。尹國銘說，這有甚麼問題，包二奶的人多的是，又不是你一個。

楊照酉便將頭晚上安冬妮找人捉姦並全程錄像的事說了一遍。但他沒有提那盒磁帶已經被他銷毀。尹國銘大驚，說你家安冬妮竟然這樣陰險？楊照酉說，是呀。尹國銘說，那就甩了吧。現存的白燕子，年輕漂亮，說不定還能跟你再生個兒子。楊照酉說，沒那麼簡單，我有把柄在安冬妮手上。我不光得淨身出戶，而且她還要五千萬補償。尹國銘大驚，說五千萬？這哪能賺得到呀？楊照酉說，可不是？等於說我這輩子賺的錢，全都給她，我自己只能留口飯吃，還不知道夠不夠。尹國銘說，這婚姻法也得講道理呀，上法庭都不會同意。楊照酉說，這能上法庭嗎？我不給她，她就把拍下的視頻找地方播出去，我光著身子搞女人的樣子，沒準全國人民都能看到，那我以後還活不活呀？尹國銘說，那怎麼辦？楊照酉苦著臉說，我答應了她，說先找律師擬協議。她要求這些內容全得寫進協議裡，她同意了才行。我不穩住她怎麼行？萬一她瘋起來，把那個視頻傳出去，天下就大亂了。尹國銘大怒了，說這這這，怎麼會有這樣惡毒的女人？

楊照酉長嘆道，也是命。活該我命中有此一劫。這些年走得太順，老天爺不樂意，又要讓我當回窮光蛋。尹國銘說，不能這麼著，不能由著這個女人擺佈。楊照酉說，視頻在她手上，我有甚麼辦法。尹國銘說，找幾個人上門，逼她交出視頻來，女人膽小，都會以保命為主的。楊照酉苦笑道，你以為她沒腦子。她說我若找人威脅她，她只要有一口氣，也會把視頻推出去。尹國銘狠狠地說，那就讓她沒這一口氣。

楊照酉彈似地跳起來，瞪大著眼睛望著尹國銘，然後又坐了下去。兩個人之間出現奇怪的沉默。這沉默，仿佛在空氣中緩緩勻染，漸漸散開。

尹國銘心裡有幾絲銳痛，仿佛被錐子扎了幾下。他想，如果楊照酉窮光蛋了，他兒子置換骨髓的費用就得落空。就算自己賣房恐怕也支撐不了多久。後期的藥物治療，更是無處可尋。他兒子的一條命是繫在楊照酉身上。站在楊照酉角度，以他對自己的仗義相助，不能這麼讓他被人訛詐；站在自己兒子的角度，楊照酉賺錢，他兒子的命才有指望。然而，安冬妮卻在楊照酉這裡打了一個死結，這個結，必須由他來為楊照酉解開。

尹國銘先打破彌漫滿屋的沉默。他說，我幫你搞定這件事。楊照酉顯得不明白的樣子，說黑哥，這話怎麼講？尹國銘說，問你兩件問題。第一，你可不可以重新成家，永遠見不到這個女人。楊照酉說，當然可以，她本來就是堅決要和我離婚呀。都走到這一步，今後再見不見又有甚麼意思？尹照銘說，嗯，這個回答只能是剛及格。就當這女人死了？楊照酉心裡「咚」了一下。然後說，我可以當她死了。一想到她手上捏著我的視頻，我真是恨不能把她碎屍萬段。尹照銘說，有你這句話，我心裡有數了。楊照酉說，那第二句？尹國銘說，第二句，我兒子的命，你可以保證他的所有醫療費用嗎？楊照酉說，廢話！兄弟一場，你說到哪去了。我只要有錢，能不管你兒子？小奇跟我關係怎麼樣？這你曉得。這不跟我自己兒子一樣嗎？尹國銘說，好，一言為定。你先打二十萬到我老婆的賬上。如果出事，我絕不咬任何人。我的老婆兒子都交給你了。楊照酉說，扯甚麼哩？我們多年兄弟，我的事是你的事，你的事當然也是我的事。

話說到這裡，兩個人之間，又出現了沉默，但是那種奇怪的感覺，卻沒有了。仿佛彼此心裡都有了一份踏實。

38、風雨交加的夜晚

暴風雨的到來，有時候根本想不到。安冬妮下班回家，走到半路，雨便下了起來。她又一次被淋得濕透。安冬妮是有小車的，但是宿舍小區是老式的，幾乎沒有停車場。這裡離她上班的地方很近，她寧願騎著電動車來來往往。於是，她的車，就總是放在郊區別墅的車庫裡，只有節假日，才開出門遊玩。

安冬妮既然決意離婚，就想著要把別墅的車先開出來。別墅住著楊照酉的父母，兩個老人已經住慣了那裡，想必楊照酉也不會把別墅分到她的名下。再說，別墅買得早，樣式也已不被安冬妮喜歡。安冬妮想，等錢到了手，可以買最新式樣的別墅。甚至，她想，到美國去買幢別墅也是可以的，有這麼多錢，她慢慢地花銷著過日子，就算完全不工作，再買幾套房子，用來出租，憑租金養老，也完全夠了，何況她還有一大筆錢，這筆錢足夠她去做任何想做的事情，比方，自己開一個鋼琴學校。而且，有錢還可以找到更理想的男人，不必跟著楊照酉這種老粗。有時候帶著他跟同行聚會，雖然衣服都是名牌，但他的那份俗氣和粗魯，也經常被同行們暗地嘲笑。現在，這一切都可以切割乾淨。想到自己的未來，安冬妮竟然有幾分喜悅。她想，不知道是不是應該感謝一下白燕子。

下午，她接到楊照酉的電話，說律師正在起草離婚協議，這兩天可能會跟她聯繫。協議讓她先過目，她認可後，兩人再當著律師的面簽字。由律師陪著一起去辦離婚手續。楊照酉說得很客氣，安冬妮突然覺得哪裡有些不對勁。她想，為甚麼會這麼順利呢？難道楊照酉真的被自己威脅住了？

雨太大了，打著窗子啪啪響。陽台玻璃房的窗子沒有關嚴，雨水進到了屋裡。安冬妮放下心思，忙不迭地找拖把，把水拭淨。這個玻璃的陽光房是當年楊照西幫她裝的。楊照西說，她可以坐在這裡一邊曬太陽一邊聽音樂。安冬妮拖地時，想到這個，心裡竟有一點小小的難過。

夜晚，雨越發大，夾雜著閃電打雷。這是安冬妮最是害怕的事。她忙給對面的陳亞非打電話。楊照西不在家時，但凡打雷天，她都會如此這般。這件事，她也跟王曉鈺早說好了。她跟陳亞非的關係，王曉鈺很清楚，兩個人就是因為喜歡音樂，而成為朋友。只是他們喜歡的側重點不完全一樣。安冬妮是純粹喜歡音樂，對音響並不那麼講究，而陳亞非則對音響的要求幾近變態，對音樂本身，反而沒那麼挑剔。安冬妮經常嘲笑陳亞非，說你這完全是器材狂，哪裡是為音樂？陳亞非說，沒有優質的器材，音樂的本色怎麼出得來？安冬妮說，靈魂都在旋律裡。陳亞非則說，只有優質的器材，才能聽清那是甚麼樣的靈魂。他們的爭執，永遠沒有結果。但他們卻覺得這樣的爭論十分有趣。因為談得來，所以，除了音樂，他們也會談些私事。她對楊照西，陳亞非對王曉鈺，都有平常人所不知的另外看法。倆人對自己的婚姻都有不滿之意，但同時，倆人也絲毫沒有離婚念頭。安冬妮說，希望我們永遠是朋友，最純粹的朋友。陳亞非說，完全同意。

安冬妮的電話打過兩分鐘，陳亞非便來敲門。安冬妮開門便道，那個雷太嚇人了。陳亞非說，剛才雷一響，曉鈺就說，楊總今天好像沒回來，冬妮大概會來電話了。她的話音剛落，你的電話便到。安冬妮說，還是曉鈺會為我著想。

陳亞非笑了笑，沒有繼續這個話題。其實，他來之前，正為一件小事跟王曉鈺爭吵。他說那樣一番話，無是想讓安冬妮輕鬆一點。

安冬妮給陳亞非泡了茶。兩人東一句西一句地聊天。陳亞非在她泡茶時，順便檢查她的音響。其實安冬妮的音響，也是當年陳亞非幫忙挑選的。陳亞非一直讓安冬妮買一對好點的音頻線，但安冬妮總是不以為然。安冬妮倒也跟楊照酉提及過，但楊照酉認為，無非陳亞非認識賣音響的老闆，幫人拉生意而已。話說到這一步，安冬妮也不好再求，所以就算了。而陳亞非卻不停地為此嘮叨。每次安冬妮都是笑笑，不作回答。這一次，安冬妮依然如此，她不想跟陳亞非多談她和楊照酉的關係，她知道陳亞非是李江的朋友。這套房子的信息，當年也是陳亞非告訴李江，李江動員她換房的。因為這樣朋友加朋友的關係，安冬妮完全不願意讓自己的私生活，成為他們聊天中的八卦。所以，她盡可能給所有朋友留下如此印象，即她和楊照酉生活得很幸福，婚姻關係還算融洽。

外面的雷還在炸響，閃電也一陣接著一陣。陳亞非說，不知道怎麼回事，近兩年大暴雨好像特別多。安冬妮腦子晃過好久前的一次暴雨，家裡坐著幾個黑衣人的事。她的心突然咚咚地跳了起來。手上正在倒茶，一陣顫抖，水都灑在茶几上。安冬妮忙去找抹布。

陳亞非並未介意，只是笑著說，網上發燒友說，下暴雨，江河漲水時聽音樂，聲音的效果和天晴時不一樣。我一直想試一下的。上次暴雨，我正在調試，想驗正一下，是否真的如此。結果我髮小，就是馬一鳴，你是知道他的吧？他家裡出了點事，我出去找了他一晚上。這一次，是你這邊叫人。關鍵時刻，我總是當活雷鋒。

安冬妮被陳亞非的閒扯緩解了情緒，她也笑道，你人緣好呀。有人求你，這是幸福，是不是？我都聽出你的得意了。陳亞非也笑，說那倒是。

兩人便是這樣閒聊。在安冬妮和陳亞非，這一類的閒聊很多，輕鬆而且愉快。雖然，兩人誰都沒有表示出對另一人是否有愛，但那種感情上的依賴，他們自己內心深處是知己知彼的。

茶喝淡了，夜已更深，雷聲漸小。安冬妮也十分乏困。頭晚跟楊照酉兩人吵鬧，沒有休息好。心裡的事，也壓得沉重，她的頭也疼得厲害。陳亞非看出她的倦意，便說，雷小了，你早點休息。如果害怕，就再打電話。我讓曉鈺過來陪你。安冬妮說，真的不好意思。我頭好疼，也是該睡覺了。陳亞非說，客氣甚麼呢？這種事，一年也沒一回的。頭疼嗎？睡覺前，抹點風油精，頭會鬆緩一點。放心睡，雷電不會一直這麼鬧。

安冬妮回到臥室，她擔心自己睡不好，吃了一粒安眠藥。雷聲果然在陳亞非離開後，幾近沒有了，雨也在收小。漸漸地，安冬妮的心安穩下來。她沒有夢，所有的夢想，她都可以在現實生活中實現。

回到家的陳亞非見王曉鈺已經睡覺，不想驚醒她，便輕手輕腳地走進自己的音響室。他也覺得自己倦意深濃，搭了地鋪，倒頭即睡。

幾乎在陳亞非熄燈不多久，有人用鑰匙打開了安冬妮家的門，悄然入屋。十幾分鐘後，這個人又悄然而出。夜深人靜，雨依然下著，淅淅瀝瀝。宿舍小區幾無人跡。這個人在樹影下，疾步而行，然後在小區圍牆一低矮處，翻牆而出。他裹著雨衣，在街上獨自行走。走到拐角的一個公用電話亭，他進去撥打了一個電話，聲音低沉地說，完事了。

39、賭贏了

最先發現安冬妮異常的人，並非楊照酉，而是楊照酉的律師。楊照酉的律師給安冬妮預約了去美國大使館的簽證時間，打電話通知安冬妮。電話通了，卻無人接。連打幾次，都沒接，這種情況頗為反常。律師於是聯繫楊照酉，那時候的楊照酉正在深圳洽談業務。楊照酉便將藝術館辦公室的電話號碼給了律師。可是安冬妮的同事說，她沒有來上班，不知道甚麼原因，也沒有請假。律師又給楊照酉電話，楊照酉說，要不你去家裡看看？難道睡死了。最近她休息不太好，晚上吃安眠藥，不會吃多了吧？律師說，應該不會。楊照酉說，發個短信吧。律師說，有些事需要當面交待，還是電話說比較清楚。楊照酉說，要不你跑一趟？我車上還有把房門鑰匙，你找一下司機小王。叫他送你過去好了。律師說，好吧。

律師和司機小王一起去了楊照酉家。原本律師是一個人上樓，走了幾步，他突然叫司機小王，說還是一起上去吧，她一個女的，萬一真有事，甚麼昏倒了喝醉了的，兩個人好辦一點。司機小王二話沒說，下車即與律師一起上樓。打開門，屋裡是靜悄悄的。司機小王說，人家沒準出門玩去了，家裡不像有人的樣子。兩人說著話，朝臥室走去。結果發現安冬妮躺在床上。她蓋的是一床薄被，一動不動，司機小王便先叫道，冬妮姐。安冬妮沒有回應。他又大聲叫了一次，冬妮姐。依然沒有反應。律師走過去，試著推了她兩下，安冬妮沒醒。兩人有點緊張了。律師小心翼翼地把手指放在她的鼻子上，彈簧似地收了回來，他顫抖著跟司機小王說，好像沒有氣呀。司機小王說，怎麼可能？他也把手放到安冬妮的鼻息處，似乎也覺得沒氣。兩人都慌了，小王使勁推了幾推安冬妮，發現她身體似乎僵硬。律師忙拖了他出臥室，顫抖著給楊照酉打電話。

遠在南方的楊照酉急了，喊叫道，給我打甚麼電話，趕緊打 120，叫急救車。快呀。楊照酉說完，忙跟洽談的對方說，對不起，我得趕緊回青岩城，我老婆好像出了事。

楊照酉在機場時，得悉安冬妮已死的信息，當即淚如泉湧。得幸一路有公司秘書相陪，否則楊照酉幾乎撐不下去。

楊照酉的難過是真的。畢竟，當年他是真喜歡過安冬妮。正因為喜歡，才要跟她結婚。雖然婚後的生活，也有磕碰，但他有錢。有錢便能讓家裡的風暴化解為一池靜水。楊照酉在外面雖然瞞著安冬妮找小姐，但那些女人是他絕不願意娶回家的人。安冬妮是正經人家的姑娘，有著體面的工作，除了沒有生育，其他一切都讓他覺得安全可靠。沒有生育算甚麼，他楊照酉已經有了兒子，他毫不介意安冬妮是否再為他生兒育女。現在，這個人，卻因他而死。他的心很痛，他想，你為甚麼要逼我呢？

登機時，楊照酉接到林松坡的電話，林松坡已聞知他的家事，他沒有問理由，只是慰問了一番，然後再三叮囑楊照酉一定要多想安冬妮的好，更要保持理智。最後一句，林松坡說的是：照酉，我信得過你。楊照酉說，我知道了。謝謝你的好意。

楊照酉到家時，醫生已走，留在家裡的是警察。門洞口開始有人圍著。見到床上的安冬妮，楊照酉扔了手上的包，撲過去放聲大哭。且哭且訴，說昨天還好好的，怎麼突然這樣子呢？你讓我再怎麼過？律師和小王一直在現場，律師想去勸，一警察說，讓他哭一下吧。中年喪妻，心裡是會堵得慌。

楊照酉哭了好一陣，方站起來，抹著滿臉的淚，說醫生怎麼說？是心臟問題嗎？冬妮好像沒有心臟病呀。律師說，醫生只說人是半夜走的。其他的，讓警察說吧。

律師扶著他到客廳沙發坐下。屋裡還有兩個警察。一個年長的，自我介紹說，我叫楊高，是刑偵隊的。說完指了一下年輕警察，說他叫蘇衛，我的搭檔。現在可以判斷的是，你的妻子是他殺。

楊照酉眼珠瞪得都快掉出來，他叫道，甚麼？他殺？怎麼可能？楊高說，法醫已經鑑定過了，確認是他殺。

楊照酉頓時激動起來，眼淚再次流得滿臉，他起身又要衝進臥室，但被楊高按下。楊高說，我理解你的悲傷。但既是命案，你是她的丈夫，我還是要多問幾句。楊照酉捂著頭坐了下來。他聽到楊高問道，你們平常關係好嗎？楊照酉說，我們結婚這麼多年，跟普通家庭一樣，小吵小鬧總是有點，但關係一直還不錯。我平時忙生意，她在藝術館工作，只要不出差，晚上我也都是回家吃飯。他摸出手機，把安冬妮平時發的短信給楊高看。裡面多是問他回家吃飯嗎？也有叫他帶甚麼東西回來。而楊照酉的短信，有不少是我給你買了禮物之類。的確就是夫妻日常對話，沒有矛盾和衝突內容。

楊高把手機遞給蘇衛，楊高又問道，她有甚麼仇人？比方平常與她有過衝突的人？楊照酉說，沒聽說過。是不是強盜進門？楊高說，不像是入室搶劫。但具體的我們還要勘查過後，才有結論。

他們正說著話，一個男人衝了進來，這個人是陳亞非。他對著楊照酉大叫了一聲，冬妮在哪？楊照酉見到陳亞非站起來，撲了過去，抱著他便大哭，嚎叫著，兄弟，冬妮死了。冬妮被人殺死了。這個仇我要報呀！陳亞非頓時淚流滿面，仿佛咬著牙說，她在哪？在哪？

楊照酉的臉朝向臥室仰了一下，陳亞非便一直衝到臥室門口。在那裡，他被蘇衛攔住。他站在門口朝屋內的床上望去，身體倚著門，軟了下去，發出一陣痛苦的哭聲。

楊高有點驚訝地看著他的背影，然後問楊照酉，這位是？楊照酉說，對門的鄰居，他是我老婆的好朋友。楊高說，只是好朋友？楊照酉說，他們都是玩音樂的，只是好朋友，這個我確定。楊高說，哦。

楊高離開楊照酉，朝陳亞非走了過去。楊照酉心裡在琢磨他的問話「只是好朋友」，楊照酉想，這個警察想甚麼呢？未必還想給我戴綠帽？

楊高把陳亞非叫進了楊照酉的書房，他們在裡面談了十幾分鐘才出來。出來時，警察請陳亞非回家。陳亞非走到楊照酉面前，低聲道，兄弟，保重。有甚麼需要幫忙的，儘管說。葬禮時間確定後，告訴一聲。冬妮是朋友們心目中的女神，朋友們一定想要好好送她走。楊照酉點點頭。

葬禮在一周後才舉辦，這個時間是警方確定的。安冬妮是在睡夢中被人勒死，她有掙扎，但幾乎沒有力氣。她體內有安眠藥成分，楊照酉也證實，為了保證第二天上班有精神，她有時會在睡覺前吃一粒安眠藥，只是一粒而已。但這粒藥絕對不會造成死亡。門窗沒有破壞的痕跡，似乎兇手有鑰匙。楊照酉說，家裡安裝的是防盜門，有五把鑰匙。自己手上有一把，車上放了一把，安冬妮一把，另有一把是放在對門陳亞非家，還有一把，就在家裡抽屜擱著。之所以這樣放鑰匙，也是因為經常出門隨手一帶，結果忘拿鑰匙，造成自己進不了門。所以，他們倆都為自己作了一份備用。

追悼會上，安冬妮的朋友們幾乎來了一整個樂隊，他們演奏了貝多芬的《月光》為她送行。這是安冬妮最喜歡的曲子。安冬妮曾經說過，這是她母親最喜歡的。她之所以彈鋼琴，就是小時候，家裡有台舊鋼琴，母親經常一個人坐在那裡彈奏。每逢此時，她就坐在地上，背靠琴凳，玩玩具。有一支曲子，母親常彈，並且說這曲子也是她自己母親最喜歡的。安冬妮熟悉這曲子，但不知道叫甚麼，直到長大，方知這是貝多芬《月光》的片斷。每當她苦悶時，便會彈奏這支曲子。彈時會想，她現在自以為的天大苦悶，與母親的內心之苦相比，真是算不了甚麼。彈完後，心情就會平復許多。安冬妮說，這是她的母親在護衛她。這一類話，安冬妮經常說，朋友們都知道。

整個葬禮的過程，響著月光的旋律。樂隊的朋友們，許多都哽咽著演奏不下去。楊照酉哭得死去活來，幾個朋友架住他。林松坡也來了，他主要陪伴著楊照酉。如有人過來慰問，他都會滿臉哀戚之情，一邊搖頭一連長嘆，說還這麼年輕，太可惜，太可惜了。

陳亞非和王曉鈺自然都參加了葬禮。陳亞非跟李江一起在幫忙佈置靈堂，然後又與樂隊一道，參與送別演奏。王曉鈺一邊抹著淚，一邊照料和安慰楊照酉。

追悼儀式結束後，屍體送去火化。整個樂隊都守在火化室旁繼續演奏。仿佛安冬妮化成灰燼，也能聽到她熱愛的旋律。

楊照酉被人攙扶著到貴賓室裡休息並等候骨灰出爐。王曉鈺也陪在那裡。時間在人們沉默中過去。慢慢地，楊照酉也開始平復心情。

王曉鈺給他倒了一杯水，說人已經走了，也沒辦法。楊總，你一定要多保重，自己總歸還要生活下去。楊照酉說，是呀，想想這也都是命。冬妮總說她媽命苦，活得時間太短，而且死得也慘。可是她比她媽活的時間更短，死得更慘。王曉鈺說，真是宿命。說到這裡，她突然想起甚麼，然後說，對了，冬妮還放了一個藍色箱子在我家裡，說是她媽媽的遺物。現在她已經死了，你還是把它拿回去吧。

王曉鈺說得很隨意，楊照酉心裡驚了一下，他正想問甚麼時，身旁的林松坡對他暗暗搖了一下頭。楊照酉面帶哀傷，頓了一下，方說，我知道。忙過這陣，回家再說吧。

安冬妮被埋在郊外九雲嶺公墓。她的母親也葬在這裡。九雲嶺距白梅山並不算遠，落葬後，楊照酉坐著林松坡的車離開了。

林松坡帶著他直接到明月清風茶寮。蘇望月顯然已知他們會來，備了好茶。一套上好的茶具也放在了「弄清影」包間。進門時，楊照酉滿臉悲傷神情，蘇望月見之，忙上前問候，說楊總請節哀，多加保重。今天給兩位老總備了上好的普洱，喝幾盅，可解鬱悶，通體舒暢。林松坡說，多謝，我們自己泡吧。

兩人進到「弄清影」，便掩上了門。楊照酉的悲傷一掃而去，顯得十分緊張。楊照酉說，你說，安冬妮為甚麼要放一隻箱子在陳家？林松坡說，這件事你完全不知道？楊照酉說，是呀，完全不知道。林松坡說，她會不會寫了甚麼東西，放在那裡了？林松坡說，你能要回來嗎？楊照酉說，當然，這是我老婆的東西，我為甚麼不能要？林松坡說，你先判斷一下，甚麼時候放過去的？楊照酉說，我哪裡知道？林松坡說，你老婆有沒有可能寫點甚麼？楊照酉想了想說，應該不會，她是平常都懶得寫字的人。家裡連像樣的紙都沒有。林松坡說，她有可能錄音嗎？楊照酉說，按理不會。她有這腦子，就根本不至於那樣獅子開大口。這個蠢女人，蠢得把自己的命都丟了。林松坡點點頭，說看來是。她要是聰明一點，就不會這樣囂張。

那……箱子裡有可能是甚麼呢？

楊照酉想了想，說前幾年她外婆去世後，她弟弟回來過。是我去機場接的人，他的行李中倒是有一隻藍色的小箱子。他住酒店，偶爾來我家裡。走時是我送的他，的確沒有再看到他帶走那隻箱子。現在想起來，她弟弟走後，那箱子似乎還在我家放了幾天，我沒在意，再後來，就沒見了。我也從沒多想過。她家過去做古董生意，可能是她外婆留給她的遺物。啊，我想起來了，那時候，我的資金經常周轉不靈，不敢告訴你。我閒聊時問過安冬妮，能不能找她舅舅借點錢周轉一下，以後加倍償還。安冬妮直接回絕了。那之後，我就再也沒有見過箱子。很可能她怕我動她的東西，就放到了別人家？

林松坡說，你這樣說，我覺得還算合理，多半是老早就放到了對門。這很像安冬妮這種女人做的事。林松坡說著，趴在窗上，看湖面。夕陽西下，岸邊的樹影，落在水上。風一吹，樹影便晃動著變形。

楊照酉跟過去，也趴在窗邊眺望。林松坡說，看看，這就是起舞弄清影，是風水起舞。楊照酉說，我沒那個起舞的心情。林松坡突然面對著他，說敢不敢賭一把？楊照酉說，怎麼賭？林松坡說，你家有一把鑰匙放在對門？

楊照酉心猛地跳了一下，眼邊拂過陳亞非的臉。他遲疑了一下，說是的。林松坡說，如果藍色箱子裡有財物，這是不是動機？楊照酉說，也就是說，他具備了兩個條件？林松坡說，他一定知道，你完全不曉得箱子放在他家。楊照酉說，好主意，但這個……這個……對門的老陳，人還不錯，我們經常一起喝酒。林松坡說，孰重孰輕，這就看你怎麼想了。楊照酉說，我明白。絕不能讓警察對我有一絲懷疑。林松坡說，嗯，不能低估警察的手段，但也不必高估警察的智商。

楊照酉想了想，說我想想。

第二天的晚上，楊照酉找出楊高和蘇衛分別給他的名片。他掂量半天，決定給蘇衛打個電話，說是發現家裡丟失了一隻箱子，是藍色的，裡面是安冬妮很貴重的東西。前幾天，心裡亂，沒有留意，今天特意檢查一下家裡是否丟失了甚麼，結果沒有看到這隻箱子。蘇衛問，這箱子放在哪裡的？楊照酉說，在她衣櫃的上層，平時我也不開衣櫃，衣服都是冬妮給我準備，所以沒太留意。蘇衛說，按理說，旁人一般不會知道呀。楊照酉說，也許冬妮跟人說過，這個我不清楚。蘇衛說，我知道了。對了，你家的鑰匙，除了你和你老婆各有一把，確定另外有兩把在他人手上？楊照酉說，確定。一把在我的車上，另一把在對門。蘇衛說，你的司機知道車上的鑰匙嗎？楊照酉說，當然知道，我經常讓他去家裡送東西或者拿東西。蘇衛最後一句說，節哀順變，相信我們一定會找到兇手。楊照酉說，我要親手宰了這個王八蛋。蘇衛說，理解，還是交給我們處理吧。相信警方會給你一個真相。楊照酉說，我還需要給楊警官打電話嗎？蘇衛說，不用了，他正在外地，我會注意這條線索。說完蘇衛似乎想了想，又問楊照酉現在人在哪裡。楊照酉告訴他，在自己的公司。蘇衛說，我晚上過來找你。

果然，晚上蘇衛來到松照公司，他詳細詢問了小箱子的形狀。還讓楊照酉畫了一張草圖。楊照酉對箱子略有印象，但他卻不能說這話。於是大致勾了幾筆，說我大老粗一個，畫畫水平太差。蘇衛說，這樣就可以了。

一連幾天，都沒有動靜。但楊照酉在公安局的朋友告訴他，這個命案局裡非常重視。不只是因為入戶殺人，影響惡劣，也因為楊照酉是著名企業家、市政協委員，所以上級要求盡快破案。負責案子的楊高是青岩城乃至省裡的破案高手，他的助手蘇衛是警官學院高材生。現在是他一手在抓這個案子。

楊照酉的司機小王已經被找去詢問。小王說，得幸那天跟朋友打麻將打了一通宵，如果在家睡覺的話，就說不清楚了。小王尚是單身，一個人住在出租房裡，還真找不到人給他證明他當夜在哪。為了這個，小王專門請那天約他打麻將的幾個人喝了一頓酒。警方的注意力，很快落在陳亞非身上。重要的是，楊照酉家裡的茶杯、茶幾、桌椅、音響到處都有陳亞非的手印，而且是很新的手印，說明陳亞非在安冬妮死的當晚，去過那裡。

這件事連楊照酉都不知道。

警方排查一輪下來，疑點最大的人只能是陳亞非，他具備了所有作案的條件。這個來自內部的信息，讓楊照酉深深鬆了一口氣。他給正在外地採購瓷磚的尹國銘打了一個電話，告訴他安心採購，價格大體上可以，就行了。不用像以前那樣跟人死扣價。

楊照酉再次出差。他這次仍然是去南方。他打算在深圳買套房子。理由是，青岩城是他的傷心之地，到處都有他和安冬妮的回憶。他想換一個環境，跳出自己的痛苦。走前，他給蘇衛打了電話，告訴他這一想法。蘇衛說，理解理解。換作他，也會這樣。楊照酉說，案子有任何進展，請盡快告訴我。蘇衛滿口答應了。

楊照酉聽蘇衛說話的語氣，覺得蘇衛這個人很懂人情，比那天詢問他的楊高容易打交道。心想，以後回去可以走得更近一點。楊照酉到深圳，實際上是想今後把公司落在這裡。一旦有事，可立即跑到香港，沒事就留在深圳。深圳自然也比青岩城熱鬧舒服。這個觀點，他跟林松坡說時，林松坡也表示默許。但林松坡建議他先出國，呆上幾年，觀望觀望事情的結果。他自己是決意出去的，只是去哪個國家，尚未最後想好。

楊照酉從南方回來，直接到別墅跟白燕子在床上打拼得火熱。突然接到電話，讓他去跟警方一起核對藍色箱子的東西。這時他才知道，警方已經暗搜了陳亞非的家，並打開了藍色箱子。在見到裡面的東西後，陳亞非作為犯罪嫌疑人被逮捕了。

楊照酉心亂如麻，他不知道這一把賭得對不對。打電話通知他的人是蘇衛，他顯得很重視地問道，裡面的東西很貴重吧。蘇衛說，當然。不然怎麼會起貪念？楊照酉說，你們怎麼知道箱子在對門？蘇衛說，你以為警察沒腦子呀，我們有我們的路數。楊照酉說，哦。可是，我們兩家關係很好，怎麼會這樣？有沒有搞錯？蘇衛說，所謂知人知面不知心呀，說的就是這樣的事。人一起了貪心，就會失控。你趕緊過來吧，直接到辦公室來。我們忙著哩。

楊照酉聽出蘇衛的語氣，感覺箱子裡應該沒有他害怕的東西。他立即答應道，馬上到馬上到。

藍色箱子裡的東西之貴重，遠遠超出楊照酉的預料。他心裡暗喜，覺得這是天上掉下的一筆橫財。但又抱怨安冬妮，既然有這麼多好東西，還那麼貪財幹甚麼呢？把自己的命都貪掉了。箱裡的東西，除了幾個存摺，主要有幾幅名人字畫三四件小古董，以及一些極精美的首飾，用蘇衛的話說，最值錢的是一隻羊皮袋裡的幾十枚古錢幣。光這個，恐怕就值上大幾百萬。蘇衛給楊照酉看了他們清點的視頻，又和一個女警官當著楊照酉的面，一一核對當時的物品登記。

楊照酉心喜若狂，覺得自己不僅擺脫了沉重的壓力，而且還收獲甚豐。他當下便決定要送一百萬給尹國銘。箱子的側袋裡，有幾個舊筆記本，楊照酉心提了一下，便試著從側袋裡把筆記本拿出來。他拿的時候，暗暗觀察蘇衛，蘇衛並未當回事。於是他抽出來翻了翻，發現是安冬妮母親的日記和安冬妮教學生鋼琴的記錄本，並沒有他們吵架或離婚的內容，心裡暗鬆一口氣，便又放了回去。

楊照酉簽字確認了物品清單，意欲帶回家。恰這時蘇衛接到楊高的電話。蘇衛對楊照酉轉身說了一句，領導正在雲南。然後走到辦公室外，兩人嘀嘀咕咕講了一通。回到辦公室，蘇衛對楊照酉說，領導說，箱子暫時存放在這裡。楊照酉說，為甚麼？蘇衛說，審訊時犯罪嫌疑人堅持說，是安冬妮親自送到他家的，並且再三交待過，這箱子不能給任何人，是她弟弟的物品。楊照酉怔了怔，但馬上又說，公安能相信他的話嗎？再說，冬妮是否有留有文字？蘇衛說，她是突然死亡，當然沒有。但是案子還沒有了結，此外她的遺物是否婚前財產以及是否還有其他繼承人，也都需要查實。東西暫時放在這裡，如須歸還，保證一件不會少。今天特意讓你來清點，也是這層意思。楊照酉說，我當然要聽你們的意見。但是說到繼承人，我應該就是她唯一的繼承人吧？楊高說，並非如此，好像她的父親還在世。

楊照酉愣住了。安冬妮從來沒有跟他談過她的父親，而他也從來沒有問過。現在安冬妮死了，這個人卻像是從泥土裡冒了出來。他長嘆一口氣，說有些人真是有福，兒女活著時，從來不養，兒女死了卻可以分得財產。蘇衛說，這就是運氣呀，運氣。他邊說著，邊送楊照酉出門。

走到門口，楊照酉說，拜託了，請盡快嚴懲兇手，讓我們這些親人們心裡踏實。蘇衛說，放心吧，這案子已經很清楚了。楊照酉說，難得你們如此神速。結案後，找時間一起喝酒。蘇衛說，沒問題。這是我獨立辦的第一起大案，絕對是鐵案，結案報告都寫好了，只等隊長回來簽字。

出了門，楊照酉即給林松坡打了一個電話，他說了三個字，賭贏了。

第十一章

40、他是誰？

最緊張的時候，似乎業已過去。

白梅山湖苑裝修進展也相當順利。尹國銘買回的瓷磚，質量不錯，價格也頗合適。尹國銘說，福建有一家小廠，工人的工資都快發不出了。其實他們的質量不錯，但我要求他們質量再提高一層。這樣我報價可以高過他們平時的批發。不光廚衛瓷磚全交給他們做，連樓梯和戶外的石板也都交給他們。你看，我一下子救活了他們一個廠子。

這天，楊照酉為了慰勞他，約了幾個心腹，一起去七彩飯莊喝酒。關於安冬妮，他們隻字未提，似乎生活中沒有存在過這樣一個人，或是沒有死人這樣一件事。那一天，白燕子也去了。她現在已經公開在楊照酉的朋友中露面，因為楊照酉業已單身。尹國銘一向能喝，不停地向楊照酉敬酒，只是楊照酉說他現在身體不行，不能喝多，白燕子便挺身而出，替他代酒。尹國銘喝多時便說，你老兄下半輩子都在走鴻運呀，白燕子就是上天送給你的禮物。楊照酉說，兄弟，有我就有你，我的也是你的。

恢復單身的楊照酉，除了白燕子，也跟其他女人廝混。以前還需要偷偷摸摸，擔心被老婆發現。現在好了，根本沒有人可以約束他。他覺得這樣的人生真是太美好了。沒有婚姻的世界，簡直就是極樂世界。身邊鶯來燕去，花伴草隨，這是所有男人不易實現的夢想。現在，他就活在這個夢想之中。楊照酉想，當初自己為甚麼非要找個老婆來約束自己呢？不然何至於自己夜半醒來，心懷後怕？

有一天，他帶幾個女藝人去白梅湖邊的明月清風茶寮喝茶。走到門口，居然遇到警察蘇衛。兩人忙打招呼。原來開茶寮的蘇望月跟蘇衛是同村的本家兄弟。這天蘇家有人過生日，蘇衛也被叫過來玩。蘇望月指著楊照酉對蘇衛說，這是我恩公的生死朋友，你要多關照關照。又指著蘇衛對楊照酉說，這是我堂叔的兒子，自家兄弟，楊總也請多多關照。楊照酉和蘇衛都分別笑道，好說好說。

楊照酉拉了蘇衛到一邊，低聲問，案子怎麼樣，結案了嗎？蘇衛說，還沒有，我領導有急事留在雲南。反正這也是鐵板釘釘的事，人都在牢裡，你急甚麼呀。楊照酉說，想想我老婆，多冤啦，恨不能馬上斃了那王八蛋。蘇衛說，理解理解，但急也不行。有確切信息，我會通知你。

兩人說完話，便分別去自己的茶室。突然，蘇望月對蘇衛說，兄弟，你家房子前陣下暴雨，屋頂漏雨，牆面不是垮了嗎？你媽跟我嘮叨幾回了。楊總是做裝修的，請他派兩個工人，補一補，粉刷幾下不就完事了？

楊照酉一聽這話，立即轉身道，有這事？蘇衛說，嗨，我媽就是囉嗦。我都說了，忙過這陣，我自己來弄。簡單得很，屋頂我都弄好了。楊照酉說，這種事，還是我們專業的人來做吧。蘇望月也說，就是，也不是甚麼大事，兩個工人，做一天，乾一天，粉一天，總共三天，全部搞定。我這話不外行吧？楊總。楊照酉笑道，完全正確。小事一樁。蘇警官，你把地址發給我。明天就給你派人去。在老人家跟前就是得圖表現，他們覺得兒子孝順，心裡會特別得意。蘇衛說，說的也是。好吧，那就麻煩了。

這的確是小事，誰也不會對此多想幾分。蘇衛把家裡的地址發給楊照酉，約好時間，讓工人過來，他在家裡等候。楊照酉覺得頭一天上門，自己親自領著工人過去，顯得重視，也顯得禮貌。何況蘇衛這個朋友，他也挺想一交。

楊照酉把這點活派給了機靈爽快、善與人打交道的包工頭老趕。楊照酉電話說，就這一點活，幾個工就能完，別收人家錢，我到時給你補貼就是。

對於包工頭來說，老闆的話就是聖旨。何況的確也沒多少事，老趕立馬滿口應承下來，說這種小活，不用老闆的補貼，我親自帶人去幹，保證老闆的朋友滿意。

其實這點活，老趕一個人幹也沒問題。但是若有個幫手，遞個桶，調下灰，會輕鬆點。想想隊裡的馬一鳴在工地也幹不了多少事，何況一點抹灰的小活，他幹得也算仔細，就順便帶上了他。按老闆楊照酉的要求，兩人拿著工具去了公司。

楊照酉以送工人去蘇家角的名義，帶了幾瓶好酒，拉著老趕和他的伙計一起過去。上車時，楊照酉看到老趕的伙計瘦小呆傻的樣子，見到他一臉怯色，便不爽。老趕解釋說他就是膽小，做活卻相當細心。楊照酉想，這種底層百姓，頭一次見老闆，害怕也是正常。

楊照酉帶著他們，按照蘇衛給的地址，來到郊外的蘇家角。蘇家角因為是在白梅山最北角，村莊沿著山腳往平處擴展，一直伸到了長江邊上。當年蘇家先祖戰亂中由湖南來此，既種田，也打漁。時光綿延，歲歲年年，花枝草蔓，盤根錯節，發展成一個龐大家族。整個白梅山北角一帶，幾乎都姓蘇，人們索性就直接叫這裡為蘇家角。

楊照酉按照蘇衛的地址，七拐八轉，找到蘇衛家，倒也還順。蘇衛家的牆壁主要是被雨水浸泡過。屋頂漏雨滲水，大雨過後，蘇衛已經將屋頂的漏水修整好了。現在只須鏟下壞了的牆壁，重新抹灰，再刷上乳膠漆就沒有問題。的確是小活。

老趕帶著他的幫手進屋去幹活，楊照酉便和蘇衛坐在院子裡喝茶。楊照酉說，以後這種小事，告訴我一聲就行。說時，指著蘇衛家與鄰居相隔的短牆，那裡缺少了一個角，又說，我讓他們幫你把這兒也補上。蘇衛忙說，多謝多謝。

喝了幾泡茶，兩人也沒多少話說，便扯了一下往事，楊照酉講他是怎麼跟林松坡認識又是怎麼做起了生意。蘇衛聽到，倒是感慨萬分。閒扯了一陣，蘇衛說，你當老闆的忙，先回吧。我晚上反正要回城裡住，順便帶他們倆回去就是了。楊照酉便說，好的好的。我今天的確也有點事。估計今天補牆刮膩子，牆得乾透，後天再來刷漆。老趕認識路了，他們自己會來。

楊照酉返回的路上，一直在想，蘇衛年輕，自我感覺好，這種人，最是頭腦簡單，馬屁一拍，便洋洋自得。他應該找到一種合適方式跟他交往得再深一點才好。想要真正安心地過富人生活，陳亞非活著一天，這份安心就不是百分之百。

他讓司機小王把車開到別墅，白燕子已經搬了過來。他的爹媽覺得媳婦死了，可是兒子立馬又找到一個更年輕的，覺得兒子本事就是大。對於白燕子住進別墅，他們更是開心，這樣兒子就可以經常回家來。

楊照酉到家後，先去爹媽開墾的菜園打了一轉，對二老極盡誇獎，然後才上樓。他沒有直接去臥室，倒是先去了自己的三樓。在那裡，他給林松坡打了一個電話，跟他說了一番關於蘇衛。林松坡說，當然好。去幫他糊房子，也是偶然的。這樣自然而然地交往，不會讓他有疑心。你不要急，慢慢的，至少可以深入了解案子進展到哪一步。楊照西被林松坡肯定，心裡很高興。放下電話，便下樓跟白燕子攪成一團。

楊照西留在家裡跟父母一起吃晚飯。兩個老人眉開眼笑。楊照西的媽甚至低聲跟兒子說，你那個彈琴的老婆，死得好。不生孩子不說，弄得你連家都難得回一次。現在，這個小的好，叫她再給你多生幾個，兒孫滿堂才是福。楊照西說，媽你也別太貪心，能生一個就不錯了，計劃生育哩，你不要弄得我被批。楊照西的媽忙說，一個也可以，生個孫女。一男一女，我就想要個好字。

楊照西轉身便跟白燕子說，懷上我的孩子，我就跟你結婚，如果沒有懷上，這婚就別指望結。白燕子說，我兩個姐姐都是一年一個孩子，我大姐生了五個。我們白家的女人，來到這個世上，就是專門給人類添小孩的，就看你這播種機行不行。這話說得楊照西哈哈大笑，立馬叫囂著，播，播，現在就播種。

晚上快十點了，楊照西才從床上慢慢地爬起來。一邊套衣褲一邊說，你這塊地，太肥了，這播種也播得太讓人爽快。白燕子便躺在床上格格地笑。她的笑聲，很像安冬妮。他第一次跟安冬妮做愛時，也有通體舒爽的感覺。他說，我感覺像是下地幹了一天活似的。安冬妮本來很不高興，聽到這話，便忍不住笑起來。那笑聲，簡直就跟今天的白燕子一模一樣。他心裡突然有了一點傷感。

他走出門，先到安冬妮的琴房看了看。這是結婚後，他特意為她買的一架三角鋼琴，比安冬妮自己原來的那架好得多。但是，因為安冬妮就近上班，來這邊彈得很少。蓋在鋼琴上的黑色絲絨已經落下了一層灰。安冬妮規定，她不在時，保姆不能隨便進琴房。這裡便成了家中灰塵滿布的房間。楊照酉長嘆了一口氣，心裡想，其實自己還是喜歡安冬妮的。

楊照酉緩步走到陽台。莫名間，他給蘇衛打了個電話，說蘇警官，謝謝你替我把兩個工人送回城。他們今天做得還可以吧？蘇衛說，應該謝你啊，已經補好了，後天刷乳膠漆就完工了。想不到那個小裁縫的泥工手藝還不錯呀。楊照酉說，甚麼小裁縫？誰呀？蘇衛說，就是你對門陳亞非的朋友呀，下午來的那個。楊照酉說，今天幹活的小工？蘇衛說，是呀。他叫甚麼來著？像是姓馬。前些時來過我的辦公室，說自己是個裁縫，自小就是陳亞非的朋友。他保證陳亞非不是兇手。我訓了他一頓。我說你說不是就不是？有本事拿證據來說話。我還以為他真的會為朋友兩脅插刀哩，結果居然跑你那裡去幹泥瓦匠了。你不認識？

蘇衛的話令楊照酉有一種魂飛魄散的感覺。他強作鎮定地跟蘇衛閒扯了幾句，然後掛了電話。當即電話司機小王，讓他開車馬上送他回公司。楊照酉想，他一個裁縫，為甚麼會跑來做泥瓦匠呢？難道他發現了甚麼？到了辦公室，他先給林松坡打電話，用萬分不解的語氣問道，你說他幫陳亞非查證據，為甚麼要到工地去幹活？林松坡斬釘截鐵道，一定是有甚麼漏洞，你得馬上堵上。先查明他是甚麼來頭，已經來了多久，再派人盯緊這個裁縫，看看他到底想做甚麼。楊照酉說，我知道了。

楊照酉給老趕打電話時，老趕已經睡覺了。楊照酉覺得電話說不清楚，便讓老趕盡快到公司一趟，同時也叫了尹國銘。

老趕的家離公司近，十幾分鐘便聽到摩托車的聲音。夜已經有點深了，街上的車輛在白天就不多，晚上更是只有零星汽車駛過。四周很靜，以致每一輛車駛過的聲音，在楊照酉耳裡，都像是呼嘯。

楊照酉一直讓自己冷靜，但當老趕走進辦公室大門時，他還是火冒三丈。老趕一開始以為是他們的活做得不好，忙解釋，說明天就去補救。結果聽了半天，發現楊照酉一直在問馬一鳴的來頭。這時老趕才明白，跟他們做的活沒有關係。他忙替代馬一鳴解釋。說他老婆有了外遇，要跟他離婚，他淨身出戶，裁縫鋪也被老婆退了。而他的女兒當年出車禍，癱瘓在床。他以前常去孔家台做衣服，大家都熟悉，所以他老表介紹他過來。他見他可憐，就留下了他。等他賺點錢，找到店鋪，就會走的。楊照酉生硬地說，叫他明天就不要來了。老趕說，那……讓他把這個月的活做完？這個人蠻可憐的。楊照酉說，叫你讓他走就讓他走。囉嗦甚麼呀？我簡直懷疑他會不會是記者派來的臥底。老趕嚇了一跳，說不會吧？他那麼沒用，誰會派他？楊照酉火了，說你如果想留他，你們整個隊就都走吧。老趕這才明白事態嚴重，忙說，別別別，我明天絕對讓他走人。這事肯定聽老闆的。不能讓這個王八蛋害了我們全隊沒活幹。楊照酉說，知道就好。

老趕出去時仍然稀里糊塗，不明白發生了甚麼事，只知道，明天讓馬一鳴走人就是。出門時，老趕與尹國銘擦肩而過。他跟尹國銘不熟，但工地保安是由尹國銘負責，這個他知道。兩個相互點了個頭，各走各的。

尹國銘趕到楊照酉房間時有點緊張。他明白，不是有緊急事，楊照酉不會這麼晚叫他過來。楊照酉便把今天去蘇衛家的事說了一遍，尹國銘先是覺得似乎並沒有甚麼，但後來聽到說馬一鳴答應警方調查證據時，立即警惕起來。尹國銘說，你的意思是，他一個裁縫，正在幫警方找證據？然後到我們工地來幹活了？他怎麼會直接就懷疑到這裡呢？楊照酉說，是呀，這個人我見過，縮頭縮腦的樣子，看上去是真沒出息，那還真不是裝的。是不是他背後有人？尹國銘說，這件事交給我。我盯死他，絕不再讓他走近工地一步。另外，再看他跟甚麼人接觸。楊照酉說，嗯，調查一下，主要看他背後是甚麼人。另外，再查一下他跟老趕說的甚麼老婆外遇，要離婚這些是不是真的。尹國銘說，你放心。所有垃圾，都由我來收拾乾淨。

楊照酉長長地吐了一口氣，他知道，尹國銘的命運跟他綁在一起，交給他，沒有比其他人更加可靠。楊照酉說，小奇怎麼樣？尹國銘說，託你的福，已經找到可以為他配型的人。除了支付配型費用，我還給了那人一萬塊錢，感謝他救我的兒子。眼下這事已經鐵板定釘了。楊照酉說，凡是錢能搞定的事，你只管花，有我哩。尹國銘說，七彩那邊生意最近不錯，把盈利的錢頂上，加上你先給的那些，應該撐得住。楊照酉說，七彩那邊，還可以做大一點，提升品位，也要花錢，就別動那邊的資金。我明天給你賬上再打十萬。兒子這頭，一分錢也不能少花。尹國銘說，不用，你給的錢已經足夠用。這事我都跟小奇說了，你就是他的恩人。楊照酉默然片刻，突然說，你也是我的。尹國銘說，兄弟一場，多的話，就不說了。

夜更深了。外邊的路燈依然亮著。呼嘯的聲音，越來越少。

這天的楊照酉和尹國銘都睡在了公司裡。

41、你有甚麼可慌的？

楊照西整個白天都在工作。上午，他去檢查了樣板間。這是一流設計師做的設計，典雅又大氣。楊照西很滿意。拍了視頻給林松坡看，說是前來參觀的人，沒有一個不誇獎。工地依然是緊密圍著，只有樣板間對外開放。參觀的人，絡繹不絕。除了未來的業主，還有想要買房的。每個人都是滿臉堆笑地離開。有記者發消息，說白梅山湖苑的建成，將會讓青岩城的品質上升到新高度。未來可與國際一流都市相媲美。傍晚時，報紙就到了楊照西手上，他把標題唸給林松坡聽，然後笑道，吹牛也不是這麼個吹法呀。

幾乎就在他與林松坡通完電話一分鐘後，尹國銘進來了。尹國銘說，告訴你兩件事，第一，那個馬裁縫早上來上班，我沒讓他進工地，讓他直接回家了。我的人對他進行了調查，說他老婆有外遇要離婚還有女兒癱瘓甚麼的，還都是真事，他的鋪面的確被他老婆退了，老婆的那個情人，就是給他女兒按摩的醫生。為了讓他女兒能恢復行走，他讓出了老婆，甘願淨身出門。別看這傢伙慫頭慫腦的，這事上，還有點男人氣。

楊照西有點驚訝，說哦，居然是真的？這麼說，這小子到老趕那裡幹活，也不是說不過去。尹國銘說，先別說早了。現在跟你說第二件事，我覺得這個更重要。今天早上裁縫是回家了，可是下午他突然去見了一個人。坐在那個人家門口等了個把多鐘頭。等到那人後，他們兩個密談了很久。我說出這個人，你可別吃驚。楊照西說，誰呀？尹國銘說，就是那個拉琴的，你老婆前男友，姓李的那個。楊照西還真是吃了一驚，說李江？尹國銘說，就是他。這個叫李江的人，我派去的兄弟說，他們兩個談話時，特意避開人，像是在謀劃甚麼事。隔得太遠，他聽不清。楊照酉說，難道李江是裁縫的幕後人？尹國銘說，那個裁縫又蠢又慫不像是裝的。而且他根本不認識你，面都沒有見過。如果他要幫朋友找證據，哪有腦子想到你身上？你也是受害人，是不是？必然背後有人支招，這個李江，還是有點像。起碼你搶了他的女朋友，你們怎麼說也是有仇的。會不會他誘導這個裁縫？楊照酉想了想，說不太像是李江呀，葬禮上，李江抱著我哭了半天，我們相互安慰來著。他就是裝，我也不至於一點感覺不到吧？尹國銘說，那……誰介紹裁縫去工地的？他一個裁縫，病懨懨的樣子，哪兒掙不到錢？偏要跑去搞裝修？這可是苦力活呀！楊照酉想了想，說這是個問題。

兩人議了半天，沒議出個名堂。楊照酉最後說，你找人盯死裁縫，把那個李江也盯上，看他們到底想玩些甚麼。尹國銘說，好的。我用甚麼理由盯他們呢？楊照酉不悅了，說這還不簡單嗎？就說有人告訴你，他們想偷工地的材料甚麼的。尹國銘說，這倆哥們像是偷材料的人嗎？行了，我找個理由吧，就說他們可能是記者派來找碴的。楊照酉說，這個可以。

尹國銘走後，楊照酉呆坐在沙發上想了半天，他想捋順怎麼回事，到底哪裡出了問題。或者，這個裁縫的出現，就只是一個偶然的事？但如果偶然，裁縫被趕出工地後，為甚麼跑去找李江？還等了個把小時？這現象顯然不正常。難道他們對他產生了懷疑？想從他這裡來為陳亞非找證據？可是，找證據跑到工地幹甚麼呢？他們是懷疑他與安冬妮之死有關，還是懷疑樓盤有問題？

楊照酉想得自己一頭霧水。他給老趕打了個電話，叫他到公司來一趟。老趕剛吃過飯，不知道老闆又有甚麼事，連聲道，馬上到馬上到。楊照酉自己也不知道叫老趕過來幹甚麼。找他問馬一鳴為甚麼去工地幹活嗎？其實老趕頭天已經說過了，馬一鳴就是淨身出戶，想要掙點錢。這個說得過去。可是，想要掙點錢，以他的身板，去餐館洗碗或者到服裝廠打零工，豈不是更合理？從這個角度想，他來工地，又有點說不通。何況，一離開工地，就去找李江？還長談？甚麼事電話裡不能講？這就不僅是說不通，甚至就是有大問題。

直到老趕人都走進了楊照酉的辦公室，楊照酉都沒有想清楚。老趕說，老闆，找我甚麼事？楊照酉說，你再把馬一鳴怎麼來工地的事說一下。老趕又如同頭天一樣說了一遍，並且再三保證，在此前，他從來沒有見過馬一鳴。但是他們村裡的老人，好多都認識這個裁縫，絕對是個真裁縫。楊照酉說，既然是真裁縫，手藝好，為甚麼不去裁縫店當幫工，或者去服裝廠？老趕被問住了，說老闆您問得也是。可我也不曉得他為甚麼要來這裡，我老表介紹時，我就是覺得他可憐。不過，他做活真的是細心。楊照酉突然說，你老表是做甚麼的？也在你隊裡？怎麼會想著介紹一個裁縫來做裝修？老趕說，我老表呀，是我的親表弟。他媽是我三姑。他在市歌舞團拉琴，叫李江。他跟我說這個馬裁縫很可憐。

楊照酉聽到李江的名字，立即黑下了臉。他意識到，事情絕不是那麼簡單。而且馬一鳴的到來，也絕對不是偶然的事，他們顯然有著明確目的。他頓時垮下面孔，讓老趕回去了。

這天夜裡，楊照酉給林松坡打電話，想問他這件事，應該怎麼辦。他覺得林松坡的腦子比他清楚，會想得深遠。但是林松坡手機關機了。楊照酉想得心煩，恰這時，白燕子給他打電話，嬌滴滴地說她很想他。楊照酉想，反正在辦公室也想不出個名堂，不如聽天由命，回家拉倒。

第二天早上，尹國銘來電話時，他還摟著白燕子沒有起來。白燕子能折騰，一直跟他折騰到大半夜。尹國銘說，兄弟，你恐怕要從白日夢中醒過來了。楊照酉還沒全醒，糊裡糊塗道，甚麼事呀？尹國銘說，很奇怪的事。那個裁縫和李江一大早一起來了工地，他們還把老趕叫了出去。

　　楊照西呼地一下坐了起來，現在他清醒了。他叫道，他們想幹甚麼？那老趕，跟他們說了甚麼？尹國銘說，我哪知道。他們三個在車上呆了好久。感覺像是他們在查甚麼事。楊照西說，這幫王八蛋，查甚麼查呀。尹國銘說，要不要把這事消滅在萌芽狀態？快刀斬亂麻，這是我的拿手好戲。

　　楊照西怔了一下，從屋裡走到了陽台上。他說，不能再出其他事了，不能壞了……他剛想說不能壞了大事，突然意識到，他們的 BM 計劃，尹國銘是不知道的。這件事不能再透一絲風。他馬上改口說，不能壞了我們的生活。你我都一樣，我們的好日子在後頭。尹國銘說，這個我知道，但以我的判斷，這兩人都是膽小怕事之人，小小教訓一下他們，如何？楊照西說，這個可以。絕不能驚動警方。尹國銘說，放心吧。這事交給我辦。

　　楊照西下午回到公司，即找了公司總監，讓他解除跟老趕的合同。總監說，老趕的隊伍不錯的，質量好，效率高，而且也不怎麼多事。我跟他合作過好多年。這次是特意把他從別的工地挖過來的。

　　總監是林松坡找來的人，到公司時間並不長。當初林松坡說，千萬別以為我找一個人來監視你，這個絕對不是。只是這個人在我當年下鄉時，他爹媽對我相當不錯，那時他還小，跟著我玩。我也是報答他們，你該怎麼管就怎麼管。楊照西對林松坡這種有恩必報的做派，深有觸動。他覺得這正是他應該學的。楊照西立即很仗義的說，我這裡缺個總監，讓他來吧，事情不多，責任不大，但薪酬不少。林松坡說，我就是欣賞你這份仗義。我會告訴他，一切都必須聽你的。

楊照酉心裡有這份底，所以，他對總監說，你按我的話做，我自有我的道理。總監下午把老趕找來，談了一番，覺得解除合同，公司太吃虧，又找楊照酉說明情況。他的要求再一次被楊照酉拒絕。楊照酉說，我們這麼好的工程，再去其他工地挖些隊伍來，應該不難。總監只好說，好吧。

晚上，都已經大半夜了，楊照酉並未休息。他的父親摔了一跤，他忙著送父親去醫院。父親的手臂有輕微骨折，打上石膏，休息三月，應該沒有任何問題。父親在回家的路上，一路嘮叨，不喜歡他這樣跟白燕子鬼混，親戚們都在嘲笑他們。要麼結婚，要麼走人。楊照酉跟他父親說，已經跟白燕子講過了，懷上孩子，就跟她結婚，現在都時興婚前同居，別用老觀念來扯了。親戚們嘲笑，其實是嫉妒，不用理就行。楊照酉的父親聽他這麼一說，也覺得可以。便說，懷了就結，這個可以。

車已快到家門口，楊照酉接到尹國銘的電話。尹國銘說，老闆，放心吧。全都搞定。你大可安神。楊照酉說，一點破綻都沒有嗎？尹國銘說，那當然。黑燈瞎火的，那小裁縫一下子就暈了，哪裡還能看到人？而且還尿了褲子，真沒見過這麼慫的人。再說，大家都戴著帽子哩。完全是他運氣不好，夜半出門，遇上打劫的。就算報警，警察也不會管的，輕傷呀，活該他倒霉。楊照酉說，那就好。多的我也不說了，你我兄弟，我都會記得。尹國銘說，應該的，是兄弟就不消多說。掛了。

楊照酉長吐了一口氣，這事尹國銘是怎麼處理的，他也不想問了。他只想知道沒事即可。

兩天過去了。尹國銘來說，李江到外地演出，而馬一鳴並沒有回家，應該在哪家醫院住著。短時間內，這兩個人應該不會再沒事找事。楊照酉說，小心為好，還是找人盯著點。

蘇衛家的活兒，楊照酉另外派人去做好了。蘇衛感激再三，由蘇望月出面，約了楊照酉一起吃了頓飯。飯桌上，楊照酉特意說，應該把負責他家安冬妮案子的楊警官一起請來，多虧他破案神速，讓他知道了仇家是誰。蘇衛說，他在傳說中，就是一個神人。我在學校就聽老師說過，他是個狗鼻子，一下子就能聞到兇手的氣味。天生就是當警察的，多難的案子，到了他手上，他也能比別人破得快。但是，這一次，案子是我破的。他正忙，還在雲南處理要務。楊照酉試探道，這樣呀，那就是說，現在一時還不能結案？蘇衛說，當然。必須等他回來。他那邊的事，也頭疼。不過，放心吧，人都在牢裡，結案只是文字上的事。

蘇衛的話，讓楊照酉心定了。晚上他給尹國銘打了個電話，把蘇衛的話轉述了一遍。然後說，辦得漂亮！大家都可睡安心覺了。

林松坡隔了好幾天才給他電話，問他有甚麼事，裝修進展得怎樣？又說他這幾天去辦了一件重要的事，所以關了手機。楊照酉說，也沒甚麼事，一切進展順利。林松坡說，哦，那就好。那你打電話找我？我看有好幾個哩。楊照酉說，一點小事。但是現在也已經解決了。說完，他想了想，還是把關於馬一鳴和李江的事說了一遍。

林松坡沉吟片刻才說，這事有點奇怪。他們兩個人的共同點是甚麼？楊照酉被問住了，想了一會兒才說，他們都是我對門陳亞非的朋友。裁縫肯定是不認識安冬妮的。林松坡說，這樣說來，其實跟 BM 計劃一點關係都沒有。他們只是因為安冬妮的死，對你有點懷疑。有沒有可能是李江借此機會利用馬裁縫找證據心切，而對你進行報復？楊照酉想了想說，似乎也有這種可能。林松坡說，我感覺你處理得太急了。也怪我，剛好那天有點事情，沒有接到你的電話。楊照酉說，反正現在已經沒事了。林松坡說，其實，你完全可以不理他們的，他們不可能有手段查到甚麼。但是你太當回事，反而讓他們會覺得其中或許有問題。如果是我，就會這樣想。楊照酉說，現在真的都結束了，我讓手下嚴密盯著他們哩。林松坡說，沒事最好。也算你我有運氣，我也聽說，負責你案子的警官，在雲南那邊遇到麻煩，恐怕一時回不來，楊照酉說，這事我知道。蘇衛也說過。林松坡說，你這邊裝修抓緊點。如果一旦出現反轉，你一定要跟這件事切割乾淨。楊照酉說，放心。我事先都已經安排好了，絕對不會有問題。林松坡說，但願吧，再有事，要不動聲色。你甚麼都沒有做，有甚麼好慌的？你一定得天天告訴自己：你就是規規矩矩在做裝修。事實上，你也正是這樣。而且，我也是這樣，不是嗎？

楊照酉掛了電話後，自己想了半天，覺得林松坡說得果然就是。他在青岩城做的幾個小樓盤，口碑一直不錯，而且這個也確實是規規矩矩地做。施工的人不是他，他只是出錢的人，樓盤質量的好壞，他當大老闆的怎麼可能知道得那麼清楚？而自己，更是規規矩矩地搞裝修，房子有質量問題，跟自己一點關係都沒有。甚至，因為樓盤的質量，自己還向上反映過。至於命案，安冬妮是自己的老婆，自己因公出差，致使老婆遇害，自己就是最大的受害人。為甚麼要慌張呢？

楊照酉有一點點小後悔了，覺得自己不該把小裁縫太當回事。應該沉住氣，先觀察一陣就好了。想來想去，自己的智慧，還是不及林松坡，這一點，不承認真是不行。

楊照酉給尹國銘打了個電話，把林松坡的意思，轉達了一下。尹國銘說，教訓一下他們，也不是甚麼大不了的事。你看，現在他們老實了吧？楊照酉說，這兩個人，要隨時掌握他們的動向。至少結案前，不能有任何鬆懈。尹國銘說，知道。這事全由我擔著。對了，小奇過幾天就動手術，醫生相當有信心，說小奇底子好，一定能恢復。楊照酉說，那你就呆在醫院吧，工地我找人管。尹國銘說，不用，我都安排好了。這種事，不用你老闆操心。我曉得怎麼做的。楊照酉說，那好。我兒子要去美國上學，我準備去那邊看看，順便買套房子。以後，你們小奇也爭取到美國去念。讓兒子們成為國家的棟樑才是。尹國銘笑道，還是你覺悟高。那當然最好，我們小奇成績好，可以跟你兒子搭個伴。楊照酉說，就這麼說定了。

42、李礦長的憂鬱

楊照酉在舊金山不僅看好了房子，連學校都看好了。舊金山的朋友帶著他去逛斯坦福大學。那天的天氣格外晴朗，斯坦福大學，無處不爽眼。朋友說，舊金山恨不得天天都是這樣的氣候。不冷不熱，溫暖明亮。他邊走邊感嘆，說我兒子高中畢業如果能考到這裡，我這輩子死而無憾。朋友笑道，這並不難，讓他好好學就是了。

楊照酉買了一幢別墅，雖然是二手的，但戶型很好，住起來很方便，最重要的是，離兒子要去的中學很近。一連幾天，朋友帶他看風景吃美食，享受美式生活，還去打了幾場高爾夫球。坐在有著西班牙風格的餐廳裡，吃著海鮮，楊照酉不停地說，這才是人過的日子啊。朋友說，這個容易，國內來的富人，住在這邊的不少，連玩的人都不缺。你如到中部去，打麻將不是三缺一，而是一缺三。可這兒，你只要開打，不光不缺人，觀眾都不會少於兩個。

說得楊照酉哈哈大笑。

逛完舊金山，朋友又帶他去拉斯維加斯賭博。說國內富人不到這裡轉一圈，會不好意思回國。楊照酉在朋友的指導下，也賭了幾把。賭博上贏，他不覺之間賭了一夜。居然沒輸錢，還贏了幾百美元。凌晨回房間睡覺，朋友說，像你這樣好運的人，我沒見過。

回到酒店，楊照酉心情大好。儘管眼皮打架，但卻因興奮而久久難眠。便是這時，他接到尹國銘的電話。尹國銘開口即說，上天送大禮來了。楊照酉立馬說，我正好心情，難道要好上加好？尹國銘說，那個小裁縫一命嗚呼了。楊照酉吃了一驚，說不會是……？尹國銘說，是自殺的。據說身體很差，窮得沒錢看病，跑到鄉下住著，自己熬不住了，就……。楊照酉鬆了一口氣，說我看他那張臉，就是滿臉的死氣。尹中銘說，可不是？又死又慫，還真覺得自己是個人物。楊照酉說，死得好。本來這世道，苦了我們半輩子，現今天就歸我們過好日子，誰擋誰完。尹國銘說，你這話說得真是有水平。楊照酉便大笑，笑完說，那李江沒甚麼動作吧？尹國銘說，他們歌舞團演出一個接一個，而且還都在外地，他根本沒空管其他事。再說，搞文藝的人，就只那個膽，還不如小裁縫。楊照酉說，好戲連台，還有得唱。尹國銘說，那小裁縫死得還挺浪漫，半夜跑到板栗樹下，吃了安眠藥，在自己臉上蓋了張白紙。這個死法，有點意思。

本來就很興奮的楊照酉，放下電話後，更是興奮。他趴在酒店的窗口，看窗外的璀璨燈火。天雖未亮，但卻人聲不絕。霓虹燈四處閃爍，每一道光閃爍的都是他心目中的繁華和絢麗。他想，這就是自己做夢都想要的富貴生活啊！自己最應該來的地方，就是美國。而美國這種國家，就是為自己這種人創造的。無論如何，BM 計劃一旦結束，必須先來美國享受夠了再說。

楊照酉回國時，先去了深圳。他在深圳買的房子，已經到了交鑰匙的時候。林松坡招待了他。兩人都喝了一點紅酒。林松坡說，BM 計劃成功在望。下一步，無論出現甚麼情況，你都不要心慌。絕對不能再出現威脅和打人的事，更不能有任何惡性事件發生。後面所有事情，都可以通過正規渠道解決。你心裡要有數。你盡可能把你的裝修速度加快，另外，盡可能做好就是了。

楊照酉答應了，他知道，林松坡心有成竹。所有的事情，都在他的掌控之中。

楊照酉回去後，把這層意思告訴了尹國銘。楊照酉說，我們安分做好我們自己的事情就行。警方那邊，不用理睬。

裝修是流水作業，走完電線走水路。鑿線路是一撥人，下管是一撥人，穿線又是一撥，抹水泥是一撥，砌瓷磚又是一撥。房間又多，沒人搞得清哪間屋的電線水管是怎麼走的，或是走還是沒走。這是楊照酉的伎倆，他心裡有算計。就連林松坡都沒有說。光是這筆錢，就省下不少。對於包工頭的偷工減料，他都睜一隻眼閉一隻眼，他知道，這房子，沒有人會住。

年底的時候，報紙上發了消息，說白梅山湖苑精裝修已近尾聲，正在做最後衝刺。倚天公司老總林松坡表示，爭取元旦前夕，讓業主們拿到鑰匙，然後可在春節搬入新居。新住戶們，個個摩拳擦掌，不知道從哪裡冒出的傢俱店，也在白梅湖邊開張起來。

幾乎就在這條消息發出的第三天，李礦長從美國回來了。李礦長曾經是倚天公司的顧問。倚天公司在青岩城開發了幾個小樓盤後，李礦長的兒子移民到了美國，媳婦要生孩子，他便和老伴一起去那邊照顧。這期間，對倚天公司的項目，既沒顧也沒問，但林松坡並沒有減掉他的顧問費。他回來的當天，便給林松坡打電話。說回了，哪天一起聊聊天。林松坡當時正在深圳，立即說，好呀，我請您吃飯喝茶。兩人在電話裡哈哈了一通。

林松坡就是一個言而有信的人。過了兩天，他便來到青岩城。他讓楊照酉找一些跟李礦長相識的人。楊照酉說這個容易。李礦長以前也是政協常委，甚麼人都熟，楊照酉便在政協找了一堆社會名流，有企業家，也有唱歌演戲的，有個女記者是專作社會問題調查的，已經當了幾屆政協委員。李礦長當常委時，與她也熟，林松坡讓楊照酉把她一起叫過來陪老礦長。

宴請是楊照酉張羅的。他選在了七彩飯莊吃飯。飯間自然要談到白梅山湖苑，大家都誇這個樓盤位置好，風景美、樓體外觀好看，讓整個青岩城上了檔次。林松坡和楊照酉特別開心，因為這是他們的傑作。飯後，有人說還沒盡興，楊照酉便說，林總，不然我們請李顧問去明月清風喝喝茶？這麼多名人相聚一次不容易，看看大家聊得多高興呀。林松坡便問李礦長身體行不行，要不要去湖邊喝茶。李礦長在美國也是寂寞得太狠了，忙說，難得難得，當然去。

於是一夥人扔了碗筷，驅車到了湖邊的明月清風茶寮。依然是林松坡的「弄清影」包間。林松坡和楊照酉去蘇望月那裡挑茶，讓女記者幫著招呼李礦長。一干人馬在茶未送到時，都站在窗邊，隔湖眺望遠處白梅山湖苑的燈光。八棟高樓，四周都披掛著燈帶，像一支雄壯的隊伍，映在山影的背景上，有如一幅大畫，壯麗無比。大家都讚嘆道，太美了，太壯觀了。夜景比白天更美。

但是李礦長的臉色卻變得嚴竣起來。他低聲道，這裡怎麼能建高樓呢？陪著他的女記者忙問，怎麼了？李礦長說，這房子怎麼能住呢？人命關天人命關天呀！他的聲音，充滿焦慮。女記者嚇了一跳，問怎麼了？

兩人說話間，林松坡和楊照酉以及蘇望月帶了兩個泡茶姑娘進來，她們手上端著果盤和茶罐，蘇望月說，林總楊總真是有氣魄，把我這裡最好的茶都給搜了出來。極品冰島。林松坡說，那是當然，對我來說，青岩城沒有比老礦長更尊貴的客人。李礦長，請坐。您坐下，大家才敢坐，在這兒，您是定海神針。

李礦長面帶笑容，在林松坡指定的尊貴位置上坐了下來。林松坡說，其他各位，就請隨意了。

茶真是好茶，大家聊天也聊得相當開心。窗外不遠就是白梅山湖苑燦爛燈光圖。李礦長每每望去那邊，臉上便顯示出深濃的憂鬱，跟先前飯局上的興奮相比，他沉默了很多。近十點，他臉上的疲憊已經很濃了。林松坡察覺到，立即說，李礦長才回幾天，時差還沒全倒過來，今天就到這兒為止吧。

這場茶會由此而結束。人們來時如潮，去也如潮。只是湖對岸白梅山湖苑的燈光依然明亮地掛在山影的前面。

楊照酉讓自己的司機小王送女記者和李礦長回家。叮囑一定要把他們送到家。晚上，小王來電話說，送到李礦長家時，女記者說她就在附近，自己散步回去就可以了。說她每天都要走走路的。楊照酉說，由她吧。寫文章的人，就是矯情。你回吧，明天按老時間接我。

林松坡在青岩城呆了一天，了解了一下裝修進度，又回到深圳。

青岩城照著它自己的日常，一天一天朝著年底進行。眼見快到年底，依著倚天公司的計劃，業主們就要拿到鑰匙。松照裝飾收尾也很快速，一切都風平浪靜。但在在風浪平靜之下，卻有幾雙眼睛以高度的警惕，盯著青岩城的動向。

第十二章

43、青岩城的原子彈

寒意已經進入青岩城。

這天的清晨，青岩城早報突然發表了一篇記者調查，調查長達萬字，在報紙二版以整版的方式推出。標題是：最美的樓盤還是最危的樓盤。調查文章用了四個小標題，內容是：一、白梅山湖苑的前世今生；二、是否做過地質勘探；三、廢礦井上的高樓將面臨甚麼後果；四、誰對人民的生命安全負責？文章明確陳述了白梅山湖苑的樓盤是建造在過去的礦區之上。而這座礦早已因掏空而廢棄。如果高樓入住成百上千的人，但有風吹草動，隨時可能坍塌。

這簡直給青岩城放了一顆原子彈，衝擊波襲擊了所有角落。

整個青岩城都在沸騰。尤其是買了房子的業主，幾乎全部都擁到了售樓處。叫喊聲咒罵聲口號聲，在白梅湖上滾過來滾過去。售樓經理幾乎快要嚇暈，緊急中，他選擇了報警。大批警察趕到現場，其實，警察中也有不少人在這裡買了房，警方業主甚至包括了他們的局長。

楊照酉擔心人們湧到工地，立即電話尹國銘多派人手，嚴加看守。尹國銘急壞了，連連問，這是怎麼回事，這是怎麼回事呀？楊照酉說，我哪知道？王八蛋的記者，前幾天還請她吃飯喝茶，結果給我來這手，事先也不知會一聲。尹國銘說，下面是廢礦井嗎？這可不是小事。楊照酉說，當然是大事。林總已經在飛來的路上了。

林松坡到達售樓處時，已是下午五點多鐘。業主們無論如何勸說，都不肯離去。集體的叫喊更加激烈，政府官員們也都懵了。林松坡拿著一個麥克風，站在一張椅子上，向業主們大聲呼喊，請大家安靜下來。喊了好半天，人聲都靜不下來。連警察都幫著叫，大家別吵，聽林總怎麼說。

林松坡說，我像大家一樣，被這篇文章震驚了。這些樓裡，也有我和我家人的房子。不瞞各位，我買了三套。我父母一套，我岳父母一套，我自己一套。如果有危險，我跟大家同樣面對這樣的危險。所以，請相信，我完全不知道這是怎麼回事。白梅山湖苑所有手續都合法，並且事先也做過地質勘探，有正式的地質報告，從來沒有人告訴過我，這下面有可能是廢棄的礦區。倚天公司一心想做一個最美麗的樓盤答謝青岩城人民的厚愛。但是，我必須說，媒體的信息絕對是個意外。我們會對所有業主負責到底。為此，我們的措施是：第一，馬上成立調查組，全面調查媒體所說的情況；第二，如果真如報紙調查所說，高樓下面是廢棄的礦區，這是非同小可的危險，人命關天，倚天公司也承擔不起。那麼，倚天公司不會讓任何一個業主住進這些樓房，同時也保證分文不少地退回所有業主的房款；第三，倚天公司同樣是受害人。將近兩年時間，這裡凝結著我們的心血，對我個人來說，這是我人生最黑暗的一天。

林松坡說到這裡，聲音有點哽咽。但停頓了一下，繼續道，現在，我說這些都沒有用。在這裡，請給我們時間來調查此事。我相信倚天公司和政府都會對所有業主負責。我的這些話，電視台錄下了嗎？對了，還有公安局的警官們在這裡。請大家相信我的話。天氣寒冷，各位先請回去，讓我們理智對待問題：如果這文章只是聳人聽聞的消息，無非房子延後幾個月給大家，房子還是各位的；如果文章內容屬實，各位將得到全額退款，無非是大家錢暫時存放在這裡幾個月。各位，這樣想，是不是更簡單一些？

林松坡說得非常誠懇，業主們一想，的確，鬧也沒有用。既然公司有保證，或者給房，或者退錢，那又有甚麼關係呢？人群中，亦有不少倚天公司的關係戶，心想他林松坡跑得了和尚跑不了廟，便也跟著說，我們相信林總，希望隨時聽到調查結果。林松坡說，業主可以派出代表，參與調查。這樣，也可以隨時將調查的結果傳達給大家。

話都說到這一步，人群算是散了。晚間，楊照酉領著尹國銘等人給林松坡和倚天公司骨幹人員壓驚。席間，林松坡接到政府秘書長的電話，請他明天一早去向市領導匯報。這是一件非同小可的事。林松坡馬上答道，是的。我一定會對此事負責到底。

倚天公司的所有員工都憂心忡忡，林松坡也情緒低落，說想不到會出現這樣的情況。只有楊照酉安慰大家，說事情到了這地步，急也沒有用。該怎麼做就怎麼做。我覺得林總今天對業主們講的那番話，真是太精彩了。這才是實事求是的態度。林松坡也說，大家一定要保持好狀態，像以前一樣工作。我會跟政府協調好，來解決這件事。

飯後，林松坡坐著楊照酉的車再次到明月清風茶寮。楊照酉把司機小王打發回家，自己親自開車。車上，楊照酉說，那場面，把我嚇得。娘呀，我都快尿褲子了。你也真能鎮場子啊。林松坡說，這場面在我心裡已經預演過很多次。其實，這個還沒有我想的那麼嚴重。楊照酉說，我把工地圍嚴實了。林松坡說，你做得很好。不能讓人發現任何蛛絲馬跡。楊照酉說，我這個謹慎是跟你學的。你想想，現在還有誰敢上那個樓呢？楊照酉話一說完，兩人同時哈哈大笑。

林松坡難得有如此輕鬆的時候。楊照酉說，你真的不緊張？林松坡說，最緊張的時候早過去了，現在只須按計劃行事，我們勝利在握。

兩人到明月清風茶寮時，蘇望月見到他們，臉色都變了。忙不迭地迎上來，大聲說，兩位老總，今天把全城人都嚇著了，你們還有心情來喝茶？楊照酉說，我們還能怎麼樣？總得要活呀。林松坡說，事已至此，急也無用。茶還是要喝。蘇望月轉身尋出他自藏的高級普洱，隨著林松坡和楊照酉走進弄清影茶室，邊走邊說，這話說得好，這才是境界。楊照酉說，別境界不境界的了，泡好茶給我們喝就是了。蘇望月笑道，今天喝極品大紅印，平時是我自己留著喝的。

三杯上等普洱喝下，通體熱烘烘的。林松坡說，真舒服呀。然後他開始給公司律師打電話，讓他清理出所有白梅山湖苑的文件，一份也不能漏。

打完電話，林松坡對楊照酉說，今天甚麼都不想，只喝茶。

兩個人，慢慢喝來，隔著玻璃窗，看白梅山影前的樓盤燈光。那燈掛，像往常一樣明亮而醒目。林松坡說，真是個好樓盤呀。楊照酉也跟著說，是呀，真漂亮。林松坡說，多看幾眼吧，就快看不到了。

44、人民的事總歸政府要扛

次日的會議在市政府的會議室召開的。人雖不多，但各路人馬都有。除了林松坡和他的律師，青岩地質勘探公司來的是總經理，還有報社領導和林松坡見過的女記者。林松坡意外地看到了李礦長。李礦長朝他點點頭，走到他的跟前，低聲道，這是人命關天的大事，你不要怪我多嘴。林松坡說，您千萬別這麼說，您是前輩，經驗多，應該對我們多加指導。李礦長點點頭，回到他的座位上。

主持會議的是政府副市長。他面孔嚴肅，顯然對這一事件，深感憂慮。首先他請了寫文章的女記者發言。女記者說，她也買了白梅山湖苑的房子。16樓。但是，她突然獲悉白梅山湖苑的下面是座廢棄的舊礦，立即覺得在這上面建高層，會不會塌陷。事關人命，她開始查找資料，並由此展開調查。她尋找以前的老礦工，共找到三個老人，說四五十年代，他們的礦區的確在白梅山下。她又去了檔案館，查閱白梅山的地質檔案。檔案證明，白梅山下的礦區在上世紀初即開始發掘，到四十年代末、五十年代初已呈枯竭狀，當時的礦務局對此地進行了封礦。所有礦工都調到了別的礦區。半個世紀過去了，如沒人提，他們自己都忘記了白梅山下曾是礦區。礦雖然封了，但以前的礦道礦洞並沒有填埋。時過境遷，井口慢慢消失不見，四周變成了樹林、道路和田地，就如我們現在所見的美麗自然風光。但是，我們的高樓建立在這之上，八棟高層，下面卻是空洞的，一旦坍塌，後果將會怎樣？

緊接著女記者發言的人是地質勘探公司的老總，他說倚天公司聯繫過他們，他們也找到了勘探合同，但是當年的總工程師已經退休，並且去年已患病去世，他的助手也已出國，無法聯繫上，也無人了解他們當初是怎麼做的。公司將組織專業人員，重新對樓盤的地質情況進行勘探。

林松坡自然也作了發言。他談到了自己對青岩城的熱愛，談到這個樓盤的最初設想和理念。林松坡說，我在青岩城雖然呆過五年，對這裡的過往也相當陌生。我只想創新，卻未料到地層深處有陷阱。我不是一個亂來的人，在青岩城也不是只做過這一個樓盤，我其他的幾個樓盤全都得到政府和業主的好評。而這一次，我的野心是大了一點，因為位置好，我想做得更加完美。其實，站在白海湖邊，大家也能感受到它的美好。我按法律規定和政府要求辦理了所有手續，也請有資質的公司作了地質勘探，不知道怎麼會發生這樣的事。我非常痛心，對於我們公司，無論經濟上還是名譽上，都是莫大的傷害，我們讓業主失望，同時也讓我的公司蒙羞。我希望政府給予調查。

林松坡將所有手續文件製成幾份副本，分別交給了會議相關人員。

最後發言的是李礦長。他說，這個廢礦因為封閉得太早，所以大家都不了解情況。半個世紀呀，哪裡有人記得？這件事，不能怪林總的倚天公司，畢竟林總離開青岩城時還很年輕，而且回來也是一心想為青岩城做好事。但是這個廢礦的存在也是事實。當年我當礦長時，經常巡查。我也是聽我師傅講述的，當然，他講的是當年他們挖礦的情景。說白梅山現在這麼好看，可是山下面是他們當年的血淚生活。這樣我才知道白梅山下面以前是一個礦區。我們應該感謝記者的調查，應該慶幸發現得還算早，如果春節期間幾萬人搬進白梅山湖苑，一旦出現地陷，高樓坍塌，一樓垮塌，所有的樓都不會安全，它將會是連鎖反應。八棟高層呀，成千上萬條人命，那時才是最悲慘的。在座有多少人將會人頭不保？我想想都不寒而慄。

李礦長的話令在場所有人都倒吸一口冷氣，會議氛圍幾近冰點。副市長的表情更加嚴竣。一次會議當然得不出甚麼結論，副市長決定，由政府牽頭，成立調查小組。參與人員除了林松坡、李礦長、青岩地質勘探公司總經理之外，還加上了女記者和一個業主。這個業主便是當年的井下爆破工人、現在的早餐店劉老闆。組長是副市長自己，而副組長則是地質勘探公司總經理。其實，調查小組需要調查的只是樓盤的地質問題，即高樓之下，是不是廢棄礦區，如果是，這個樓盤也將被廢棄。

林松坡憂心忡忡，反覆跟總經理說，希望你們能本著對人民負責的態度，也本著對倚天公司負責的態度，認真勘探。總經理也很憂愁，說我很理解你的心情，但如果下面真的是廢棄舊礦，我也幫不了你們。礦道縱橫，礦洞遍佈，根本是無法解決的。人命大於一切。林松坡冷笑道，如果下面真的是座廢礦，不是你幫不幫我們，而是你們怎麼救自己。

總經理聽完這番話，一臉驚愕，眼睛都瞪圓了。

原子彈爆炸過後是令人不安的沉靜。青岩城老百姓的飯桌上，天天都有人在討論白梅山湖苑。所有人都在等待消息。業主們得悉倚天公司所有開發建設手續齊全，而廢棄的舊礦是上世紀五十年代初封閉的，不由得開始同情倚天公司的林老闆。人們說，啊，這真是倒了大霉呀。相識的人，見到林松坡都紛然給予其安慰。林松坡經常一臉苦笑，說聽天由命吧。我自己還有幾套房子在裡面哩。以前的他，在青岩城呆上幾天，就回到深圳，而這一次，他呆了很久。白天跟調查小組一起工作，晚上則由楊照酉陪著，喝茶聊天，又或是去市企業家中心，討論局勢，商談業務。當然，也時而走訪市裡領導。林松坡說，人不能閒著，該做的事，還是要做。

工地處於全封閉狀態。楊照酉讓尹國銘把所有的樓層大門，全部貼上了封條，任何人都不准進樓，理由當然是出於安全。工地每天都靜悄悄的，有一股蕭條氣。保安們烤著火，坐在門衛工房裡打撲克。松照公司與所有的包工隊都結束了合同。所有的賬目也都結清，楊照酉說，公司前景不知道會怎麼樣，但無論如何，也不能少了兄弟的錢。該做的工程都做完了，所簽合同，必須兌現，大家都指著這錢回家過年哩。包工頭和裝修工人們都感激涕零，說楊老闆這樣仗義，往後松照公司有需要，隨叫隨到。楊照酉說，都是兄弟，不必客氣。

調查結果不到半個月就出來了。毫無疑問，下面是舊礦區，打不多深，即遇空洞。當然，也有幾個孔，可以打到深處，但大多孔位，都在空洞區，這也說明，空洞面積頗大。一個現場的工程師說，幸運的是，地基最薄弱的地方，做了小區花園。不然的話，在建築過程中，房子都有可能坍塌，施工隊死人難免。像這種類型的地基，不能承受哪怕兩層的房屋。因為稍有異象，比方輕微地震，比方暴雨颶風，都可能導致嚴重的地陷。

調查小組會上，地質勘探公司總經理說他們如何如何重視，組織了公司業務最強的五位工程師成立勘探小組，由公司副總經理同時也是公司總工程師負責，在其他調查組成員的監督下，生恐有半點疏漏，在小區內布了數十處鑽孔。但是，很遺憾。

他望著林松坡，似乎面帶愧疚，卻又顯得十分沉重。他讓其公司的總工程師出面，把調查的結果，以視頻方式，一一公佈，詳細到每一個鑽孔的講述。

林松坡面呈死色。大家都用同情的目光看著他。面對這一結果，市政府將決定樓盤的命運。林松坡已經沒有任何決定權了。副市長徵求處理意見，地質勘探公司總工吞吞吐吐說，其實只有唯一的辦法，就是炸掉它們。

小組會上，即令人們已有思想準備，但這句話說出口，仍如驚雷爆炸。雷響之後，是充滿緊張的寂靜。大家的眼睛都望著林松坡。林松坡說，有沒有其他處理方式，比方，對下面空洞，進行填灌處理？

外行們都望著總工程師。他搖了搖頭，說問這樣的問題，太外行。下面不是幾個洞，而是完全掏空了。這個廢棄礦從1892年開始開掘，五十多年的歷史，無數礦工在井下作業，礦道密佈，你怎麼填？你怎麼填得滿五十多個年頭時光？

林松坡鐵青著面孔，沉默半天，方說，這是我人生中最難受的一刻。我無法表達我的心情。如果炸掉，不僅是炸掉八棟高層，更是炸掉我們全公司所有人近兩年來的心血。我們日以繼夜地工作，想交一份優異的成績單給青岩城的人民，但是我們辛苦以汗水換來的結果竟然是這樣。對於我個人，以及對於我公司的全體員工，甚至對於青岩城所有對白梅山湖苑抱有期待的人們，都太殘酷了。通過勘探數據，我現在明白，如果樓盤聽由人住，結果必定會釀成人命。但是，這樣的惡果，也不是一家小小的房地產公司可以承受的。近千戶業主的購房款，我們已經用來償還銀行貸款，而建房和購地，本身就有成本。更何況，大家也知道，我們做的是精裝修房，所選產品，都是名牌，這些面上都能看到。公司原本這樣做，就是想樹個形象，以圖二期三期的業務拓展，所以幾無利潤可言。而現在，我們就是破產，也無法解決這一問題。這件事，我要與公司律師進行商量，或許我們只能起訴地質勘探公司，是他們沒有精準勘探出地基情況，給了公司錯誤的地質報告，並且錯誤地發放了地質安全證書，導致我們走到今天。市地質勘探公司除了要承擔所有賠償外，還要承擔我公司所造成的損失，包括形象損失。或許，現在還不是追責的時候，但我這些話還是要說在前面。

地質勘探公司總經理一下子慌了，說我也是今年才從發改委調來，我完全不了解以前是怎麼做的。李礦長說，這個損失太大，對於倚天公司來說，他們手續齊全，的確沒有責任。政府也沒有理由讓一家民營公司來承擔這樣的後果。

就連女記者也發了言，說在這樣的地基做高樓，炸掉看來也是必須的。但是，後果由倚天公司獨家承擔，似乎對倚天公司太不公平。如果真的打起了官司，必定轟動全國，整個青岩城的形象就壞透了。而且，根據現有材料，倚天公司多半不會敗訴。那麼，誰來承擔這個後果呢？

副市長最後表了態，他說，今天會議只有一個結論，就是白梅山湖苑必須炸掉。這是一個非常讓人意外、也非常讓人痛心的結果。林總的痛苦，我們大家都能體會。如果早知道山底下是廢礦區，誰會在那裡蓋房子呢？坦率地說，地質勘探人員是有責任的。但是地質勘探公司是政府機構，說起來，政府也有責任。這裡，還望林總不要衝動，尤其不要急於打官司。後續事項，怎麼辦，我要向市委領導匯報後，再作決定。

散會後的林松坡留在了最後，他跟副市長進行了一番詳談。畢竟，林松坡來青岩投資的這幾年，兩人往來也多，幾乎也算朋友。林松坡說，今天的結論，我真是要瘋了。張市長，站在我的角度，這讓我怎麼辦呀？公司破產？就是破產，我又怎麼對得起青岩城人民呢？何況，我一家小公司，又怎麼賠得起這些錢？

副市長還算理智，安慰他道，這事先別急，人民政府就是為解決人民的問題而存在的。人民的事總歸由人民政府來扛。

這正是林松坡想要聽的話。

45、我們美國見吧

春節在寒冷中來臨。

楊照酉以妻子去世，不想一個人在青岩城過年為由，悄然去了南方。他在南方幾個高爾夫球場流連幾天後，便到深圳。林松坡在深圳有一套別墅，父母和妻兒都住在那裡。但同時，他在城裡還有一套公寓。那是他初來深圳時買下的。全家人搬到別墅後，那裡便空著。有時候，林松坡忙得太晚，也會在那裡住下。年前，林松坡請家政公司把屋子打掃乾淨，又增添了一些生活用品，買了足夠的食品和酒。

大年初三，林松坡一早來到這裡。幾乎就在他剛進門，楊照酉也到了。一進門就說，在他深圳的新居裡住了幾天，屋內設施不全，無趣得要命。今天把白燕子送上了火車，讓她回她老家去過年，不如我搬你這兒住算了。林松坡說，我也是這樣想的，看看你的房間。楊照酉說，兄弟，你是真懂我。林松坡說，主要這裡說話方便。

很快，老劉老陸也如期而至。當年的四個黑衣人，又很莫名其妙地再次穿上了黑衣。楊照酉有點奇怪，說這事有點神秘，起先也沒約呀。林松坡說，這就叫心照不宣。楊照酉沒有聽懂。

四個人擺上了麻將，其實都沒有打麻將的心情。主宰他們內心的是亢奮。老劉說，林總，我不能不服，這筆錢賺得真是太爽了。林松坡說，你處理得怎麼樣？老劉說，全部存進了你們各自的戶頭。這是你們的卡，賬號還有原始密碼，是分在三家銀行存的，大頭在瑞士銀行，這是從安全考慮的。出國後，密碼自己修改。按照原定的計劃分配的數額，已由林總審核過。各位這輩子甚至下輩子想花的錢，都在這裡面了。他說著，拿出四個信封，信封上寫著他們各自的名字。他按名字，一一呈上。另外有一張紙，上面寫的是各自應得金額數字，他交給了林松坡。

林松坡看了一下，沒說話，只是作了一個OK的手勢。他順手轉給了坐在他一旁的楊照酉。楊照酉拿著信封的手只發抖，眼淚幾乎奪眶而出。這筆錢的數字，是他這輩子想都沒敢想過的。他知道，自己的幸福人生將會無邊無際。

四個人在這裡聊了整整一天。其實林松坡並沒有備多少菜，只有幾盤滷菜和一盤沙拉，再加上一鍋小米粥。林松坡說，這幾天各位大魚大肉已經享用夠了，來這裡，算是消食吧。三個黑衣人說，是了是了。根本吃不進去，這樣就最好。他們一起吃了菜，喝了酒，也算酒足飯飽。

林松坡仍然不允許他們喝醉，因為事情還沒有真正結束。林松坡說，老劉老陸，趕緊辦移民吧。倚天公司，很快就會因白梅山湖苑事件而宣布破產。你們也了結國內事務。了結不了的，託人打理。幾年內，少回國。遠到西方享受生活。我的移民手續已經在辦理，春節一過，我即出去。

老劉說，我去年就在紐約買了房子，我兄弟在那邊。父母過兩年才退休，他們官大了一點，退休後，還要凍結幾年才能出境。不過沒關係，反正他們在國內伺候的人多，日子也相當舒服。老陸也說，沒問題。公司一散伙，我就走人。我老婆帶著孩子已經出去了。孩子正在加拿大讀中學。我移民手續正在辦理。但是青岩城的後續事宜呢？林松坡說，放心。這個我會安排照酉來解決。雖然事情有點麻煩，但照酉可以多賺幾百萬。用這錢，照顧照顧那些追隨你的兄弟，這對你以後，只有好處，沒有壞處。

楊照酉眼睛一亮，說我出不出去無所謂的。林松坡說，你必須出去，至少不能呆在青岩城。實在想留在國內，把公司改個名字，可落在深圳。青岩城那邊，叫個親戚朋友幫著打理，能賺就賺點，賺不了，拉倒吧。我估計你可能會比我們晚走三五個月。你可以讓你兒子和你前面那個老婆，先去。我知道你在舊金山買了房，我的也在舊金山，我去了之後，會幫你照應他們。

楊照酉說，大哥，這真是太好了。二十幾年前，我要是救了個別人，可能半點用都沒有，可是我救的人是你呀，大哥，你是個天才。我的一念之善，得到的回報，我自己都快扛不住了。老劉笑道，扛不住也要扛。林松坡說，有你才有我的命，再說了，我們也是合作做事，不存在報答不報答。

老劉和老陸晚上走了，走前彼此擊掌說，保持聯繫，國外見！

楊照酉又逗留了幾天，方回青岩城。走前林松坡送他到機場，說我去美國之前，還會到青岩城一趟，把剩下的事情了結掉。你照我的計劃具體做事即可。楊照酉說，完全沒問題。有你安排，我做甚麼事心裡都踏實。林松坡說，你對門那個人呢？案子還沒有結？楊照酉說，辦案的警察年前從雲南回來了。據說他們在那邊遇到挫折，他和他的一個戰友，都是帶傷回的，目前還沒有顧到這個案子。但也沒有人找事。小裁縫死了，盯李江的人都煩了，說他成天演出，根本沒有一絲意思要去調查甚麼事。警方那邊我也了解了一下，你知道，我跟那個蘇衛，已經是哥們了。他們好像也沒有發現其他證據。林松坡說，嗯，還算有驚無險，只是可惜了你老婆，真是個沒福的人。你盡快抽身吧，哪怕他們以後有了證據，可也找不到我們的人了。楊照酉說，一切都聽你的。

原計劃可在年前搬入白梅山湖苑新居的業主們，終於得悉整個八棟高樓將全都炸毀的信息。他們開始不安起來。新房沒有了，而要買其他樓盤，漲價卻早已開始。同樣的價格，再也買不到相同面積的房屋，環境優美的樓盤更是想都別想。大家心裡揣著強烈的不滿。退款的事，雖然已有承諾，但何時能退，卻沒有準信。拿不到退款，又何談購買新居？等退款到手，房屋價格的漲幅，誰還知道自己是否能買得起？錢都是自己一分一釐掙來的，哪一家都不容易。焦灼的業主們一小團一小團地聚在一起，議論著也牢騷著。最後，他們決定聯合起來，向政府討公道。他們明白，找倚天公司肯定沒有用。因為他們認定，倚天公司同是受害者。公司的錢和牌子都被砸了，正等著破產。現在的他們，能找誰呢？只能找政府。

元宵一過，幾百業主去到政府門前遊行，喊著口號：還我新房子，還我血汗錢！這事被媒體記者現場採訪，幾乎全省的報紙，都對此事作了報導。領頭的是一位開餐館的劉老闆。在電視裡，他激動地說，他們有沒有想過，我們下了崗，好容易攢點錢，幾乎傾家蕩產買來的新居，就這麼全部炸毀，有沒有想過，這樣的結果，對我們所有人造成了甚麼樣的傷害？買了房子，住不進，錢又不退回，叫我們怎麼過日子？這件事，市裡解決不了，我們會到省政府來遊行和靜坐。

正值兩會期間，代表和委員們紛然關注。媒體一摻乎，一些閒來無事，並未買房的人們，也跟著一起鬧事。結果弄得動輒成千上萬人的示威。中央電視台也不怕事多，一個攝製組趕了過來，說是要做「焦點訪談」。

事情鬧得這樣大。政府其實沒有錯，地產公司也沒有錯，買房的市民們更是沒有錯。但的確有人錯了。可是，犯錯的人呢，沒人找得到。地質勘探公司急得天天找上級，而省委書記一連幾天讀報都會看到「白梅山湖苑」幾個字，氣得大發雷霆。責成青岩市府砸鍋賣鐵，也要把市民們的購房款先還了再說。誰該負責以及誰的責任，再慢慢調查和追究。省裡撥一筆錢，急救補充。

市府無奈，只能先把這事扛下來。好在青岩城並不是一個窮得沒飯吃的城市。青岩城有山有水，房地產業突飛猛進，市區和郊區賣地，也賺了不少。加上幾家大型國企，納稅數額不低。於是，又為此成立了專項組，林松坡也在這個專項組裡，他提議用置換房屋的方式，比如讓購房戶在市裡其他樓盤挑選新居，按原來價格出售，面積則按多補少退的方式。如果所選樓盤不是精裝房，只退裝修費，業主自己再選擇公司裝修。

專項組覺得這是一個很好的辦法，協調其他樓盤地產公司，也均表示願為政府分擔困難。他們的房子畢竟也是要賣的，略降一點價，也當是優惠。這樣協調下來，幾近一半的人選擇了置換方式，另有一半選擇了直接退款。尤其當年對折買房的人，幾乎賺了一倍的錢，他們全都不想再要新房，這些人中，包括楊照酉和林松坡，以及一些關係戶頭。

折騰到四月，換房的，退款的，所有事情皆已了結，市民混亂的情緒到底平息下來。只是，白梅山湖苑的樓盤還立在那裡。既不能住，還得花錢炸毀。炸毀後的建築垃圾，將會堆積如山。怎麼處理這些垃圾，又是麻煩事，政府為此頭疼得要命。

便是這時，林松坡再次來到青岩城，他直接找到負責處理此事的副市長。林松坡說，其實我公司在這兩年中，損失太大，如果提起訴訟賠償，哪家面子都不好看。我也不想走起訴的路。但是賠償也是要的，至少把我買地的錢，償還給我。買房的人，退了房款，那我這個買地的人，地款也應該償還，是不是？

市政府的專項工作人員討論了一整天，覺得林松坡說得也有道理，他花錢買地，一次性付清，現在地不能用了，這筆錢理應還給人家。於是，副市長又親自約了林松坡。副市長說他充分理解倚天公司在這一事件中所受的傷害，但還是希望以大局為重。政府將把這筆買地的錢，還給倚天公司。其他的損失，建議倚天公司算了。林松坡想了想，接受了副市長的建議。他表示充分理解政府的難度。為了不給政府添麻煩，這個現場以及垃圾之類後續問題，都由倚天公司找人來處理。

這正是副市長頭疼的事，他立即拍板表示同意。並且表明，除了錢之外，有其他任何需要幫助的，比方調動垃圾車和人工甚麼的，政府將全力配合。林松坡說，感謝青岩城政府的多年關照，這一次倚天公司，也傷了元氣。公司恐怕要重新整合，休眠一段時間，爭取還能東山再起。副市長說，出山時，還望來青岩城投資。不要對青岩城失望。我們將以最優惠的價格和最快的速度，來配合你們。林松坡笑著答應了，他們握手道別。林松坡臨別時說，我記得您兒子在白梅山湖苑也買了房子，解決得還滿意嗎？請代我向他道歉，以後有機會，我做更好的樓盤，再請他去當我的業主。副市長笑道，客氣了，他很滿意。一直誇你仗義。當然，也誇政府這次勇於擔責，是對市民的最大的安慰。林松坡說，沒有政府支持，把我剁成千萬塊，我也沒辦法呀。副市長哈哈大笑，說你也剁不出千萬塊來。

林松坡懷著喜悅之心離開了市政府。他連楊照酉的面都沒有見，直接驅車抵達機場。上飛機前，他給楊照酉打了一個電話，說就按我交待的去做吧。我已經到了機場，周日即飛美國。楊照酉說，怎麼不一起吃頓飯呢？林松坡笑道，這頓飯，到美國去吃，屆時我給你接風，你的動作要快。

第十三章

46、廢礦井口

其實，春節後楊照酉一回來，便約了尹國銘，叫他成立一家貿易公司。尹國銘說，我哪有錢成立公司呀。楊照酉說，把我給你的還沒用完的錢，拿一部分出來，去註冊就可以了。跟你看場子的弟兄們，都算你公司的人，給他們發工資即可。尹國銘說，松照公司呢？不打算要我們了？楊照酉說，你怎麼這麼昏呢，這是讓你賺錢呀。八棟樓，多少新貨，電器全是名牌呀，現在全是你的。你打折賣還不行嗎？

尹國銘立即醒悟，說我們只想到炸樓之前偷點回去，沒想到賣哩。你這主意好。楊照酉說，這是合法的，倚天公司把善後的事，全部交給我們。賺也是我們賺，賠也是我們賠，就看我們怎麼做了。尹國銘說，一定得賺。

次日，他便領著人，把樓房中所有電器、五金件還有馬桶、浴房、櫥櫃以及門板等等所有可用物品，全部都拆了下來，然後租了家店鋪，打折出售。東西是全新的，而且全是品牌。物美價廉，購者如雲。這樣一倒手，尹國銘賺了幾百萬。發了工資給員工，手上仍有百萬多盈餘。尹國銘打電話給楊照酉，說兄弟，這剩的錢，怎麼分？楊照酉說，不是先說好了嗎？你是老闆，盈利都是你的。找個新項目，這個算第一桶金吧。

在尹國銘他們拆東西的時候，楊照酉去了一趟地質勘探公司，他直接找到總經理。

楊照酉說，是倚天的林老闆讓我來找你們的。倚天公司因為這起事件，恐怕要破產了。我們松照裝飾也弄得很慘。最應該擔責的地質勘探公司卻甚麼事都沒有。地質勘探公司的總經理說，政府替我們承擔了，我們也沒辦法。你們公司沒有獲得賠償嗎？楊照酉說，林總是我的朋友，他要我們幫政府分憂，我得聽呀。現在找你們，我也不是來要賠償的，我只是希望你們在善後事宜上，出點力，幫幫忙。總經理說，怎麼幫？楊照酉說，幫我們找專業爆破人員，把樓炸了。反正是炸垮，也不需要定向甚麼的，花費也就是點炸藥，要不了多少錢，這個你們負責。但必得請專業人做，免得出事。總經理忙說，對對對，的確得專業人來做這種事。楊照酉說，另外，再給我們派兩個技術高的勘探工程師，協助我們現場處理。總經理說，就這些？楊照酉說，就這些。林老闆告訴我，副市長發過話，在善後處理上，需要幫忙的事，政府會盡力。我也不好為這點小事去找副市長，再說了，政府一直是在幫你們。所以我覺得直接跟您說更好一些。總經理馬上說，這個沒問題，我讓我的副總親自負責，這也是我們應該做的。甚麼時候要人？楊照酉說，明天上午吧，到工地來，我在那裡等他們。總經理說，放心，一切我來安排。讓他們到現場聽您指揮就是。楊照酉道謝而出。

坐上了車，他心裡還在跳，雖然當了老闆好多年，洽談的業務也不少，但這麼公開地揣著陰謀一本正經跟國企領導打交道，算是頭次。但是林松坡說，現在是他怕你，不是你怕他。他們雖是官員，但你也是老闆，又是受害人，他們會比你氣短。楊照酉壯起膽子，按林松坡所教，幾乎一字不落地把林松坡講過的話全說了出口。這個結果，也完全與林松坡預料一樣。楊照酉心想，這個老狐狸林松坡，真是掐得太準了。

事情進展很順利。前來的勘探工程師是楊照酉見過的，一個絡腮鬍子，一個白頭髮。他們參與調查小組時，對現場進行過多點勘探。楊照酉說，既然兩位專家對這裡情況熟得很，我們乾脆一邊喝茶一邊談？兩位專家欣然同意。於是，他們拿著先前的資料，坐著楊照酉的車，來到明月清風茶寮。

相同的圖紙，楊照酉也有一份，這是林松坡留給他的。楊照酉說，林總有事來不了，所有善後事宜，都委託給了我。這次倚天地產損失慘重，我們松照公司沒那麼慘，但精心裝修的房屋，全部毀掉，是不是也很倒霉？兩位工程師都說，是呀是呀，林總那一陣，臉色都是青的。沒辦法，人命關天，這樣的後果，是大家都不想要的。

楊照酉照例到「弄清影」茶室，照例請蘇望月拿出壓家底的好茶。蘇望月說，這是上次招待名流們喝過的極品冰島，口感甚好。白頭髮工程師是懂茶的，放在鼻子上聞了一聞，便說，果然是真冰島。蘇望月說，看這位領導說的，我能給楊總拿假的嗎？楊照酉便大笑，說聽你這話，擺著你是有假貨的。

幾個人都大笑了起來。蘇望月說，楊總，別揭人老底呀。笑說完後，他便出去了。

楊照酉說，我是個粗人，今天把話都攤到桌面上說。這個月內，我們要把八棟樓全部炸掉。唉，我一提這話，心裡就難過。炸樓容易，建築垃圾的處理卻不容易。就是用大卡車拖，也不知道要拖到猴年馬月。而且，拖出去了，又往哪兒扔？幾家垃圾場都拒絕了。以前還可以填湖，現在湖泊保護，填湖也是違法。總不能讓我再修一條路，把這些垃圾扔到深山裡去吧？

兩個工程師滿懷同情，紛然說，是呀，這個比炸樓還要難辦。楊照酉說，堆在這裡，破壞我們白梅山湖的風景區，也是絕對不可能的。原想著，廢物利用，把建築垃圾打碎處理掉，可以節約資源，但這時間拉得太長。我們曾經提出兩年內處理完，其實就是打碎，再製成磚，這樣企業可以回收點利潤。可政府不同意。因為垃圾堆在這裡，恐怕污染水，而且也難看。林總是個環保主義者，認同政府這個觀點，給我們限期三個月，把樓炸掉以及處理完建築垃圾。其實政府還給了半年時間，但林總說，一旦拖到了夏天，天氣炎熱，水和空氣的污染都會加劇，所以要求我們迅速處理完。每提前一個月，都會有獎勵。我們做企業的，不就是圖個錢麼，你們也知道。你看，我們的隊伍日夜在加班拆卸，盡量少一些浪費。兩個工程師也都說，是呀是呀。林總的觀點是對的。楊總也不容易。

楊照酉說著，打開圖紙，指著樓盤中心的花園說，我聽林總說，專業人員認為花園這兒地基是最差的，下面礦道交錯縱橫，如果當初某棟房子蓋在這裡，說不定蓋一半就會坍陷？

絡腮鬍工程師立即接過話，說這個觀點是我講的。因為這周邊幾個點都是我負責勘探的。那裡恐怕有一個比較大的踩空區。楊照酉說，我們可不可以做這樣一件事？我想到的是兩個辦法，一是我們不炸樓，直接炸礦，就是把這個礦洞炸開，下面不都是空的嗎？這些樓房垮下去，建築垃圾正好把下面填起來。另一個還是炸樓，但在這裡打出一個洞，看看礦道能不能行車，找幾輛拖車放下去，所有垃圾，從洞口卸入，一搭兩就，以後有地震甚麼的，這裡面是實的，也不會出事。我是外行，只是這樣想，既然下面是空的，上面垃圾又沒處扔，不如就扔下去好了。

兩個工程師驚訝地望著他，絡腮鬍工程師說，楊總，你真能想呀。你一下子說出了我們的專業處理方法。白頭髮工程師說，以前的舊礦，沒有環保意識，五十年代初，應該也是挖空了，就扔了。那時的巷道也不可能寬，卡車估計是走不了的。小型的拖斗車或許可以。只是，如果裡面如有地下水進入，人下去恐怕就有危險。唉，過去工具落後，觀念也落後。現在，發達國家大都採用了邊開採邊填埋的方式。資源枯竭後，基本上也填實了。楊照酉說，發達國家的事，我們就不扯了。你們覺得甚麼方式好呢？白頭髮說，你講的這兩個辦法，我們可以再根據地形來研究一下。絡腮鬍工程師說，我的感覺，這附近應該有一個廢棄的井口。如果能找到這個廢井口，直接打開，下去看看，能不能走車，讓垃圾從井口卸下，將裡面的空洞填埋掉，這個還能治理這裡的地下環境，應該是最好的方式。不然則炸，但是我們不知道礦區有多大，炸這一片，會不會連鎖反應，坍塌更多地方。白頭髮工程師說，研究之前，要找當年的老礦工了解一下。或許會有第一手數據。但是，不管用哪種方式，樓還是要炸掉。楊照酉說，好，你們調查也好，研究也好，給我回個話。期限是半個月。可以嗎？白頭髮工程師說，應該可以。楊照酉說，那好，我們先炸樓。半個月內，你們出方案，我們處理垃圾。兩位工程師邊喝茶邊細談，然後都誇楊總說話辦事，真是一個爽快。

爆破人員是地質勘探公司請來的。對於專業爆破人來說，周邊無居民，也無需定向，炸這樣的樓，是件容易的事。樓裡的東西，凡可用的、可拆卸的，基本讓尹國銘領著人拆光了。就連窗邊的大理石板，以及陽台的欄杆，也都給割走。

47、一切就像沒有發生過

不到一周，八棟樓在同一時間全部炸掉。為防止引起混亂，市政府封鎖了爆炸日期，在人們不經意的一個時間，下午三點，突然起爆。時間很短，仿佛只幾分鐘，原本偉岸挺立、神采飛揚的高樓，瞬間垮塌一盡。灰塵揚得滿天，白梅山的樹和白梅湖的水，一時間都蒙上浮塵。煙霧在空中彌漫，比白梅山湖傍晚的霧更濃郁。

爆炸聲引來居民隔湖觀看，說甚麼的都有。有人嘆惋也有人咒罵，幸災樂禍者有之，憂心忡忡者也有之。因為時間保密，爆炸時，記者都沒到場。除了爆破人員拍有留檔圖片，媒體在報導這條消息時，連一張垮塌圖都沒有。工地仍然圍得嚴實，那種防盜防賊防記者的理念，被尹國銘執行得相當出色。

爆炸的那一刻，楊照酉和尹國銘都在現場，他們親眼看到樓起樓塌。當八棟漂亮的樓房，在沉悶的響聲中倒下，他們曾經引以為豪的工地，成為全無看相的廢墟，兩個人都唏噓半天。

一個保安過來請求，說楊總，能不能讓我拖兩車垃圾回去？楊照酉說，怎麼？保安說，家裡修路，有個坑大了點，要填起來。用這東西填，該多好呀。楊照酉說，拖吧，拖多少車都行。保安驚喜道，真的？道路還要經過一個稀泥塘，村長準備帶人上山採石頭，可以用這個不？尹國銘說，這多好呀，採甚麼石頭。直接來車，拖回去填了。說罷轉身向楊照酉說，免費吧？楊照酉說，當然。能給鄉親們修路，也是這垃圾的福分。尹國銘說，這裡的鋼筋不少，我們公司也拆不動了，鄉親想要，自己動手，蓋個平房，修個豬圈是沒有問題的。楊照酉說，動作先別太大，過兩天，炸樓的事淡了，把工地的圍牆拆掉，誰想要拿，就都拿去。

這消息一傳十，十傳百，附近居然來了不少村民，板車拖拉機和卡車，全都上了，人人都忙得不亦樂乎。半個月後，兩個工程師按時來到現場，竟發現這裡像是一個大戰場，到處是忙忙碌碌的人。原以為會有一個巨大無比的垃圾堆，但實際上，剩下的垃圾已經沒那麼多了。白頭髮工程師驚訝道，這真是一個奇跡。我現在明白甚麼叫人民戰爭了。說得楊照酉哈哈大笑，笑完說，螞蟻啃骨頭，還是相當生猛的。

絡腮鬍工程師拿出幾張舊照片，說我們請李礦長帶我們找到幾個老礦工，但實際上，五十年代的礦工，活到現在的幾乎沒幾人能把話說得清楚。幸運的是，我們找到一位攝影愛好者，他的父親以前是礦上的技術員，當年在這裡工作時，拍了不少老照片。他父親已經去世，可是他卻保留了那些照片。我們把它翻拍了過來。你看，這是井口。這裡是山頂，這是斜坡，還有山口，這樣一一比對，或許能找到大致位置。楊照酉說，太好了，如果找到了呢？白頭髮工程師說，只要把舊礦井口打開，把這些垃圾填進去即可。先前我們擔心垃圾太多，如需要向深處運送的話，可能要送車輛下去，或許還要修一下道路。現在看來，這些擔心是多餘的了。勞動人民的能量真是太強大了。

照片有好幾張，比對起來並不難。工程師們很快查出廢礦井口的大致方位。勘探的結果，果然在花園的東北處，找到了井口位置。打開井口的事，也是勘探公司做的。整個過程中，地質勘探公司都倍覺幸運，錯誤是他們公司犯下的，但他們公司並沒有賠大錢，並且，也沒有惹上官司出大洋相。只是在處理垃圾上幫了幫忙，他們覺得這簡直是撞了大運，所以滿足楊照酉所提的各種要求，在他們看來，也是理所當然。

而楊照酉則更是輕鬆，他讓尹國銘找了些有經驗的礦工，支付比平時打工多一點的工錢，請他們下到井底，把上面吊下來的垃圾，朝礦井深處運送一下。垃圾不多，可隨便堆放，不堵住井口即是。這些人在井下幹活有經驗，而且不害怕。幹了不到一個月，十二棟建築垃圾就處理得乾乾淨淨。村民們搬的最後沒人要的垃圾石塊灰土，全都扔進了打開大口的井裡，然後用最後的垃圾把井口也填埋起來。

楊照酉把完工後的照片，拍好了，傳給林松坡。說提前完成任務。林松坡說，夜長夢多，那就趕緊脫身吧。

聞知所有的建築垃圾已處理一盡，副市長專程前來視察，很高興能處理得這麼快。站在這片空曠地帶，他說，請園林公司把這裡建成公園吧。房子不能蓋，種樹總可以吧？多栽些花，讓咱們的人民，休假時有一處開闊的地方遊玩，一家人帶著孩子帶著帳蓬，野炊和玩樂，並享受美好的湖光山色。園林局長馬上說，這個建議太好了。

在園林局開始栽花種樹的那天，楊照酉辦妥了去美國的手續。白燕子與他同行。此時的白燕子，已有身孕。楊照酉很開心，他有錢了，而且又將有一個自己的孩子。他決定到美國去結婚，並且生個美國娃。他的爹媽有點不樂意他走，楊照酉說，出了國，可以想生多少生多少。往後，七八個孫子孫女往你們眼前一站，你們還不樂瘋掉呀。一番話，說得爹媽笑得合不攏嘴。

臨走前一天，尹國銘在七彩飯莊為他送行。飯桌上，楊照酉仍然沒有喝太多的酒，他囑尹國銘也不要喝得太多。楊照酉說，不為別的，來日很長，好日子在後面，得保護好自己。

尹國銘有了自己的公司後，比以前忙了很多。他繼續倒騰其他二手貨生意。因手上資金雄厚，他把七彩飯莊的門面擴大，重新進行了裝修，開拓了更多業務，增加了豪華包間。烏槍換炮後，生意立即火爆，青岩城的名流富商官客，都湧向了他這裡。他自己也成了老闆。

飯後，楊照酉和尹國銘甩開其他人，只他們倆，驅車去明月清風茶寮喝茶，他們仍然進的是「弄清影」茶室。以前楊照酉沒有喝茶的習慣，跟著林松坡這些年，他知道，喝茶是雅事，所以，慢慢地也愛上了喝茶。

兩人站在窗邊，眺望曾經燦爛的白梅山湖苑原址。那裡幽黑一片，星空下，只一抹濃重的山影。兩個人都有點心虛，又都有點悵然。尹國銘說，唉，跟以前一樣了，白梅湖和白梅山，好像甚麼事都沒有發生過。楊照酉說，是呀，可是我們卻發生了很多事。他說這話時，心裡有萬千感受。

尹國銘卻並不知他的本意，便說，你放心。我的事我扛得住。小奇現在恢復得也不錯。楊照酉說，我過去後，熟悉好環境，等小奇再大一點，身體也穩定了，你讓他也過來吧。你們倆口子，爭取這幾年把生意做上去。這樣，手上有了養老的錢，乾脆都住到國外。人生這輩子，我們吃夠了苦，沒學多大本事，也只這點能耐。但孩子們還有很多機會。尹國銘說，兄弟，你跟林總學到不少東西，將來我絕對追隨你們。楊照酉拍拍尹國銘的肩頭，說兄弟一場，真值。

第二天送楊照酉去機場的仍是尹國銘。楊照酉和白燕子先從天河機場飛到上海，再由上海飛往舊金山。直到他在舊金山下了飛機，才看到尹國銘的短信。短信說，兄弟，近幾年先別回，警察前些天找過我，沒跟你說。不知道會不會有麻煩。如果有，我老婆和兒子就交給你照顧了。

楊照酉看到短信，手只發抖。他想，幸虧林松坡提醒，一切都趕早一步。不然，他或許根本就走不脫了。

來年春天，公園已經完工。這裡有露天的足球場和籃球場，還有一個羽毛球場。明月清風茶寮的老闆蘇望月，又在這裡開了家書屋，書屋直接就叫「東坡」。在東坡書屋裡可以看書，還可以喝咖啡，每天都有靡靡的西洋音樂在店裡回響。

天色還沒全暖，黃燦燦的迎春花便開了，再之後，爬藤的月季和風車茉莉，紅白黃搭配著，很張揚地開放在花架和花牆上。綠樹鮮花，諧調地與白梅山和白梅湖融為一體，這裡就叫作白梅山湖園。

最先來玩的是學生們，他們騎著自行車，在這裡笑鬧和遊戲。還圍著圈子，自演節目。五一那天，山下湖邊，到處是學生娃。男孩女孩都穿著廉價的運動衣。這是校服，校服很難看，但學生們穿慣了，已然不覺得。一個女學生跟另幾個女孩打鬧著，她不知道說了幾句甚麼，說完後，哈哈大笑，聲音快樂而爽朗。有人高叫道，馬蘭蘭，你奶奶來看你了，還有一個姓陳的叔叔一起，說是給你送中考資料，他們在東坡書屋等你，你去一下吧。

女孩突然止住笑，她臉上呈現驚喜，然後向東坡書屋踉踉蹌蹌跑去。

下部

等等

第十四章

48、蘇衛在心裡發誓

雨下得好大，天色被水泡成昏黑。

白梅湖盛不下這樣的暴烈水頭，呼呼地漫了出來。四周的田野都被浸在水下。水面像海，放眼望不到邊。立在湖水一側的白梅山被密集的雨水擋得眉目不清，只剩得一抹山影，淡灰色，薄紗一樣，懸在空中。風起時，彷彿衣袂飄動。

青岩城到處淹水。下水道堵了，滿街人打著赤腳。電視在直播，批評城市建設不得力，挖了好幾輪馬路，但下水系統仍然沒能得到解決。極端天氣中，最忙的是公安局。所有警力，都被派上了街。局長說，哪管你是戶籍警緝毒警還是刑警，今天全是交警。都出去，保護老百姓安全為第一。整個城裡城外，消防員在到處救人，警察則在所有安全隱患處看守。

白梅湖的水已經淹上了岸，將近中午，一個男人擔心雨中的房子垮塌，急著回家，抄近道走小路，結果淹死了。警察便在白梅湖的路口上守著，誰也不准走小路。

守在這裡的是刑警蘇衛。他在湖邊來回巡邏，風聲雨聲很大，讓白梅湖顯得非常壯觀。

有人朝湖邊走來，試圖涉水而行。他奔跑過去，大聲阻止。他不明白，雨這麼大，小橋和路面都已淹沒。水天幾近一色，擺著行人走上去相當危險，但還是有人想越水走近路。整個下午，他都是在風雨交加中叫喊著阻攔路人。嗓子都喊嘶啞。原本淹死人的消息，局裡交待，盡量不要提，以免社會上亂傳。但是，不提這事，行人根本不信路有危險。蘇衛沒辦法，只得連吼帶叫地說出這一事實。但凡一說出上午有人淹死的話，強行走小路的人們，立即被嚇住，連忙掉頭而去。蘇衛回去後，跟楊高說，你說，老百姓這是甚麼心理呀。楊高說，虧你是個警察，這都不懂？

蘇衛是警官學院研究生畢業，高學歷人才。但自調來刑偵大隊，卻一直在給楊高的手下當手下。這個手下便是小郘。儘管小郘業已年近四十，可人們依然叫他小郘。沒別的，就是因為他的父親先前也是這裡的警察。大家常笑，說你就是我們看著長大的。小郘有時頗為惱火，但惱火也沒有甚麼用，讓人們改掉習慣，很難。

刑偵大隊一直是局裡最忙的地方。案子越來越多，而且越犯越新奇。一些奇怪的案子，連破案高手楊高都叫苦不迭。得幸小郘慢慢越來越順手，也越來越負責，這讓楊高的壓力減輕許多。

蘇衛來後，認為自己屬人才引進，必被重用。但不料，來後有半年，都只是跑腿打雜，心裡有些氣悶。他覺得自己讀的書多，分析案情，頭腦清晰，邏輯推理強，不經意間便把心高氣傲的神情露在臉上。有一次甚至當面叫小郘。小郘沒說啥，但楊高板了臉，劈頭蓋腦地訓道：小郘是你叫的嗎？蘇衛也不遜，竟然回嘴，說小郘叫你不也一口一個楊高嗎？小郘聽罷也沒客氣，說我爸是楊高的師傅，當年我也算是跟楊高一起長大的，你問他在我家吃過多少飯？我們是兄弟，兄弟間怎麼叫，也是兄弟間的事。你算老幾？訓得蘇衛滿面赤紅，不敢作聲。

蘇衛敢頂楊高，是欺楊高言語少，但他卻不敢頂小郜，因為小郜出言一向尖刻，在全局都聞名。小郜轉身即跟楊高說，這個小王八蛋居然也敢叫我小郜，我憋那麼久了，這回總算找到個出氣的機會。楊高說，欺負人家新來的，也不算有種。小郜說，不欺新來的，難道欺你這老油條？我新來時，被人欺了多少回？楊高說，就你這嘴，吃過虧嗎？小郜於是使勁笑，笑完說，那不是有你給我罩著嗎？小郜跟楊高的這番對話，絲毫不介意蘇衛在場，仿佛他是空氣人。蘇衛心裡想，你不過就是靠你爹才當了警察嗎？我是職業警察出身，學院派，難道玩不過你？那時候，蘇衛就在心裡發誓，一定要辦個漂亮的案子給他們看看。

雨後的第二天，隊裡接到報案，說郊區鄔家墩沖垮一間民屋，牆倒了，壓死一個老頭。人們搬屍體時，突然發現垮塌的屋牆有夾縫，牆內有一具屍體，還有槍。村長很得力，立即報警，並且派人把那裡圍了起來，不許任何人靠近。區派出所出警後，發現夾牆裡不止有槍，還有毒品。案情立即上報到市局。

接到報告時的楊高，因孩子突發高燒，正在奔往醫院的路上。小郜立即電話他，說你放心，我親自帶人去。小郜早已獨立辦案多次，楊高自是放心。便說，帶上蘇衛，讓他歷練歷練。小郜說，沒問題。也得讓這小王八蛋見識一下我的招數。

小郜帶了人去鄔家墩，得悉老頭是這裡的租戶，並非本村人。下雨時村長通知他撤走，他也答應下來。村民都以為他撤了，雨後，卻發現這間屋子牆已垮塌，大家通知老頭卻沒找到人。村長便組織人扒磚土，看看老頭是否被壓在裡面。一扒開，果然。這才曉得他並沒撤離，而雨太大，屋樑落下，砸垮了牆，壓死了人。老頭的臉被砸得血肉模糊，不見眉目。於是，村長讓人搬屍體，搬的過程中，發現垮牆下又露出一隻腳，大家忙又搬那人，結果，那個人被卡在牆裡，人們這才發現，這是一堵夾牆。而牆裡的人，並非新死。

法醫一看屍體便說這人至少死了三個月。頭部被槍擊，看上去，正像夾牆中的手槍所擊。毒品有十來公斤。青岩城第一次發現這麼多毒品。小郃問村長，是否認識兩個死者。村長說，房主早就外出打工，兩年前將房子租給這兩個外鄉人，他們說是父子。不過，聽隔壁鄔三婆說，他們看上去不太像父子。不光是長得不像，兩人之間說話的語氣和表情，也不像。小郃叫人找來鄔三婆，問她為甚麼覺得不像？鄔三婆說，有一天，馬裁縫到村裡來賣舊衣服，我見老頭衣服都是破的，平時天冷穿得也薄。這舊衣服便宜，就去他家問他要不要。正撞見他們吃飯。雖然同桌，可是一看就是各吃各的。那兒子面前有菜有肉，老頭面前只是鹹菜，吃的都不一樣，這還是父子？我問老頭要不要舊棉衣，很便宜。老頭只是望望兒子，那兒子不耐煩說，想要就去買一件吧。這個月我多給你十塊錢。村長說，這兒子，隔一陣就外出一些天，最近老沒見，就以為他又外出了，哪曉得居然死在這屋裡。

以往的青岩城，幾乎沒有毒品出現。但近些年，似乎突然冒出一些吸毒者，最初推測是外出打工者帶回的，但後來吸毒人數連年劇增。尤其近年，已有好幾人吸毒過量而死。楊高早就分析，外地的販毒線，已經延長到青岩城。警方也在密切關注毒品交易活躍的幾條商業街。但從未留意郊外，尤其鄔家墩。

當晚局裡便召開了會議。原先因為販毒吸毒不嚴重，所以局裡並沒有設立專門的緝毒隊，兩個負責緝毒的警察都放在刑偵大隊一併管理。這天，局裡決定由這個案子始，成立緝毒大隊，調查此案並追蹤這些毒品的來源。局長用嚴肅的語氣說，要借此案，對吸販毒分子，斬草除根，絕不能讓毒品來污染我們青岩城。

小郜被命為緝毒大隊隊長。他幾乎不敢相信，這是一個很重要的位置。坐上這位置就意味著他在職位上與楊高平起平坐了。小郜去找局長，說這提拔得也太快了吧？局長以前當過小郜父親的搭檔，說怎麼跟你爸講一樣的話？小郜說，我爸怎麼又跟你搭話了？局長說，你爸剛打了電話來，就這麼說的。他是怕你出事。你也怕？小郜說，我爸退休後，膽子越來越小，比老百姓還慫。我可跟他想得不一樣。我只是覺得，這麼個提法，我豈不是五十歲前就得當局長？局長笑道，那得看你本事長進得快不快。小郜說，我太有希望了。有本事的人，基本都當不上局長。局長說，你別在這裡跟我耍貧嘴，你爹事先就跟我打了招呼，說千萬別聽他貧嘴，一貧起來，根本不知道句號在哪。小郜笑道，你聽了我爹這話，怎麼不聽我爹另外的話呢？局長說，甚麼話？小郜說，我爹不也怕我當隊長嗎？局長說，去去去，幹活去。跟楊高學了這麼久，一點都沒學會人家沉默是金的能耐。小郜說，他比我窮得多，沉默要是金，他早富了。

周末，小郜請楊高和幾個老同事吃飯，楊高也拉了蘇衛一起去。小郜說，孩子沒事吧？楊高說，還在醫院打點滴，你嫂子守著。她說，不是小郜請你吃飯，我是不會放人的。小郜說，那是。當年我費了多大勁，才幫她把你搞到手。我就是她恩人呀。楊高說，一嘴廢話。蘇衛說，原來郜老師還當過皮條客？楊高臉一虎，說這叫拉皮條？

同事們都哈哈大笑。日常的警察們聚在一起，也都是胡說八道的，小郜能言善辯，往往充當主角，且吃且逗嘴。楊高從小到大話都少，而這天的飯局，他的話更少，甚至顯示出一種有心事的沉默。正因為此，更反襯出小郜的多話。蘇衛年輕，本來被小郜訓過，講話就有些緊張，剛才又被楊高吼了一句，算是不敢吭氣了。整個飯桌上，就只剩下小郃說個沒完，他不由用筷子敲著碗長嘆道，今天這頓飯，倒像是我當了領導立即開始作報告似的，把我講得累死了。

連蘇衛都忍不住笑了場。但楊高依然嚴肅。楊高說，升了隊長，應該祝賀。但你爸的擔心，也不是沒理由。毒犯多是團伙作案，跟我們以前的對手不一樣。蘇衛說，毒犯最心狠手辣，別人不敢輕易對警察下手，可他們是不怕的。因為他們只要被抓到，就會沒命。人要是死到臨頭，恨不得多找幾個人墊底。小郃忍不住又斥他一句，你這麼怕死，當甚麼警察？楊高說，人家講的實話。警察就不應該怕死嗎？不怕死穿防彈背心做甚麼？叫流氓們直接照胸口打好了。別動不動就說不怕死。完成任務，還得人活著，這才叫本事。小郃說，今天怎麼這麼多人跟我談本事？下午還跟局長說了，我這人沒本事，特別適合當局長。楊高說，小子，我警告你，就算你當了隊長，可以獨當一面，但也不能冒失，我希望你像剛來時那樣謹慎。記住，你手下還有人，你的命是你的，你可以不愛惜，但他們的命你得愛惜。小郃說，我怎麼會不惜命呢？我膽子小，你又不是不知道。楊高說，這案子不簡單，你要仔細些才是。小郃說，今天請你吃飯，你當為甚麼？就是賄賂。哪天我向你求救時，你得立即給我到場。楊高說，廢話，那還用說吧？小郃說，喂喂喂，你別以為是甚麼危險求你來救，是請你現場指導，就跟領導視察一樣。懂了嗎？楊高說，不就是幫個忙嗎？

楊高旁邊坐著個老警察，叫老郭，一直沒怎麼說話，這一刻居然也搭上腔，說當年你見到屍體嘔吐，抹嘴的紙巾是我遞給你的。有事也可以叫我。小郃說，老郭，結束語需要你來說？有意思嗎？

飯局在同事們的大聲哄笑中結束。

49、只是好朋友？

一連數日，都是大晴天。陽光耀眼且不說，還悶熱得要命。青岩城近些年就是這樣。街巷中，易疑神疑鬼的老人說，這像是要出甚麼大事的天象。年輕人則說，新世紀了，總得有些變化才是。

楊高手上好幾個案子在跑。小郜調走，蘇衛直接成了他的搭檔。楊高的節奏，蘇衛有點跟不上，每天都疲憊不堪。

有時候，蘇衛會鬱悶。他不明白，大家日子過得好好的，又沒甚麼深仇大恨，但卻動不動就死人。遊戲廳裡玩得開開心心，突然打起了群架，一個學生胸口被捅了一刀，打架的人一哄而散。玩的事就變成了死人的事。死者學生的爹媽都有來頭，上面點名讓楊高必須盡快抓到兇手。又者，一個中年男人在公共汽車上，突然窒息而死，看上去像是心臟病突然發作，但法醫卻又查出其體內有毒。還有，兩個女孩子莫名失蹤，但鄰居卻說，她們進了家門就沒出來過，可是家裡卻甚麼人都沒有。每天每天，楊高都忙碌著這些命案，他高速運轉，但又極謹慎小心，這讓蘇衛產生一種錯覺。蘇衛覺得楊高的破案方式過於陳舊，以致人疲馬乏，效率卻不高。

蘇衛跑來跑去了幾個月，現實與他的初心差距有點大。有一天他忍不住問楊高，蘇衛說，隊長，您天天做這些，不煩嗎？楊高說，怎麼不煩？可那幫犯罪的傢伙天天要來煩我，我有甚麼辦法。蘇衛說，我跟了您幾個月，算是明白了，案子是破不完的。楊高說，破不完也要破，多破一個是一個。蘇衛說，那有沒有一種可能，就是我們的方式太保守了呢？楊高說，保守不保守，都是看現場找線索，不放過任何蛛絲馬跡。

楊高的回覆，大多時候都很生硬。蘇衛心裡頗有幾分沮喪。這種老套路，在學校時就在同學之間被嘲笑過。現在，自己卻成天擺弄自己嘲笑過的東西。蘇衛心想，這人比小郜還要無趣。楊高仿佛猜到他之所想，板著面孔說，小郜剛來時，跟你想法一樣。

時間都是在人們毫無趣味的忙碌中，不經意地過去。不知覺間，一年已過。這一年，蘇衛覺得自己被壓抑著，天大的才華都無處發揮，成天除了跑腿，還是跑腿。他一直想要獨立辦案，但是楊高始終沒有給他機會，每天都是說舊話：他多觀察多學習勤跑路。整個刑偵大隊，誰的資格都比他蘇衛老，由此，誰都可以對他呼來喊去。今天幫這個，明天替那個。可是，他自己呢？他將以甚麼樣的方式確定自己的存在？有一天，同學聚會。有個同學，在學校遠不如他，卻已經立功並且當上副科長。大家敬酒時，不停向那同學恭喜。蘇衛雖然沒說甚麼，但內心很受傷。他倒並不是想當官，他需要自己有成就感。他想要破案。對於一個刑警來說，能破案，就能得到所有人的尊重，就像現在的楊高那樣。

但是，楊高仍是老樣子，有時還會看破他的心思，說當刑警最不能急。抽絲剝繭，靠的是細功。蘇衛心想，不急？不急的話，犯人會坐在那裡等著你抓？

小郜的案子進展順利。他能確定，青岩城有一個剛剛拉起的販毒網，這張網由廣西湖南朝北伸展，但根子在雲南。隔不幾天，他就去找楊高，兩人一起分析案子的癥結所在。如果找不到人，也會打電話。楊高覺得小郜很敏銳，直覺很好，思路相當清晰，便說，你果然能勝任，局裡沒有看錯人。小郜說，還跟我扯這些？我的藝術家夢想都毀在你們這幫人手上。現在我只能天天面對這些苟且的人齷齪的事。這難道不是中國藝術界的損失嗎？楊高說，吹甚麼吹？你不就是做行為藝術的麼？小郜驚道，你居然還記得這個？小郜在當警察之前，一直想當個藝術家，但是沒有當成。蘇衛很驚異他們的這種交談。

這天又是下雨，而且也是大雨。

小郜那邊有了驚人突破。他冒著雨跑到楊高家，跟楊高講述。他說他一直有一種感覺，牆倒下來為甚麼恰恰把老頭的面孔砸得眉目不清呢？會不會這個人並非原先那個老頭。儘管他覺得這個太戲劇化，沒拿它當重點，但他還是去做了DNA，與失蹤人口的DNA作比對。結果湖南道縣來了信息，說是這個老頭是他們那裡南坳村的人，走失有半年了。昨天老頭的家人前來辨認，確認這就是他們的親屬。可是，鄔家墩的村長說，那老頭住在村裡已經有兩年，顯然，兩個老頭不是同一人。楊高說，這樣費心思偷樑換柱，豈不是有天大的不可告人的秘密？小郜說，那還用說嗎？現在我們得找到住在這裡的老頭。楊高說，既然他在這裡住了半年，想必有人記得他的模樣，或許還有人拍過照片。小郜說，根據村民的描述，已經做出了模擬畫像，但沒能找到照片。楊高想了想，說鄔家墩是區裡的改革試點，去年開過一次村民選舉大會，要求但凡住在村裡的人全部參加。電視台還去拍了新聞片，不知道那老頭去了沒有。小郜說，有這事？說話間，立即給村長打電話。村長回答說，去了。就是選村長。我親自上門要他們父子去的。房東是我族弟，他們必須代表房東給我投票。小郜放下電話便對楊高說，我明天一早就去電視台調片子。

第二天中午，楊高接到小郜電話時，正和蘇衛行駛在路上，他們趕去處理一樁入室命案。局長打的電話，叫他親自帶人處理這個案件，說死者的丈夫是個老闆，還是市政協委員，市商會的會長特意請局裡重視。小郜說，那你去忙吧。視頻裡果然有老頭，我就是來謝你一聲，有事電話聯繫。楊高說，你那個，案情有點古怪。從容一點，慢慢查。小郜說，知道。蘇衛一邊說，郜老師好幸運，一下子就能破大案。楊高淡然道，哪有那麼容易的事？

楊高和蘇衛趕到命案現場，那裡除了110所派警員外，只有兩個外人。一是死者丈夫公司的律師，一是死者丈夫的司機。他們是報警人。110警員已封鎖了現場，初步判斷是入室殺人。據律師和司機講述，死者是女性，不到四十歲，名叫安冬妮，是市藝術館的鋼琴老師。她的丈夫是松照裝飾公司老闆楊照酉。其公司律師為死者預約好去美國簽證的時間，打電話給她，還要告知她一些注意事項。電話通了，卻始終沒人接聽。找她單位，單位人說，她沒有來上班。這種情況很反常，於是律師給老闆打電話。當時老闆公務出差在外，立即要他們去家裡看看。平時老闆有一把鑰匙放在車上，所以，律師就叫老闆的司機同他一起去到房間。進去後，發現老闆太太的狀態不對勁，立馬給老闆打電話。那時老闆正欲去到機場，一聽急了，讓他們馬上打120。結果120醫生來後，表示人已經死了，並且死了已有好幾個小時。醫生說，看上去像是他殺，建議他們報警。110警察來後，也斷定是他殺。現在還沒敢告訴老闆，他可能在飛機上。不過，已經找了老闆所在商會的會長，他跟老闆關係比較好，這是大事，老闆不在，得靠會長幫忙找警方重視。

楊高聽完講述，便查看現場。死者是遭人隔被扼脖窒息而亡。門窗均無撬動痕跡，類似熟人作案。兇手頗有經驗，亦有力氣。死者有掙扎，雙腳蹬被，但顯然反抗無力。問及律師和司機，老闆或其妻有無仇人，兩人都表示沒有聽說過。

正說話間，死者丈夫楊照酉已下飛機，打電話來問其妻情況如何。律師不敢直說，只是告訴他，正在搶救。老闆電話裡叫喊道，叫他們用最好的藥，救人為大，不管花多少錢都行。又安排律師去找市裡最好的醫生。律師都一一答應下來。

楊高說，他們平時感情很好嗎？律師說，據我所知，相當好。楊老闆很遷就他太太。楊高說，誰要去美國？律師說，老闆前頭老婆的兒子想去美國上學，老闆打算在美國買房子，叫安老師先過去看看。安老師的外婆一直住在美國，她的弟弟也在美國工作。她外婆去世時，她的簽證辦晚了，沒去成。這一次她也想去祭拜一下，再看看弟弟。說是她弟弟正好要做一個手術。這是她告訴我的。

法醫還在臥室檢查。楊高詢問時，蘇衛一直在旁邊細聽，偶爾在筆記本上記錄幾行。四周他也都觀察了一遍。蘇衛對楊高說，我有兩個體會，第一，是門窗的確沒有任何損壞，顯然兇手是用很輕鬆的方式進到室內，那就是他有鑰匙；第二，昨天晚上，家裡有人來過。從茶几上的杯子擺放可以獲悉，只有一個人。

楊高環視客廳，說盡可能多作一些指紋採集。他說時，在蘇衛的筆記本上寫了幾個名字，又說，讓鑑定科跟他們的作個比對。蘇衛看了他一眼，說這個我知道。昨晚下雨，室內卻沒有腳印。來人很從容，並且知道家裡沒其他人，進門還換了鞋套。顯然是有備而來，不是誤打誤撞的竊賊，而是目的性明確的熟人。楊高「嗯」了一聲，算是對蘇衛的肯定。

一個男人大聲叫喊著衝了進來。他的神情慌裡慌張，蘇衛剛想攔下，律師拉住他，說這是我們楊總，安老師的丈夫。男人莫名地看著屋裡的幾個人，然後對著律師大聲說，冬妮呢？

律師指了指臥室。他趕進跑進去。

楊高和蘇衛尾隨其後，見他進門，看到床上躺著的人，從頭到腳，全身被薄被蒙著。他怔了一下，似乎明白了甚麼，撲上去放聲大哭。嘴裡還喊著一些聽不清楚的話。律師見之想上前勸解。楊高阻止了律師，說讓他哭一下吧。蘇衛心裡長嘆，中年喪妻，心裡必定會堵得慌。

楊高走出臥室，在客廳裡沙發上坐等。他的手機「叮」地響了一下，這是小郜的短信：已經有點線索，我將去雲南。你先忙，有事再向你匯報。楊高回覆道：謹慎行事，注意安全。小郜回覆道：明白。

律師終於把死者丈夫攙扶了出來，讓他在沙發坐下。律師對楊高說，這是我們公司楊總。楊高說，叫楊照酉，是嗎？楊照酉點點頭。楊高說，我是市刑偵大隊的隊長楊高。事關人命，還請節哀。我負責這個命案的偵破工作，有些問題需要您配合回答。楊照酉依然機械地點點頭。

楊高說，死者安冬妮是你的再婚妻子？楊照酉還是點頭。楊高正要說甚麼，楊照酉突然說，我前妻在我下崗時拋棄了我。我跟冬妮結婚也已經很多年了。楊高微一點頭，方告訴他，法醫已經鑑定過了，現在我們基本判定是他殺。

楊照酉頓時瞪大眼睛，悲憤萬分，大聲道，怎麼可能？說時又欲衝進臥室。蘇衛伸手攔住了他，楊高按下他，拍拍他的肩，讓他坐著。然後說，我理解你的悲傷。但既是命案，你是她的丈夫，我還是要多問幾句。

在他們問詢時，蘇衛一直在琢磨，門窗這麼完整，熟人作案，必是無疑。可疑者中，司機小王算一個。他長年持有死者家鑰匙，如果他有不在場證人，他也可以隨時把鑰匙複製給他人。但是，家中似乎並未失竊，光殺個女人有甚麼意義？正想著，樓下有騷動，戒嚴民警請示蘇衛說，對門男主人要上來。蘇衛說，讓他上來吧。不料所謂對門的男主人並沒有進對門，而是直接衝去了死者家裡，他似乎已知死者之死，對著死者丈夫大喊大叫，之後兩人抱在一起痛哭。

蘇衛想，這人奇怪。難不成是這女人的前夫？他在心裡對此人打了一個問號。此人哭了一陣，往臥室奔去。蘇衛在臥室門口攔下了他。見他望著室內的床上，身體倚著門框，軟了下去，一邊痛哭，一邊用頭輕磕著門框，那副悲痛欲絕的樣子，比其丈夫更甚。蘇衛心裡的問號便變得粗黑起來：不是對門鄰居嗎？

楊高似乎也有驚訝感，他問出了蘇衛想問的話。蘇衛聽到楊照酉的回答是：他們是玩音樂的好朋友。楊高追問了一句，只是朋友？楊照酉的回答說，是的，只是朋友。蘇衛想，這正常嗎？常識告訴他，朋友的悲痛不會是這樣。這個不正常。而一件事但凡出現不正常現象，背後一定會有原因。

這天，蘇衛印象中最深刻的人，不是死者丈夫，而是死者對門的鄰居。臨走前，他遞給了死者丈夫一張名片，說如果想起甚麼可疑的事或可疑的人，就給我打電話。

50、楊高去了雲南

早上，楊高組織開會。對近期的案子，作了些小結，同時，也將剛發生的入室殺人案進行工作安排。他將此案取名為「安冬妮命案」。說分管刑偵的副局長早上又專門找了他，告訴他政協領導也在過問此事。畢竟死者的丈夫是他們的委員，而死者本人也是文藝界人士，關注者多。局領導要求他暫時放下其他案子，全力攻破此案，越快越好，以便能向各界人士等有個交代。楊高讓蘇衛負責梳理頭天的詢問內容和現場偵察情況，對擬出的可疑人員進行排查。

會正開著，局長本人竟親自來到會議室。楊高有點詫異，停止講話，說我們正在討論安冬妮命案的案情。局長面色嚴竣，說你出來一下。

楊高不知道出了甚麼事，對蘇衛說，你跟大家討論，我馬上轉來。

但是楊高卻沒有轉來，轉來的卻是分管刑偵的副局長。副局長說，楊高有緊急要務，必須馬上出差，安冬妮案由蘇衛暫時負責。並且強調，楊高雖然不在，但這個案子的進展，蘇衛要隨時向他匯報。

蘇衛說，出了甚麼事？暫時負責算不算我獨立辦案？副局長說，算。如果你能迅速破了此案，算你的頭功。

蘇衛心裡便有點雀躍。他想一定要全力以赴，盡自己最大努力，早日破案。這是他的機會，他要讓大家知道，他蘇衛的高學歷不是混來的，他也不應該在隊裡只當助手或者只是打雜。

整個下午，蘇衛都沒有休息，他開始為自己安排密集的調查工作。隊裡派老郭配合他。但老郭當警察年頭太久，曾在楊高同行的一次辦案中，受過重傷，本來可以調到別的部門，但老郭不願去。楊高見他沒幾年就將退休，也就留他在隊裡，只是重大案子，不再派他。老郭老油條了，哪裡會聽蘇衛調遣？蘇衛想，沒你配合也算不了甚麼，我一個人照樣可以幹得漂亮。

就在蘇衛全力以赴展開破案之時，楊高卻陷於沉重不堪中。他的沉重，來自於他的內心。局長的到來，讓楊高得知一個相當殘酷的信息：雲南方面打來電話，說緝毒隊的同志收到小郃信息，到機場接到小郃一行二人，並一起吃了午飯，然後送他們回酒店休息。約定下午互換雙方信息。結果一直等到四點，小郃都沒動靜。手機也打不通。找到他同行的警察，對方說，飯後他回房間，小郃說他要走走路，結果就沒回來。他也正在找他。於是昆明方面立即派人去到酒店，當場調看酒店監控。發現小郃並未進過酒店大堂。恰在那時，酒店保安在停車場撿到一個砸爛的手機。同行警察確認是小郃的。但他的人在哪裡，以及是死是活，卻無人知道。昆明警方已在查找，並通知了所有渠道的內線，要求盡快提供小郃信息。

面對這樣的信息，楊高錯愕不已。他的心臟頓時劇烈跳動，小郃於他，有如親兄弟。局裡要求楊高立即趕赴雲南，設法救人，無論死活，都要確認。楊高說，小郃不會死，我一定救他回來。不找到他，我就不回。局長要他理智行事。人到昆明，先直接找省廳的田廳長。那是局長當年的戰友。又說，毒犯無孔不入，尤其在雲南，不要輕易相信外人，只信任田廳長安排給你的人。

楊高連辦公室都沒有回，匆忙回家拿了幾件換洗衣服，便奔機場。在路上，他給老婆發了個短信，告之自己有急事出差。快到機場時，突然想到甚麼，又給電視台跑公安政法線的陳記者打了個電話。楊高想知道小郃有沒有找過他。陳記者說，有呀。且說前天晚上小郃急吼吼地與他聯繫，要查一部新聞紀錄片。所以，他專門為此加班，昨天一大清早就帶他去庫房調看了檔案。資料員說，這種破片子，這兩天這麼多人感興趣？楊高立即警惕起來，說還有甚麼人看過？這話小郃知道嗎？記者說，資料員找片子時跟我說的，小郃當時沒進庫房。我也沒細問。不過你這一說，好像是有點奇怪。這種片子，誰會感興趣呢？楊高說，你趕緊幫我問一下，還有誰調看過。記者說，好。

楊高下飛機時，即收到記者短信，說新聞部有一個姓趙的編輯去過。他沒看內容，只是拷貝了一份。記者專門去問了那編輯，為甚麼突然要拷貝這東西。那趙編輯說，他的表弟在酒吧工作，說裡面有朋友在場，請他幫忙拷貝一份作紀念。楊高說，你把他表弟的聯繫方式傳給我，我讓人去查一下。記者說，出了甚麼事？楊高說，目前還沒有。如果有上頭條的，一定第一個告訴你。

楊高給蘇衛打了一個電話，讓他去一個酒吧了解一下，看看是甚麼人在查閱電視台的資料。蘇衛說，局裡讓我抓緊時間偵破安冬妮案，我正忙著。你叫老郭去查可以嗎？楊高說，好吧。蘇衛又說，你放心辦你的事，這是我第一次獨立辦案，我一定努力，保證讓你滿意。楊高說，辦案不是讓誰滿意，而是要尋找真相，給受害人一個公道。說完他就掛了。

只幾天，全局都知道小郜一到雲南即失蹤了，楊高已急赴雲南營救。小郜的父親接連幾天都來局裡打聽兒子消息。他一臉的蒼涼，讓局裡的老同事們都看了難過。除了安慰他，要讓他相信楊高，別無他法。

蘇衛並不認識老郜。他聞知小郜的遭遇，很是震驚，但立馬又慶幸自己沒在緝毒隊。他知道那些毒犯有多麼凶殘。他推測小郜這一次是凶多吉少。深深的嘆息之後，暗想，平時那麼輕狂，怎麼會不出事？

第十五章

52、藍色小箱子

蘇衛每天都在忙。他希望自己能在楊高回來之前把兇手抓到。這才算他真正的獨立辦案，不然，局裡會照樣把一切功勞都記在楊高頭上。這樣想過，他就更努力更仔細地尋找每一個可疑之處。

安冬妮死亡現場，除了安冬妮和楊照酉本人外，物品和門窗都沒有其他外人的指紋，陳亞非是唯一的一個。安冬妮家的鑰匙，司機小王和陳亞非家各有一把。但這都不足以認定嫌疑。因為很多人家，都會有此類做法，即擔心房門突然被鎖或鑰匙遺失而將備用鑰匙放在鄰居或朋友家中。蘇衛自己也是另放了一把鑰匙在父母家裡。這種情況是常態。司機小王說他打了一夜的麻將，現場有幾個證人，而陳亞非說他當晚的確去過安冬妮家，大約12點前後，雷聲小了，他就回家睡覺了。但他的老婆王曉鈺卻說，他們當晚吵了架，陳亞非沒有回臥室睡覺。甚麼時候回來，她並不知道。這麼說來，陳亞非的回家時間，其實是沒有證人的。他到底甚麼時候回家，這使得他身上的疑點多了一層。只是蘇衛想，他沒有動機呀。安冬妮沒有被人強暴的痕跡，死亡現場甚至沒有打鬥的痕跡。安冬妮掙扎過，但因為蒙在被子裡，這種掙扎，也只是自己抓床單和被子，徒勞而已。可以提供的線索太少。設若兇手是陳亞非，那他的目的是甚麼呢？無緣無故地殺一個人，恐怕沒人願意冒這個險。小區的保安，堅持說那天大雨，晚上並沒有陌生人出入，尤其十二點以後。蘇衛巡查了整個小區的外牆。發現後院有建築垃圾，堆在牆下，外人翻越進來，十分容易。但卻因雨水沖刷緣故，此處沒有任何痕跡。詢問周邊鄰居，也說並沒有見到有人翻牆。

蘇衛有點被困住了。

大雨之後，蘇衛父母的房頂被打壞，漏雨進屋，牆壁也被水泡了。蘇衛的母親打電話跟他嘮叨了半天。周末，蘇衛便回到蘇家角老家，在村裡找了個兄弟幫忙，先將屋頂重新鋪上防水氈，然後又將碎掉了黑瓦全部換新。跟母親說，過幾天，閒一點，再把牆壁重新抹灰粉刷一下就跟新的一樣。

便是在屋頂上時，蘇衛接到楊照酉的電話。他說家裡丟失一隻藍色箱子。前一陣因為心裡太亂沒有注意，這幾日清理老婆的東西，才發現這隻箱子不見了。箱內應該有他老婆的一些貴重東西。楊照酉說，覺得這個信息可能對你們破案很重要。又問，需不需要再打電話告訴楊隊長。蘇衛說，楊隊長有事出差了，有甚麼事，你就直接找我。放下電話，蘇衛又覺得這條信息，不是一般的重要，或許是破案的關鍵。便又打電話過去，問楊照酉在哪？楊照酉說他就在公司。蘇衛說，你晚上等我，我盡快到你公司來。

蘇衛被困住的心，仿佛有一道劍光劃過，所有綁縛他的繩索，全部被一劍劃斷。他想，如果這隻箱子在幾個可疑人家裡找到，這案子就基本上就破了。他不禁有點振奮。在他的感覺中，兇手已然浮出水面。

蘇衛當即趕回到城裡，驅車徑直到楊照酉的公司。他仔細詢問小箱子的具體情況，讓楊照酉順便將小箱子的輪廓畫出來。楊照酉說他不會畫圖，但簡單地勾了幾筆，還是有基本形狀。他描述了一下箱子外觀，說四個角有黃色的牛皮包著，釘著鉚釘，很醒目。裡面一定有重要財物。

蘇衛說，這是非常重要的一條線索。

在蘇衛的心裡，嫌疑人有三個。即陳亞非、李江和司機小王。但後二人，經他詢問後，基本可以排除。始終縈繞他、令他懷疑深重的人，只有陳亞非。因為，蘇衛一直覺得陳亞非在安冬妮死的那天，表演的痕跡太重。一個鄰居，何至於這樣？同時，也只有陳亞非一個人，在頭天晚上去過安冬妮家裡，並且在人家丈夫不在家的情況下，坐到半夜12點。他最清楚安冬妮獨自一人在家。此外，是不是只坐到12點呢？他並沒有證人。如果，在陳亞非家搜出了小箱子？那麼，兇手無疑是他了。

蘇衛直接找到分管刑偵的副局長，把他這些天的排查情況作了一個詳細匯報。副局長完全同意他的看法，說那隻小箱子顯然是關鍵，爭取盡快找到。蘇衛認為，陳亞非是重點嫌疑人，而他的妻子似與他的關係並不太好。在陳亞非夜裡何時回家的問題上，她就如實回覆警方，並沒有為維護其丈夫而說謊。可以將她作為突破口。蘇衛說，她是大學老師，必定有正義之心。至少我們可以通過她的了解，詢問她是否見過這隻藍色的小箱子，或許就能追查到小箱子去向。副局長面帶微笑，說我不會看錯人。你放手去幹，盡快破案。如果這次獨立破案成功，我向局裡為你請功。蘇衛響亮地回答道，是！

副局長是有點偏愛蘇衛的。因為當初是他去學校挑的人。挑到蘇衛，副局長說，你是青岩城的人，你會愛這座城市。所以，我相信你會用你的全力保護它。蘇衛當時正在找門路去省城，聽到局長這番話，大受感動，便決定追隨他回青岩城。

蘇衛了解副局長的一番苦心，他也決意好好表現，做給副局長看。讓他明白選擇自己是個多麼英明的決定。也讓同行們知道，青岩城的破案高手，不只有楊高，還有蘇衛。

蘇衛獲悉陳亞非每天早上七點便出門，送兒子到學校，然後徑直上班。而他的妻子王曉鈺卻不是天天坐班。蘇衛很快掌握了她的作息時間。這天，待陳亞非走後，九點左右，蘇衛給王曉鈺打了一個電話，自我介紹一番後，說知道她跟安冬妮很熟悉，想跟她聊聊。王曉鈺的語氣有點訝異，但也沒有拒絕，就約了九點半見。

蘇衛九點半準時見到王曉鈺，先問了一下在王曉鈺眼裡，安冬妮是甚麼樣的人。王曉鈺倒也爽直，說按理，人死了要說其好話，但其實她並不想違背自己的看法。她不喜歡安冬妮這種交際花性格的人。太愛錢，而且為了錢，可以不管不顧。她之所以拋棄志同道合的男朋友，選擇大老粗並且離過婚的楊照西，完全就是為了錢。蘇衛有點奇怪，說既然她是這樣一類的女人，你先生怎麼會與她關係那麼親密？而且你並不吃醋？王曉鈺說，他們倆應該有很多共同的東西吧。我談不上吃醋不吃醋。我先生並沒有背叛我，他只是喜歡跟她聊音樂。加上他們倆的身世略有一點相同。兩個人的母親都是跟家庭決裂，獨自留在國內。所以，談的話題就多了一點。安冬妮也並不只招我先生一個人，她甚麼人都招。我先生也知道這個，所以除了當朋友，並不會跟她走得更近。蘇衛笑道，您先生真幸福，能得到太太這樣的信任，很難得呀。我要是跟一個女人多搭訕幾句，我女朋友一定會跟我大吵一架。王曉鈺說，我們不一樣，我們倆是同時認識的安冬妮。她不僅是我先生的朋友，也是我的朋友。他們兩個人，關係有沒有密切到曖昧的地步，我是能看出來的，我先生情商並不高，安冬妮也不會喜歡他這樣的人。

蘇衛笑了，說聽您講話，很有意思。說罷，蘇衛拿出一張手畫的草圖，這是一隻小箱子，箱體是藍色的，四角包了牛皮，上面打著鉚釘，牛皮被塗成了黃色。蘇衛說，您見過這隻箱子嗎？王曉鈺看了一眼便說，當然見過。它就在我家呀。

蘇衛大吃一驚，說在你家？這是你家的箱子？王曉鈺說，這是安冬妮的。她放在我家裡，說箱子裡是她母親的遺物。蘇衛說，你見過裡面的東西？王曉鈺說，沒有。她寄放在這裡，我幹甚麼要知道裡面有甚麼？蘇衛說，她為甚麼要把自己的箱子放在你家？王曉鈺說，她說楊先生不喜歡這些東西放在家裡。做生意的人，毛病多，像死人的東西之類，他們可能會忌諱。蘇衛說，它還在你家嗎？王曉鈺說，在呀。我還跟楊先生講過，讓他拿回去。

蘇衛沒有聽清後面這一句，他已經開始撥打電話了。他心裡似乎有了某種決斷，於是他叫老郭帶人過來。蘇衛打完電話，問王曉鈺箱子在哪。王曉鈺便將他帶到陳亞非的音響室裡。

其實打開門，一抬頭，即可見書架頂上的藍色小箱子。果然體量不大，很醒目，辨識度很高。他站上凳子，將之拿了下來。儘管不大，箱子卻比預想的沉。蘇衛立即敏感到，它裡面定有重要東西。

很快，老郭帶了鑑定科的人過來。他們一起打開箱子。箱子設有密碼，但對於老郭來說，打開這樣簡單的密碼箱，是件很容易的事。在隊裡，開鎖一向是他的拿手好戲。

打開的箱子於是就這樣攤放在他們面前。蘇衛讓王曉鈺也在現場監督。裡面的東西，非但警方、就連王曉鈺，也大大吃了一驚。這根本不是安冬妮所說的母親遺物，而是一些看上去就很貴重的珠寶首飾以及一些文物字畫。老郭隨便拉開一個紙卷，居然是孫中山的親筆字。他們全都嚇了一跳。蘇衛馬上要求立即登記造冊，不可輕易亂動，回局裡還要請文物專家來對箱內諸物鑑定價值。當著王曉鈺的面，他們將小箱子裡所有的東西都清點了一遍，數量和品種，一一進行了登記。蘇衛想，這裡的東西恐怕總價能值大概幾百萬吧？

王曉鈺充滿著不解，說這麼貴重的東西，她為甚麼要放在我家？蘇衛聳了一下肩，表示不知道，但他突然反問，你丈夫知道這裡面是甚麼嗎？王曉鈺想了想，說應該不知道吧。儘管最初是他拎過來的，但我想，安冬妮應該沒有對他說真話。蘇衛說，您為甚麼說得這麼肯定？王曉鈺說，從人性上講，如果安冬妮告訴別人這裡面有貴重物品，難道她不怕喚醒人性中的惡嗎？蘇衛說，甚麼意思？王曉鈺說，人的本性中有惡的一面，這麼貴重的財富，是很容易喚起一個人的貪欲的。而貪欲這種東西一旦冒出來，就難得收回去了。所有鋌而走險的事，都來自人的貪欲。蘇衛說，您是大學老師，這種看法很深刻。王曉鈺微微一笑，說我不過讀書多，閱人多，洞悉人性罷了。蘇衛說，如果您的丈夫知道這裡面有甚麼東西，您覺得他的貪欲會被喚醒嗎？

王曉鈺怔住了。

這時的蘇衛，堅信陳亞非已知箱子裡是甚麼。他幾乎可以確認，兇手就是陳亞非。他不只是具備了所有作案的條件，並且也有動機。蘇衛拉了老郭到門外，兩人就此案議了幾句，老郭覺得蘇衛的判斷完全正確，他立即同意了蘇衛先控人的想法。老郭說，這個證據太有力了。

兩人回到陳亞非家，蘇衛對王曉鈺說，您能不能給您丈夫打個電話，請他回來一趟，我們想了解一下這個箱子為甚麼會放在你們這裡。您不要說是警察找他，就說家裡有事，免得他有壓力。

王曉鈺點點頭，當著蘇衛的面，給陳亞非打了電話。

陳亞非到家時，鑑定科同事已經帶著箱子離開了。蘇衛和老郭剛剛跟王曉鈺談完話。陳亞非進門見屋裡幾個警察，有點懵。一時間臉上有一種奇異的表情，這個表情幾乎被當場所有人都看在了眼裡。王曉鈺自不例外，她的臉色很不好。

陳亞非問王曉鈺，怎麼回事？王曉鈺指著警察說，他們找你。說罷板著面孔，轉身進了臥室。陳亞非想跟進去，蘇衛攔住了他，說我想跟你談一下。說時指指陳亞非的音響室說，就那兒吧。陳亞非一面望著臥室門口，一邊搬椅子，說別碰了我的音箱，我調試了很久的。說話間，他抬頭看了一下書櫃頂，驚異道，咦，上面的箱子呢？

兩個人面對面地坐了下來。蘇衛說，這正是我要問你的。這箱子是誰的？陳亞非說，是安冬妮放在我這裡的。蘇衛說，她的箱子為甚麼放在你這裡？陳亞非說，我也不知道。蘇衛說，為甚麼你一直都沒有說？陳亞非說，你們沒有問，我也沒想起來，已經放好幾年了。蘇衛說，好幾年？裡面是甚麼？陳亞非說，我沒打開過，不知道是甚麼。蘇衛完全不相信，說你不知道？陳亞非說，是呀。它鎖著，我沒有密碼。有密碼我也不會去打開。蘇衛說，這麼說你甚麼都不知道？陳亞非說，是的。但是……陳亞非突然想起甚麼，他頓住了。蘇衛馬上接過話，說但是甚麼？陳亞非說，去年有一天，安冬妮把箱子拿了回去。可是第二天又送過來，還跟我說，如果哪天我出了甚麼事，你把這個箱子交給我弟弟。她弟弟安冬爾在美國。蘇衛說，她沒有說原因？陳亞非說，我沒問，她自己後來又補充說，這是我母親的遺物，千萬不要給楊照酉。這話她說過兩遍。

蘇衛緊緊盯著陳亞非。陳亞非說，你們把箱子拿走了？我覺得我們應該尊重安冬妮的意願，把這箱子給她的弟弟。蘇衛說，這事不用你管。

突然，他覺得陳亞非很能裝，他必須嚴厲一點才能鎮住他，於是他放大聲音說，在安冬妮出事的頭一晚，你是不是到了她家？陳亞非想了想，說是啊，我好像說過吧？蘇衛說，甚麼叫好像？我問甚麼，你答甚麼。這時候的陳亞非才有點緊張起來，他忙說，是去過。那天下雨，晚上打雷，安冬妮有點害怕，打電話讓我去陪她。平時楊總不在家時，凡是有雷暴，安冬妮都會叫我。我如不在家，我愛人也去陪過她。安冬妮特怕打雷。

蘇衛又轉了話題，說你家有對門的鑰匙？陳亞非說，有一把。掛在門後面。有一次安冬妮下樓倒垃圾，鑰匙被鎖在屋裡，進不去。後來還是找鎖匠來開的門。以後她就放了一把備用鑰匙在我家。這把備用鑰匙解決過好幾次問題。蘇衛冷笑，說我知道你筆頭子厲害，而且有寫小說的才華，這些故事你都背得滾瓜爛熟吧？

陳亞非的臉色變了，說，我不明白你的意思。蘇衛說，看來你的想像力真的很豐富，很像個作家，所有事都能推演得嚴絲合縫。難道準備寫破案小說？陳亞非聽此一說，開始慌亂，說話都打起了結，他說，這這這，我說的每、每句話都、都是真的。我絕對不會撒謊。你們不會懷疑兇手是、是、是我吧？蘇衛說，你說對了。現在，所有的證據都指向你，你卻還在漫天說謊。

在蘇衛嚴厲的語氣面前，陳亞非最初的從容鎮定完全消失。他渾身發抖，甚至有點支撐不起自己，他說，不不不，這絕對不可能。安冬妮是我的朋友，非常好的朋友，我怎麼可能殺她？蘇衛說，人一旦起了貪欲，就不會在乎他人性命，這時候的他們，從來都沒有朋友不朋友這個概念的，甚至連親情都沒有。

蘇衛說這話，顯然有來歷。他的上司楊高的母親深愛的一個人，設計將他的父親殺掉了，致使楊高自小喪父，這份仇恨凝結在他心裡數十年，直到他當了刑警，才將這個懸疑幾十年的案子破掉。但是破案的結果卻使他永遠失去了母親。這個故事，蘇衛還沒畢業，就聽人說過。

陳亞非臉色由白到青，他已經回答不了蘇衛的話。蘇衛說，強姦未遂而殺人，貪圖錢財而殺人，這樣的事，我們見得多了。

陳亞非聽到這些話，瞬間暴吼起來，我沒有殺人！我沒有殺人！我沒有！蘇衛怒了，他想你這個王八蛋，居然敢吼辦案警察，想到此，正欲發火，衣袋裡的手機驀然響起，他一邊準備接聽電話，一邊對老郭大吼一聲說，銬上！

蘇衛接到的電話是楊高打來的。楊高說，雲南這邊問題複雜，我短期內回不來。安冬妮案，你先獨立進行。但也不要太急，萬事要仔細。所有決定，都跟王局匯報。楊高所說的王局，就是分管刑偵的副局長。蘇衛忙說，我知道我知道，我所有的行動都跟王局匯報過。你放心忙你的吧。說完便匆忙掛了。

把手機裝進衣袋，蘇衛才想，應該對他說上一句注意安全之類的話。

52、你為甚麼去幹泥瓦匠

一連幾天，蘇衛都處在興奮之中。雖然，陳亞非一直沒有認罪，但事實確鑿，容不得他抵賴。這樣的犯罪者，警察見得多。他們從來都不會輕易坦白。他們總是抱有僥倖心理，覺得只要自己扛得住審問，你就拿他沒有辦法。但是警察並不是吃素的，再狡猾的犯人，警察總會有辦法讓他們低頭認罪。所以，蘇衛相信，陳亞非可以裝腔作勢一陣子，但不可能一直這樣裝腔作勢下去。幾輪審訊下來，陳亞非咬死他不是兇手。

蘇衛對老郭說，這傢伙如果一直這樣頑固抵賴，該怎麼辦？老郭也氣不過，覺得陳亞非根本不把他們警察放在眼裡。口氣強硬不說，還動不動諷刺他們。蘇衛這麼一問，他立即答復說，上手段。娘的，真拿我們不當回事啊。

上手段自是違法，上級一直強調不允許。但是，對於犯罪分子，你不跟他來硬的，他就不會認賬。壞人做事從來容易成功，乃是因為他不講規矩；而好人總拿壞人沒辦法，乃是好人太講規矩。壞人知道好人的軟肋，所以他們有一千種一萬種不講規矩的方式來對付你這些講規矩的人。因此，有些事情，就是迫於無奈。你只能用他的辦法來對付他，甚至你比他更厲害，他才會投降。

對於老郭的提議，蘇衛表示讚同。當晚即上了手段。這樣的手段，從不對外，只有警察們自己心裡有數。他們甚至明白，幾乎沒有人能撐得住，陳亞非也不會例外。實習時，蘇衛第一次看同行上手段時，嚇得夜晚做惡夢，但時間久了，也就麻木不仁。用老郭的話說，你以為這些犯罪分子真的會被審問出來？你看這個姓陳的？證據這麼齊全，他都咬死不認罪。作惡的人，總以為自己不說，別人就不敢拿他怎麼樣。我們有甚麼辦法？逼也要逼出他的口供。老郭從警多年，說的都是經驗。蘇衛甚至覺得，老郭的這些話，比跟楊高講的那些，更有價值。

終於，陳亞非在那天的凌晨四點，坦白了他的罪行。他交待了殺害安冬妮的過程，並在自己的供詞上按了手印。他說那天晚上，我沒走，外面打雷閃電，安冬妮突然說到她的箱子，說裡面有很貴重物品，她不想留給楊照酉，今後她要交給她的弟弟。我早就知道裡面是甚麼，覺得這天正是機會，如果殺了她，她的東西就都是我的。這樣，我十二點左右回家後，估計她睡著了，一點半左右，又悄悄去了她家，對她下了手。確認她死後，我才離開。我回家的時間大概在凌晨兩點前後。你們槍斃我吧。既然都這樣了，我也很丟臉，不想再活下去。

老郭說，這狗日的，不這麼審，他還不知道會挺到甚麼時候。蘇衛說，可不是？這種人，不讓他吃點苦頭，他根本就不把警察放在眼裡。

蘇衛把整個破案過程向分管刑偵副局長作了匯報。並遞交了他寫的結案報告。他很謙虛地說，這是初稿，還要請局長看了指正。他的報告上詳細記錄了他們在偵破此案中逐步發現的問題。確認陳亞非是兇手的證據有五：一、凶案現場，明顯是熟人作案，犯罪嫌疑人與死者關係頗曖昧，熟悉死者有吃安眠藥睡覺的習慣，而且掌有死者家鑰匙，可以輕鬆入門。二、死者臨死的頭天晚上，犯罪嫌疑人一直在死者家裡呆到深夜，知道死者家沒有其他人。現場有指紋證明，犯罪嫌疑人自己也承認這點。但其自述自己十二點回家，卻無人證明。他老婆說他們頭天晚上吵了架，他們沒有住同一房間，她並不知道他幾點回家。三、死者有極其貴重的物品，存放在犯罪嫌疑人家中，連死者丈夫都不清楚。經珠寶和文物專家鑑定，箱內首飾字畫及文物價值達千萬元以上。一個人一旦起了貪欲之心，是敢鋌而走險的。四、犯罪嫌疑人即將以陪母親探望遠在台灣的外祖父為名，剛剛辦好赴台通行證，外逃意圖明顯。五，經過審訊，嫌疑人已經承認自己出於貪財，深夜一點半又返回死者家，並坦白交待了作案全過程。

這第四條是蘇衛逮捕陳亞非之後，去他的單位通報情況時，才得以知曉。蘇衛想，哪有這樣的巧合？分明是早就謀劃好了的。這個信息讓他更加確信兇手乃陳亞非無疑。

分管刑偵的副局長看了他的報告，覺得他的推理很清晰，證據很充分，而且陳亞非的口供也跟案情分析相吻合。便覺得蘇衛辦案相當得力，是個人才。看完匯報，臉上的笑容就一直沒落下。

蘇衛看在眼裡，心裡便也有幾分喜悅，然後說，我覺得應該可以結案了。分管副局長想了想，說這案子是局長親自要求楊高負責的，你跟楊高匯報過沒有？他有沒有其他意見？蘇衛說，匯報過了。他經常打電話過問。前些時還讓我接待過一個裁縫，說那個裁縫跟他聯繫過，要提供線索。結果，我跟裁縫談了半天，才知道他不過是犯罪嫌疑人的髮小，甚麼證據都沒有。我就讓他回去找證據，要他拿他的證據來駁倒我的證據。但是，他一直沒來。副局長說，嗯，你這話說得好。不過，我的意見，還是等楊高回來再結案吧。畢竟案子由他負責。而且媒體也會報導，萬無一失才是。

分管副局長的話說到這一步，蘇衛也就只好等待楊高。

蘇衛匯報完的第二天，陳亞非的老婆王曉鈺來找楊高。蘇衛說，有甚麼事，可以跟我說。王曉鈺說她要見陳亞非。蘇衛說，這時候還不能見。王曉鈺說，你們確認他是兇手？蘇衛說，是的，他自己也已經招供。

王曉鈺聽到陳亞非自己業已招供的信息時，一臉憤怒。她破口大罵道，想不到他竟是這麼卑鄙的一個小人。罵完拿出一張離婚協議，說我不能跟殺人犯繼續保持夫妻關係，我兒子也不能有一個殺人犯的父親。我堅決要求跟他離婚。要麼讓我見他，要麼請你們幫我轉交給他，讓他簽字。蘇衛想了想，說理解。他收下了那份離婚協議。

王曉鈺走後，蘇衛把協議交給了老郭，感慨道，自己作了惡，最慘的人是老婆孩子。尤其是孩子，一輩子背負一個殺人犯父親的包袱，他怎麼能成長得好呢？老郭說，是呀。我上次案子的那個老兄，不知道多硬，結果在見到兒子後，哭成個淚人。蘇衛一指協議說，這事，我們還是成全人家吧。

下午蘇衛出門辦了一點事，快下班時，才回到辦公室。正準備整理資料，即刻回家。恰好，老郭回辦公室。蘇衛想起王曉鈺要離婚的事，忙問，簽了嗎？那個離婚協議？老郭說，嗨，別提了，我一直忙到現在。蘇衛有點詫異，說怎麼了？不就是簽個字嗎？不簽也沒多大個事呀。老郭說，那王八蛋，一見協議，二話不說，直接就簽了。蘇衛說，知道自己這樣，能為老婆孩子想，也算明白人。老郭說，簽完字，扔了筆，一頭就撞牆了。蘇衛大驚，啊？自殺了？死了嗎？老郭說，死了倒也好辦，省一顆子彈。可是沒死呀，我連忙叫了人，送到醫院急救。聽到醫生說他死不了，這才回來。

蘇衛鬆了一口氣，說沒死就行。不然又是麻煩。老郭說，抬他上擔架，他還一路喊，槍斃我，趕緊槍斃我吧。蘇衛說，要槍斃也得等明年，他急個甚麼。老郭說，心裡有鬼，鬼也挺磨人的。兩人說著竟笑了起來。

每個案件過程，總難免會有這樣那樣的插曲，蘇衛也逐漸習慣。心想這種惡人，讓他們多受點磨難也好，誰讓他們在這世上作惡？

辦完案子的蘇衛心情愉快，他知道副局長對他是滿意的，他自己對自己也很滿意。第一次獨立辦案，就做得這麼乾脆利落，他也沒有料到。心裡的驕傲，不覺之間就露在了臉上。晚上有老鄉約去吃飯，飯局上他不禁講了自己這次破大案的事，大家都為他高興，向他敬酒，稱他為蘇爾摩斯。蘇衛說，現在還不是，將來一定會是。吃罷飯，一伙人又去白梅湖邊喝茶。

白梅湖因為白梅山湖苑小區的建設，政府決意把山湖景區變成開發新區。蘇衛的同族兄弟蘇望月在這裡開了一間茶寮。這自然成了蘇家角同鄉們的歡聚之地。

世界就是這樣小。蘇衛剛進門，便遇上安冬妮案件的家屬楊照西。他也是被朋友拖來喝茶散心。偏偏茶寮的主人蘇望月與這位楊老闆頗為熟稔，見面便拉著他們一起說話。楊老闆自是詢問幾時結案。蘇衛給了他一個定心丸，告訴他，這基本上是個鐵案，等楊高一回來就結案。只是蘇衛在與楊照西聊天時，驀地有一絲感覺擦過：這位楊老闆似乎並不痛恨住在他對門的兇手陳亞非。他突然有了一點想與他交談的想法，可還沒來得及開口，他的族兄蘇望月便扯起他家房子牆壁漏雨的事。順嘴就問楊老闆可否前去幫忙。楊老闆是做裝修的，幾乎沒有猶豫，立即就答應說，這種事，還是我們專業的人來做吧。蘇衛一想，粉牆的確還是專業的在行。只是，他有點猶豫。蘇望月說，這也不是甚麼大事，兩個工人，三兩天就做了。蘇衛一轉念，覺得這的確不算甚麼大事，便同意了。這一來二去，剛才閃過的一念，被他忘卻。

第二天一早，蘇衛把家裡的地址發給了楊老闆。這些天他正在跑一件工廠的盜竊案，案情不複雜，他的時間充裕，便索性回家候著工人來修牆壁。

楊老闆親自開車送了工人過來，還帶著酒，說是找個時間一起喝個酒，要感謝警察破案的辛苦。兩個工人幹活去了，蘇衛便和楊照西坐在小院裡閒聊。問起楊照西怎麼幹上這行的，楊照西便將他當年如何救了林松坡，自己又如何下崗，老婆又如何鬧離婚，林松坡又怎麼找到他，專門前來報恩，林林總總，他從頭到尾說了一遍。蘇衛聽罷覺得兩個人的所作所為，都很讓他感動。一個仗義救人，一個知恩圖報，都是豪俠之士。他對楊照西也包括林松坡的印象，因了這個故事而增添無限好感。

楊照酉是生意人，生意人自是忙人。蘇衛想到這個，覺得應該讓他先回去，自己傍晚反正要進城，屆時可順便將兩個工人捎帶回城。這樣的體貼，楊照酉心領了。走時說，找時間一起吃飯。蘇衛喜歡楊照酉的豪爽，便說沒問題。案子反正已經結束，偶爾吃頓飯，也不算違規。

兩個工人做活很仔細，蘇衛也明白，這是他們老闆親自交待的事，他們必須以最認真的態度做得最好。蘇衛送水給他們喝，一再表示感謝。但他莫名覺得那個瘦小個子的工人，一直在逃避他。蘇衛想，甚麼年代了，打工的還這麼膽小。這個想法，也只是一閃而已。

到了下班時間，蘇衛便請工人上他的車，他載他們回城裡。車上，他接到楊高電話，說他已經獲悉小郃的下落，他並沒有出事，但很難聯繫到他。蘇衛說，頭兒，那你甚麼時候回來？雲南那邊的事，這麼複雜嗎？楊高說，是的。他潛伏得很深。局裡擔心出事，要求我在雲南接應他，所以還要過些天才能回來。安冬妮的案子，等我回來再結。蘇衛說，盡快回吧。陳亞非的老婆要跟他離婚，他在看守所自殺，不過好在被及時搶救，現在已經沒事了。楊高說，這案子，證據鏈很完整，你做得不錯。不過，也別太急，沉澱一下，等我回來。蘇衛剛想說甚麼，楊高那邊掛了。

坐在車後的兩個工人聽到了他們的對話。其中塊頭大的那個說，馬裁縫，你是不是病了？瘦小的說，我有點不舒服。

「裁縫」兩個字，突然喚起了蘇衛的記憶，他驀地想起，這個裁縫他曾經見過。他不是在為他的朋友找證據嗎？怎麼當起了油漆工？

車到白梅湖邊，大塊頭工人要求停車，說這裡離家更近。蘇衛停車後，忍不住下車問話。

蘇衛說，你一個裁縫，為甚麼去幹泥瓦匠？裁縫一臉緊張，卻壯起膽反問道，陳亞非怎麼樣？我可不可以去看他。蘇衛說，不可以。你還沒有回答我的問題。裁縫想了一下才說，我有我的原因。他怎麼樣了？蘇衛說，你擔心一個殺人犯幹甚麼？裁縫低頭不語。

蘇衛覺得這世上有很多人，他們的行為的確難以讓人理解，便也懶得跟他囉唆，自顧自地上了車，猛一踩油門，甩下他們，飛馳而去。

晚間，楊照酉給他打電話，蘇衛明顯感覺到楊照酉的熱情，心裡很受用。楊照酉感謝他送兩個工人回城。問他可還滿意。蘇衛突然眼前晃過小裁縫的身影，便說，應該謝你啊，已經補好了。說是後天刷幾道乳膠漆就能完工。想不到那個小裁縫的泥工手藝還不錯哩。楊照酉說，甚麼小裁縫？他是誰？蘇衛說，就是兇手陳亞非的朋友呀。楊照酉說，今天來幹活的小工？蘇衛說，是呀。他叫甚麼來著？好像姓馬。前些時還來過我的辦公室，說自小就是陳亞非的朋友。他保證陳亞非不是兇手。我訓了他一頓。我說你說不是就不是？有本事拿證據來說話。我還以為他真的會為朋友兩脅插刀去找證據哩，結果居然跑你那裡去幹泥瓦匠了。你不認識？楊照酉嘿嘿地笑了起來，說我那裡好多包工隊，我頂多認識包工頭，不可能把幹活的工人認全。今天去你家是包工頭老趕，他的活兒一向好，我讓他親自去做，重視呀。蘇衛說，的確做得不錯。之後，兩人又閒扯了幾句白梅山湖苑的風景。蘇衛說後悔自己當初沒有買房子。楊照酉說，我問一下倚天的林老闆，看看還有沒有多的。這房子太緊俏。蘇衛隨意答說，好呀好呀。

電話掛過後，蘇衛覺得楊照酉嘿嘿的笑聲裡，哪裡有些不對勁。

第十六章

53、楊高終於回來了

青岩城的冬天，多時很冷。元旦和春節，時間距離總是不遠。這個時間的人，心都是散的，大家忙碌著拿獎金和回老家。同事朋友間的吃喝也陡然增多。天空時而有雨雪，空氣濕冷，而室內並無暖氣。人人都穿著厚厚的棉衣，笨拙地一團團來來去去。

這一年，似乎又更陰冷一些。

本來白梅山湖苑在元旦前夕熱火朝天地要拿鑰匙住新房。報紙經常在報導這一類充滿喜氣的消息。紅色的標題，洋溢著暖意，足可沖淡一些寒冷。卻不料一天早上，早報爆出一條大新聞，說白梅山湖苑的高樓之下，是廢棄的礦區，隨時可能坍塌沉陷。這個信息比原子彈爆炸更讓青岩城的人震撼。所有買房和沒買房的人都倒吸了一口冷氣。然後，喧囂頓起，寒冷已經不是人們考慮的事情了。

當天下午，白梅山湖苑便鬧翻了天。花錢買了樓的業主，都快瘋了。他們不知道通過甚麼方式聯合了起來，開始只是幾十個人在集樓處喊著口號，要求倚天公司給個說法。這消息風一樣傳遍全城，到了中午，已經演變成幾千人的集會。呼叫和哭喊，聲聲震天。倚天公司無奈之下，報警求援。局裡緊急派人奔赴一線，以防不測。蘇衛也被調去維持秩序。看著老百姓欲哭無淚的樣子，他覺得好難受。私底下跟同事們議論說，對這些沒良心的公司，就是得這樣鬧，不然，還當老百姓的錢那麼好騙！

但是，令蘇衛感到意外的是，倚天公司的老闆林松坡親自趕到現場。而他的出現，讓事情出現轉機。林松坡站在一把椅子上，滿臉嚴峻，說是聽到這個信息，他本人也非常震驚。他們所有手續都齊全而合法，完全不知道山下會是舊礦區。這也是他人生中最黑暗的一天。面對哭鬧的業主，他提出三點措施，第一，馬上成立調查組，全面調查媒體所說的情況；第二，如果情況如實，倚天公司將分文不少地退回所有業主的購房款；第三，倚天公司同樣是受害人。三條意見，有理有節，老百姓立即氣短，覺得比他們更受傷害的，的確是眼前的這個老闆。何況人家還說了，如果房子有問題，全款返還。場上有電視台錄像，有人證物證，想必他也跑不了。在寒冷的冬天，人人皆知吵鬧無益，沒等天黑，即自行散去。

蘇衛大大鬆了一口氣，覺得這個林松坡還是能替百姓著想的。心想，好險，幸虧沒買。當初楊照西說可以幫他弄到一套指標，蘇衛想來想去，覺得自己的錢不夠，貸款買房，還貸的任務壓力太大。便謝過楊照西，選擇了放棄。同去的老郭說，這下完了，起碼要垮幾家公司。

局裡在新聞爆出的第二天，即召開大會。局長講話的大部分內容都在說這件事。對於青岩城，幾乎沒有比白梅山湖苑影響更大的事件。年前年後，擔心有業主鬧事，局裡要求各部門都要繃緊一點，維護城市安全，隨時可能出警。會後老郭說，甚麼時候年前年後鬆懈過？有沒有人鬧事，我們都繃直了，人都快繃成了殭屍。一句說，說得旁邊人都笑得一哄。

楊高回來那天，正要過小年。他不是站著回來的，而是躺在擔架上回來。同他一起回的還有小郜，也躺在擔架上。兩個人九死一生，但到底也破了案。在他們回來的頭天夜晚，局裡重拳出擊。一舉端掉青岩城的十三個販毒點，聽說與湖南廣西和雲南聯合行動，把南方的製毒和販毒網幾乎砍掉大半。而青岩城的毒網幾近完全撕碎。楊高和小郜是在雲南受的傷，尤其楊高的傷勢略重。幫助他們一舉鏟除青岩城毒網的竟然是鄔家墩那個沒死的老頭，據說他是一個退休警察。這樣的反轉，簡直像電影一樣驚人。局長下令採用封閉式方式讓他們休息，不准任何人打擾，說是把元宵過完再談公事。蘇衛也就只能在辦公室斷續聽到他們的故事。知情者都作一副諱莫如深的樣子，且說，過些年檔案解凍，得請一個大導演拍部電影才是。絕對是驚險加懸疑的大片。事情說成這樣，蘇衛也鬧不清到底發生了甚麼。他想，果真有一個複雜無比並且凶險無比的過程嗎？從警幾年，他清楚的是，不讓你知道的，你就不要打聽。這就是規矩。除夕夜值班時，蘇衛聽分管刑偵的副局長說，不光是局裡，就是省裡也要給他們倆記大功。蘇衛始知，自己破的這個小案，跟他們倆比，實乃小巫見大巫。

白梅山湖苑八幢大樓，像八棵巨樹，矗立在白梅山湖邊。非常醒目非常璀燦。春節間，很多人想去一觀，但工地被圍得嚴嚴實實。大門有告示，說危險地帶，謝絕入內。走到牌子前的人，也都嚇得連連後退。

縱是有倚天老闆的鄭重承諾，但社會人心卻一直動蕩不安。整個春節的飯桌上，人們都在談論這件事情。尤其近一年，房價開始上漲，如果白梅山湖苑的房子黃了，再用同樣價格，未見得能買到同面積好地段的房屋。蘇衛有個親戚，買了兩套白梅山湖苑的三居室，聽說蘇衛認識那裡負責精裝的老闆，請蘇衛幫忙打聽，到底房子能不能住人，如果不能住，幾時能退錢。

蘇衛受人之託，便給楊照酉打電話，問那房子到底怎麼樣。楊照酉說他在深圳過年。一個人，回家心裡難受。所以，乾脆離得遠遠的。又說，比業主更慘的是我們呀。錢都投進去了，如果房子真有事，公司弄不好得破產。楊照酉說話的聲音有氣無力，蘇衛完全理解他們的心情。但楊照酉說，不過，業主根本不用擔心，拿不到房子，肯定會還錢的，一分錢也不會少。蘇衛說，倚天公司實力這麼強嗎？楊照酉說，倚天不強，政府強呀。社會主義國家，能讓老百姓這麼吃虧嗎？放下電話，蘇衛想想也是。

元宵一過，炸樓的信息，終於傳遍全城。焦慮不安的人們受不了這份刺激，終於又一次聚集起來。他們在市府門口遊行集會，高呼著口號，要求還錢。政府官員急得像熱鍋上的螞蟻，記者們卻天天亢奮得跑來跑去，仿佛全中國的記者都跑了過來，滿街都是咔咔咔拍照片的人。據說省裡領導發了大脾氣，市府終於撐不住了，決定由政府牽頭，把這事先扛下來。為了社會的安定平穩，省裡同意了這一方案，並且表示省裡會在一定程度上給予資金支持。領導說，政府是人民的政府，要保證人民的利益，絕不能讓人民吃虧，這是最起碼的。這句話傳到業主中，大家熱淚盈眶，表示堅決同意政府的安排。但也有挑剔者，說那我們損失的利息由誰賠償？這話並沒有得到多數人的響應，業主們覺得，能把交出去的錢要回來，或者能置換成同樣面積的房屋，這已是天上掉銅板的狗屎運，一點小虧吃得起。

還款的事納入政府日程，遊行鬧事的人慢慢只剩下幾個要利息的散兵游勇。警察仍然不敢鬆懈，天天被派上街，盯著那些人，以防另有變故。

這一天又輪上蘇衛到街上維持秩序。走到倚天公司的大樓附近，遠遠望去，大樓頂上醒目的「倚天地產」四個字已經沒有了。就連松照裝飾公司的大門都起了變化。原先那些富麗堂皇的裝飾，亦已拆除。蘇衛想，大概是真沒錢了。他想去跟楊照酉打個招呼，順便蹭杯茶喝。年前，他曾約楊照酉一起吃飯，本是他要答謝楊照酉幫他修牆壁。結果，楊照酉卻搶先在七彩飯莊預定了包間。飯後，楊照酉說，飯莊老闆是他以前的工友，他們誰都不需要買單。且說，現在他的松照公司也成問題，很可能會倒閉。因為倚天公司處在最困難時期，他也不好意思催人付款，於是把自己公司的家底全都墊資給了工程隊。楊照酉說，不能欠工人的錢呀，人家一家老小都指望著這錢過年哩。為了他這句話，蘇衛好好向他敬了酒，大誇他的仗義。過來問他們飯菜如何的飯莊老闆聽到了這話，說楊老闆的話讓人感動，於是也敬了酒。飯莊的老闆姓尹，對蘇衛說，蘇警官如果不嫌棄，以後帶朋友來這裡吃飯。我知道，你們有規矩，一定會付錢，但我也可以優惠是不是？楊照酉笑道，你就是優惠，你也有賺頭。我還不知道你們這些生意？說得大家都哈哈大笑。

蘇衛剛走到松照裝飾門口，還沒進門，突然有爆炸聲傳來，連續十幾聲，很悶，很快。蘇衛有些吃驚，條件反射似的，立即掉頭向爆炸聲方向奔跑。幾乎所有的路人，都如他一樣，震驚地停下腳步，站在原地。突然有一個人喊道，炸樓了！是白梅山湖苑在炸樓。聽到這聲喊，更多的人像蘇衛一樣跑起來。但是，在這聲喊叫之後，蘇衛反而慢了下來，隨後又停住了腳步。炸房子，這就不是警察要管的事了。他長嘆一口氣，心想，那副壯觀的山前湖邊高樓如林的畫面，再也不會看得到。

便是這時，他的手機響了。居然是楊高的電話，他有點意外。蘇衛在路邊站定，打開手機蓋聽電話。楊高說，你馬上來我這裡一趟。蘇衛有幾分驚喜，說你身體恢復得怎麼樣？局裡不讓我們前來看望，怕打擾你休養。楊高說，恢復得還行，我今天已經從醫院回了家。憋壞了。蘇衛說，我正在街上執勤。楊高說，街上的事，鬧不大，政府會處理好這些。你有你的活兒。蘇衛說，好，我馬上到。

54、一封郵件

楊高的家在市中心，這是他母親以前的房子。他母親失蹤後，楊高總是相信母親還會回來，所以不肯搬離。害怕自己一搬家，母親就再也找不到他。而實際上，他母親若活著，年齡也不小了，人們都推測他的母親早不在世，只有楊高一個人不信。

蘇衛趕到楊高家時，已近傍晚。楊高讓他太太帶著孩子去了娘家。所以蘇衛敲開門時，看到的只是一個拄著雙拐的楊高。蘇衛有些驚訝，說你一個人在家？這怎麼行？楊高一邊讓坐一邊說，老婆看護了我這麼久，過年都沒回去，老人想女兒也想外孫，所以得讓他們回家瞧瞧，晚上就會回來。蘇衛說，嫂子一個人帶著孩子，晚了怎麼回呀？要不我去接？楊高說，小郃找了人接。往後我家出勞力的事，他說他包了。

蘇衛笑了起來。小郃元宵一過，即回局裡上班，自己說很慚愧，又說如果楊高不去，他死在哪裡，都沒人知道。大家追問背後的內容，他卻不肯再說。只是說，反正以後楊高的事，就是我的事。老郭笑著損他，說楊隊的事，你做得了嗎？你包他的家務事差不多。一向伶牙俐齒的小郃這回沒有反駁，而是順著老郭的話說，是是是，他們家的勞力活，我全包了。

楊高知道蘇衛的笑意，也笑了。但他沒有多說其他廢話，直接切入到安冬妮命案。楊高說，我回來，仔細研究了這個案子。證據鏈太完美了，反而讓人覺得不正常。蘇衛有點驚訝，說怎麼能用完美這樣的詞呢？每一個命案，都必須證據鏈完整，才能確定兇手是誰呀。楊高說，嗯，我用詞經常不準確。你明白意思就行。我直覺這裡面有問題。我給你看份材料。

楊高說著，拿出一份打印的材料遞給蘇衛。蘇衛接過看了排頭，說郵件？楊高說，是的。你先看吧。沒吃晚飯吧？我老婆走之前下了麵，我讓她多下了一碗。

蘇衛沒有聽清他說甚麼，注意力集中到那封打印出的郵件上。

郵件寫著：警察叔叔：您好。我叫馬蘭蘭。我曾經跟您打過電話，但是後來您不願再接我的電話了，我猜測您一定很忙，所以我決定用郵件向您匯報一些事。

我爸爸叫馬一鳴，他是陳亞非叔叔的好朋友，是比親兄弟更親的朋友。他們從小一起長大。陳亞非也是我的乾爹。現在陳亞非被認為是殺死安冬妮的兇手抓了起來。我爸爸絕對不相信我乾爹會殺人，他曾經找過您（我替他打的電話）。但是聽說您那時不在青岩城，接待他的是一位姓蘇的警察叔叔。蘇警官不相信我爸爸的話，我能理解。他讓我爸爸去找證據來說服他。我覺得這樣做是對的。

我爸爸也沒有其他別的辦法救我乾爹，他真的就按蘇警官的要求去尋找證據了。在我爸爸尋找證據的過程中，出現了很多奇怪的事。這些事的發生，我們也不知道甚麼原因，但它卻告訴我們：安冬妮的死，一定跟她的丈夫楊照酉有關係。我爸爸尋找證據的過程，我也有參與。現在，我把這些奇怪的事情寫下來，供您參考。我相信，以您的智慧，一定會看出其中的問題。

我爸爸是一個很老實、膽子也很小的人。他是個裁縫，從不善與人交往，所以他認識的人很少。當他決定去為陳亞非找證據時，只認識王曉鈺阿姨和另一位見過一兩次的李江叔叔。那天，他離開公安局後，決定先去找王曉鈺阿姨了解一下警察到底有甚麼證據抓陳亞非。所有的奇怪的事情，都從那天開始。

第一，他在找王曉鈺阿姨的途中，路過松照裝飾公司，親眼看到楊照酉在自己老婆死後幾天，毫無悲傷，而是跟別的女人歡笑調情。我爸爸有些驚訝，甚至有些慌亂，他覺得哪裡不對頭了，就沒有去王曉鈺阿姨的學校，而是趕緊跑了回家。合理的推測是：楊照酉的這種樣子，必有問題。

第二，我爸爸為了接近楊照酉，託李江叔叔幫忙，進了他的裝修公司。陳亞非的所有朋友中，他只認識李江一個人。所以他去把這種不好的感覺告訴李江。李江叔叔跟楊照酉很熟悉，他也覺得有些奇怪，但他不相信楊照酉會對安冬妮怎麼樣。出於幫忙，他把我爸爸介紹給他的表兄，去參與白梅山湖苑的裝修，設法接近楊照酉。

第三，我爸爸在裝修公司並沒有接觸到楊照酉的機會，所以，他決定拿到那個月的工錢就辭工。

第四，但是，在我爸爸還沒有來得及辭工的某天，被包工頭老趕安排去楊照酉的朋友蘇衛家修牆壁，而這個蘇衛正是接待過我爸爸的那個警官。他知道我爸爸認為陳亞非絕對不會殺人，正在為他找證據。在回城的路上，蘇警官也認出了我爸爸。

第五，在蘇警官認出我爸爸的當晚，楊照酉突然找到包工頭老趕，追問我爸爸是甚麼人。沒有任何理由，嚴厲要求包工頭老趕把我爸爸趕走。合理的推測應該是：蘇警官告訴了楊照酉我爸爸與陳亞非的關係。或許，還告訴了他，我爸爸正在為陳亞非找證據。

第六，第二天我爸爸連工地的大門都沒有讓進。而工地保安趕我爸爸時，並不是簡單地用語言表達讓他走，而是用很粗暴的方式。其中有一個人還打了他。我爸爸摔倒在地，他膽子小，沒有敢看那個人的臉，但他卻看到了這個人的襯衫袖口的藍色條紋不對稱。他是裁縫，對這種細節，很敏感。

第七，我爸爸越想越覺得這事奇怪，又去找李江。李江也覺得奇怪，次日他們一起上工地去找包工頭老趕。爸爸其實只是去還衣服，他利用休息時間，幫工地的工人縫補破舊工作服。而李江可能只是想問問他老表為甚麼要趕走我爸爸。顯然被人發現他們三個人在一起。這天，李江提出找律師的辦法。

第八，我爸爸覺得這是個好主意，就跟李江約好了時間，一起找律師。結果李江沒去。因為他接到一個匿名威脅電話。對方要他不要管閒事，否則砍他的手。他是拉大提琴的，手傷了，就會成廢人。他被嚇住了。

第九，同時，楊照酉得知我爸爸是李江叔叔介紹到工地去的，臉色大變。這個李江，曾經是安冬妮的前男友，也是乾爹陳亞非的好朋友。為此，老趕的工程隊被解除合同，趕出了工地。

第十，老趕和李江感到了極大的威脅，當晚叫我爸爸去了老趕家。告訴他不要再繼續尋找證據，因為這是一件完成不了的任務，還是交給警察去辦。我爸爸也答應了。結果在這天回家的路上，我爸爸被人打斷了雙腿。他在被人推搡中，又看到那個藍色條紋不對稱的衣袖。合理的推測是：這不是一般的打劫，這些人仍然是楊照酉的手下。有人在監視我爸爸他們，並且以為他們還在繼續商量怎麼找證據。

現在，我爸爸雙腿被打斷，躺在床上，不能動彈，李江也害怕了，他們的危險解除了。

可是，我爸爸和李江叔叔的存在，給他們造成了甚麼樣的危險呢，以致於要用這樣的手段來對付？合理的推測是：安冬妮的死跟他們有關。

警察叔叔，您破案一定有經驗。看到這些，您還認為發生的這一切，都是無緣無故的嗎？我爸爸沒有找到證據，但是我爸爸的經歷就是證據。我等待您的判斷。

落款除了有馬蘭蘭的名字，還留下了地址和電話。

楊高在蘇衛看郵件的過程中，已經端了麵條和調料過來。楊高說，提到你的地方，都是真的？

蘇衛有些茫然地望著楊高。他驀然想起有一天晚上，正是工人去他家修牆壁的那天，他接到楊照酉的電話。兩人聊起牆壁的事，他誇小裁縫的活兒做得好，並順便說那小裁縫答應為陳亞非找證據，居然去做裝修賺錢了。可是，這話說過之後，發生了那麼多事嗎？

蘇衛說，我的確說過，那小裁縫的活兒做得不錯。也提到他曾表示要去為陳亞非找證據的。其他的，我都不知道。蘇衛的心裡有點翻江倒海，他覺得楊高有點像是在找碴。因為他獨立破了案，並且破得這麼迅速，而楊高分毫功勞沒有，他怎麼會甘心呢？說完又接著說，王局了解整個破案過程，他也覺得辦得漂亮。結案報告我寫好了，還是由你簽字，這案子依然算是你破的。

說完這話，蘇衛覺得楊高臉色大變。他對自己的直率有點後悔。但是已經說出了口，一則後悔來不及，二則這就是他的心裡話。

楊高垮著臉說，王局說漂不漂亮不重要，查出真凶才重要。破案是找真相，而不是為立功。死者安冬妮的命是命，嫌疑人的命也是命。既然有這些疑點，為甚麼不去查清楚？

蘇衛不作聲了，他已經感覺到楊高在忍著脾氣。老早前，他就聽人說過，楊高發起脾氣來，是很凶的。他畢竟是自己的上司，蘇衛不想人知道，他的上司對他大光其火。蘇衛想，你忍得，我也忍得。

楊高說，這郵件是馬一鳴女兒寫的。我們需要知道的是這裡面所寫的內容是否真實。其中關鍵：一、馬一鳴是不是被人打斷了腿；二、李江是否被人威脅過；三、這些事是不是工地上的保安做的；四、這一系列事情的發生跟安冬妮案有沒有必然關係。

蘇衛說，這裡面根本沒有實據，都是憑感覺，而且是先入為主的感覺。楊高說，如果是真的，難道就沒有奇怪的地方嗎？蘇衛想了想，說有是有，但更多的是想當然。連他們自己都說沒有證據。楊高一字一句地說，你吃了楊照酉的飯，受了他的恩惠，就這麼忽略他身上的疑點？

蘇衛心裡想糟糕，自己的軟肋被楊高掐住了。案子沒有了結，他不能受惠於任何一方，就算是小小的抹牆壁，也是不行的，更不要談吃飯喝酒。這是他的瑕疵。但蘇衛還是為自己作了辯解，他說，因為我覺得陳亞非已經招供，案子算是辦完了，楊照酉明顯是受害人，那個裁縫也並沒有向我提供新的線索。而且……

楊高打斷了他的話，用一種嚴厲的語氣說，回家吧，回家想清楚。自己是幹甚麼的！另外再想一下，自己是用甚麼方式讓人招供的，我不相信你們沒有上手段！

楊高到底還是把脾氣發了出來。他的手掌在餐桌上拍得啪啪響，從嘴巴出來的聲音，幾乎是暴吼。

蘇衛這回是被嚇著了。

55、是他殺了爸爸

蘇衛知道自己有錯。他的錯，不過是在案子破了之後，讓受害方順便幫忙抹了下牆壁，之後一起吃過一次飯，僅此而已。如果楊高不故意找碴或刻意挑剔，完全不必介意這點小事。在同行中，這也常見，實在算不了甚麼。

蘇衛對此，頗為不悅。早上到辦公室，一進門卻看到拄著拐的楊高坐在那裡看安冬妮案的資料。楊高說，我要審陳亞非。蘇衛說，你身體不好……。楊高板著面孔，打斷他的話，說你去安排一下。我十點到審訊室。

蘇衛只好聽令而行，心裡很是不爽。但是他是下級，不爽也就只能不爽，工作還必須按規矩做。

只幾個月，陳亞非已經瘦脫了形，他萎靡不振，見到蘇衛即說，還審甚麼呀？我不是都招了嗎？趕緊槍斃吧。蘇衛說，你就這麼活得不耐煩？多活一天是一天呀。陳亞非嘶啞著聲音說，我就是活得不耐煩。槍斃吧，你這麼大本事，還審甚麼審？蘇衛說，我算是懶得審你這種人渣。陳亞非無精打彩，但語言卻仍然鋒利，他說，既然都人渣了，直接成肉渣該多省事？簡直把蘇衛氣得無語。

楊高是主審，他幾乎沒有認出來，這個人就是那天在安冬妮家軟坐在地哭泣的男人。他們以前見過面，陳亞非見楊高拄著拐，怔了幾秒，便直接說，不用審了，人是我殺的，我就是貪財。趕緊槍斃。屍體隨便處理，扔進山裡喂野豬野狗都行，一把火燒掉也行，骨灰不要了……

楊高突然打斷他的話，說馬一鳴是甚麼人？

陳亞非像是被馬一鳴這三個字鎚打了一下，渾身一振，但立即又呈滿臉的悲哀。他沒有說話。楊高又問了一句，馬一鳴是甚麼人？陳亞非有氣無力地回答道，是我一起長大的兄弟。楊高說，馬一鳴一直在為你找證據。為了你，他吃了許多苦頭，你就是用這樣的狀態回報他的努力嗎？

陳亞非大驚，說不可能呀？這怎麼可能？楊高說，千真萬確。陳亞非的眼淚立即噴湧而出，他大叫道，不可能，你騙我。我都不知道他是不是還活著。他已是肺癌晚期，老婆又要跟他離婚，沒有我的照顧，他是活不下去的……

蘇衛怔住了，那張蠟黃而瘦弱的面孔，立即浮在他眼前。

陳亞非的話，也讓楊高吃了一驚。楊高說，他還活著。一直努力在幫你尋找證據。他的女兒馬蘭蘭，把這個過程給我寫了一份郵件。她稱你為乾爹。

陳亞非立即放聲大哭。這哭聲，讓楊高和蘇衛都有撕心裂肺之感。

楊高說，我希望你能振作起來，我要重新審理這個案子。如果你沒有殺人，你被冤死，你不甘心，你的親朋好友也不甘心，如果人是你殺的，我也要你被判得心服口服，死得踏實。

楊高的話剛說完，陳亞非便吼了起來，是那種嘶啞的粗糙的吼聲，我沒有殺人！我沒有！但我不想再活著。不想跟你們這些人活在同一世上。

楊高在他的吼聲中怔了一下，他立即平靜道，如果你沒有殺人，那你就有理由活下去。馬一鳴和他的女兒，還有你的母親和妻兒，都希望你能活下去。現在你必須回答我的問題。

曾經蘇衛詢問過的話，陳亞非又復述了一遍。他一邊流淚，一邊陳述。他與安冬妮無話不談，是知己；他經常在打雷的天去她家裡，因為安冬妮害怕雷聲，她的丈夫楊照酉完全知道，並且他的妻子王曉鈺也知道，甚至她也去陪過安冬妮；他家有安冬妮的鑰匙，這是安冬妮怕自己忘記拿鑰匙，又要找鎖匠，所以放一把在他家備用，這事楊照酉也知道；藍色小箱子，也是安冬妮放在他家的，放了好幾年。他從不知道裡面有甚麼。

蘇衛突然插話，說不知道裡面有甚麼，這可能嗎？箱子是你放到櫃頂上的，掂在手上也知道呀。陳亞非又暴躁起來，他說，你不就是事先認定我是兇手嗎？你們錄過箱子上的指紋嗎？密碼鎖上有我的指紋嗎？我既然打開了箱子，看到裡面有寶貝，難道完全不好奇？不拿起來看看？不是說字畫很值錢嗎？文物很值錢嗎？我不展開看怎麼知道那是值錢的東西？不然怎麼會起貪心？既然我看過，去上面查查，看看有沒有我的指紋？你們不是警察嗎？錄指紋不是你們的拿手戲嗎？為甚麼不去那些東西上採集一下？我知道你會說，我戴了手套。那就採集一下，看看有沒有針織品的痕跡呀？

面對陳亞非的質問，蘇衛愣了愣。他發現自己的確漏了這個環節。他確認陳亞非打開過箱子，所以才會起貪財之心，並為此鋌而走險。他心裡已經認定這是順理成章的事，但他卻忽略了去確認他的證據。

楊高白了蘇衛一眼，對陳亞非說，這個你放心，查驗過哪裡，我們都有記錄。甚至，我們還可以再次鑑定。請你現在冷靜一點，跟我說說馬一鳴的病吧。

陳亞非便將馬一鳴承受不起離婚的結果，想去死。被他勸回後，他見他身體不好，便帶他去醫院看病。一查便確認肺癌。他不敢相信，又帶他到武漢的腫瘤醫院複診，結果仍然如此。為了讓他多活幾年，他送馬一鳴到孔家台中醫診所調養。他見馬一鳴最後一面，即是他被抓的那一天。一想到這個，他格外傷感，說也不知道他現在怎麼樣。我現在體會到一鳴那時決意赴死的心情。槍斃就槍斃吧。不用再閒扯了。

楊高說，我再跟你說一遍，你要對得起你朋友的努力。你也知他在癌症晚期。儘管如此，他卻仍然不顧一切地幫你尋找證據。甚至……楊高說到這裡，把話頓住了，他觀察著陳亞非。

陳亞非急不可耐，聲音也大了起來，說他怎麼樣了？一鳴他怎麼樣了？楊高說，據說，他被人打斷了雙腿。

陳亞非驚呼了一聲，爾後大聲自語道，你這個傻瓜！你連我的話都不聽了嗎？你有甚麼本事找證據？你就是全世界最沒有用的一個人，你以為你能救得我？你怎麼可以蠢到這一步？！

楊高冷笑一聲道，你說他是全世界最沒有用的人？只是他的有用你不知道而已。正是他提供了線索，促使我們決定重新偵查此案。所以，我希望你能平靜自己，好好配合，對得起你的朋友的一番努力。你再認真想想，我們下次談。

陳亞非頓時淚流滿面，悲痛莫及。在被押回去的那一刻，他突然說，我一定好好配合。請你幫我去看看馬一鳴，幫我照顧一下他，可能要替他支付一些醫藥費。不管我是甚麼結果，我都會想辦法還給你。楊高說，可以。

返回辦公室的途中，蘇衛說，真的要重新審理此案？楊高說，是。蘇衛說，我們可不可以理智一點？那封郵件沒有任何新的證據，都只是感覺。楊高說，第一，你看了郵件，有沒有疑問？蘇衛說，有一點，但那不是證據。楊高說，第二，既然有疑問，為甚麼不去查？你至少可以查一下郵件內容是不是真的吧？

楊高態度生硬，但他之所言，顯然沒錯。蘇衛心裡突然有了一點不安。

下午，楊高被局領導找去開會。蘇衛覺得自己應該做點甚麼，於是，他按郵件上提供的地址去找馬一鳴的家。去之前，他打了一個電話，接電話的是一個女人。蘇衛說他找馬蘭蘭女士。接電話的女人說她是馬蘭蘭的母親。蘇衛便問馬蘭蘭在不在家，他想要找馬蘭蘭了解一點情況，他是辦安冬妮命案的警察，姓蘇。馬蘭蘭給警方寫了一封郵件，他需要核實一下。她的母親說，蘭蘭天天都在家。蘇衛說，我一會兒到。

青岩城不大，馬一鳴家就在礦工集中的居住區。蘇衛很容易去到那裡。這是一長排平房，各家在門前圈了一個小院。小院的門都是廢舊木板自釘而成。門板上用黃色油漆寫著號碼。蘇衛走到那條巷口，順著號碼，沿著一扇扇門尋找，沒幾分鐘，即看到他要找的那個數字。小院門沒有鎖，他推門而入，站在院裡，喊了一聲，屋裡有人嗎？我可以進來嗎？

一個中年婦女神情慌張地出來。蘇衛正欲問她，突然聽到屋裡傳出尖銳的聲音：叫他滾！滾！我不要見他。我寧可死也不見他。甚麼破警察？他才是殺人犯！是他殺了爸爸！

蘇衛怔住了。中年婦女忙拉著他出了院子，說孩子情緒不好。自她父親死後，她就很自責，覺得自己沒有幫助好父親。

蘇衛大吃一驚，說馬一鳴死了？中年婦女沒來得及回答，屋裡突然傳出哐當的摔倒聲。中年婦女甩下蘇衛，掉頭跑回小院，進院時，把院門鎖上了。

蘇衛有些懵，馬一鳴瘦小的身影以及他膽怯的神情，再一次浮出眼前。小裁縫死了嗎？為甚麼死了？病死的？

蘇衛打電話給楊高時，楊高正在開會。蘇衛說，馬一鳴，就是那個小裁縫死了。我剛從他家出來。楊高大驚，說怎麼死的？蘇衛說，不知道，他家裡的人不說，也不願意見我。楊高說，你馬上回來，我們再商量。

蘇衛回去的一路，心情有些沉重。他被那個尖銳的聲音震撼了，他知道那聲叫喊，是發自一個人的肺腑之聲，不止是有悲憤，而且更多的是仇恨。蘇衛並不知道馬蘭蘭有多大，但他聽的出來，這是一個孩子的呼喊。那麼，自己到底做錯了甚麼？自己有甚麼樣的事那樣深刻地傷害到這個孩子？竟讓她直呼自己是殺死她父親的兇手？這是一個殘酷的罪名，他覺得自己擔當不起。

見到楊高時，他還有點恍惚。楊高敏銳，立即問，出了甚麼事？蘇衛便將他在馬家的經歷，說了一下。他低下頭，說那孩子可能恨我。楊高說，你見到她嗎？蘇衛搖了搖頭，說她不願意見，可能她父親的死對她有刺激。楊高說，沒說是怎麼死的？蘇衛說，沒有。

辦公室裡一片沉寂。楊高想了想，方說，這個案子不是這麼簡單。除了家人，馬一鳴接觸的人很少。郵件中提到的兩個人，一個李江，另一個包工頭老趕。我們要盡快找到。先問清馬一鳴是怎麼死的。蘇衛說，是。楊高說，不要驚動其他人。你先找李江，他會知道老趕的聯繫方式。我去見馬蘭蘭。

蘇衛默然。楊高看出他心情沉重，便說，不要自責，孩子就是孩子，出言不遜，這裡面一定有甚麼誤會。蘇衛點點頭。這時候的蘇衛，隱隱覺得自己的辦案過程，似乎有些粗糙。

李江曾經接受過警方問訊，蘇衛有他的手機號碼。但是打過去時，他顯然已經換號。蘇衛趕到歌舞團，始知李江隨團外出商演，人不在青岩城。蘇衛即去歌舞團人事部門，要到李江新的電話號碼。蘇衛給李江打電話，告訴他自己是甚麼人，叫甚麼。李江沒好氣道，你姓蘇？那你去問馬一鳴呀？你怎麼不去問他？蘇衛說，你這是甚麼意思？李江說，就這個意思。蘇衛說，你有責任和義務配合警方的調查。李江說，我在演出，沒空。說罷就掛了。蘇衛再打時，那邊已關機。

蘇衛雖然從警時間不長，但到底也辦過不少案子，從來都沒有人這樣對待過他，視他為敵。他意識到，在他告訴楊照酉關於小裁縫一事後，的確發生了一些甚麼。但那是甚麼事呢？馬蘭蘭的郵件內容難道是真的？自己在一些人眼裡，會是幫凶？這一天，蘇衛失眠了。

第二天，楊高決定帶蘇衛一起去見馬蘭蘭。蘇衛耳邊響起那尖銳的叫喊，他不太想去。一向無所畏懼的蘇衛，第一次產生這樣的畏懼感。楊高說，解鈴還須繫鈴人。要消除他們心裡的陰影，還有你自己的，必須去面對。蘇衛無奈，只得隨楊高同行。

行前，楊高打了電話。接電話的仍然是馬蘭蘭的媽媽。她表示，馬蘭蘭不希望見到他們。又說孩子心裡受到傷害，精神一直不穩定，希望他們不要再來打擾她。楊高說，你告訴她，我姓楊，是她給我寫的郵件。我們馬上到。如果她還想救陳亞非，她必須見我。說罷，楊高便掛了電話。

抵達馬家小院門口時，中年婦女即馬蘭蘭的媽媽寶順已經站在那裡等候。楊高說，孩子同意了？寶順說，同意了，她一心想救她乾爹。楊高點點頭。寶順看到楊高身後的蘇衛，有點緊張，說他也要見蘭蘭嗎？楊高說，是，我們是工作。

蘇衛隨楊高一起走進了馬蘭蘭的屋子。馬蘭蘭是癱坐在床，床邊有一個輪椅。而馬蘭蘭也看到了楊高拄著雙拐。兩個人都有些驚異。

楊高說，我是楊高。我們倆的腿好像都有問題。他的話音剛落，馬蘭蘭便放聲大哭起來，連哭邊說，你怎麼才來呢？你怎麼不早點給我回話呢？我爸爸死了……你要是早點回話，他就不會死呀……

悲傷的哭聲，讓楊高和蘇衛心裡都有些難過。楊高和蘇衛坐在小屋已經準備好的板凳上。寶順想要去安撫馬蘭蘭，被楊高制止了。楊高說，讓她哭一下，心裡會好受一點。寶順在馬蘭蘭的嚎啕大哭中，也開始流眼淚。

好幾分鐘後，寶順抹盡淚水，對馬蘭蘭說，蘭蘭，警察叔叔在等你。還有……你乾爹……也在等……。他知道你這樣努力救他，一定很高興。

馬蘭蘭聽到這話，哭聲慢慢小了。寶順給了她一條毛巾揩臉，她把毛巾在臉上捂了好一會兒，拿下來，還給寶順，然後對著楊高，用一種堅定的語氣說，我好了，你可以問了。

楊高說，我相信你是一個勇敢的女孩。現在，你告訴我，你爸爸是怎麼死的？

馬蘭蘭說，他是自殺。

楊高和蘇衛都大驚。兩人幾乎同時問道，為甚麼？馬蘭蘭說，我猜想他很絕望。我爸爸一直覺得自己是個沒用的人，他一輩子都靠我乾爹照顧。我的腿出車禍，只能躺在床上，我媽要跟他離婚，我乾爹又被抓了起來。他急著要幫乾爹找證據，結果一條證據沒找到，自己還被人打斷雙腿。我推測他覺得自己太沒有用，就自殺了。

楊高說，在家裡？馬蘭蘭說，不是。是在孔家台一個鄉村診所。楊高說，他怎麼自殺的？馬蘭蘭說，吃安眠藥。他可能擔心死在屋裡會對診所病房以後住人有影響，所以，他死在屋後樹林裡的一棵板栗樹下。那棵樹以前也吊死過一個人。他自己帶了一瓶水，在那裡吃了安眠藥。

蘇衛覺得這不可能，他要阻止馬蘭蘭說謊，便插話道，不太可能吧？他不是雙腿都斷了嗎？馬蘭蘭突然吼了起來，你知道甚麼？他是爬過去的！是爬！是用手扣在泥土裡，一點點爬過去的。他在夜半三更，一個人在樹林裡爬呀爬，硬是爬到了樹下。他那麼努力地爬過去死……那條路沒甚麼人走，我爸爬過的痕跡，都清清楚楚。你想看照片嗎？

馬蘭蘭先還有點哽咽，但是蘇衛的話令她的憤怒壓制住悲傷，她的怒吼聲，像是炮彈，直接對著蘇衛連連發射。

這是一個相當殘酷的場景。就算沒能親眼所見，但一個人在夜半三更，孤獨而默然地向樹林爬行的樣子，也很容易構成畫面。楊高和蘇衛都很震動。一時間，他們都說不出話來。

楊高沉默好一會兒才說，他安葬在哪裡？馬蘭蘭說，就在他死的那棵樹下。是李江和老趕叔叔出的主意。我爸跟孔家台村的人很熟，他以前常去那裡幫他們做衣服。村裡人都知道他很善良，也同意了。馬蘭蘭說時，再一次把目光轉向蘇衛，大聲道，就是因為你出賣了他。如果不是你告訴楊老闆，說我爸爸在為我乾爹找證據，他就不會死。這番話，她依然用吼叫的方式說完的。

蘇衛臉漲得通紅，心裡有幾分惶恐，但他無法還嘴。事實也的確是他告訴楊照酉這個小裁縫在為陳亞非找證據。可是當時自己為甚麼要說這番話呢？這是一個甚麼樣的鬼使神差呢？

楊高說，蘭蘭，冷靜一點。不全然這樣，有些事你可能不知道。馬蘭蘭說，我知道。我爸爸甚麼都跟我說了。楊高說，你爸爸的病，你聽說了嗎？

馬蘭蘭怔了怔，平靜下來，有點驚訝地看著楊高。寶順忙問，甚麼病？他身體一直都顯得很弱，說是從小就這樣，但也沒甚麼大病。楊高說，陳亞非沒有告訴你們，馬一鳴得了肺癌，而且已經是晚期。

馬蘭蘭尖叫道，怎麼可能？楊高說，的確如此。病歷在陳亞非家裡。陳亞非還帶他到省城的腫瘤醫院進行過確診。馬一鳴因為離婚一事，倍覺折磨。他認為自己很沒有用，對不起你們，但又捨不得離開，覺得自己一個人活不下去，一直想自殺，被陳亞非勸住。陳亞非覺得他的身體太差，帶他去看了醫生，檢查結果發現是肺癌晚期。馬一鳴聽到自己得病後，反而愉快起來。覺得自己活不長，這樣可能對大家更好，每一個人都不會有壓力。他早就有了自殺之心，你們想想，如果不是事先買好了安眠藥，他腿都斷了，怎麼可能手上有藥？我相信這些藥不會是孔家台醫生開給他的。

馬蘭蘭不再作聲，寶順卻哭了起來，說怎麼會這樣？他們為甚麼不告訴我？馬蘭蘭嗆她道，爸爸不說，還不是為了你！因為說出來了，你會不好意思離婚。他不想拖累你，爸爸希望你幸福，還希望周叔叔能治好我的腿。他一直都是這樣說的。

寶順控制不住，嗚嗚地哭著，說難怪他甚麼都不要，家裡的一切，都留給我。而且對民友態度也越來越好。他早就計劃好了自己走的事。寶順哭訴了幾句，有點失控，便跑離了房間。

馬蘭蘭說，我爸爸一直講，他離開，對大家都好。我當時不明白他為甚麼完全不顧自己。難道他是認定自己活不長了，乾爹的事，又幫不上忙，所以選擇了自殺？楊高說，他其實答應過陳亞非，好好養病，爭取多活幾年。因為陳亞非要求他至少能看到女兒站起來走路。為了這個，他決定好好治病。但是，他最後為甚麼又選擇自殺呢？這個原因，我不太清楚。我們會去孔家台了解情況。馬蘭蘭說，我知道。爸爸每天都很累，很疲憊。我們一直以為他本身虛弱，其實可能是他的身體很難受。為了救我乾爹，他一直在咬牙堅持著。然而腿斷之後，他覺得自己再也幫不上忙，就開始考慮死的事。我後來回想到，每次跟爸爸通電話，他都像是在跟我告別。但是，我不知道爸爸得了絕症，沒有領會到這層意思。她說時，眼淚又成串地往下流。

楊高說，或許如此。你父親很愛你們。現在，你可以跟我們詳細講講他尋找證據的整個過程了嗎？

第十七章

56、混亂不堪的線索

蘇衛對自己所破的案子，第一次有了懷疑之心。他想，真的是自己過於自信同時也急於破案了？或許自己真的疏漏了一些甚麼？

在馬一鳴家，蘇衛聽到馬蘭蘭完整地講述馬一鳴尋找證據的過程。雖然，馬一鳴的尋找很外行，很笨拙，完全沒有效率，甚至也沒有找到任何實際的證據，但他卻讓一些奇怪的影像浮出水面。儘管不經意，卻也足以證明反常。而自己只看到了順理成章的一面，卻沒有看到那些並非順理、也未成章的生活碎片。有如雙手捧水，儘管手掌中留存的很多，卻另有一些，由指縫中流走。或許，那些流走的，恰是帶有重要信息的。

從馬家出來，楊高一直沒有作聲。蘇衛試探地說，對不起，我大意了。楊高說，先別說這些話，拿到實證再說吧。蘇衛說，看來是有些問題。楊高說，但在安冬妮死的那天，楊照酉也的確出差在外，何況平常他們並無矛盾。他沒有理由要殺死自己的老婆。生意人，需要應酬，在太太死後或許也不得不強顏歡笑。馬一鳴看到的這個場景，有反感，但並不說明甚麼。蘇衛說，我也說不清，不只是他沒悲傷這一條，其他那些，加起來，似乎有點反常。楊高說，人上一百，形形色色。安冬妮把那麼貴重的東西放在陳家，不也很反常？蘇衛說，嗯，倒也是。

回到局裡，拿到鑑定科的報告。報告說，藍色小箱子手柄和箱底有陳亞非的指紋，符合拿箱子托舉放置櫃頂上的動作需要。其餘所有地方則沒有，鎖和箱內財物全部沒有。蘇衛呆看了看，他想，我真的錯了？老郭卻不以為然，說如果他戴了手套呢？所以，光這一點，不足以推翻陳亞非有謀財害命之心。蘇衛對老郭的話，深以為然。

楊高也點了點頭，似乎表示認同。但他走出了辦公室。蘇衛推測他要親自去鑑定科，便也跟了過去。果然如此。

楊高見蘇衛也過來，便示意他一起，他們再次仔細查看箱子裡的東西。每一件都仔細對著燈光翻看，似乎想找到其可疑之處。但蘇衛自信，他已然全部仔細查驗過，只是物品而已，並無其他暗示之物。最後，楊高翻閱裡面的筆記本。有三本是安冬妮母親的日記，另有兩本是安冬妮本人的。一本抄錄了一些歌，顯然是青少年時代的東西，另一本是近幾年的，記錄了她的學生的學習鋼琴的進展情況。楊高說，這樣的筆記，她為甚麼也放在箱子裡？蘇衛說，這個女人是有些奇怪。

筆記的內容，確實沒有關於近期的記錄。

回到辦公室。楊高再次翻閱安冬妮的資料。還沒到下班時間，局長突然來了，大家嚇一跳。以為又發生了甚麼大案，要勞駕局長親自上門。楊高伸手摸拐杖，想站起來。局長手一伸，讓他坐下，然後說，醫生打來電話，說你老婆告訴他，你上班去了。醫生直接把電話打到了我這裡，要求你必須回去休息。如果你一輩子不想當瘸子，就再呆在家裡歇著，至少還得兩個月。以後……局長說時用手向辦公室所有人一指，說道，以後你們誰也不准去楊高家接他來上班。小郃那裡，我會交待。

這幾天，就是小郃開車接送的楊高。楊高急了，說閒也能把人閒死的。我手上還有幾個案子沒完，我在家辦案可以吧？局長想了想，說分析案情可以。需要時，讓他們上你家，跑腿的事，蘇衛年輕，多做點。局長說完，就走了。

下班時，小郃還沒回來。蘇衛便說他來送楊高回家。蘇衛走到停車場去開車，恰好遇到小郃從外面進入。小郃停了車，特意走到蘇衛的車前，對他說，楊高說你送他回去？蘇衛說，是呀。小郃說，那好，辛苦你了，我今天正好有事。說完即走，走了幾步，又折轉來，說我知道安冬妮命案的情況。我告訴你，不要以為你學歷高，對著書本就能破案。你老老實實服從楊高指揮吧，不要讓他再勞累，我會叫老郭聽你調度。蘇衛說，我記得你是輯毒大隊的隊長吧？小郃說，不管在哪個隊，管你還是有多的。說罷，沒等蘇衛回覆，揚長而去。

蘇衛氣得咬牙。他有一肚子的不服，心想，連楊高到現在都沒有否定我的工作，陳亞非不是兇手的證據，誰也沒有，你囂張個甚麼？只是，蘇衛知道，他的想法，又可以對誰訴說呢？他在局裡在隊裡都是新人。所謂新人，就是孤家寡人。他怎麼可能鬥得過那些老的？把他們擰在了一起的，是汗水以及鮮血再加上時間，這不是一個新人的才華可以戰勝的。他唯一可做的：就是努力尋找更多更結實的證據，來證明他的判斷完全沒錯，或者，同樣也是由他找到證據，發現另有真凶。這樣想過，蘇衛心裡好受了一點。

車到辦公樓大門前，幾個同事把楊高攙扶上車。蘇衛一直沒有說話，他滿腹心事。

路上，楊高說，你要跑一趟孔家台，找孔爺了解馬一鳴自殺前後的情況，或許他們一起聊過天，會知道一些事。蘇衛說，是。楊高說，李江不接你的電話，顯然他對你有戒心。估計你找老起，也會遇到同樣問題。這兩個人，應該比孔爺更知情。蘇衛聽此一說，心有不悅，便說，我會繼續跟他們聯繫，把話說清楚。楊高說，他們不會聽你解釋。這樣，我請馬蘭蘭先跟他們打個招呼。請他們配合警方調查。

蘇衛心裡再次不爽，他「嗯」了一聲。楊高說，另外，藍條紋不對稱衣袖的人，如果真的存在，應該是工地保安。這個人很關鍵，老起或許認識。蘇衛依然只是「嗯」了一聲。楊高說，這個是關鍵人物。如果能查到，範圍就小多了。蘇衛還是以「嗯」作答。

蘇衛的語氣，楊高顯然覺察得到。他不再說話。到家後，楊高對蘇衛說，幹我們這行的，頭腦尤其要清楚，目的也必須明確。那就是：查出真相，給受害人一個公道。其他的，都次要。說完，他甩開蘇衛的攙扶，拄著拐，自顧自地進了門。

蘇衛望著他的背影，呆怔半天。

一連幾日，蘇衛都在跑外勤。在孔家台，他看到了馬一鳴的墓地。小小的，就像他瘦小的身軀。孔爺帶著他，一邊看一邊說，唉，他在我這裡調養，身體已經好多了。那天回去，他說是拿錢，結果送來錢後，就又走了。恐怕正是看到了陳亞非被抓走。不然，以他的身體，靜養半年，還能多活一陣。蘇衛說，他第一次來你這裡住了多久？孔爺說，有個十來天吧。第二次來，是為找李江，第三次，腿就斷了，渾身是傷。有人打的，下手很重，那些人很毒啊。像馬裁縫這種膽小懦弱的人，怎麼會有人那麼恨他？奇怪得很。我問李江，他不說。只是擔心有人找他麻煩，讓我安排馬裁縫住在隱蔽的房間裡。蘇衛說，李江認為，是有人在特意找他的麻煩？孔爺說，是的。不然，馬裁縫如住在其他房間，他晚上出去，就會有人看到。他就沒機會死。唉，都是命。蘇衛說，他以前有自殺的預兆嗎？孔爺說，我後來仔細回憶了一下，他可能早就存了這個心思。醫院的老魏，也是絕症，就吊死在這棵樹上。老魏死的那天，馬裁縫問了我好多話。我說當吊死鬼太嚇人，吃安眠藥死，比較舒服。我想他是聽進去了。蘇衛說，哦？那時安冬妮事件還沒有發生，是不是？孔爺說，是呀。馬裁縫人善，怕死在我的房間裡，以後不方便安排人，硬是爬到這裡。因為老魏死在這裡以後，這棵樹，大家也不敢走近。馬裁縫選擇這裡，也是不給大家再添負擔。唉，我那天沒去省城就好了。

蘇衛到樹林裡，摘了一些野花，臨時扎成一束，放在馬一鳴的墓前。說馬大哥，對不起，是我的疏忽，讓你受了罪。

從孔家台出來，蘇衛想，馬一鳴挨打的事，跟馬一鳴被炒魷魚有關聯嗎？難道他們真是同一撥人？楊照酉為甚麼要這樣排斥小裁縫？是與安冬妮的死因有關，還是另有原因？或許，就是一個誤會。

蘇衛心裡充滿了不解。一則他覺得安冬妮之死，與楊照酉不應該有關。案發現場的楊照酉，其痛苦並不是假的。而且他們夫婦平時關係不錯。更何況，他有甚麼必要去幹掉自己的妻子呢？難道他有外遇？前期的調查中，倒是有人說他私生活並不檢點，只是做生意的人，大都這樣，牆外彩旗飄飄，牆內紅旗不倒。楊照酉和安冬妮似乎也是循著這樣的生活方式。話說回來，即使有外遇，也大可不必殺人啊。蘇衛思索再三，他再次確認安冬妮命案跟楊照酉個人沒有關係。但是，楊照酉對馬一鳴如此防範，又實在讓人奇怪。

蘇衛給老趕打電話。說警方要重新調查陳亞非的案子，有些事想問問他。老趕說，他接到了馬蘭蘭的電話，但他已經不在青岩城。從白梅山湖苑出來後，有朋友給他介紹了新的工地，現在他人在省城。蘇衛說，我明天開車過來找你。

恰巧李江也在省城電視台錄節目。蘇衛請李江找一處僻靜的地方，他們一起談談。李江便在東湖邊上找了個茶館，安靜而隱蔽。

蘇衛和老郭一起驅車前往。蘇衛到後，望了一下東湖，說堪比白梅湖呀。李江說，人家比白梅湖還是大得多。湖對過要是蓋高樓，這裡還看不清哩。老趕說，全炸完了嗎？老郭說，正在清理建築垃圾吧，太可惜了。老趕說，也不可惜，那房子，根本沒法住。有沒有廢礦，它也會垮。

老郭並沒有聽出他的另一層意思，忙回答說，是呀。人命還是比房子更重要。蘇衛卻聽出來了，說老趕，你的意思是？那房子，記者沒報導時，你就知道不能住？老趕說，我瞎說的。蘇衛說，為甚麼這樣說？老趕說，我們裝修時，所有人都發現那房子質量相當差。大家一直議論，這麼高的樓，怎麼會有這麼差的質量？水泥標號很低，鋼筋也非常細，當時就覺得施工隊這樣偷工減料，以後出了事怎麼辦？但是我們不敢講，有個包工頭說了，還被趕出了工地。接個大活不容易，你老闆不嫌，我們管這些閒事做甚麼？只是那房子，我當時覺得，只要人都搬進去了，恐怕就會出問題。蘇衛說，會垮？老趕說，是的。大家還說，買這種房子就是花錢買死，一直替公司擔著心哩。後來說，要炸樓，我們都反而鬆了口氣。原來，業主根本就沒有機會去住。蘇衛驚道，有這種事？老趕說，千真萬確。工地從建房開始，就是防火防盜防記者。所以，老闆趕馬一鳴時，我以為懷疑馬一鳴是臥底記者。再三跟老闆說，他絕對不是記者。他這麼個窩囊人，怎麼可能當記者？

蘇衛和老郭面面相覷，他們查的是安冬妮的命案，怎麼扯到房子質量問題上了呢？蘇衛說，我們還是談正經事吧。李江，你先說。老郭錄了音，你別擔心，我們只是了解情況。

李江說，馬一鳴的確認為楊照酉很可疑。老婆剛下葬，他就很開心地跟風塵女子打情罵俏，完全沒有悲傷感情。馬一鳴覺得這個不正常。跟我說時，以我對楊照酉的了解，也覺得有點不對頭。是我介紹他去的工地，看看有沒有機會接近楊照酉，這件事，老趕完全不知道。我們以為可以通過他的工程，接近楊照酉。但是實際上，工人都見不到他，就連老趕他們這一層包工頭，都很少能見到老闆。馬一鳴告訴我，在他被辭退前，他就已經準備不做了，想要換一種方式調查楊照酉。他是完全認定楊照酉與安冬妮的死有關係。他沒有證據，只有感覺。我開始倒是不太相信。直到有人威脅我，我才覺得有問題。

蘇衛說，你認為威脅你的人跟楊照酉有關？李江說，我不知道，但一定有人在監視我們。不然怎麼我只是陪著馬一鳴跑了一趟工地，馬上就有電話威脅呢？老趕說，我以前根本不知道這些，但是趕走馬一鳴和威脅我老表，我就有點奇怪了。緊跟著，把我們隊全部趕出工地，還打斷馬一鳴的腿，這裡面怕是有名堂。到底是跟安冬妮的死有關，還是懷疑馬一鳴是記者，這個我搞不清楚。李江說，我也有些糊塗，怎麼又跟記者扯上了呢？老趕說，最後高樓被炸，還是記者調查發現的。我就覺得，房子質量那麼差，像是他們事先知道這房子不會有人住。蘇衛說，你這個感覺很奇怪。白梅山湖苑這麼高檔的小區，怎麼可能質量這麼差呢？老趕說，我們也不明白，但老闆禁止我們對外說。而且，我被解除合同後，沒幾天，楊老闆又讓總監找我，給我介紹到省城這邊來做。條件只有一個，就是不准對外談白梅山湖苑的質量。說他不想得罪倚天公司。蘇衛說，這個實在太奇怪了。李江說，之前聽老趕說質量不行，我們都很難理解。後來看到炸樓的事，突然明白，其實可能他們事先就知道樓會炸。所以，根本不打算好好蓋樓。蓋起來，只是做做樣子。蘇衛說，不可能吧？李江說，不然無法解釋，為甚麼這麼高的樓，卻是這麼差的質量。我聽老趕說，水泥一敲就掉，門都是紙板的。外表全都弄好看，裡面一塌糊塗。不是說老闆自己也買了房嗎？這樣的質量，他敢住？老郭說，可這跟安冬妮有關嗎？房子質量的事，跟我們沒關係。李江和老趕不作聲了。這房子質量，的確跟安冬妮甚至跟馬一鳴都沒甚麼關係。

四個人聊了兩三個小時，談馬一鳴，又談白梅山湖苑。完全扯不清楚這之間有甚麼糾葛。蘇衛覺得這兩件事仿佛完全不搭界，但又似乎影影綽綽地有點甚麼。

談話快結束時，蘇衛突然問老趕，工地的保安你都認識嗎？老趕說，不太熟，工地保安二十四小時輪流值班，今天是這個，明天是那個，我們都是憑卡進工地。蘇衛說，有沒有一個穿藍條襯衣的人？老趕說，這哪裡注意得到？蘇衛說，馬一鳴被解聘那天，趕他出去的有幾個人？老趕說，三四個吧？蘇衛說，你一個都不認識？老趕說，就只面熟，叫不出名來，這個要問保安總管。對了，那幾個人中，也有保安總管。蘇衛說，保安總管叫甚麼？老趕說，姓尹，尹總管，好像是楊老闆當年一起下崗的工友。

蘇衛微一吃驚，說尹國銘？趕走馬一鳴時，他在場？老趕說，是呀。他在場。他很厲害的，聽說以前學過武術。蘇衛說，他不是七彩飯莊的老闆嗎？老趕說，這個就不知道了。他跟楊老闆關係不一般。那天晚上，楊老闆為馬裁縫的事叫我去他辦公室，我出來時，也見到尹總管。我走他到。蘇衛說，是嗎？你認為他去楊老闆辦公室跟馬一鳴有關嗎？老趕想了想說，應該有關。他負責保安嘛。李江說，這就是我們的疑問，也是馬一鳴的：解雇一個人，是件簡單的事，用得著這樣興師動眾嗎？蘇衛說，要相信警方，正是因為有疑點，我們才會更仔細地調查。李江說，我們真的沒有證據，但是我們有感覺。我感覺陳亞非絕對不會殺安冬妮，也感覺楊照酉有問題，更感覺這不是件簡單的事。蘇衛說，破案不相信感覺，只相信證據。李江說，其實你們也沒有證據證明人是陳亞非殺的呀？蘇衛說，我們有，只是你們不知道而已。李江尖銳地說了一句，我完全可以判斷，你們只是按照書上教的那套進行推理而已，根本沒有實據。有罪無罪，先確定人家有罪。而陳亞非絕對不可能殺安冬妮。老郭說，是你的頭腦太簡單了。

雙方觀點發生了分歧，談話就進行不下去了。返回的路上，蘇衛一直在想，我們的證據只是推理嗎？我們是有罪推定嗎？我們已有的那些證據就不算實據？他自己內心的懷疑，因了這次談話，又加重了一點。

57、奇怪的支付

案子陷入瓶頸。儘管馬一鳴的遭遇，讓人覺得反常。但是，如果僅憑這個，就說楊照酉是嫌疑犯，好像哪兒都挨不上。沒有任何理由可以認為安冬妮之死與楊照酉有關。如果說，確認陳亞非是兇手還存有疑點，那麼，想認定楊照酉與凶案有關，除了馬一鳴的感覺，幾乎沒有任何證據，連動機都沒有。比起陳亞非的指紋、鑰匙以及藍箱子這些結結實實的證據，楊照酉那兒是空的。甚至，人人都說他們夫婦感情不錯。

但是，那份感覺，又讓大家都覺得尚有問題存在。怎樣才能從感覺中突破出來，找到證據呢？這件事非常困擾。

根據局長指示，楊高腿好之前，不准來局裡上班。這天，蘇衛便叫了老郭一起，到楊高家去商量案情。蘇衛向楊高完整匯報了他與孔家台死去活來診所的孔白水、與包工頭老趕以及與大提琴手李江的全部調查情況。錄音和筆錄，都一併交給楊高。自己又口述了一遍大抵情況。所涉內容，雖然比馬蘭蘭的郵件豐富了很多，信息量也大了很多，但是，仍然沒有跳出馬蘭蘭郵件的框架。還是在感覺，跡向和現象上，而沒有任何實據。

蘇衛說，我也覺得這些感覺和現象很重要，但我們不能依靠這些東西來下判斷。

楊高沉思好久，他說，這件事是很奇怪。我們沒有任何證據去認定楊照酉與凶案有關，但是各種跡向又很難排除他的嫌疑。蘇衛說，是有這種感覺。但是，如果真與他有關，難道他能做得這麼乾淨？楊高說，我們還是要給他一個假設。假設楊照酉起了殺妻之意，為了讓自己不在現場，那他就要怎麼樣？老郭隨口道，很簡單，買凶呀。楊高說，對。買凶。

蘇衛眼睛一亮，說如果買凶，他的資金變動一定有異樣。楊高說，我們不冤枉任何一個人，但也不能放過有可能的疑點。申請查閱楊照酉的銀行流水，時間就是凶案前後，不超出三個月的賬單。這個行動要絕對保密。蘇衛說，這個我保證。

保密，這是做刑警的基本常識。但是，楊高卻特意追加了這句話。一想到自己無意洩露馬一鳴的動向，而導致馬一鳴受到傷害，蘇衛便追悔莫及。他知道，這恐怕會成為自己人生經歷中的一個把柄，被很多人捏在手裡。他懊惱自己怎麼會大意成那樣，居然不過腦子，便脫口而出。他多麼希望這件事與楊照酉完全無關。如果能洗掉楊照酉的嫌疑，那麼，馬一鳴的傷和死，或許都是一個誤會。為了這個，蘇衛想，他也不能放過任何線索，哪怕他的出發點與楊高的截然不同。

查閱楊照酉在安冬妮命案前後一個月的賬目，很快得到局裡批准。老郭從警多年，跟各家銀行保安部都熟。所以，查閱賬目，仍然是蘇衛和老郭同去。人熟好辦事，出具公文後，流水單很快打印了出來。查了三四家銀行，都有楊照酉的戶頭。有的甚至好幾張銀行卡。在第二家，案發前三天，楊照酉在一周內共給尹國銘劃賬二十萬元，這不是一筆小錢。而在第三家，先看一遍似乎沒有甚麼，但突然，蘇衛發現，有三筆錢，一共兩萬三，在同一時間用三張銀行卡在同一櫃機取出。最重要的是：時間是夜晚十一點四十後。再查這個櫃機地址，居然是梅東三路。

梅東三路，位於青岩城的城鄉結合處，地處偏遠，故而門面便宜，開有很多小商鋪，人多而雜。可是，楊照酉為甚麼會夜半三更跑到這裡來取現金呢？蘇衛對老郭說，這個很可疑。老郭看了一下，亦表示認同。

兩人再次回到楊高家匯報。楊照酉的賬目歸結起來有兩點，一是劃二十萬元給尹國銘，這是巨款，很難想像為甚麼要支付給他這麼多錢；二是夜晚在櫃機取出兩萬五現金。錢雖不多，但時間和地點，讓人覺得有疑點。

楊高說，梅東三路工商銀行這個櫃機我知道。因為這裡四通八達，又比較偏僻，夜裡多次發生過搶劫。他們後來在這裡安裝了監控。對我們來說，沒準有點希望。從表面上看，楊照酉在這裡取現金，應該是當場付現，所以，估計會有同行者。

蘇衛次日一早即去梅東三路。公安局查案，行長很配合，立即讓保安主管調取監控。保安主管說，監控是磁帶的，反復使用，時間這麼久，多半已經覆蓋。蘇衛說，既然是多半，就有可能並沒全部覆蓋是不是？保安組長說，要問一下老魯。老魯即是每天負責監控的保安。

蘇衛跟著他去監控室。老魯卻反問，查甚麼案子？蘇衛說，這個你不必打聽，幫我們找找那天夜裡的監控即可。他遞上一張公文，上面寫有調看時間。老魯說，每天都在覆蓋前面的，有些磁帶，上面也沒註明時間，這很難查。蘇衛嚴肅道，難查也要查。老魯嘀咕著只好照辦。

保安主管還有其他事務，留了蘇衛在那裡一起找磁帶，自己走了。老魯說，蘇警官，那個安冬妮的案子破了沒有？蘇衛略吃一驚，說你認識她？老魯說，我女兒是她的學生。她死了，我女兒特別傷心。唉，好老師呀，怎麼這麼命苦。蘇衛心一動，說我要查的這個監控，跟安老師的命案有關係，希望您能仔細查找，或許對破案有用。但不能告訴任何人。老魯一聽，立即振奮起來，說我絕對每盒帶子都不放過。蘇衛說，那好，那就拜託了。你這邊一有消息，立即通知我。蘇衛留下自己的手機號給老魯。

下午，蘇衛和老郭一起，找到尹國銘。尹國銘對警方找他，似乎並不緊張，很是從容地接待他們，且自我調侃道，我們做保安的，經常被警察找。蘇衛說，想不到尹老闆還兼著保安呀。尹國銘說，餐館其實是我老婆開的，我閒的時候去幫幫忙。有甚麼事可以幫到二位警官？

蘇衛他們坐在尹國銘新開的貿易商店裡。小店鋪面不大，但甚麼都有。尹國銘見蘇衛觀察他的店，忙說，我們只能做點小生意，倒騰一下二手貨。公司垮了，不找點別的活兒，也沒辦法呀。蘇衛說，嗯。今天找你，只是想了解一下馬一鳴的情況。尹國銘似乎有點驚訝，說了一聲馬一鳴？誰是馬一鳴？說完他似乎在想這是個甚麼人？蘇衛說，馬一鳴是個裁縫，曾經在工地上幹活。因為他自殺了，他的女兒向警方投訴，說他在工地受了欺負，又被人搶劫，想不通就自殺了。

尹國銘彷彿想了起來，說哦，是有這麼一個人。他自殺了？就為我們公司炒了他的魷魚？蘇衛說，你們公司為甚麼炒他魷魚？好像聽說他並沒犯甚麼事吧？尹國銘說，哦，好像老闆說，聽人舉報，說他是記者派來的臥底。蘇衛說，你們公司為甚麼這麼怕記者？尹國銘笑道，老闆們嘛，都神經脆弱，生怕記者上來找碴子。這麼大個樓盤，想要找碴子，也很容易。蘇衛說，你們老闆也怕記者？尹國銘說，楊老闆天生一個豪爽人，他膽子大，談不上怕，但是我們公司背靠著倚天公司呀，倚天的林老闆謹慎過人，說是多一事不如少一事，我們自己做好就行了。所以他要求不准記者到工地採訪。不過，你們去看看，哪家工地都不會歡迎記者的。蘇衛說，是呀，楊老闆的豪爽，我是知道的。尹國銘說，那是。我跟楊老闆也是知根知底的人。以前都是工友。你看，我兒子，白血病，我急呀。家家都只一個娃，娃沒了就斷了根。人家楊老闆二話不說，要錢給錢，要人給人。蘇衛說，哦，尹老闆的兒子得了白血病？尹國銘說，是呀，還好，找到了配型的骨髓，這一花下去就是大幾十萬，沒有楊老闆的支援，我兒子怎麼看得起病？所以為了這筆錢，我就得拼命做生意，慢慢來還。蘇衛說，也真不容易。你們打了那個馬一鳴嗎？尹國銘說，沒有，怎麼可能打呢？他那麼瘦小，可能保安在趕他走的時候，吼了幾聲，都是幹粗活的人，說話可能不雅。那個小裁縫真的自殺了？就為這點事？蘇衛說，他被人打斷了雙腿，沒幾天就自殺了。他女兒投訴，警方也得了解情況。那幾個保安都是誰？尹國銘想了想，說這個可記不清。因為我們二十四小時轉班。人員是不斷更換的。蘇衛說，嗯，如果查明了，麻煩告訴我一聲好嗎？你們應該有記錄吧？尹國銘說，有有有。我回公司去找一找。這一回折騰，公司恐怕都快倒閉了。蘇衛說，楊老闆在忙甚麼呢？尹國銘說，炸這麼大一個樓盤，得多少善後的事啊。他比我們辛苦。蘇衛說，那倒也是。

楊照酉給尹國銘的錢，顯然有充分理由。老郭為此事專門去醫院調查了一下，果然尹國銘的兒子得白血病。老郭說，得這病，就是無底洞，多少錢都耗得進去。這楊老闆當得真是沒話說。

蘇衛和老郭議論，覺得是不是小裁縫太敏感了？並且把這種敏感傳遞給了李江、老趕甚至他們這一眾人？

這個想法，他們只持續了不到兩天，便全然改變。

這個改變，來自老魯的發現。老魯打來電話，說為了能幫上忙，他天天盯著盒帶，差不多甚麼事都沒幹。竟然找到了那天的錄像。不知道你們要甚麼，你們過來看看，那天二十四小時的內容，都在。蘇衛連忙跑去，把標記著晚上11點到12點的帶子取了回來，自己沒來得及看，直接叫了老郭，兩人趕到楊高家裡。

在楊高家，他們把盒帶快進到晚上十一點四十。很快就看到了楊照酉同一高一矮兩個男人到櫃機邊。正如楊高所料，楊照酉每取一筆錢，就交給身邊的高個男人。三次取款，動作幾乎一樣。取完錢，三人一起離開。時間很短，但卻很清晰。老郭訝異道，這是甚麼人呀？楊高說，查！蘇衛說，既然跑到梅東三路去取錢付現，想必不是偶然。這兩人或許就住在那一帶，我明天到銀行去問一下保安，看他們有沒有見過這兩人。楊高說，嗯，這是個合理的推斷。

蘇衛一早到辦公室，將視頻中的兩人定格，打印出圖片。他抹掉了楊照酉的臉，帶著圖片到銀行。蘇衛一見保安主管，拿出圖片，開門見山，問他是否見過圖片中的二人。保安主管說，他倆呀，太熟了，這不就是大毛和元子呀。蘇衛有點驚訝，說這麼熟？保安說，他們就在斜對面開了家攝影社，離得近，存錢取錢，都在我們這兒，隔三岔五就過來了。他們犯案？不會吧，這倆是老實人哩。蘇衛順著他手指的方向，說別瞎猜。哪一家？保安主管說，喏，那個藍色門面，寫著「萬全攝影室」。

蘇衛立即穿過馬路，快步去到萬全攝影室。攝影室開著門，裡面有兩個年輕人正坐在電腦前。正是監控中的兩個。見蘇衛進來，小個子立馬上前，說您好，請問有甚麼業務要做？蘇衛先亮出自己的證件，兩個人都顯示出驚訝的神情。蘇衛先拿出安冬妮的照片，說見過這個人嗎？小個子立即回答道，這是安老師。大個子隨之一看，也回答道，是安老師。她怎麼了？

蘇衛對他們的回答有點驚訝，覺得他們是很自然很隨意的反應。蘇衛說，你們不知道？她被人謀殺了。兩個人都大驚，大個子立即高聲道，一定是她老公殺的。我就知道那個楊老闆不是個好東西。絕對是他下的手。小個子亦說，是呀，那個王八蛋太狠了。

蘇衛聽到他倆的話，簡直有五雷轟頂之感。他們說得是這樣直截了當，毫無懷疑。蘇衛頓時覺得這背後真的是有大貓膩。

蘇衛鎮定了一下，說你們知道甚麼，請告訴我。

大個子便將蘇衛帶到內室，倒了一杯水，坐下來，然後，把安冬妮找他們捉姦以及楊照酉跟蹤到此，買走磁帶的事，詳細地說了一遍。

蘇衛聽罷，心想命案的源頭大約在此了。大個子說，楊老闆出的價對我們這樣的小店，還是很有吸引力的。很慚愧，我們背叛了安老師。但是，當時也有另外的想法，就是捉姦這種事，畢竟傷害家庭，楊老闆不願意家醜外揚，似乎也可以理解。只是，我想不通，磁帶已經毀了，他還犯得著殺老婆嗎？

他的話在蘇衛心裡蕩了一下。蘇衛說，你確認完全毀了？安冬妮完全沒有證據？大個子說，確認。因為我們甚麼都沒有給安老師。楊老闆付完錢，我們便將磁帶給了他。他當著我們的面銷毀的。這事對楊老闆來說，化成灰肯定是最好的方式。安老師是他殺的嗎？蘇衛說，沒有證據，不能認定。用你的話說，磁帶已經銷毀了，他也犯不著殺人。大個子說，但他相當凶狠。當著我們的面，打了安老師一嘴巴。那個小三，也非常浪。這種男人，真是！安老師比那個小三要文雅多了。蘇衛說，把你們去的地址寫給我。小個子突然進來，遞過一張紙說，當初我們跟安老師簽的合同還在這裡，上面有地址。

蘇衛接過來，看了看，然後說，暫時不要對任何人說這件事。兩個人都連忙點頭說，保證不說，保證不說。

在梅東三路，蘇衛沿著雜亂的店鋪朝他的車走去。他心裡的亂，似乎比先前的線索更甚。案子看似有了新的眉目，但這眉目卻仍然剪不斷理還亂。他覺得自己有點累，上了車，給楊高打了一個電話，大致講述了這一情況。蘇衛說，看上去，楊照酉也有一點殺妻的理由。只是，他已經銷毀了磁帶，還有必要冒這個風險嗎？楊高說，你說得對。所以我們還不能斷定命案就是楊照酉做的。就算他有外遇，可以離婚，不必殺人。蘇衛說，我好累。楊高說，那就回家休息吧。

58、他們可真有辦法

蘇衛內心的天秤，一頭是楊照酉，一頭是陳亞非。這天，天秤上的楊照酉第一次沉到了低處，而陳亞非那頭，卻微微地翹了起來。可是，比楊照酉沉落得更低的，是他的心。他那樣想立功的，那樣想自己獨立地辦一個大案。結果，卻在他自以為是的判斷中，疏漏這麼多細節，幾乎誤判。

回到家，蘇衛倒頭便睡。他感覺自己坐在某個房間裡。房間的桌上，放著一隻藍色的小箱子，四隻黃色的角以及上面的鉚釘都格外醒目。蘇衛想，咦，它不是在局裡嗎？怎麼到這兒了？一個女人走了過來，她用鑰匙打開箱子，拿出裡面的筆記本，一邊唱歌一邊記錄。又拿出一個首飾盒，取出一隻鑽石戒指，她把戒指戴在了手上。然後關上箱子，唱著歌，朝外走，走到門口，回頭朝蘇衛笑了笑，蘇衛驚訝地叫了一聲，安冬妮？女人在他的聲音中，轉身而去。

蘇衛驀然醒來，原來這只是一個夢。

一早到辦公室，鑑定科的人送來一張鑑定單，讓蘇衛轉給楊高，說是楊高再次做了些指紋鑑定。蘇衛看了一下鑑定結果，其中有兩條，讓他出了一身冷汗。一是安冬妮家的門把手上有陳亞非的指紋，但同時也有針織物的痕跡。顯然有人戴著手套開門入室；二是放在陳亞非家的鑰匙上，有陳亞非的指紋，但卻沒有針織物的痕跡。

蘇衛看著這些文字，發呆。他想，如果陳亞非是兇手，這個過程必然是：陳亞非當晚在安冬妮家喝過茶，深夜離開安冬妮家，知道她獨自一人，便在她睡著後，又戴著手套，用安冬妮放在他家裡的鑰匙，開門入室，爾後動手殺人。門把上既有陳亞非的手印，又有針織品痕跡，應該說得過去。但是，既然戴了手套，鑰匙上就不可能完全沒有針織品的痕跡。陳亞非不太可能摘下手套，用鑰匙打開門，再戴上手套，轉動把手。這種動作，說不過去。這個指紋鑑定，幾乎可以成為陳亞非不是兇手的確鑿證據了。

蘇衛拿著鑑定，匆忙趕去楊高家。他剛坐下，老郭也趕了過來。老郭提供了一個新的情況。這兩天，他到電信局去查看楊照酉在命案當天的往來電話，尤其是晚上的電話。其他都還正常，多是他平時的工作電話。但是在凌晨兩點左右，有一個電話打給了楊照酉，這個時間恰好在安冬妮死後不久。他剛剛查到了這個電話號碼的位置：永新路拐角電話亭的公用電話。這條路距安冬妮所居住的宿舍小區後院只有一百多米。而後院，他們以前查過，那邊有一處牆下，堆了建築垃圾，很容易翻越。

蘇衛跳了起來，驚道，這個人，會是兇手？老郭說，不知道。但是，按常理，我們可以推測，這人就是兇手。而他是受楊照酉指派。時間地點，不會那麼巧合。楊高說，推測有用，但到底不是證據。

蘇衛也講述了他在萬全攝影室調查的詳細過程。並拿出了安冬妮與萬全攝影室所簽合同。老郭說，這麼說來，楊照酉殺安冬妮也是有動機的。

楊高搖搖頭，說還是推測。我們基本上可以排除陳亞非是兇手的嫌疑，卻不能認定楊照酉就是兇手。我們不能錯了一次再錯一次。楊照酉有外遇，他完全可以離婚。他是成功人士，政協委員，企業老闆，既有錢又有地位，況且他的把柄也已經被銷毀，他完全不必為一個外遇去冒如此風險。同時，也因為他有那麼多社會身分，我們更要謹慎。老郭說，是呀，有了相好，也犯不著殺老婆啊。這種事，一般來說，或者用錢，把外遇搞定，或者用錢，把老婆搞定。老闆們不外乎這兩種做法，方式卻只是一個，就是花錢。我聽他們說，百用百靈。

下一步怎麼做呢？蘇衛去調查楊照酉租住的白梅湖水岸小區，看看那個小三還在不在。老郭去電話亭的路邊人家調查，看看有沒有人在那天見過半夜在電話亭打電話的人，又或路邊商鋪，哪家裝有安全監控。但是，這兩條路徑，都顯得很渺茫。小三能講實話嗎？她能說出些甚麼呢？而大雨滂沱的半夜，有誰會站窗口向外張望？路邊皆小商鋪，怎會有人家會安裝監控？

無論楊高，又或蘇衛老郭，都知道這兩個調查，意義不大。

其實偵查卡殼，在警察也是常有的事。雖然已是習慣，但這一次，蘇衛的心情一直微妙而複雜。他從不服氣而努力尋找線索，以證實自己並沒失誤。但是在這個過程中，他越來越感覺到馬一鳴最初的直覺並非是他個人敏感。待到蘇衛得悉安冬妮捉姦事宜後，他已基本顛覆了自己的認定。想法業已傾向陳亞非不是兇手。錯誤認定錯誤抓捕，都來自他的判斷失誤。要減輕自己的錯誤，他唯一可做的，就是以更大的努力查找真凶。他也要為自己的錯誤付出代價。

果然，蘇衛找白梅湖水岸小區那間楊照酉曾經租過的房子。房東說，他們其實只租了三個月而已，早已退租搬走了。老郭那邊，也同樣沒有任何線索。畢竟凌晨兩點多，誰會沒事看電話亭呢？唯一的是有個從網吧回家的年輕人，看到一個穿雨衣的人在那裡打過電話。完全沒有看清是甚麼樣的人。這樣的線索，等於沒有。既有電話，自然會有人打，下大雨穿雨衣也很正常。沒有看清人面等於甚麼都沒有看到。如此而已。

但是，也並不是完全沒有收獲。那天趕走馬一鳴的幾個保安，也找到了。他們的回答幾乎異口同聲，都說他們只是不讓馬一鳴進來，並沒有做甚麼，可能態度有點不太好。馬一鳴膽小，大概被嚇著了。蘇衛在問詢時，突然對一個他覺得性格溫和的保安說，你這件白條紋襯衣我挺喜歡的。保安有點驚喜，說真的嗎？蘇衛說，我平時不太喜歡白色的，但是這件不錯。我更喜歡穿藍色條紋的。保安說，哦，我知道，我們尹總管也喜歡穿這樣的。不過，我嫌顏色太深了。蘇衛說，尹國銘總管？他也是藍色條紋控？保安笑道，是呀，他經常穿。不過，他盡買便宜貨，我這件是正牌的。

現在，他們知道，馬一鳴沒有說錯，毆打他的人，與工地保安有關，與尹國銘有關，自然，也與楊照酉有關。畢竟，馬一鳴跟尹國銘完全沒有關係。

難道，他們真的在害怕馬一鳴尋找證據嗎？而殺死安冬妮的理由又是甚麼？

局裡認真聽取了楊高和蘇衛的匯報，層層審批後，儘管真凶尚未找到，但局裡認為既然作為嫌疑人的陳亞非已經洗清嫌疑，應批准釋放。為了不驚動真凶，陳亞非暫時轉移到郊區一處對外保密的白梅山休養所先行休養。楊高因為岳父患病住院，夫人要帶著孩子住到娘家，以便照顧父母，他獨自在家，腿傷未愈，吃住不便，也申請同去休養所休息幾日。對此，局裡也給予了特批。

休養所在白梅山的另一處山谷裡，與緊挨城邊的白梅湖有些距離。這裡空氣新鮮，風景優雅。除了警方特殊人員，幾無閒人。

陳亞非被帶來這裡來的第一天，並不知情。在一間小的會議室，分管刑偵的副局長，向他傳達了案情偵探的初步情況，對於誤抓他，表達了歉意。並表示根據法律，他可以進行提出國家賠償。此外，由於真凶尚未落網，還需要請他配合，為此，安排他在此休養，暫不露面。

陳亞非淚流滿面。他表示，自己能被洗白已是幸事，只是幾近一年時間，他已家破人亡，又怎是金錢所賠可以彌補的？至於配合工作，是他作為公民的本分。逃過了一劫，他已經不知道應該說甚麼才是。目前他也了無去處，願意聽從安排，留在此處配合警方繼續尋找真凶。管刑偵的副局長說，相信政府對他有更好的安置，警方會去他的工作單位公開道歉，並要求不影響他今後的任何提拔。至於家庭方面，他們也會盡全力去解釋。陳亞非冷笑了一聲，說家庭？

其實，對陳亞非更大的打擊，是來自楊高的消息。分管局長走後，楊高告訴他，馬一鳴在被人打斷腿大約不到半個月，便已自殺身亡。儘管陳亞非知道馬一鳴業已活不多久，但聽到他的死訊，他仍然傷心到幾近崩潰。

沒有人可以勸止得了，也沒有人可以有能力給予安慰。楊高只能坐在旁邊，聽任他的嚎啕。蘇衛在陳亞非痛不欲生的哭聲中，也幾欲崩潰。自己無意的閒說，居然對那麼多人造成傷害，這是他過去三十年生涯從未想到過的事。他自責到對自己的痛恨。楊高似乎看了出來，低聲對他說，要扛住，這些我們都經歷過。

楊高的語氣很堅定。這聲音像一根大樑瞬間把蘇衛的內心支撐起來，讓它有了可以呼吸和調整的空間。蘇衛努力地振作自己，然後低聲對他說，我先回去。楊高說，回去休息一天，案子的事，不能太操之過急。

出門遠離了那慘烈的哀嚎，蘇衛似乎有了一些鬆弛，他站在空曠的山谷裡，深深地呼吸了幾口氣。他明白，人世間有很多事情，他還需要從頭學習。

返家途中，他繞到了白梅山湖苑原址。想看看那個現場如今會成怎樣的。白梅山前，已然消失了壯觀的高樓群，面朝白梅湖的山體顯露出它原來的容貌。正值初夏，山上的樹，綠得泛出油光。爆炸後的建築垃圾也都消失不見，他想像中的廢墟場景，完全不存在。曾經圍在工地的圍欄，也被全部拆除。幾個工人在扒平渣土。蘇衛有點驚訝這個速度，問工人，建築垃圾怎麼這麼快就清理完了？工人說，工程師把以前的廢礦井口找到了，用炸藥把井口炸開，然後把建築垃圾全部填了進去。蘇衛想，他們可真有辦法呀。

想到這個，腦子裡又浮出李江和老趕的議論，他們在蓋這房子時，就好像知道這房子絕對不會住人。

第十八章

59、再次夢見小箱子

蘇衛再一次回家倒頭就睡。這些天內心的沉重，壓得他有點喘不上氣。他渾身的疲憊甚至比他在學院萬米長跑來得更為深切。這天夢裡，他再一次夢見了那隻藍色的小箱子。但是，沒有女人走過來。小箱子就擱在桌子上，在暗黑中，一忽兒放著藍光，一忽兒放著黃光，就連銅鉚釘，都閃著細細的光線。它們一閃一閃，時而微弱，時而刺眼。攪得蘇衛心煩意亂。他想拿東西，遮擋那些騷擾他的光線，突然，就醒了過來。

此時的天，剛剛有點微光。桌子上空空蕩蕩，甚麼都沒有。一個聲音在他的耳邊縈繞：這樣的筆記，她為甚麼要放在箱子裡？這是楊高說過的話。

蘇衛霍然而起。他想，這句話其實被他聽進去了，它們一直深伏在他的潛意識中。這就是他連續夢到藍色小箱子的原因。是呀，這樣隨便的記事本，為甚麼會與那些貴重物品一起放在小箱子裡呢？

早上，一到辦公室，蘇衛便接到楊高電話。楊高說，昨晚上，他跟陳亞非聊了很久，陳亞非突然想起，安冬妮似乎跟他說過，她在銀行有一個保險箱。楊高說，既然有保險箱，就必然有鑰匙。以安冬妮的做法，她不可能把鑰匙放在家裡。或許還是在那個箱子裡。

蘇衛一下子想起自己的夢。他立即到鑑定科，重新尋找。他居然看到自己夢中見過的首飾盒。他打開盒蓋，甚至看到夢裡的那隻鑽石戒指。他有些驚訝，心想，恐怕是之前清理時，這隻鑽戒給他留下深刻印象。他取下戒指，舉起來，對著燈看了看，覺得真是漂亮。在放回戒指時，他驀地覺得戒指盒另有東西。撥開盒內包裹著絲絨的海綿內墊，讓蘇衛大為意外的是：他看到一把鑰匙。它正像是一把銀行保險櫃的鑰匙。

蘇衛想，有鑰匙，就必有密碼。那麼，安冬妮有可能把密碼放在哪裡呢？蘇衛想了想，把五本筆記本借調出來。回到辦公室，他叫了老郭，遞給他這把鑰匙，告訴了它的來歷。老郭說，這絕對有問題。一定是置放了重要東西，不然沒必要隱藏這麼深。

重要的東西會是甚麼呢？兩個人都在推測，卻似乎完全沒有方向。蘇衛說，查吧。說話間，當即把青岩城幾家銀行，按安冬妮經常活動的地理位置一劃分，分別行動去了。

下午四點左右，老郭在一家中國銀行查到安冬妮有一個存摺，而蘇衛則在一家建設銀行查到安冬妮在那裡租了一個小號保險箱。這家銀行距她所工作的藝術館有三站公交車路。他諮詢銀行保險櫃負責人，對方表示，沒有密碼，他們不能擅自開箱。

蘇衛當場給楊高打電話，楊高亦很興奮。他讓蘇衛先回家，他會親自跟局長匯報，看看可否協調此事，畢竟是命案的關鍵線索。

晚上，蘇衛有些亢奮。躺在床上，各種想法，不時切斷他的睡意。他想，新線索的出現，給了他機會。如果能有機會修正自己的失誤，那麼，最終結案，他將要面對的處罰，可能會輕許多。他是完全可以「戴罪立功」的。他又想，安冬妮會不會把她保險箱的密碼記錄在那幾個筆記本呢？安冬妮曾對陳亞非說，一旦她出了甚麼事，小箱子不要給楊照酉，而要交給她的弟弟。以安冬妮的處理事情的方式以及她的謹慎和防範心理，她如有秘密，一定希望自己的弟弟有一天會知道。如此，她就不可能不把密碼留下。這個密碼，或許也正是在箱子的某處。蘇衛有了這個念頭，突然間，睡意全無，他翻身而起，迅速出門，開著車，重新回到辦公室。

辦公室的櫃子裡，有他借調出的五個筆記本。或許，秘密正在裡面。他一本本翻閱，在特殊的時間或是特別的事情上，他會看得特別仔細。有時想，安冬妮只是個鋼琴老師，她不會像間諜一樣做事。但是，他又會推翻自己的某種想法，覺得安冬妮或許跟她的弟弟有某種小秘密，別人不知道，可是她弟弟卻很容易獲悉。是否需要跟她的弟弟聯繫一下呢？案情中，安冬妮的弟弟安冬爾從未出現，因為他姐姐被害時，他在醫院正要動手術，無法前來中國。除了楊照酉，沒有人知道他的聯繫方式。但是，現在怎麼可能再去找楊照酉呢？

蘇衛一邊胡思亂想，一邊翻閱筆記本內有可能的疑點。安冬妮母親日記本，記錄到她死的前一天。在這一天的後一日，寫著五個稚嫩的字：今天，我死了。

五個字，很簡單直白，但卻讓蘇衛震撼。他想，恐怕是安冬妮所寫，於是長嘆一口氣，合上日記本。在他將日記本朝旁邊置放時，突然發現日記本的硬殼邊緣有些異樣。他定睛一看，似乎是被裁開又被粘起來過。他找了把小刀，輕輕挑開來，在硬殼的夾層裡，他發現一張紙條：冬妮冬爾，對不起，媽媽走了。你們可以去找爸爸，他的地址是：武漢武昌區水果湖張家灣二路14號。地址下，有一行孩子的筆跡，上面寫著：媽媽，我們永遠不會去找他。

冬妮冬爾。「冬爾」二字，寫得歪歪倒倒。

蘇衛心動了一下。他把每一個筆記本的硬殼邊緣都仔細看過。在他觀察到第三本時，他又發現了被動過的痕跡。這是安冬妮的鋼琴教學記錄，筆記本硬殼上的痕跡，像是新粘連沒多久。蘇衛心裡一陣狂跳，他再次用刀挑開硬殼，又一次發現紙條。上面有一排字，寫著：「冬爾，記住我的生日，不管多忙，都要給我買一束花，唱你小時候最喜歡的歌為我祝福。」生日下面打了兩個重點符號。

蘇衛看了一下時間，覺得楊高此時應該沒有休息，便給他打了一個電話，把他的尋找和發現一一作了匯報。楊高說，這是一個重大突破。保險箱裡一定有重要東西。你明天和老郭先去銀行用安冬妮的生辰日期作為密碼，打開保險箱。裡面有任何東西，都先取出來，走前還是按規矩帶公文。蘇衛說，好。

這一夜，蘇衛沒有回家，他就呆在辦公室裡。

老郭也來得挺早。因為楊高已將此事向局裡匯報，兩人便迅速辦理手續，下午即去到銀行。進了保險庫，蘇衛拿出事先抄寫好的安冬妮生日，以此作為密碼開箱。但是，無論他怎麼變化，仍然打不開保險箱。蘇衛希望銀行工作人員，能協助開箱。工作人員卻表示，他無此權限。因為有公安局文件，已經免了身份證，但是他無法提供密碼。

蘇衛當即給楊高電話，楊高有點急，說我相信這裡面一定有重要東西，無論如何，要設法解開密碼。蘇衛說，我們再回去研究一下她的筆記本。

出了銀行，走在馬路上。蘇衛和老郭都有些沮喪。這是繁華的百子街，店鋪挨著店鋪。流水一樣的車輛和流水一樣的行人。

路邊一家蛋糕店裡，幾個小學生在吹生日蠟燭，嘴上還唱到：祝你生日快樂！非常天真，非常開心。蘇衛被這聲音所吸引，他在門口站了一會兒。心想，我們這麼努力，就是為了讓你們這麼幸福。

他們駐足了一會兒，老郭一旁說，走吧。正欲離開時，老郭隨著孩子們哼著生日歌的旋律，他的聲音深厚而低沉。突然，蘇衛心裡像是有一盞燈亮了。他拉著老郭說，安冬妮為甚麼要在生日兩個字下打上重點符號呢？她是學音樂的，她有沒有可能是用生日歌的旋律作為她的密碼？老郭說，你這腦子，靈光啊。兩人又掉頭返回，再次進入銀行。

60、心驚肉跳的聲音

蘇衛和老郭聽到鑰匙轉動的聲音，都很激動。安冬妮在銀行的保險箱，終於打開了。裡面只有一個信封。信封裡是一盒磁帶。一張信箋包裹著磁帶。信箋上寫著：如果我突然死了，殺我的人一定是楊照酉和林松坡。聽了這個磁帶，你們會知道原因。

蘇衛倒吸一口冷氣，老郭大驚道，林松坡？倚天的老闆？怎麼回事？

蘇衛沒有去辦公室，他讓老郭先回家，自己則直接奔到白梅山休養所。闖進楊高房間時，楊高正在打電話讓小部明天一早過來接他。見到蘇衛，他立即說，你不用來了，蘇衛已經到了這裡，我搭他便車回來就是。放下電話，他見蘇衛一臉緊張，而這緊張中又有興奮，忙說有了？

蘇衛遞上信封，說看這個。楊高說，裡面一定有重要東西。蘇衛說，你打開再看。楊高從信封裡拿出磁帶，然後他看到了包在磁帶上的信箋。楊高一臉愕然，說林松坡？那個倚天公司的老闆？蘇衛說，是呀。顯然安冬妮有預感。可是，會有甚麼樣重要的事，可以讓她預感到對方可能殺掉自己呢？

其實，蘇衛一路上都在想這個問題：為甚麼會涉及林松坡？作為一個成功企業家，他為甚麼會讓安冬妮覺得危險？甚至已經預料到自己有可能會被謀殺？驀然間，他想起李江和老趕的話：他們好像在蓋房子時，就知道這些房子不可能住人。那麼……蘇衛覺得自己有點不敢往下想。現在，他把這個問題交給了楊高。

楊高想了想，說馬上聽。正說時，住在隔壁的陳亞非和服務員一起過來，問要不要送飯來吃。這兩天，楊高都是和陳亞非一起吃飯。楊高說，今天我這裡要兩份飯菜。亞非，你一個人先吃，我們有點公務。服務員問，甚麼時候送來。楊高說，一個小時後吧。

蘇衛車上帶有便攜錄音機。他下車時，已將之拿到楊高房間。兩個人開始聽錄音。初始有一小節鋼琴聲，當琴聲中斷，有人講話時，尚且有些雜亂。他們聽出來，有一個人的聲音是楊照西的。根據對話，可以推測是四個人。慢慢地，只聽到一個人的講述。這個聲音說：先說明，第一，必須嚴格在法律的框架內做事；第二，絕不傷害任何一個人，只是賺錢，同時也不讓任何一個朋友或是客戶吃虧。這兩條是這個策劃案的最大前提；第三，在座四人，利益共享，所以必須絕對保密。有一處地方出現問題，就玩不下去了。

楊高和蘇衛被這個開場白弄得摸不著頭腦。蘇衛說，這個像是林松坡的聲音，我在售樓處聽過他講話。楊高說，遵守法律，不傷害他人，這不是很好嗎？第三點是甚麼意思？

但是，當他們用了四十多分鐘聽完林松坡所陳述的全部計劃，以及後面所有部署時，用震驚一詞已經完全不足以形容楊高和蘇衛的感受。蘇衛不禁破口大罵，他媽的，這簡直太瘋狂了。他們怎麼敢？！

蘇衛此時方恍然：老趕所說白梅山湖苑樓房質量太差，這個謎底原來在此。

楊高的臉鐵青著，嚴峻得像凝固一般。他無法想像，竟然有這樣的一群蛀蟲。他們已經是這個社會的獲益者，成功者，但是他們的貪婪，遠超常人想像。蘇衛憤怒得來來回回走著，連連說，怎麼辦？怎麼辦？

服務員再次敲門，將飯菜送了進來。楊高說，先吃飯。蘇衛說，我完全沒有胃口。蘇衛想，這樣看來，他們顯然獲悉安冬妮聽到他們的計劃，趁她尚未對外說時，搶先殺人滅口？

服務員一出門，楊高立即打電話給老郭，讓他連夜調查，與倚天公司密切有關的高層人員中，哪一位姓劉，哪一位姓陸。然後又給局長和分管刑偵副局長打了電話，希望他們馬上趕到白梅山休養所，有重要案件，必須加急。

兩位局領導匆忙而來。楊高和蘇衛剛剛吃完飯，飯間，他們甚至一句話都沒有說，心情沉重到無語。

服務員收拾好餐桌。局長急問，到底出了甚麼事？楊高沒有直接回答，只是拿出盒錄音帶，把它是怎麼得到的過程匯報了一遍。然後說，二位領導，要知道真相，聽錄音吧。

楊高和蘇衛又聽了一遍，此時他們的心境，已比剛才平靜。蘇衛知道市裡很多領導都在那裡買了房。這一事件，太過惡劣，牽涉到的人，上上下下。後面將如何處理，他覺得自己無力想像。只是，他想，靠了多少人的合力，才能把這件事做成呢？居然設計得這樣完美。

錄音的最後一句是：「一旦記者進入調查過程，我們」，磁帶在這裡結束。後面的內容，他們不知道。但是，僅僅這四十多分鐘的錄音，也足以讓兩位局長心驚肉跳。

局長和副局長都在白梅山湖苑買了一套房子。他們是按六折的價格購買的，政府退賠時，支付的是原價，因為銷售處的記錄寫的原價，並沒有註明六折。兩位局長的夫人都很高興，覺得雖然有山有水的房子沒能住成，但是這筆錢比存進銀行還是要合算很多很多。見到市府領導時，他們也都稱讚說這次政府承擔損失，沒有引起更大的鬧事，真的是起到了人民政府為民做主的責任。現在，聽到了這份錄音，他們的心比楊高和蘇衛更加沉重百倍。他們已然明白，自己在無意中也落入他人的圈套。只是，整個青岩城，還有多少人在這個圈套之中呢？一旦披露出來，這將又是一個多麼大的丑聞？非但整個城市都將成為人們的笑話，而其中打折購房的官員們，亦都會在這個笑話中難以抬頭。而且這個笑話或許會延續百年千年。他們這屆的所有官員們，能夠承擔得起嗎？

局長也急了，當即打電話給局黨委書記，要求立刻開局黨委會，就在白梅山休養所會議室裡。同時，局長對楊高說，抓捕行動，暫不要實施。對嫌疑人，進行秘密監控。要抓，四個人，或許還不止四個，一起抓，所有參與者，一個不能漏。不然抓了一個，其餘的，就會逃跑。至於磁帶一事，局長要求楊高和蘇衛嚴格保密。一旦洩露，將追究二人的黨紀警紀責任。楊高和蘇衛知道事情的嚴重性，當即表態，絕對嚴守秘密。

局長和副局長都去了會議室。楊高當即通知刑偵隊幾個骨幹，讓他們馬上去辦公室，他要召開緊急會議。當晚，蘇衛攙扶著拄著拐的楊高，驅車前往局裡。楊高讓副隊長，率六人，明日一早，搭早班機前往深圳。抓捕對象，等他們到了深圳，另行通知。蘇衛和老郭，留在了青岩城，他們負責緊盯楊照酉，屆時同時行動。

但是，讓他們驚愕的信息，一大早便傳了過來：林松坡早在半年前就移民美國，而楊照酉也在半個月前出國，目的地，也是美國。涉嫌的劉姓和陸姓兩位，都查到了，只是他們走得更早。一個去了加拿大，一個去了澳洲。他們的財產，幾乎全部轉移到國外。

整個一天，楊高都頹然地坐在辦公室裡。任何人跟他說話，他都沒有好語氣。這應是他人生中最暗黑的日子。他的失敗感，讓他欲哭無淚。準備去深圳的一行人，尚在半路，即接到全部返回的通知。因為，那些人，他們無法抓到。

更大的痛苦和難堪，還在後面。

這是蘇衛發現的。他花了三天時間，將整個白梅山湖苑樓盤的開建到爆出廢礦的全過程梳理了一遍，將所有涉及人員，列成表格，然後，一一去作了一番調查。他的結果是：

白梅山湖苑樓盤總策劃人、倚天公司老闆林松坡，春節後，出國；

負責地質勘探並簽出合格證的地質勘探公司總工程師葛松明，已癌症病死，其家屬，全部出國；

葛松明的助手牛季，在出具合格證後，當年即全家移民；

施工公司的法人代表，即四人中的陸姓者，叫陸奇偉，已移民加拿大；

施工總監理，即四人中的劉姓者，春節一過，即去澳洲；

透露廢礦信息並參與調查小組的李礦長，叫李志宇，春節後，再次去到美國，這次他辦了移民手續；

撰寫調查報告的女記者，叫吳春，春節後，赴美留學；

參與策劃並負責裝修的松照裝飾總經理楊照酉，在處理完所有事務，五月即出國，他也辦了移民。他走得最晚。

所有樓盤關聯者，無一留在國內。

這些信息，讓局裡所有知情官員和楊高，沉痛了許久。局長私下跟楊高說，都新世紀了，這樣子犯案，倒讓人覺得像是在世紀末。楊高說，爛土之上，甚麼樣的毒果子都能長出。它還管你甚麼世紀！

楊高是做事的人，他很少發感慨，尤其這樣的憤慨，他心裡很多的想法，被這一事件顛覆掉了。一夜之間，他的頭髮白了一半。

蘇衛的工作是偵破安冬妮命案。他重新撰寫了此一命案的結案報告。蘇衛認為：安冬妮偷聽到他們的計劃，並且暗中作了錄音。但她卻不小心把自己聽到的事情透露給了楊照酉。蘇衛推測，恐怕是安冬妮得悉楊照酉有外遇，兩人爭吵時，無意洩露。因為，安冬妮的死，是在她抓姦楊照酉僅三天後。這個洩露，導致林松坡、楊照酉一伙為保證自己的計劃成功，決定滅口。他們有計劃地詐騙國家的錢財，並且有計劃地撤離。致使此一命案中包含兩案。目前，無法鎖定兇手，甚至連毆打馬一鳴的人，儘管已經查明其中一人，卻因馬一鳴的死亡，亦無法確認。

安冬妮命案，已成懸案，白梅山湖苑詐騙案，亦成死案。蘇衛將所有涉案人員，製作成表格。按照他們的職務以及現狀，一一填寫。在撰寫的過程中，他的心裡充滿痛苦。這份痛苦，令他內心無比糾結無比矛盾。他才知道，世界原來是這樣的。跟他以前從書本上讀過的那些，全然不同。

交完報告的第三天，局領導找蘇衛談話。談話人依然是分管刑偵的副局長。副局長說刑偵大隊也打了報告，錯抓陳亞非，本應該給蘇衛一個處分，但因他在白梅山湖苑事件上立了功，使這起惡性事件真相暴露。所以將功折過，功過相抵。不處分也不獎勵。蘇衛知道，這一定是楊高的意見。

蘇衛突然發現，自己對獎勵或是處分，都無所謂了。

那份錄音交上去後，聽說，局裡又交到市裡，市裡再交到省裡，然後便沒有了音訊。從此，白梅山湖苑事件，就像是淹沒在白梅湖裡，不再有人提及。

這天，又是大雨，蘇衛到被老鄉拉到明月清風茶寮喝茶。站在湖邊，他突然想起兩年前的一個大雨天氣。那天的上午，有人淹死在白梅湖裡。局裡派他到湖邊一帶看守，如有市民試圖走湖邊小路過橋，必須攔截。這期間，不停有人想要涉水而行。他突然記起，想要過橋的人中，有一個人是裁縫。他說他要去鄔家墩做衣服，與鄔三婆約好了的。蘇衛想，這個人會不會就是馬一鳴？

每一個見過馬一鳴的人，都說他是個沒用的人。蘇衛想，這世上，那麼多被公認為有用的人，他們幹的事，卻常常無用；同樣，這世上，被所有人認定無用的人，其實他在有用的時候，人們往往不知而已。

悲傷和憤怒，都會在時間中流逝。時間一天都帶走一點，突然之間，大家發現，悲傷已然走遠，憤怒離得更快。這是件沒辦法的事。活著的人，總是只能面對自己眼前的生活。而忘記比記住輕鬆得多。

只是，孔家台的時間卻如凝固。一切都與以前一樣，幾乎不變。「死去活來」的木牌依然掛在樹林的路口，「大夫第」四周依然縈繞著中藥的氣味，孔爺粗啞的聲音還是此院消停彼院又響。

馬一鳴的墓，在樹林裡，靜靜的，板栗樹銀杏樹烏桕樹也都守在那裡。倒是墓前經常會有一個被風雨打蔫了的小花籃。墓沿邊的台階上，有一處地方，很乾淨，似乎有人常在那裡小坐。

那個人，自然是陳亞非。陳亞非回到他原來的機關，依舊當他的處長。走在機關的走廊上，四周水波不興。見到他的人，都朝他頷首致意，似乎甚麼事都沒有發生過。陳亞非回贈以微笑，心底卻有蒼涼。他到底還是離了婚。儘管王曉鈺頗為後悔，尤其獲悉他得到了賠償，更是希望陳亞非能夠原諒她。但陳亞非決意就此別過，各走各路。陳亞非說，有些東西，不可能再回得來了。

陳亞非常去孔家台。他去時，經常帶著幾支香燭，他知道，這是馬一鳴的期待。去做馬一鳴期待的事，也是他安慰自己的一種方式。他不希望馬一鳴在那邊的世界害怕，也不想讓自己在這邊的世界孤單。

有時候，他會帶上馬蘭蘭和陳重墨一道。兩個孩子，把這當成了郊遊，經常開心地打打鬧鬧。那時的林子，就會冒出許多喧囂。連風的聲音都會大些，仿佛樹葉均被吵醒。馬蘭蘭會說，爸爸，你別害怕哦，我們都會給你撐腰，乾爹照樣可以罩著你。還有楊高叔叔和蘇衛叔叔，你知道的，他們是警察，現在都站你這邊了。不過，我警告你，你也別以為有警察罩著，就可以去欺負別人。陳重墨也說，馬叔，還有我哩。我爸老了，我來罩你。你甚麼都不用怕。陳亞非說，去去去，哪裡輪得到你？等你有本事時，我可能已經跟你馬叔會師了，還不是我罩他？

他們三個，經常搶著跟馬一鳴說話。陳亞非相信，馬一鳴一定能聽到他們的聲音。喧囂後的樹林，在他們走後，依然回歸寂靜。

日子就是這樣。人生也不過如此。

完稿於 2019 年夏

說明：所有*，都是我的小說《行為藝術》中的人物和情節。

爛土長出毒果子

——方方偵探現實主義小說《是無等等》跋

蔡元豐（香港浸會大學中文系副教授）

「世界變得越來越黑暗，就像電燈泡一顆一顆壞掉一樣。」

——韓江《少年來了》

現實需要偵探嗎？現實何以需要小說去偵探？偵探只活在小說中嗎？

方方新書《是無等等》以別出心裁的偵探懸疑，從老百姓、地產商和執法者三個迥異的敘事角度反複推進，逐步解開兇殺謎團，直刺中國社會謀財害命的殘酷現實。

現實主義、偵探小說

現實在文學中絕非簡單地「反映」出來的；文學要深入探究、暴露現實。常見以鏡子比喻文學，但文學並非平面鏡，而是放大鏡、顯微鏡、內窺鏡，或者廣角鏡、三棱鏡、望遠鏡，甚至是魔鏡、哈哈鏡、風月寶鑑。文學通過各種藝術手法探微、誇張、扭曲現實給我們看，讓我們對人世間的美醜善惡、光怪陸離瞠目結舌，拍案驚奇！

現實主義在十九世紀興起於歐洲文藝界，抗拒此前的古典主義及浪漫主義。現實主義畫派始創人古斯塔夫．庫爾貝（Gustave Courbet, 1819-77）以農民、工人等底層人物為主角，堅稱現實主義乃為追求民主。[1] 二十世紀初，隨著易卜生的社會問題劇傳入中土，現實主義迅速成為中國文學百年主流。蘇俄的「社會主義現實主義」（socialist realism）淪為僵化的政治宣傳後，八十年代又引入拉美「魔幻現實主義」（magical realism），影響及扎西達娃的西藏小說等作品；同時，八、九十年代盛行接近羅蘭．巴特（Roland Barthes）「零度寫作」（writing degree zero）的「新寫實主義」（new realism），代表作有方方的〈風景〉、池莉的〈煩惱人生〉、劉震雲的〈一地雞毛〉；二〇一二年諾貝爾文學獎授予莫言的是其「幻覺現實主義」（hallucinatory realism）；而韓松的《醫院》（2016）復稱為「科幻現實主義」（sci-fi realism）；此外，尚有「心理現實主義」（psychological realism）、「骯髒現實主義」（dirty realism）、「歇斯底里現實主義」（hysterical realism）等等——現實主義就像個黑洞，吸引著無數形容詞，其深廣遼闊，

---

1 J. A. Cuddon, *A Dictionary of Literary Terms and Literary Theory*, 3rd edn. (Cambridge, Mass.: 1991), s.v. “realism.”

亟待偵探……

偵探小說（detective fiction）則可溯源至明朝的包公案、十八世紀下半葉英國的歷險記、十九世紀中期法國雨果的《悲慘世界》和俄國杜斯妥也夫斯基的《罪與罰》裡的辦案情節，其雛形均含有諷刺現實、批判強權或高舉人道精神的意味；此文體公認的現代始作俑者美國詩人愛倫・坡（Edgar Allan Poe, 1809-49）稱之為「推理故事」（tales of ratiocination）。[2] 偵探與科幻、愛情、武俠之類同屬通俗小說（genre fiction），有多種流派，包括傳統的本格派（如香港作家陳浩基的小說集《第歐根尼變奏曲》，2019）、冷硬派（八十後旅日大陸作家陸秋槎的近作《悲悼》，主角是冷酷強硬的女偵探）；也有寫實派，特別是松本清張（1909-92）和東野圭吾（代表作有《解憂雜貨店》，2012）的社會派，旨在追究罪案背後的惡習或批評現實，與二戰後日本的民主潮流不無關係。據此，方方的《是無等等》可謂「偵探現實主義」小說，探討的正是當今中國社會的現實景況。

歐美最負盛名的推理小說家柯南・道爾（Arthur Conan Doyle, 1859-1930）所創造的神探福爾摩斯（Sherlock Holmes）自晚清登場以來家喻戶曉。而四大女偵探小說家中

2　歷險記有蘇格蘭十八世紀醫生作家托比亞斯・斯摩萊特（Tobias Smollett, 1721-71）的諷刺長篇《費迪南德・費索姆伯爵歷險記》（*The Adventures of Ferdinand, Count Fathom*, 1753）及英格蘭記者威廉・戈德溫（William Godwin, 1756-1836）的驚悚小說《凱萊布・威廉斯傳奇》（*Things as They Are; or, The Adventures of Caleb Williams*, 1794）。Ibid., s.v. "detective story."

當數英國「罪案女皇」（Queen of Crime）阿嘉莎．克莉絲蒂（Agatha Christie, 1890-1976）最多產，成書超過八十部，暢銷程度僅次於莎翁和《聖經》。筆者二〇二〇年在香港看過她的女性主義推理劇《生死裁決》（Verdict, 1958），由劇場空間藝術總監余振球執導，劇情演述藥殺女病人的故事，以女人感性批判男權理性，講述了另一個出走的娜拉。

《是無等等》：爛土毒果

方方的房間命案亦圍繞女死者展開，揭發男人世界的陰謀，充滿深沉的現實關懷。《是無等等》初稿首發於二〇一九年第六期《十月》，惟作者在新浪網上連載《武漢封城日記》及授權英、德、日文翻譯出版後飽受極左勢力圍攻，作品繼其土改小說《軟埋》（2016）停印後在大陸再度遭受封殺。她的文壇好友林白最近訪港偶然相告，筆者找了幾家本地出版社亦無人敢接，最後鄧小樺在台的二〇四六欣然答允付梓。新冠疫情前，中國的房地產泡沫尚未爆破，恆大債務危機仍未引發，現實中各種騙局猶待偵破。《是無等等》講述廢舊礦洞上蓋高樓大宅，賣點是豪華風景區，實則是偷工減料的豆腐渣工程，故而嚴禁記者入內採訪。當媒體失去報導功能，不再為社會作輿論監督，而墮落為官商喉舌，權貴便得以欺上瞞下，為所欲為。在沒有新聞自由的國度，偵查工作形同瞎子摸象。

小說中，女琴師慘被殺人滅口，男裁縫自尋短見。音樂和手藝縱然沒讓兩人免於一死，卻為破案提供了關鍵伏線。可是，老警察遠調緝毒，一時鞭長莫及；新助手急於求成，同流合污，幾乎釀成冤獄。作者顛覆了傳統福爾摩斯與華生、狄仁杰與李元芳的最佳拍檔模式，更突破了善惡到頭終有報的法制劇套路。當然，方方筆下的刑警並沒有像莫言反偵探小說《酒國》中的主角偵察員丁鈎兒那樣陷入腐敗的泥沼無法自拔，卻也顯得無能為力，終讓兇手、騙子逃之夭夭。案件最後雖然水落石出，但從法理而言，「遲來的正義就是不義」（to delay Justice is Injustice）。[3]進一步講，化用維權律師、華東政法大學前副教授張雪忠的說法，如果深度調查完全消失，簡單報導將會變得深刻；如果簡單報導也不允許，文學想像將被認為居心叵測；如果想像也不再允許，偵探將查不出罪行；如果允許逍遙法外，那麼，正義就永遠不會到來。[4]

正義缺席，案情中含冤受屈的是小裁縫和他的小幹部髮小等小人物。前者屬於所謂「哀其不幸，怒其不爭」的典型，面對暴力無能為力；後者更接近意大利政治思想家阿甘本（Giorgio Agamben）所說的「裸命」（bare life），被捕後剝奪政治生命。這些被欺凌與被侮辱者困頓無助的生存狀態，讓讀者感受到作者告別新寫實主義的零度情感，悲憤之情躍然紙上。評論家李雲雷批評「小說中更多的是極端的故事、極端的人物和極端的巧合」，

---

3 William Penn (1644-1718), *Some Fruits of Solitude* (London: Headley Brothers, 1905), 86.

4 網上流傳的張氏金句，偽託柏拉圖名言：「如果尖銳的批評完全消失，溫和的批評將會變得刺耳。如果溫和的批評也不被允許，沉默將被認為居心叵測。如果沉默也不再允許，讚揚不夠賣力將是一種罪行。如果只允許一種聲音存在，那麼，唯一存在的那個聲音就是謊言。」引自馮晞乾：〈若沉默不被允許 讚揚不夠賣力就是罪〉，見其臉書專頁，棱角媒體轉載，2024 年 1 月 3 日，網址：https://points-media.com/ 最新 / 【馮晞乾十三維度】 若沉默不被允許 - 讚揚不夠賣力 / （最後瀏覽日期：2024 年 10 月 2 日）。

故而缺乏「生活邏輯」及「圓形人物」。[5] 然而，究其原因，作家觀察到的恰恰是如此極端的現實、極端的罪惡，更極端的其實沉冤未雪，還待偵探……

一般而言，偵探小說的情節比人物吃重。《是無等等》倚仗的並非逆轉又逆轉的玄虛結局，而是轉換再轉換的視角結構。故事在起樓、炸樓、填廢礦的情節中順敘、倒敘、再順敘，層層建構，環環嵌套，步步偵查探問，通過不同角色耳聞目睹的線索，把奸商挖空心思設計的「完美犯罪」（perfect crime）一點點地揭露，抽絲剝繭。〈是〉〈無〉〈等等〉三部佈局，暗合孔尚任傳奇《桃花扇》那三句經典唱詞：「眼看他起朱樓，眼看他宴賓客，眼看他樓塌了。」如此謀篇佈局，難道不也是所謂大國崛起的國族寓言？

最後，回到書名出處。《心經》云：「故知般若波羅蜜多，是大神咒，是大明咒，是無上咒，是無等等咒……。」筆者不敢苟同百度上有人貼文揣測作者原意為「對錯得失，不過如此」。[6] 人命關天，是非曲直，豈能如此？觀乎二十一世紀之黑暗，確乎是至高無上的咒！而小說每部份開頭的場景都重複著這句：「雨下得好大，天色被水泡成昏黑。」[7] 危樓塌陷，

---

5 李雲雷：〈方方《是無等等》——「極端的故事」：其優長與局限〉，《十月》，中國作家網轉載，2020 年 1 月 20 日，網址：http://www.chinawriter.com.cn/n1/2020/0120/c404030-31556724.html（最後瀏覽日期：2024 年 9 月 29 日）。

6 瀟湘夜雨靜翻書：〈《是無等等》：方方，由他嘲諷由他罵，對錯得失，不過如此〉，百度百科．TA 說，2020 年 3 月 15 日，網址：https://wapbaike.baidu.com/tashuo/browse/content?id=9ecbf4e3dfe9c3d59fc0e128（最後瀏覽日期：2024 年 9 月 28 日）。

7 李雲雷指出：「這場大雨改變了小說中很多人物的命運。」見李氏：〈方方《是無等等》〉。

小說讀來令人喘不過氣，生氣復嘆氣，正如敘述者的結案陳詞：「爛土之上，甚麼樣的毒果子都能長出。它還管你甚麼世紀！」

2024.10.23 於美國俄亥俄州泉田市（Springfield）

方方與新寫實小說

黃子平（學者）

每一部作品都是「單子」式地自成一體，評論界或文學史家卻發明諸般「裝置」，想方設法將它們分類組合，藉以生產學術話語。最方便的是「作家」（從小學作文到「晚期風格」，全部歸於一人名下），其次是「社團」（儘管後來的分崩離析恰證當初的結社組團純屬偶然），再次是「流派」（譬如「京派」和「海派」，硬生生從戲曲移置文學），然後是「風格」、「思潮」一直推到「時代分期」。

一九九〇年代，在「傷痕文學」、「反思文學」、「尋根文學」、「先鋒派」等裝置突然失效之後，由南京的《鐘山》雜誌（大型文學雙月刊）發起了「新寫實小說大聯展」，廣邀天下小說家入局（呼應者甚眾），而且一開始就小心避開了「主義」，只談「特徵」。評論家公推北京的劉恆（《狗日的糧食》、《伏羲伏羲》）和劉震雲（《單位》、《一地雞毛》），武漢的池莉（《煩惱人生》、《不談愛情》）和方方（《風景》、《白霧》），四位作家扛起了「新寫實」這面大旗。跟著便有一大班批評家參與發明裝置以積累文化資本，為「新寫實小說」定義，為之歸納出一些一二三四、甲乙丙丁。定義似乎頗玄奧，如「寫原生態生活」、「零度寫作」、「現象學還原」、「故事的回歸」等等。用常人都能明白的話來講，無非是說，「新寫實小說」老老實實地寫了中國老百姓過往幾十年實實在在的日常生活。

倘若修正胡適先生很多年前的主張（「少談點主義，多談點問題」），就要回到文學的歷史，既直面問題，也不迴避主義。問題的核心是：「寫實」也者，無論新舊，究竟何為「實」，到底如何「寫」？——小說在中國，起初是無所謂「寫實」不「寫實」的。六朝有「志怪」，唐代有「傳奇」，不是白日見鬼，便是夜遊仙窟，似乎都很不寫實。但據魯迅在他那部經典的《中國小說史略》裡的研究，「怪」在六朝人眼中，是如假包換的「實」，而唐人筆下的「奇」，才真正帶有虛構成分。所以他說：「至唐人始有意為小說」。不過，「有意」是「有意」了，這自覺性卻一向不太堅定。史家的傳統實在太強大，想擠進去「補正史之遺」的小說，便常常扮出一副言必有據的模樣。唯有閱盡世態炎涼者，如蒲松齡、曹雪芹輩（「姑妄言之姑妄聽之」、「假作真時真亦假，無為有處有還無」），才能一語道盡小說中虛實相生的真諦。可那骨子裡的一腔沉重和憤懣，在在讓人覺著他們仍執著於寫「異史」或「情史」的。真正看透了的要算寫《閱微草堂筆記》的紀昀。一方面，他指責《聊齋》的不寫實，比如人物背地裡的許多對話，哪裡可能寫得如此的聲口畢肖，只能簡略轉述才是。另一方面，他自己也寫了不少狐鬼花妖之事，心裡卻明白只要有利於百姓的道德倫理建設，不妨「神道設教」。

「寫實」而且「主義」，在中國，也只有百來年的歷史。起初，梁啟超、陳獨秀輩用來對譯西文中的 Realism，並不暗殖甚麼褒貶。到了三十年代，同一個 Realism 卻改譯作「現實主義」，「寫實」何以就不如「現實」高明，大約是前者只涉技巧、匠氣，消極摹寫生活，缺乏理想之光的照耀。而後者，則能概括，善提煉，塑典型，有理想，不但使人認識世界，且能鼓舞大眾改變世界也。其中或許有受當時蘇俄日丹諾夫一流的文藝理論的影響，但其時中國身處的歷史情境也強化了此一對「現實」的理解。從此就罷黜百家，獨尊「現實主義」：有時在前邊加綴「革命」二字，使之有別於歐美十九世紀以來的經典名家且顯示後來者已經居上。有時又與「革命浪漫主義」喜結良緣，以求左右逢源戰無不勝。

如此就可以明白一九九〇年代「新寫實」的倡導者，重拾舊概念再鑄新詞的良苦用心。所謂「零度寫作」，所謂「日常生活原生態」，無非都是要卸除「現實主義」神道設教（「意識形態教化」）的愚民功能。然則此時小說家極欲拮抗的還有另一個「主義」，在一九八〇年代先鋒派小說家來勢洶洶張揚的「現代主義」（女作家範小青講得最直白：「寫不了新潮小說，又不願意走老路子，只好新寫實」）。評論家的說法比較學術，說是在「現實主義」和「現代主義」衝突和融合中超越了兩者（「傳統與新潮、理性與感性、寫實與抽象、故事與神話等已經消融為一體。」）。

那麼「扛旗者」的反應如何？劉恆、劉震雲都說這是評論家的事，跟我無關，小說嘛該怎麼寫就怎麼寫。池莉說自己的小說真的事事有來歷，武鋼的工人們讀了《煩惱人生》，都說主人公印家厚就是他。方方不承認自己曾「倡導」新寫實，但覺得這個名堂用來概括自己的寫作不無道理：

「評論家認為我是新寫實，這個提法我自己還是蠻喜歡的。它實際上是現實主義小說向前跨進了一步，也是我理解中的批判現實主義。只是新寫實這個提法更溫和一些。文學是人學。新寫實小說始終關注現世社會最普通的人。它秉持著人道精神，對生活中普通人充滿同情和憐惜。同時，它對現世社會也秉持著不合作不苟同的態度。既是近距離的，又是明顯疏離著的。它懷有慈悲，同時具有鋒芒。它的價值取向清晰明瞭，無奈感也異常沉重。」

「新寫實」只是「批判現實主義」的「溫和」提法！這種理解顯然跟評論家的所有定義都大相徑庭。始終與弱者站在一起，對現世不合作不苟同，既貼近又疏離，懷有慈悲同時又具鋒芒，既無奈又沉重。——說好的「零度寫作」和「價值中立」呢？意味深長的正是這種與眾不同的理解，使方方在「新寫實」隊伍中別具一格獨樹一幟。也預示了她後來坎坷的寫作道路和若干「遭遇」（譬如《軟埋》挨了革命大批判，又譬如《封城日記》的狂遭「網暴」，等等）。

中篇小說《風景》寫了武漢「河南棚子」裡一家老小幾十年平平凡凡的日常生活，一早就被列入「新寫實小說」的經典之作。其中最令人覺得「不寫實」之處，即在於它採用的「幽靈敘事」：敘述者是一個只活了半個月便早夭被埋在窗下的嬰孩。這個靜靜躺在窗下照理毫無語言能力的敘述者說：「我常常是懷著內疚之情凝視我的父母和兄長。在他們最痛苦的時刻我甚至想挺身而出」；「原諒我以十分冷靜的目光一滴不漏地看著他們勞碌奔波，看著他們的艱辛和淒惶」。這個不可信的敘述者瓦解了敘事的「實」，同時又帶入了超越平庸現實的「靈」的維度。

在帶有自傳色彩的小說《祖父在父親心中》裡，畢業於京師大學堂的祖父，一生「書生一樣活著，勇士一樣死去」。而到了父親這一代，曾經「好穿白色西裝」、「勇敢反抗舊式婚姻」、「通曉五國語言」的父親，一輩子在一場場政治運動中戰戰兢兢，懦弱無力。兩代知識者的命運交織映襯，在方方筆下達到的歷史深度，決非「新寫實」理論家之「平面化寫作」所能涵括。何為「實」，如何「寫」的問題，歸根結底要追問到「文學何為」的層面。

文學即自由，即掙脫現實的束縛，將詞語和想象審美化，直達人心的深處。這就是「新寫實小說家」的異類方方的意義。

2024.11.1 於北角砲台山

是無等等

作者｜方方
責任編輯｜鄧小樺
執行編輯｜余旼憙
文字校對｜蔡元豐、周靜怡、黎思行
封面設計及內文排版｜朱疋

出　版｜二〇四六出版／一八四一出版有限公司
發　行｜遠足文化事業股份有限公司（讀書共和國出版集團）
社　長｜沈旭暉
總編輯｜鄧小樺
地　址｜103 臺北市大同區民生西路 404 號 3 樓
郵撥帳號｜19504465 遠足文化事業股份有限公司
電子信箱｜enquiry@the2046.com
Facebook｜2046.press
Instagram｜@2046.press

法律顧問｜華洋法律事務所 蘇文生律師
印　製｜博客斯彩藝有限公司
出版日期｜2024 年 11 月初版一刷
定價｜420 元
ISBN｜978-626-98123-9-4

國家圖書館出版品預行編目(CIP)資料

是無等等 / 方方作. -- 初版. -- 臺北市：二〇四六出版，一八四一出版有限公司出版：遠足文化事業股份有限公司發行，2024.11
　面；　公分
ISBN 978-626-98123-9-4(平裝)

857.7　　113017035

0HDC0124

自媒體斜槓一年，我多存了 250 萬！

下班後繼續賺！管理學 × 心理學應用，打造斜槓致富方程式

作　　者：亨利溫
責任編輯：林宥彤
封面設計：FE DESIGN
拉頁設計：FE DESIGN
內頁排版：顏麟驊、王信中

總 編 輯：林麗文
副 總 編：蕭歆儀、賴秉薇
主　　編：高佩琳、林宥彤
執行編輯：林靜莉
行銷總監：祝子慧
行銷經理：林彥伶

出　　版：幸福文化出版／遠足事業股份有限公司
地　　址：新北市新店區民權路 108-2 號 8 樓
粉 絲 團：https://www.facebook.com/happinessbookrep/
電　　話：（02）2218-1417
傳　　真：（02）2218-8057

發　　行：遠足文化事業股份有限公司（讀書共和國集團）
地　　址：231 新北市新店區民權路 108-2 號 9 樓
電　　話：（02）2218-1417
傳　　真：（02）2218-1142
電　　郵：service@bookrep.com.tw
郵撥帳號：19504465
客服電話：0800-221-029
網　　址：www.bookrep.com.tw

法律顧問：華洋法律事務所蘇文生律師
印　　刷：呈靖彩藝有限公司

初版 1 刷：2025 年 1 月
定　　價：380 元

國家圖書館出版品預行編目資料

自媒體斜槓一年，我多存了 250 萬！下班後繼續賺！管理學 × 心理學應用，打造斜槓致富方程式／亨利溫著 . -- 初版 . -- 新北市：幸福文化出版社出版：遠足文化事業股份有限公司發行，2025.01
208 面；14.8×21 公分
ISBN 978-626-7532-50-8（平裝）
1.CST：成功法
177.2　　113016984

BOOK REPUBLIC
讀書共和國出版集團